唐诗里的农耕文化

主　编　　任晓霏

副主编　　徐明君　王勇

江苏大学出版社
JIANGSU UNIVERSITY PRESS
镇江

图书在版编目(CIP)数据

唐诗里的农耕文化 / 任晓霏主编. — 镇江：江苏大学出版社，2021.12
ISBN 978-7-5684-1534-7

Ⅰ. ①唐… Ⅱ. ①任… Ⅲ. ①唐诗－诗歌研究②农业－传统文化－研究－中国－唐代 Ⅳ. ①I207.227.42②F329

中国版本图书馆 CIP 数据核字(2021)第 248682 号

唐诗里的农耕文化
Tangshi li de Nonggeng Wenhua

主　　编/任晓霏
副 主 编/徐明君　王　勇
责任编辑/夏　冰
出版发行/江苏大学出版社
地　　址/江苏省镇江市梦溪园巷 30 号(邮编：212003)
电　　话/0511-84446464(传真)
网　　址/http://press.ujs.edu.cn
排　　版/镇江市江东印刷有限责任公司
印　　刷/江苏凤凰数码印务有限公司
开　　本/710 mm×1 000 mm　1/16
印　　张/18.75
字　　数/370 千字
版　　次/2021 年 12 月第 1 版
印　　次/2021 年 12 月第 1 次印刷
书　　号/ISBN 978-7-5684-1534-7
定　　价/66.00 元

如有印装质量问题请与本社营销部联系(电话:0511-84440882)

序　言

　　中华文明源远流长，仿若一条不断汇纳支流的浩浩荡荡的长河，不仅源头风光无限，而且随着历史发展变得越来越宽广辽阔、越来越激流澎湃。不断翻腾的激荡浪花，成就了中华文明的博大精深、长盛不衰、引人入胜，滋养着中华文化绵延的历史、厚重的底蕴、鲜明的特色和神奇的魅力。中华文化灿烂多姿、丰富多彩的内容和独一无二的理念、智慧、气度、神韵，增添了中国人民和中华民族内心深处的自豪，是我们坚定文化自觉、文化自信、文化自强的力量源泉和精神支柱。

　　中华文明，无论是游牧文明、海洋文明、长河文明，还是农耕文明，其共同的基本体现就是中华民族始终保持着勤劳朴素的传统美德。这一点在刀耕火种的农耕文明上尤为明显，一如先秦时期《击壤歌》所云："日出而作，日入而息，凿井而饮，耕田而食。"叙事农耕文化的第一部文学宏著应是《诗经》，从广义上讲，其诗歌大都是农耕文化的产物。《诗经》描绘了西周初年到春秋初年农业农村一幅幅多姿多彩的民俗画与农耕文明中万千种乡村风情。其中，《周颂·载芟》寥寥数语向我们展示了热闹的春耕生产："载芟载柞，其耕泽泽。千耦其耘，徂隰徂畛。侯主侯伯，侯亚侯旅，侯彊侯以。有嗿其馌，思媚其妇，有依其士。"而最能反映农耕生活的可能是《豳风·七月》。本诗开篇第一章："七月流火，九月授衣。一之日觱发，二之日栗烈。无衣无褐，何以卒岁？三之日于耜，四之日举趾。同我妇子，馌彼南亩。田畯至喜。"写农业耕作的艰辛。第二、第三章："七月流火，九月授衣。春日载阳，有鸣仓庚。女执懿筐，遵彼微行。爰求柔桑，春日迟迟，采蘩祁祁。女心伤悲，殆及公子同归！七月流火，八月萑苇。蚕月条桑，取彼斧斨，以伐远扬，猗彼女桑。七月鸣鵙，八月载绩。载玄载黄，我朱孔阳，为公子裳。"写劳动妇女的心力交瘁、艰辛持家。第四至第六章："四月秀葽，五月鸣蜩。八月其获，十月陨萚。一之日于貉，取彼狐狸，为公子裘。二之日其同，载缵武功。言私其豵，献豜于公。五月斯螽动股，六月莎鸡振羽。七月在野，八月在宇，九月在户，十月蟋蟀入我床下。穹窒熏鼠，塞内墐户。嗟我妇子，曰为改岁，入此室处。六月食郁及薁，七月亨葵及菽。八月剥枣，十月获稻。为此春酒，以介眉寿。七月食瓜，八月断壶。九月叔苴，采茶薪樗，食我农夫。"写不同侧面的温馨农家生活。第七章："九月筑场圃，十月纳禾稼。黍稷重穋，禾麻菽麦。嗟我农夫，我稼既同，上入执宫功。昼尔于茅，宵尔索绹。亟其乘屋，其始播百谷。"写农民的辛酸及被剥削的窘境。第八章："二之日凿冰冲冲，三之日纳于凌阴。四之日其蚤，献羔祭韭。九月肃霜，十月涤场。朋酒斯飨，曰杀羔羊。跻彼公堂，称彼兕觥，万寿无疆!"写辛劳的农民也有欢乐、幸福的年节。《诗经》用简洁精准的语言描述了农耕时代经典的喜怒哀乐，全面展现了农耕民众不同的衣食住行，充分体现了西周初年至春秋初年的生活状态和农业水平，被学术界认为是最质朴、最纯真、最生活的文学，也是最具诗情、最有生命力的文学经典。

魏晋时期，陶渊明的田园诗代表了一种农耕文学方向，严格来讲，它应该不属于农耕文学，而是表现田园生活与田园劳作等方面的闲情逸致，因为它虽叙农事，但不抒农情，不弹奏农耕文明的音符，如马致远所述"种春风二顷田，远红尘千丈波"。田园诗是创作者因外界环境或者是自身的处境不如意时而寻求心灵慰藉的田园回归，一种对自然崇拜、宁静状态的追求，一种自我安慰的情感寄托方式。不管是"居庙堂之高"，还是"处江湖之远"，都摆脱不了对田园的初心眷恋和对土地的原始依赖。抒发这种情感的农耕诗歌在汉唐及之后有燎原之势。及至唐宋，随着社会的进步和汉语语言文化的发展，后世的农耕文学从创作主题、内容和形式等方面都变得更加文雅化、文学化、文人化，形成了辞藻丰富、形式各异的不同时期的"农耕文学"。其中，不乏关注农耕时代劳动人民劳作和温饱的，如唐诗中杜甫的"三吏""三别"，以及白居易的《观刈麦》等。杜甫的农事诗蕴含了以人为本、热爱劳动和劳动者的思想，体现了一个诗人对民生疾苦的忧虑和兼济天下的情怀。唐诗中拥有这种情怀的佳句不少，从妇孺皆知的李绅的《悯农》"锄禾日当午，汗滴禾下土。谁知盘中餐，粒粒皆辛苦"，到颜仁郁的《农家》"夜半呼儿趁晓耕，羸牛无力渐艰行。时人不识农家苦，将谓田中谷自生"，到丘为的《题农父庐舍》"湖上春已早，田家日不闲。沟塍流水处，耒耜平芜间"，都描述了劳动人民的勤劳善良和智慧勇敢，体现了对农耕文明的高度敬仰和对劳动人民的深厚情感。到了宋代，大规模开垦农田，农业得到快速发展，农业技术也突飞猛进。在此背景下，农事诗词的创作也非常繁荣，表现出突破传统、彰显时代的鲜明特征。宋代的诗词由雅变俗、更接地气，这种贴近日常生活、充满生活情趣的特征体现了宋人相较于唐人更为平和的心态。著名文学家苏轼、辛弃疾等在作品中都有对闲居读书生活、躬耕射猎场景的描写，他们用自己对田园乡村的宜人风景及村姑农叟的生活情态的感知、感悟，为我们描绘了极富生活气息的乡村风光。

　　江苏大学前身之一是国家为落实毛泽东主席"农业的根本出路在于机械化"的著名论断而发轫于 1960 年的南京农业机械学院——可以说是为中国的农业机械化而生的。60 余年的发展，学校牢记办学使命，形成了"工中有农、以工支农"的鲜明办学特色，为国家农业机械化精心培育英才、加强科研创新，为"三农"事业发展做出了积极贡献。中国现代化离不开农业农村现代化，农业农村现代化的关键在科技、在人才。新时代，学校要贯彻落实习近平总书记给全国涉农高校的书记校长和专家代表回信精神及对江苏大学的重要批示精神，就要以"立德树人"为根本，以"强农兴农"为己任，拿出更多科技成果，培养更多"知农爱农"新型人才。要扭住"'三全育人'综合改革"这个"牛鼻子"，发挥每一个学科、每一位教师、每一次教学、每一个场景、每一件事情的"涉农"教育作用，加强全校师生"知农爱农"的情怀教育和"强农兴农"的创新能力培养，让每一个走出江苏大学校门的人都有丰富的"乡村振兴和农业农村现代化"知识和崇高的"爱农业、爱农村、爱农民"情怀，都拥有突出的拔尖创新能力，为乡村振兴和农业农村现代化做出自己更大的贡献。

　　贯彻落实习近平总书记给全国涉农高校的书记校长和专家代表回信精神及对江苏大学的重要批示精神，关键在行动。这方面，文学院算是较先行动的。他们判断力准、领悟力强、执行坚决，没有因自己不是农科或工科而做旁观者，而是认定文科在增强全校师生涉农素质素养方面具有不可替代的独特作用，加强中华优秀传统文化中的农业文化、农耕文化教育对培养人的"知农爱农"情怀有启智润心的功能。他们深知，农耕文化植根于乡土中国的国情，既具有优秀传统文化的基因，也具有革命文化的内涵。

农业文化是古代社会的代表性文化类型，也是古典文学形成的条件。唐代是中国封建社会的繁荣时期，诗歌是唐代文学的精华，杜甫、白居易等唐代诗人的作品中凝聚着儒家民本主义的农业情怀。于是，他们组织汉语言文学（师范）1801班本科学生编撰《诗画镇江　遇见江大》，组织中国语言文学学科部分硕士生导师和研究生编写《唐诗里的农耕文化》，以文学的角度提炼农业文化精神。他们希望师生同著的《唐诗里的农耕文化》能为"每一个学科都应有一个涉农的特色方向"提供中国语言文学学科的方案和实践。他们深知"生活即教育"，希望通过指导中国语言文学学科研究生编著本书，让学生在文献整理、学术研究的过程中领悟农业精神、涵养专业学识，发挥劳动教育和审美教育在人才成长中的作用。同时，教师在编著本书活动中，也可进一步增强"知农爱农"的情怀，为"农业文学与文化"学科方向建设和相关课程思政建设进行有益的尝试，为提高"立德树人"的成效探索新路径。

　　我抽时间通篇浏览了本书初稿。编著者针对唐诗中描述的14种典型的古代农具，遴选、辑录了60余首作品；按照"一节一诗一图数解"的编著体例，先引入诗作，然后介绍作者和作品的历史、文化背景，再对诗作进行注解，最后介绍作品及其关联农具的农业文化内涵。全书内容非常丰富，饱含编著者对中国优秀传统文化的理解，汇辑了编著者近期的相关学术研究成果。阅读本书，读者不仅可以领略经典涉农唐诗，还可丰富古代农耕农具和农业文化知识，在唐诗文化学习中浸润"知农爱农"情怀教育。可以说，本书是编著者匠心独运、精心编著，能为读者蓄知益智的好书，值得一读。

　　本书是学校人文社科学科涉农学科方向的探索成果，也是学校"三全育人"综合改革的有益实践。将本书应用于学校本科生、研究生的课程教学中，对增强学校师生的"知农爱农"情怀很有促进作用。

　　鉴于此，特为序。

颜晓红

2021 年 9 月

目　录

绪论

有学者说，大陆文化、农业文化、儒家文化是中国传统文化的三个基本内核。中国社会由此孕育出高度依赖土地的自然经济，而土地是典型的不动产，农业由此成为古代中国的立国之本。正因如此，"脚踏大地"的中国古代先人选择了一种"日出而作，日落而息"的农耕生活方式，并造就了中国古人"安土重迁"的文化性格。同时，这种把生活资料同土地紧密结合的生产方式也促进了中国古代长达数千年辉煌的农耕文明发展，这既表现在农具等物质文明层面，也表现在诗歌艺术等精神文明层面。

一、农耕文明与唐代诗歌

劳动和自然界一起构成一切财富的源泉。自然界为劳动提供材料，劳动把材料变为财富。马克思在分析劳动与自然界的关系时指出："劳动首先是人和自然之间的过程，是人以自身的活动来引起、调整和控制人和自然之间的物质变换的过程。"[①] 劳动对人和人类社会的形成与发展具有根本的决定意义。"劳动创造了人本身"，这是马克思主义劳动学说的一条基本论断。劳动使人手专门化，从而推动了工具的发明与使用，使人由动物界分化出来。制造工具这一有意识的活动进一步把人类劳动同动物本能式的劳动区分开来，人类劳动成为运用自己制造的工具进行有意识、有目的、有计划的改造自然的社会实践活动。恩格斯曾指出："动物仅仅利用外部自然界，单纯地以自己的存在来使自然界改变；而人则通过它所做出的改变来使自然界为自己的目的服务，来支配自然界。这便是人同其他动物的最后的本质区别。而造成这一区别的还是劳动。"[②] 语言从劳动中产生并和劳动一起向前发展，人脑、感官、意识及抽象推理能力的发展，又反过来对劳动和语言发生作用，促成了"完全的人"的形成。文学是语言的艺术，也是人类掌握世界的一种方式，具有精神实践性。农业题材的文学创作是反映高度发展的人类的标志性成果。

物质生产是一切生产的基础与条件，农具是中国农业文明发展的显性标志。在旧石器时期，直接从大自然中拾取抑或经过简易加工的复合农具开始普及，并不断细化。从石器、骨器再到木质、金属材料农具的出现，中国的农具伴随着农业经济的发展不断"推陈出新"。总的来说，农业机具是在朝着多样化、小型化和专业化的方向发展前进的。伴随着农具的不断演进，中国社会也由原始社会迈入奴隶社会，进而发展到生产水平更加高级的封建社会。以农具为载体的农业经济构成了中国社会制度与文化的生存根基。经济基础决定上层建筑，农业经济决定了封建制度及相应的意识形态，导致"以农立国"的中国社会长期有着"重农抑商"的传统，而在

---

① ［德］马克思：《资本论》，《马克思恩格斯全集》第 23 卷，北京：人民出版社，2016 年，第 201−202 页。

② ［德］恩格斯：《自然辩证法》，《马克思恩格斯全集》第 20 卷，北京：人民出版社，2016 年，第 518 页。

这种经济基础上孕育出来的文学必然会带有深厚的农耕文明烙印。古人获取生活资料的主要方式是农业劳动，他们由此常常会在情不自禁的情况下创作出反映农耕生活的诗歌作品，正所谓"饥者歌其食，劳者歌其事"。这些诗歌作品涵盖了农业生活的方方面面，包括但不限于农业机具、农业生产方式和农民生活的状况，甚至成为后人研究当时农业发展情况的史料。

中国封建社会是典型的农耕社会。在其漫长的历史发展进程中，唐朝是鼎盛时期，农业在唐朝整个社会生产体系中起着支撑性作用。初、盛唐时期，社会由混乱割据的状态逐步趋于稳定，再加上统治阶层所推行的休养生息政策，使得国家经济不断恢复，"均田制"和"租庸调制"等政策在宏观上为发展生产力创造了较为宽松的外部条件，促进了封建经济繁荣。唐代的农业生产力发展水平较之前代有明显的提高，这与唐代的农业工具改进有密不可分的关联。例如，唐代因冶铁铸造技术的发展，使得如犁、锄、铲等铁质农具得到广泛应用，扩大了人类与自然交往的广度。在唐代，山水田园诗、边塞诗形成了影响广泛的创作群体与文艺思潮，而以农业劳动或农民生活为题材的农事诗也在一定程度上展现了唐代底层民众的多彩生活，并且凭借着众多质量上乘的作品在《全唐诗》中占有较大比例。

恩格斯曾说过："农业是全部古代世界一个决定性的生产部门。"[1] 中国自古就是农业大国，同时也是一个诗的国度。古典诗歌内容丰富、题材广博、风格多样，在世界文学之林中占有重要地位。本书以反映不同类型农具的诗歌为研究对象，以从作品、作者、创作背景角度解析作品中的农业文明元素为思路，以实现释读唐诗中的农耕文化意象的研究目的。由此，加深读者对唐代文化状况的认知和对农业文化传统的理解，凝聚乡村振兴共识与增强传统文化自信。

二、农具：唐代农耕文明的"影子"

要考察一个时代的农业发展水平，尤其要注意该时期的农业生产技术发展程度。对工具的使用是人类与动物的最大区别，也是使农业经济基础得以确立的必要条件。可以说，农业生产工具的发明、发展是和农业生产过程如影随形的。农作物的生产是由整地、播种、灌溉到收割、脱粒等环

---

① ［德］恩格斯：《家庭、私有制和国家的起源》，《马克思恩格斯全集》第 21 卷，北京：人民出版社，2016 年，第 169 页。

节构成的，整个过程都需要工具的辅助，由此诞生了各种不同功能的农具。新石器时代的劳动工具基本以磨制木器、石器和骨器为主。春秋战国时期，铁制农具开始出现，随后出现了锄、镰等农业作业工具和加工粮食的石磨等工具，这些农具在唐代不断得到改进与发展。从地理上看，在中国南方，最具有代表性的就是曲辕犁的出现，初步形成了较为完整的水田耕作体系；在北方，比较突出的则是与麦作相关的收割和加工农具的发展。

（一）耕垦农具

耒耜是古代运用最普遍的农业耕种工具。经过不断地改进和完善，耒耜在唐代逐步发展成为耕作效率极高的曲辕犁。除此之外，唐代还有锄、镰等很多的耕地农具及耙、锸等锄草整地农具。

（1）耒耜与犁

历代古籍对耒耜这一耕垦农具有着生动记载，《易经·系辞下》曰："神农氏作，斫木为耜，揉木为耒，耒耨之利，以教天下。"[1]《齐民要术·卷一·耕田第一》引《周书》曰："神农之时，天雨粟，神农遂耕而种之。作陶冶斤斧，为耒耜锄耨，以垦草莽，然后五谷兴，百果藏实。"[2] 可知，耒耜在先秦时代为主要的翻土农具。现代考古在新石器时代遗址中发现了黄土上残留的耒痕。根据《周礼·考工记》中的描述，耒的形状像一个木叉子，上面有曲柄，下面有犁头，全长为六尺六寸。耜为木制的铲土耕田工具，宽五寸，两耜合为一耦。周代时，人们已经普遍使用耒耜。《管子·海王》中记载"耕者必有一耒一耜一铫"[3]，耒耜自此开始并称。

耒耜也经常被看成犁的前身。最初的犁是石器，叫作"石犁"，春秋时出现了铁犁，在汉代出现了直辕犁即"二牛抬杠"。所谓"二牛抬杠"，就是将一根很长的辕从犁梢一直延伸至牛的肩部，犁梢顶端设一根横木，驾于牛肩。该农具在崎岖狭窄的地段不能很好地使用，同时制作成本较高，有着天然的局限性。到唐代，直辕改为向下弯曲的曲辕。据陆龟蒙的《耒耜经》记载，唐代的江南水田出现了一种"江东犁"即曲辕犁。曲辕犁由十一个部件构成，其中除犁壁是铁质外，其余均为木质。耕田时，"进之则

---

① ［清］阮元校刻：《周易正义》，北京：中华书局，1980 年，第 86 页。
② 缪启愉，缪桂龙撰：《齐民要术译注》，上海：上海古籍出版社，2006 年，第 29 页。
③ 耿振东：《管子译注》，北京：生活·读书·新知三联书店，2018 年，第 290 页。

箭下，入土也深；退之则箭上，入土也浅"①。曲辕犁的出现，将农业耕作方式由"二牛抬杠"改变为"一牛挽犁"，改直辕犁为曲辕犁缩小了犁架的长度，从而减轻了犁本身的重量，使之更加适合中国的以家庭为最小生产单位的小农经济，提高了农业的单位生产能力。故而，唐代的农事诗中表现犁耕的作品非常丰富。

（2）锄

唐代是封建社会的成熟时期，农业耕作不断精细化，除草技术也成熟起来，锄等除草工具也得到发展。自从农业诞生，庄稼便一直与杂草进行着激烈的生存斗争，而且为了提高除草的效果，农夫多在炎热的中午进行这一项劳作。王祯《农书》载："《传》曰：'农夫之务去草也，芟夷蕴崇之，绝其本根，勿使能殖，则善者信矣。'盖稂莠不除，则禾稼不茂。种苗者，不可无锄耘之功也。又《说文》云：'锄，言助也，以助苗也。故字从金从助。'"② 古代的锄，种类颇多。有锄头长宽比为四比一的"一"字形锄、刃口形状不一的凹口锄、平刃六角形锄、上宽下窄的梯形锄、刃口平直的铲形锄，还有一直沿用至今的曲柄锄等。这些锄头根据不同的作用被制成不同的形状，但总的来说，都是由两部分构成：一是锄刃，用来松土锄草；二是锄柄，通常用硬木制成圆形长木棍，装在锄刃后面的一个孔内来支撑锄刃。锄这个农事活动的作用有三：一为田间锄草，二为蓄水保墒，三为增温防寒。正是因为锄在耕种中有除去杂草以保护农作物的作用，锄这一意象常常用于表达对当朝的痛恨。这种比喻早在春秋时就已出现。据《左传·隐公六年》传文载周大夫周任之语："为国家者，见恶如农夫之务去草焉，芟夷蕴崇之，绝其本根，勿使能殖，则善者信矣。"③ 这一思想也一直延续至唐朝，并体现在杜甫等诗人的作品中。

（3）耙

在耕种的过程中，经过翻耕的水田还需要平整以方便于水土融合。根据陆龟蒙的《耒耜经》记载，当时水田整地农具有耙、碌碡。耙有方耙、

---

① ［唐］陆龟蒙：《耒耜经》，任继愈主编《中国科学技术典籍通汇·农学卷》第 1 册，郑州：河南教育出版社，1994 年，第 183 页。

② ［元］王祯：《农书》卷三，任继愈主编《中国科学技术典籍通汇·农学卷》第 1 册，郑州：河南教育出版社，1994 年，第 546 页。

③ ［清］阮元校刻：《春秋左传正义》，北京：中华书局，1980 年，第 1731 页。

"一"字耙和人形耙等形制。王祯《农书》中说："耙，桯长可五尺，阔约四寸，两桯相离五寸许。其桯上，相间各凿方窍，以纳木齿。齿长六寸许。其桯两端木栝，长可三尺；前梢微昂，穿两木桐，以系牛挽钩索。此方耙也。"[1] 可见，方耙的面积比较大，结构牢固，使人站在上面不会陷于泥水之中，很适于水田操作。

（4）锸

"锸"本为掘土农具，由耒耜或耒分化而来，目前考古发现的最早的木锸出土于商代遗址，早期多用于挖河挖土。铜、铁的运用，使得锸逐渐从纯木农具演变为木与铜或铁的结合农具，其更广泛地运用于农业生产中的翻地掘土。可见，"锸"自发明以来就与土地有割不断的关联。归隐之人选择回归田园，往往亲耕于田，"锸"就是使用较为频繁的农具之一。

（5）镰

镰这种农具起源很早，其主要作用是收割庄稼或除去杂草，一般为单片刀上加一个木把手，很多刀片上还有锯齿。唐代的镰刀，除了继续使用板镰外，又发明了裤镰即将镰柄安装于刀裤中。除此之外，镰还有许多形制，如两刃镰、钩镰等。

（二）灌溉工具

水是农作物生长的命脉，无论是北方的旱作农业还是南方的火耕水耨，都离不开水。早在战国时期，我国就修建了许多重大的水利工程，其中比较有名的就是秦国的都江堰和郑国渠。到了唐代，水利事业有了进一步发展，并由水部郎中、员外郎等中央及地方官员进行管理。唐代的水利事业可以以中唐为分界线，分为前后两个阶段。中唐以前，北方关中平原灌溉渠系在前代的基础上进行了修复改进，使之灌溉范围变广，大幅度提高了这一地区的粮食产量。中唐以后，南方的水利事业不断发展，其中最为重要的是太湖流域塘浦圩田系统的形成。在此过程中，戽斗、辘轳等传统汲水工具被普遍使用。此外，在江南水田还出现了筒车等一些新的灌溉工具。

（1）戽斗

戽斗是一种用木制或树条编织、两边扣结麻绳的工具，农民多使用戽

---

① ［元］王祯撰；缪启愉，缪桂龙译注：《农书译注》，济南：齐鲁书社，2009年，第433页。

提水。其工作时，两个人分别在两边拉动斗边的绳子，使四边形发生变换，并以两人的合力促使戽斗运动，这样水会被一股股提上来，流向别处。唐代诗人贯休在《宿深村》中曾有描述："黄昏见客合家喜，月下取鱼戽塘水。"①

（2）桔槔

桔槔，又名架斗，主要被制作安装在水井旁边，适合于在浅地提水。在水源边埋下两根柱子，柱子顶端绑上一根横杆，杆上拴着戽斗，当人们需要取水的时候，就可以通过这个特殊的工具汲水。因为利用杠杆原理，所以不需要花费较多时间和精力来汲水。

"桔槔"较早出现于《庄子·天运》："且子独不见夫桔槔者乎？引之则俯，舍之则仰。"② 可见，桔槔出现时间很早。因为桔槔的设备简单，更加适合古代中国一家一户的生产作业方式，在唐代得到普遍使用。桔槔不仅用于农业采水，还可以用于生活采水。李端《题元注林园》写道："桔槔转水兼通药，方丈留僧共听琴。"③ 向我们描绘了自己与友人在一起汲水煮药的悠闲生活场景。

（3）筒车

筒车是一种效率极高的提水灌溉工具，唐代陈章的《水轮赋》对其有生动的描写。通过《水轮赋》，我们可知唐代水轮（筒）的制造与应用都已相当成熟。这种水轮（筒）十分省力，它凭借河流的冲击力而引水，以此浇灌农桑。杜甫的《春水》一诗中"接缕垂芳饵，连筒灌小园"也提到了"连筒"。所谓"连筒"，是一个连接一个的竹筒。连筒大多架在山泉的细流之处，以引水灌溉。

（三）加工农具

加工工具一般是指谷物加工工具。魏晋至隋唐，这些农具的发展变化很快。首先是动力的更新，由原本的以人力、畜力到以水利为动力；其次就是谷物加工农具的机械化、自动化程度提高；最后是其规模有了较大的发展。

（1）杵臼、碓

谷物加工工具主要有杵臼和碓，其作用主要是舂捣粮食和药物。《易·

① 中华书局编辑部点校：《全唐诗》卷八二八《贯休》，北京：中华书局，1999年，第9420页。
② 郭庆藩：《庄子集释》，北京：中华书局，1961年，第514页。
③ 中华书局编辑部点校：《全唐诗》卷二八六《李端》，北京：中华书局，1999年，第3264页。

系辞》曰："黄帝尧舜氏作……断木为杵，掘地为臼。杵臼之利，万民以济。"① 构造简单的杵臼不适合于大规模的农事生产作业。相比之下，虽然碓同杵臼的工作原理基本相同，都是利用物体下落时产生的势能锤击谷物，使之脱皮、破碎，也使用人力，但碓是借助于人体的自重，效率相较于杵臼更高，体能消耗也更少，因而碓的应用更加广泛。唐朝后期，除了足踏碓外，水碓也在不断地得到推广。水碓的原理是借助水流的力量来舂米，人们在水碓的帮助下，可以日夜加工粮食。而且水碓的力量更大，除了舂米外，还可以捣碎一些较为坚硬的物品。白居易在《寻郭道士不遇》中就用"药炉有火丹应伏，云碓无人水自舂"的诗句来描述采药后以水碓来捣碎的场景。

（2）碾、磨

最早的字典《说文解字》中并没有"碾"字，其所收的"轹"字意为"车所践也"，即车轮碾压之意。而对其前一字"辗"，许慎解释说："轹也。从车戻声。"段玉裁注曰："尼展切。"② 段玉裁认为"辗"的俗字就是"碾"，两个字读音相同。在古代汉字中，"碾"字还有两个同源字——蹍和辗。足踏为"蹍"，车轧为"辗"。三字同音且意义相通。

虽然"碾"字出现的时间比较晚，但与碾这种农具功能基本相同的器物很早就已经出现了。在我国南方的新石器时代先民聚落遗址中，出土过很多类似石磨盘和石磨棒这两种配合使用的工具。在那个时期，人们将收获的还未脱壳的谷物放在石磨盘上，用石磨棒来回滚动碾压，使谷物脱壳，或者进一步将谷粒碾成粉末，做成可以食用的食物。这种简单的石磨盘和石磨棒在功能上已经和碾很相近了。聪明的古人利用水力、畜力和人力对碾具进行了各种改良，使碾具的使用面更广。

（3）筛

中国古人很早就发明了筛子这种工具。"筛"字在秦汉时已经出现，《汉书·贾山传》有"筛土筑阿房之宫"，用筛子过物之意。王祯《农书》中对筛的形制和作用有比较详细的介绍："筛，竹器，内方外圆，用筛谷物。"③ 在农业生产中，筛的主要作用是清除谷物中的杂质，也就是王祯所

① 崔端译编：《周易全书》，沈阳：辽海出版社，2016年，第1261页。
② ［汉］许慎撰；［清］段玉裁注：《说文解字注》，上海：上海古籍出版社，1981年，第728页。
③ ［元］王祯撰；缪启愉，缪桂龙译注：《农书译注》，济南：齐鲁书社，2009年，第551页。

说的"除粗取精"。不同谷物的形态和大小存在差异，因此，不同的谷物所使用筛子的网眼疏密程度也不同。

中国古代的筛子由竹篾制成，而现代农村还有由其他材料制成、形制和大小不一的筛子。现在的筛子和古代的形制基本相同，但越来越多地用铁丝做网，然后用木条或竹条固定口沿，更加结实耐用。在现代社会，除了用于农业生产之外，各种形制和功能的筛子在很多方面也发挥着作用，如考古工作中也用筛子。各种机械化且制作精密的筛子更应用在现代工业社会的各个领域，如在汽车、医药、油漆等领域广泛应用的"分子筛"。

三、农事诗：唐代农耕文明的"镜子"

农事诗是唐诗中历史文化价值较高的一类，其题材非常广泛，有描绘田园风光、农事生产的；有反映当时的阶级矛盾、揭露封建社会黑暗的；也有借助农事诗抒发个人抱负与遭遇的。这些写作主题分阶段贯穿于唐诗的发展中，反映了唐代的典型农业文化和社会面貌。

（一）唐代农事诗整体情况

唐代诗歌创作的品质之高、数量之多、影响之大，足以让唐诗成为古典诗歌的创作典范。宋代的严羽在《沧浪诗话》中将唐诗的演进分为五个时期，即"初唐""盛唐""大历""元和""晚唐"，但是他的分期较为笼统，只不过勾勒出了每个时期的大致风格。明代高棅在其著作《唐诗品汇·总叙》中对唐诗的风格演变做了详细论述，并将唐诗的发展分为四个时期——初唐、盛唐、中唐、晚唐。唐诗在这四个阶段表现出来的总体特色各有侧重，农事诗亦是如此。

（1）初唐农事诗的创作情况

唐王朝建立后，由于经历了魏晋南北朝和隋朝时期的长期战乱，因此改变土地荒芜、经济衰败的凋敝局面是统治者恢复生产的首要任务。唐朝初期，实行了很多有利于恢复农业生产的具体措施，如减免赋税，使得农民有了"休养生息"的机会。相应地，这一时期的诗歌创作，整体上是南北朝时期"绮错婉媚"的宫廷诗的延续。此时的农事诗主题以"乐农"为主，带有山水田园诗的色彩。诗歌的现实性和思想深度并没有达到一种较高的标准，代表诗人是王绩和王勃。

（2）盛唐农事诗的创作情况

经过初唐的休养生息，农业获得了较大的发展，国家安定，人口增长。

然而，随着经济的恢复与发展，伴之而来的是阶级矛盾的日益激化。唐杜佑《通典》注记载："开元之季，天宝以来，法令弛坏，兼并之弊，有逾于汉成、哀之间。"[①] 这里的法令主要是指"均田制"。"均田制"在开元末期遭到破坏，致使大量农民丧失土地、流离失所，阶级矛盾日益激化。此时的诗歌创作达到了顶峰，涌现出一大批优秀的诗人。其中有些诗人怀着对农业生产活动、农村风貌的关注，以极其浓烈的情感去描绘盛唐时代的农民生活。如经历了盛唐由盛转衰的转折点——"安史之乱"的杜甫，他目睹了农民生活的困境，其诗歌也全面、深刻地反映了时代的变化，体现了战乱后农民生活的苦楚和凄凉。

（3）中唐的农事诗创作情况

中唐的社会状况相较于"安史之乱"时期稍加稳定，但阶级矛盾十分尖锐，地方存在藩镇割据的问题、中央有朋党之争，社会整体上处于一种严重危机中。盛唐诗歌中的那种恢宏气象在此时逐渐消退。以白居易、元稹为代表的新乐府运动诗人，其作品多反映民生疾苦，揭露现实黑暗。中唐的诗人、诗歌数量及诗歌流派众多，农事诗也在这一时期出现繁盛之态，与之相关的题材十分广泛，包括农耕、归田、悯农等诸多内容，如白居易、李绅、张籍等多批判时弊，针砭现实，具有悯农的情怀。

（4）晚唐农事诗的创作情况

晚唐的政治形势进一步恶化，地方藩镇割据加剧，中央宦官掌权，人民的生活苦不堪言，终于在公元874年爆发了黄巢农民起义。这一时期的农事诗继承了中唐现实主义创作的传统，发扬了"惟歌生民病"的现实主义精神，其中的代表作家有杜荀鹤、皮日休、陆龟蒙等。此时期的农事诗题材虽涉及农业的各个方面，但其中以悯农诗的比例最高。

（二）唐代农事诗展现了社会景象

对农事诗进行深入系统的研究，能够给现代的农业发展提供有益的启示。农事诗反映了一定时期农业作物和工具的起源及应用，为我们认识某一历史时期的农业发展状况提供了感性资料。这些农事诗都表现了两大主题——农民生活和农业情感，是反映农民生产生活的一面"镜子"。

（1）农业生产方式

农业题材的诗歌展现了唐代农业生产的情况，再现了当时社会人民的

---

① ［唐］杜佑：《通典》卷二《食货二·田制下》，北京：中华书局，1988年，第32页。

勤劳淳朴，具有很高的艺术审美价值与社会价值，成为研究唐代农业生产的重要史料。农业生产问题与社会稳定、政权稳固等诸多要素息息相关，为历代统治者所重视，唐代也不例外。经过了"贞观之治""开元盛世"，农业出现了辉煌的繁盛时期，而"安史之乱"导致社会动荡，加之自然灾害频发，农村经济跌落，农业生产活动停滞。这些都在唐诗中有所反映，表现为农耕诗、悯农诗、乐农诗、归田诗、社日诗等形式。

古人的生活图景主要表现为"男耕女织"。早在汉代，贾谊就在其《论积贮疏》中写道："一夫不耕，或受之饥；一妇不织，或受之寒。"唐代农业劳动有性别分工，男性在农业劳作中呈现主体角色，承担的都是耕、种、刈等需要大量体力的农活；妇女则是作为辅助劳力，所承担的多是较轻但较为琐碎的劳动，但其总劳动量并不低于男性。例如，王绩在《田家》一诗中写道"倚床看妇织，登垅课儿锄"①，反映了中国古代小农经济男耕女织的特点。寒山在《诗三百三首·其一百七十四》中写道："养女畏太多，已生须训诱。捺头遣小心，鞭背令缄口。未解乘机杼，那堪事箕帚。张婆语驴驹，汝大不如母。"② 描写了唐代家庭农事活动场景。

唐代的农作物种植大部分是按照当地气候、水源、土壤等独特的自然条件，因地制宜地开展栽培。唐代农业在坚持以粮食作物为主要作物的同时，开展了林、牧、渔等辅助性农业经济形式，实现了粮畜结合、农桑结合、农林结合、农渔结合等农林牧渔综合经营。这种区别于前人的农业生产形式反映在农事诗中，主要体现在以"瓜园""药圃""花圃"为背景和以"渔父词""樵夫词"等为题的诗歌作品中。例如，储光羲在其作品《田家杂兴八首（其二）》中写道："满园植葵藿，绕屋树桑榆。"农业生产结构在唐朝的优化，给予社会以丰富多样的衣食，由此少数人形成了悠闲舒适的生活方式。

唐代的农事播种和田间管理为统治者和老百姓所重视。他们能够清晰且准确地把握春耕秋收的时间。如李白《赠从弟冽》的"日出布谷鸣，田家拥锄犁"③，描绘了当时的农民以布谷鸟鸣叫为开始进行锄地犁田时间的情况。在唐代，农民对耕犁的运用也十分广泛。由于南北地区差异，北方

---

① 中华书局编辑部点校：《全唐诗》卷三七《王绩》，北京：中华书局，1999年，第481页。
② 中华书局编辑部点校：《全唐诗》卷八〇六《寒山》，北京：中华书局，1999年，第9174页。
③ 中华书局编辑部点校：《全唐诗》卷一七一《李白》，北京：中华书局，1999年，第1766页。

主要为旱田，南方则以水田为主，但无论是北方旱田还是南方水田，都普及了牲畜拉犁耕作的方式。犁耕在唐代的诸多农事诗中均有体现，如储光羲《田家即事》："迎晨起饭牛，双驾耕东菑。"[1] 这两句说的就是农民早出晚归在田间劳作的场景。唐代农业田间管理所使用的大部分是锄、镰、斧等铁质工具，劳动强度较大，如李绅广为流传的《悯农》："锄禾日当午，汗滴禾下土。谁知盘中餐，粒粒皆辛苦。"[2] 写的是农民在炎炎夏日，在田中锄草的艰辛。

自古以来，每个朝代的生产力变革无不与农业发展有着极为密切的关联，农业机具和农业技术的发展直接决定了这一时期的农业发展水平。在我国的农业史上，首先得以发展的农业机具便是播种和收割农具，然后是其他农具。但要注意的是，我国古代农具受历史和地理条件的影响，存在同一地区、同一时期内先进与落后的农具并存的状况。不同地区的农具更是千差万别，比如水田的长江流域和旱田的黄河流域的农具就有较大的区别。

（2）农民社会生活

在封建社会，不论是官方角度还是民间立场，往往都带有一种极其浓厚的农耕祭祀文化色彩，农事诗对唐代农事祭祀活动及参与其中的农民情感进行了细致刻画。在整个社会的生产力水平并不发达的情况下，人们无法凭借自身的力量去对抗自然，自然环境成为决定农业发展程度的关键因素之一。故而，人们为了增加农业的收成、避免自然灾害，只能将希望寄托于虚无缥缈的神秘力量——祖先、神灵的庇佑，于是便产生了农业崇拜和农具崇拜，"耤田礼"等官方的农业祭祀活动在唐代得以延续。在"耤田礼"这一天，需要天子亲自用耒耜去翻整土地。《吕氏春秋·孟春纪》中记载，每年的春季天子要亲自载耒耜参加"耤田礼"。柳宗元在其《闻耤田有感》一诗中记录了这种礼仪在唐代的表现："天田不日降皇舆，留滞长沙岁又除。宣室无由问釐事，周南何处托成书。"[3] 这首诗作于元和五年（810），

---

① 中华书局编辑部点校：《全唐诗》卷一三七《储光羲》，北京：中华书局，1999年，第1384页。

② 中华书局编辑部点校：《全唐诗》卷四八三《李绅》，北京：中华书局，1999年，第5530页。

③ 中华书局编辑部点校：《全唐诗》卷三五三《柳宗元》，北京：中华书局，1999年，第3968页。

唐宪宗传旨次年的正月十六日要到东郊举行祭祀大典，并命令有关部门撰写相关文稿。这种典礼除了在早春时间举行之外，在夏季锄草和秋季收割时，也会举行。

唐代的农业祭祀活动尤为兴盛，不仅继承了以往祭祀活动的主要程式，还呈现出新的形态，逐渐变成与农民生活最为密切相关的节日习俗。例如，相较于先唐时期的祈雨，唐代的祈雨已臻于成熟，比如祈雨中的一个关键人物——旱魃也具备了祈晴的作用。相较于最初的祈雨，唐代人们在遭遇水灾后，也会祈祷旱魃出现，止雨放晴。在唐代，官府士绅修建了大量的城隍祠庙，这些祠庙大多宏伟富丽，成为当时人们聚会、娱乐的场所。可见，反映这些关于农事活动的诗歌无论是抒发情感还是描写现实，都或多或少地具有农业文明的印记。中国传统文化所追求的"天人合一"理想的表征，由此亦增加了唐代农事诗的深度。

（执笔：冷宇）

洪荒之拓

耒与耜

农具是农业文化的载体，它对人类社会起着巨大作用。耒耜耕作真实客观地反映了上古时期的社会生活，其发展状况也成为衡量当时生产力的重要标志。耒耜也是农耕文化的象征，秦汉以降，耒耜有时也用来泛指古代的农具，成为不可忽视的农业符号。通过对经典作品的阐析，聚焦耒耜在农业耕作中发挥的重要作用，可以体认"合物之性""依时而作"的农业生态发展理念，也可以体味诗人对普通百姓生活的共情。

"耒耜" 之于农作

在传统农耕条件下，收成丰歉与天降之"雨"息息相关，久旱不雨会致使作物枯萎而死，百姓叫苦不迭，"久旱逢甘霖"时农人则愉悦欣喜，后人也将"久旱逢甘霖"作为人生四大喜事之首。唐代诗人常创作喜雨诗，抒发与民同忧、为民而喜的情感体验。杜甫的诗作《大雨》生动细致地再现了农人久旱盼雨、雨至喜雨、耒耜出耕的全过程，表现出对自然生态环境的关注。

> **大雨①**
>
> 杜甫
>
> 西蜀冬不雪，春农尚嗷嗷②。上天回哀眷③，朱夏云郁陶④。
> 执热乃沸鼎，纤绤成缊袍⑤。风雷飒万里，霈泽施蓬蒿。
> 敢辞茅苇漏，已喜黍豆高。三日无行人，二江声怒号。
> 流恶邑里清，矧兹远江皋⑥。荒庭步鹳鹤，隐几望波涛。
> 沉痾聚药饵⑦，顿忘所进劳。则知润物功，可以贷不毛。
> 阴色静陇亩⑧，劝耕自官曹⑨。四邻耒耜出，何必吾家操。

一、久旱遇雨

杜甫（712—770），字子美，自号"少陵野老"，唐代著名现实主义诗

---

① 中华书局编辑部点校：《全唐诗》卷二一九《杜甫》，北京：中华书局，1999 年，第 2313 页。
② 嗷嗷：哀鸣声，哀号声。
③ 哀眷：怜悯眷顾。
④ 郁陶：指忧思积聚状。
⑤ 缊袍：以乱麻、乱棉絮制成的袍子，指古代贫者之衣。
⑥ 矧：况；况且。
⑦ 沉痾：指久治不愈的病。
⑧ 陇亩：指田地。
⑨ 官曹：官吏办事机关、官吏办事处所。

人，与李白合称"李杜"，被后世称为"诗圣"。杜甫出身于官僚家庭，祖父杜审言为修文馆学士，父亲杜闲为朝议大夫、兖州司马。受到家学的熏陶，杜甫从小就有不凡抱负，他在《奉赠韦左丞丈二十二韵》一诗中表达了期望实现"致君尧舜上，再使风俗淳"的理想。他的诗歌创作中贯注着忧国忧民的思想情感，表现仁政爱民、匡时济世的远大追求，准确地反映重大的政治事件和尖锐的社会矛盾。乾元二年（759）十二月，杜甫举家取道秦川古道，并在年关抵达成都。宝应元年（762），成都一带持续干旱，杜甫在《说旱》中述："今蜀自十月不雨，月旅建卯，非雩之时，奈久旱何。"① 正当诗人与农家忧心忡忡之际，一场大雨突降，及时缓解旱情，诗人与民同乐，故作《大雨》。

二、情同自然，合物之性

《大雨》是一首五言古体诗，详述自入冬以来成都一带持续干旱的状况，大雨缓解旱情，诗人由忧愁转为喜悦，描绘雨后农家劳作之场景，讴歌大雨的润物之功。作品反映出古人已在耕作经验中总结出气候变化的规律，他们通过观察气温和降水等自然条件，展开耕种行为。通过农人雨后的耕种行为，能够观察到先民的生活习惯与思维方式。

诗歌前八句描绘了天气炎热、久旱待雨的自然景象，农民穿着破旧的衣物，因农作物得不到滋养而哀号不断、痛苦不堪。诗人对当地农民的不幸遭遇深表同情，为穷苦百姓深情呼唤，充分反映出诗人杜甫"民胞物与"的情怀。突降的大雨有效缓解了旱情，"风雷"一句重在凸显雨势浩大、雨点密集之状。中间八句写雨后之景，运用拟人、夸张等修辞手法，描绘成都内江、外江汹涌澎湃景况，水声怒号，冲走一切污物。但大雨也让草堂周遭呈现出黍豆长高的生机勃勃景观，诗人居于田园，与百姓一起致力农桑，躬耕自给，因而在遇雨时，顾不得茅屋破漏，为庄稼生长而感到欣喜。后八句写诗人的喜雨之情：一方面，诗人赞美雨水滋养万物、滋润不毛之地的功绩，解救百姓倒悬之急；另一方面，诗人也喜于农官乘时节勉励百姓抢耕抢种，四邻皆出，手持耒耜劳作的场景。这种欣喜之情是因时而起，因农而生的。

---

① 周绍良主编：《全唐文新编》第 2 部，长春：吉林文史出版社，2000 年，第 4125 页。

对于杜甫来说，雨是激发诗情、酝酿诗思的催化剂。诗人为久旱逢雨而欢呼雀跃，借写雨景，表达了自己心怀社稷、情系苍生的情怀。整首诗体现了人与自然的和谐贯通，以及人与气候、动植物互相依存的关系。

三、农耕之始，在于耒耜

（一）勉励稼穑

"四邻耒耜出，何必吾家操"一句，描写了农人在春雨后对田亩进行春耕的劳作场景。其中使用的耒耜是由耒和耜两种独立的原始农具结合演化成的复式新农具，耒便于农人手执操控，耜锋利又牢固，两者在长期的生产实践过程中结合起来，见图 1（来源：孟宪明：《中原经典神话》，郑州：河南大学出版社，2016 年，第 76 页）。农具的演变综合体现出人工造物思想的演变，是人类运用技术改善客观事物的最直观反映，对中国农业文化的形成也具有重要意义。耒耜是传统农具的代表，坚硬且耐用，除了大大提高翻地的效率外，还具备播种、除草、修水利设施等功用。

图 1　山东嘉祥县武梁祠汉代画像石神农执耒图

耒耜是人类躯体的延伸，有了耒耜，才有了耕播农业、春耕秋收。居蜀期间，杜甫积极参与农业实践活动，其作品充分表现了农作物与农事内容。在旱灾肆虐的情况下，农家不得劳作，严重影响生产，甚至会导致饥荒，此时一场大雨为恢复生产提供了契机。诗人有管理稻作、勉励稼穑之责，农官们也本着宏观的政策性调控思想鼓励百姓耕种，雨后百姓手持耒耜，积极自主地投身农忙的场景让诗人感到欣慰，"何必吾家操"一句，实则表达了欢愉之情。

（二）依时而作

合宜的自然条件是农业发展的前提，农作物的生长情况离不开阳光、雨水等。古人讲求人与自然的"天人合一"关系，强调自然环境与农业生产之间的重要联系，相传神农氏"因天之时，分地之利、制耒耜，教民农

唐诗里的农耕文化

作。神而化之，使民宜之，故谓之谓农也"①，由此教人耕种五谷。顺应天气时节，考量地势便利，才能实现农业耕作事半功倍的收获。农学家王祯在其著作《农书》中表达了自己的农学主张，强调人、物、天、地的和谐统一，农事活动应当准确掌握农时。

我国的农业生产为季风型农业，以河流文明著称，因而雨水和河流成为最重要的水资源，对于农业生产而言更是不可或缺的因素。天降甘露，是天地合顺的产物，大雨缓解了旱情，对民生的重要性不言自明。依时而作反映的是农民从农耕经验中获得的民间智慧。在《大雨》这个作品中，农人在特定的天气（久旱遇雨）下集体性地运用特定农具（耒耜）进行特定的农事活动（播种），映现了唐人对时节的认知、对自然规律的精准把控，以及对农业生产与气候变化相关性的正确认识。可见，他们已然领悟：农业生产是一项需要运用天时、地利、生物、工具等条件谋取产出的生产活动。

在民本思想的浸润下，我国儒家知识分子虽重农悯农，从社会、政治的层面关切百姓，却很少亲身投入具体的农事活动。然而，杜甫能够自觉投入其中，其诗歌创作对于农事活动、种植作物和烹饪饮食都有细致的观摩。《大雨》充分体现了诗人勉励稼穑、依时而作的思想取向，诗人与自然之间并非简单的描述者与被描述者的关系。人既接受自然环境的供给，也经受自然环境的约束。作为忧国忧民的诗人，杜甫也对天气状况格外关注，将农人、农耕、农事放在心头，传递出他对社稷苍生的无限牵挂。

耒耜耜田，期盼丰收

唐代农业工具的使用情况在唐代的农事诗中可以找到踪迹。据笔者统计，《全唐诗》中含有"耒耜"农业意象的诗歌共计 11 首。在春季到来时，农家通常使用耒耜对土地进行初耕，整理杂草、枯枝，疏松土质，这样的农事行为给后续农业生产提供了便利条件。此外，在耜田礼仪中呈现的耒耜是人与田地的相互作用与情感传递，内化于个体乃至整个国家之间的集体

① ［清］陈立：《白虎通疏证》卷二，北京：中华书局，1994 年，第 51 页。

性民族共识，包蕴着唐代农民的智慧创造与期待追求。

题农父庐舍①

丘为

东风何时②至，已绿湖上山③。
湖上春已早④，田家日不闲。
沟塍流水处⑤，耒耜平芜间⑥。
薄暮饭牛罢⑦，归来还闭关⑧。

丘为的《题农父庐舍》一诗以旁观者的身份见证初春时节农家在田间地头劳作、用耒耜理地、饲养耕牛的春耕全过程，由此探究耒耜春耕这一行为仪式背后的文化内涵。

一、热爱山水，参悟佛理

丘为，生卒年不详，嘉兴（今属浙江）人，盛唐时期诗人，擅长五言诗，与盛唐山水田园诗派代表人物王维、刘长卿等人交好，彼此常有诗歌唱和，又与禅僧和隐士有所往来。由此，诗人在大自然中顿悟佛禅之理，将这些意外之趣通过意象融入诗歌，从而创作出将隐逸情怀和山水风光相结合的山水田园诗。清人贺裳评价丘为诗"如坐春风中，令人心旷神怡"⑨。《题农父庐舍》展现出朴实田园生活的同时又兼具清净的佛禅之理，寓新颖别致于朴质自然，耐人寻味。

---

① 中华书局编辑部点校：《全唐诗》卷一二九《丘为》，北京：中华书局，1999 年，第 1317 页。
② 东风：春风。
③ 绿：形容词的使动用法，使……变绿。
④ 已：又作"既"。
⑤ 沟塍（chéng）：田埂和田间的水沟。塍：田埂。
⑥ 平芜：杂草繁茂的平旷原野。
⑦ 饭：名词活用为动词，喂。
⑧ 闭关：闭门谢客，也指不为尘事所扰。
⑨ ［清］贺裳：《载酒园诗话又编》，王步高主编《唐诗三百首汇评（修订本）》，南京：凤凰出版社，2017 年，第 78 页。

二、农家春耕，忙碌充实

在《题农父庐舍》这首五言诗中，诗人丘为以淡逸自然的笔调描绘了农家春耕时节忙碌的生活。春风吹绿了湖边的山野，农人们在田间地头劳作，平整土地，喂养耕牛，开启了春耕。忙碌了一天，农人们在暮色中回家，闭门谢客，关上柴门在家中休息，远离尘世之扰。全诗语言朴质清新，明白晓畅。

前两句"东风何时至，已绿湖上山"，以平易自然的语言，描绘出春风悄然而至、漫山遍野春色盎然的景象。诗句交代出气候特点和人们的心理感受，其中"绿"字用得尤为巧妙，彰显了诗人精妙准确的炼字能力，饱含巧思。"绿"字本为形容词，此处作动词使用，生动形象地描绘出春天的景象，极富动态感和色彩感，使全诗自开篇便富有感染力。宋代，王安石所作《泊船瓜洲》中的名句"春风又绿江南岸"大概就是受此启发。

第三至第六句，运用白描手法描绘农人们春忙时的场景。前两句"湖上春已早，田家日不闲"是概括地写，交代整体的自然环境和农人们忙碌劳作的情况。"沟塍流水处，耒耜平芜间"是具体地写，人并未出现在诗中，却让读者从几个田间标志性的地点联想到农人在沟渠田间躬耕不辍的画面，富有生活感，别具一番趣味。

最后的"薄暮饭牛罢，归来还闭关"两句，写农人结束了一天的劳动，喂完耕牛收工回家闭门休息。傍晚时分，农人们给耕牛喂饮后，关上柴门回到家中休息。与部落的团体形式不同，乡土社会以家庭及家族为单位进行生产生活，费孝通在《乡土中国》中谈道："在一个安居的乡土社会，每个人可以在土地上自食其力地生活时，只在偶然和临时的非常状态中才感觉到伙伴的需要。"[1] 结句"归来还闭关"，一方面写农人劳累了一天需要及早休息，从侧面反映出春耕的忙碌；另一方面，农人们无事不相往来、互不相扰的心理状态，"日出而作，日入而息"的宁静生活，也折射出社会安定的乡土风貌。

丘为在《题农父庐舍》中以一个旁观者的视角观察并赞美了农家的一日生活，运用白描的艺术手法和浅近流畅的语言，描绘了一幅富有诗意的

---

① 费孝通：《乡土中国》，北京：生活·读书·新知三联书店，1985年，第29页。

田家春耕图，对农人的生活进行诗化与美化的处理，表达了宁静心态与旷达洒脱的隐逸情怀，同时也意在抒发自己知农、惜农的真挚情感。

三、执彼耒耜，耤田有礼

"沟塍流水处，耒耜平芜间"是诗中描绘农忙时具体场景的两句，农人们在春日田埂、沟渠间劳作，用耒耜除清原野上的杂草，为播种做准备。耒耜是古代运用最广泛的农业耕种复合农具，由"耒"和"耜"两部分组成，"京房云：耜，耒下铧也。耒，耜上句木也"[①]，见图2。现阶段，人们普遍认为耒是供人执握的弯曲的柄，耜是由不同材质制成的扁平横板，能够插入土中翻土。耒耜在唐代臻于成熟，大大加快翻土速度，使得翻耕、平整土地的劳动变得更加快捷省力，不断提高农业生产效率。用耒耜在春耕时平整土地，标志着一年的起始。

图2 耒耜

（一）阴阳结合，耤田礼仪

使用耒耜春耕是传统、常见的农业行为，然而其背后蕴藏着深厚的民族精神与文化符号。在春天用耒耜耕地的仪式最早可追溯到神话思维时代，各民族神话常将大地看作阴性的母亲神，将天看作阳性的父亲神。春季被广泛认为是天父地母交合、大自然保持旺盛繁殖力的最佳时期，是自然万物受到滋养的最佳季节。神话思维逐渐演变延展为天子在春天草木萌动时"躬耕帝籍"，使用耒耜实行籍田礼仪。《礼记·月令》中有这样的记载："孟春之月，东风解冻，蛰虫始振……是月也，天子乃以元日祈谷于上帝。乃择元辰，天子亲载耒耜，措之于参保介之御间，帅三公、九卿、诸侯、大夫躬耕帝籍。天子三推，三公五推，卿诸侯九推。"[②]古代天子每年择吉日率诸侯大臣在祭田上用耒耜亲耕，然后由百姓耕种。天子作为阳性父亲神的化身，期望通过这种仪式，代表天父同地母相结合，以促进自然万物的滋生。

（二）耒耜春耕，祈田丰产

在文化上，春天除了季节外，还具有生发、诞生之意。在春季用耒耜

---

① ［汉］许慎撰；［清］段玉裁注：《说文解字注》，上海：上海古籍出版社，1981年，第183页。
② ［元］陈澔注；金晓东校点：《礼记》，上海：上海古籍出版社，2016年，第171-173页。

耕田播种除了可视作一种农业行为外，也可理解为一种隐喻，是社会生活无意识基础的反映。《诗经·周颂·载芟》序曰："《载芟》，春耤田而祈社稷也。"农官引导春耕以劝农、勉农，农民以耒耜春耕祈求一年庄稼丰收，社稷安康，表达美好愿景。耒耜扮演着将人的生存、娱乐同土地紧密联系起来的重要角色，既是关涉人与土地产生关系的最初中介物，又是农民与土地发生联系的原生纽带。它不仅解决了百姓的生存之本，也为农业文明的发展创造了条件。《淮南子·说林训》中记载："清醮之美，始于耒耜。"① 农民运用耒耜对土地进行耕作，土地也回馈以食物，带给人们物质上的富足，甚或精神上的愉悦。

亲农信农，鱼水相依

纵观唐代的农事诗，立足于农人本位创作而成的悯农诗、乐农诗不占少数。在此类诗歌中，诗人倾听农民生活中的悲苦遭遇，体悟农民生活中的喜悦情感，揭露社会痼疾，抒发惜农情怀。然而，农事诗中却鲜少书写农人像朋友、亲人一样，反过来倾听诗人烦恼，安慰官吏的情况，柳宗元的《首春逢耕者》即为这样一首佳作。

首春逢耕者②
柳宗元

南楚春候早③，余寒已滋荣。
土膏释原野④，百蛰竞所营⑤。
缀景未及郊⑥，穑人先偶耕⑦。

---

① 何宁：《淮南子集释》卷十七《说林训》，北京：中华书局，1998年，第1216页。
② 中华书局编辑部点校：《全唐诗》卷三五二《柳宗元》，北京：中华书局，1999年，第3959页。
③ 南楚：柳宗元贬谪之地——永州。
④ 土膏：泥土的肥力。
⑤ 蛰：蛰居，即动物冬眠，藏起来不食不动。
⑥ 缀景：成片的景色。缀，装饰，点缀。
⑦ 穑人：农民。穑，收割谷物，亦泛指耕作。

园林幽鸟啭①，渚泽新泉清②。

农事诚素务，羁囚阻平生。

故池想芜没，遗亩当榛荆③。

慕隐既有系，图功遂无成。

聊从田父言，款曲陈此情。

眷然抚耒耜④，回首烟云横。

柳宗元在永州郊外目睹农人手执耒耜春耕的景象而写下此诗，流露出作者对农耕生活的依依眷恋和对于自身羁囚遭遇的愤慨连连。诗人将一腔愁思和牵挂向田中老农倾吐，老农聆听诗人烦忧，为诗人疏解压力，传达出知识分子对农民、农事的亲近与信赖，也映现着官吏与农民鱼水相依的和睦关系。

一、贬谪永州，贴近百姓

柳宗元（773—819），字子厚，河东（今山西永济一带）人，"唐宋八大家"之一，世称"柳河东""河东先生"，有《柳河东集》传世。由于永贞革新失败，永贞元年（805）八月，唐宪宗即位，柳宗元被贬为永州司马。在永州的十年，柳宗元在游历山水、结交友人的同时，也在哲学、政治、历史、文学等领域深入钻研，留下了大量的诗文创作。元和十年（815），诗人应召回京，后又被外放为柳州刺史，元和十四年（819）病逝于柳州。在任期间，柳宗元施行美政，被当地百姓赞颂、怀念。柳宗元被贬谪永州后，有了更多接触底层百姓的机会，得以了解他们的生产和生活情况。

二、羁旅之愤，农事之思

本诗写的是永州早春的景象。诗人被贬异地，触景生情，贬谪的忧伤、

---

① 啭（zhuàn）：鸟婉转地叫。

② 渚（zhǔ）：水中的小块陆地，小洲。

③ 榛荆（zhēn jīng）：犹荆棘，形容荒芜。

④ 眷然：怀念的样子。

对故乡的思念、对往事的留恋及对人生的感慨都流露在诗中。

诗的前四句描写了永州的"春候"。是日，柳宗元独自出游到永州郊外，目睹一幅在长安为官时不曾见过的春意盎然的田园图景。原野上清泉涌流，草木萌蘖，鸟语花香，更有农人手执耒耜忙于春耕。他倍感新奇与兴奋，以深情的笔触，记下了这赏心悦目的春日景象。

从第五句起，诗人由所见所闻转向所思所感。诗人看到南方生意盎然的春耕景象后，引发了对北方春天的深深怀念，抒发了强烈的思念故土之情。由早春生机勃勃的景象，作者联想到北方旧居已人去楼空，昔日田园因无人料理而杂草丛生、沦为荒地的景象。由此，进一步激发了对人生的感慨，政治前途既已渺茫，沉闷之情又无以排遣，精神的家园不知何在，遂感无可寄托之惶然。"农事诚素务，羁囚阻平生"一句交代了诗人自身也从事农活，"素"体现干农活是多年习惯且向往的行为，表达了自己当下因贬谪寄居外地，无法从事农业耕作的遗憾、无奈的情绪。"故池想芜没，遗亩当榛荆"则联想到家田荒废的情景，故乡的池塘已经被荒草淹没，荒废的田园想必也被灌木占据。"慕隐既有系，图功遂无成"一句，则写出诗人在无聊生活与极度不适和不满之下羡慕起隐士来，他们心有所系，精神上有牵挂。而诗人反观自身，羡慕隐逸却有职事待办，期望立功却无所成就，伤感之情涌上心头。

因而在下一句"聊从田父言，款曲陈此情"中，诗人偶遇田间劳作的农夫，心中怨懑、委屈之情有了倾吐的对象，决定向这位素昧平生的农夫作一次详尽的倾诉。永州的农民想必是对柳宗元十分爱戴的，倾听他的心事，给他以莫大的慰藉。农夫成为柳宗元倾诉的对象，与农夫倾心交谈已成了他精神解脱的最好方式。柳宗元之所以那般热爱永州山水，一个重要的原因就是他对永州人的信赖和感激。一言以蔽之，全诗表现的是柳宗元初到永州的所见所感，既呈现了诗人对永州初春景象的生动描摹，又记述了诗人在谪居生活中与田间老农细细攀谈、不舍离开的难忘经历。

三、官民和谐，鱼水情景

尾句"眷然抚耒耜，回首烟云横"，作者一边抚摸着耒耜一边怀念着往事。

（一）生人之意

柳宗元在政治上否定传统"君权神授"的天命观，提出以百姓思想、意愿为动力的管理思想，他提出"唐家正德受命于生人之意，累积厚久，宜享年无极之义"①，认为历史的发展不取决于圣人之意，而是取决于以"生人（民）之意"为基础的"势"，权威的稳固和王朝的兴衰取决于个人。在现实生活中，诗人关怀农民的命运，对农民饱含真挚情谊，倾听黎民百姓的意愿，也将亲农、重农的思想以身体力行的方式表现出来，对耒耜充满怀念、眷恋之情。在作品中，诗人通过描绘田间春耕景色，表达自己对于乡村生活的热爱和对田间朴质醇厚气息的向往。

（二）互慰互依

柳宗元"生人之意"的政治理念决定了他与百姓互慰互依的基本立场。在中国千百年来的政治统治中，官吏是民之父母，百姓是官吏统一管理的子民，而柳宗元则重新界定官民关系，百姓被赋予主体地位，拥有话语权。

在诗人为功名利禄羁绊烦忧时，他选择将目光投向农民，所谓"聊从田父言，款曲陈此情"。诗人对待农民并不是居高临下的态度，无论是通达之际还是落魄之时，他都能与农民打成一片，坦诚地分享自己的担忧，回到泥土上进行诗歌创作。在柳宗元笔下，农民不再是传统悯农诗中贫困、痛苦的形象，也不再处于悲苦的境遇中，而是以明快的笔调将眼前的农民刻画成一位聆听烦恼，为诗人疏解压力的诚朴友人形象。

柳宗元作为永州司马，站在知识分子与民间立场之上，主动与农民生活接轨，贴近社会底层的民众。他尊重农业，亲近农民，深入农村，站在与农民共同的视角和立场上，与老农形成了鱼水相依、血脉相连、互相慰藉的情感纽带。

安于"耒"者，心有居

在唐代诗歌中，农具"耒"常出现在农事诗及别类诗歌对于农家耕作的场景描绘中。"耒"除了特定的农具含义之外，还作为各种农具和耕种行为的代指，并用"执耒者"代称农夫，可见其与古代农业文化的密切相关性。

---

① ［唐］柳宗元：《柳宗元集》卷一《贞符（并序）》，北京：中华书局，1979年，第30页。

古边卒思归①

司马扎

有田不得耕，身卧辽阳城。

梦中稻花香，觉后战血腥。

汉武在深殿，唯思廓寰瀛②。

中原半烽火③，比屋皆点行④。

边土无膏腴⑤，闲地何必争。

徒令执耒者，刀下死纵横。

司马扎的《古边卒思归》通过戍边将士对农事生活的向往来表达其"思归"之情，表达对战争的不满，以及战争对生产的破坏，批判统治者对农业生产的忽视，剖析"耒"等农具得以使百姓安居、社会稳定的重要意义。

一、官场失意，反映民瘼

司马扎，生卒年不详，寄居茂陵（在今陕西兴平东北），唐宣宗大中（847—859）年间诗坛有名。诗人热衷功名，却怀才不遇，他曾自述"十年身未闲，心在人间名"（《山中晚兴寄裴侍御》）⑥。由于官场上的失意，诗人在生活和情感上贴近社会底层，诗作多书写农事行为，体察民间疾苦，揭露社会不平，语言浅近，风格古朴。

二、铁马冰河，稻香入梦

《古边卒思归》虽是一首边塞诗，但诗人将边境战事与农事生产相结

---

① 中华书局编辑部点校：《全唐诗》卷五九六《司马扎》，北京：中华书局，1999 年，第6955 页。边卒：戍边的士卒。

② 廓：扩大。寰瀛：广阔的地域，海内。

③ 半烽火：大半地区有战火。

④ 比屋：家家户户。点行：应征当兵出征。

⑤ 膏腴（yú）：指肥沃的土地。

⑥ 中华书局编辑部点校：《全唐诗》卷五九六《司马扎》，北京：中华书局，1999 年，第6956 页。

合，别有天地。前两句写士兵的思归之情。前两句开门见山，直抒胸臆，点明将士家中有田地不能耕种，不得不到这辽远的荒芜之地戍边的状态，表达了诗人对战争的不满。"辽阳"交代边卒戍边的地点。动词"卧"字准确且巧妙，身"卧"则眠，眠则入梦，这样便引出了下一联的稻香梦境：稻米成熟饱满，一阵微风荡过，传来阵阵稻香，一派丰收、祥和之景。归返乡里，执耒犁田显然是征战将士们的精神乌托邦，在疲累痛苦之时，放眼乡里，想念家人，成为他们抚慰心灵的精神家园。然而，将士刚在梦中获得一丝慰藉，醒来时所见荒芜、贫瘠的边防地区和散发着血腥气味的战场，又给他们带来沉重一击。诗人将和平与战争之景对比，更加凸显边卒生活之疾苦。

后四句为诗人的议论。"汉武"两联借古讽今，指责统治者为开疆拓土，发起残酷的战争，以致家家抽丁，遍地烽火。"边土无膏腴，闲地何必争"一句运用反问，指出统治者开边之举无益，强调丰腴的土地在农业生产和经济发展中的重要性。末尾两句与前文相照应，"执耒者"呼应"有田不得耕"句，"死纵横"呼应"觉后战血腥"句，斥责统治者开边扩土的罪恶。烽烟四起，血肉横飞，牺牲无数生命，荒废无数田亩，换来的只是统治者坐享其成，所争的只是无用的荒地。该句从战争破坏农事生产，破坏人民的和平生活角度来谴责战争，贴近现实，指向深刻。

夹叙夹议、虚实相生是这首诗的主要特点。全诗前半部分描写，后半部分议论，衔接流畅。想象与现实之间形成残酷的对比，如想象中的稻香家园与血腥战场构成对比，以强烈的表现形式，为将士写疾苦，为百姓鸣不平，揭露出统治集团的奢侈腐化和贪婪残暴。诗人以简洁明白的语言入诗，全诗亲切、朴素，极具感染力。

三、安居之"耒"

耒作为古老、传统的农具之一，具有强大的生命力，通过它，我们可以窥见中国农业发展之路，追寻农具承载的尤为可贵的历史文化。时至今日，倘若对耒的文化意义进行研究和整理，不难发现它是使百姓安居的重要农具之一，其珍贵的文化价值在古代社会起着巨大作用。

（一）耒耕产粮

《说文解字注》记载："耒，耕曲木也。从木推丰。古者垂作耒耜。曰振民也。凡耒之属皆从耒。"①"耒"本为象形字，在金文中，上方以人之手执握，手的下方是一个底部分叉的农具，乃手握农具劳动之意，见图3（来源：左民安：《细说汉字1000个汉字的起源与演变》插图珍藏本，北京：九州出版社，2006年，第512页）。由此可知，耒最初是一种用树枝制成的分叉型的翻土工具。当"耒"字作为部首时，含有"耒"的汉字一部分表示农业耕作，如"耘""耦""耕"等；另一部分用于指代农具，如"耜""耨""耧""耙"等。其中，部分汉字兼具两种含义。

"耒"是促使土壤生产粮食的基础媒介。由于农业发展与农具创制紧密相关，因此农具的发明、改进也对相应的农业发展起到推广作用，成为特定农业生产的象征。耒伴随着农业生产而投入使用，成为主要的农耕工具。耒的尖头形制决定其翻耕、播种的对象应是颗粒较小、能够在疏松土壤中存活的农作物，稻、麦成为其中的重要组成部分，见图4（来源：周昕：《中国农具史纲暨图谱》，北京：中国建材工业出版社，1998年，第368页）。而稻米和小麦因其耐储存、便运输，长期成为我国民众的主粮。

农业不仅为人类提供赖以生存的粮食作物，保证最基本的果腹需求，也对社会分工和政权建构有巨大推动作用。早期政权的建立需要稻米、小麦类农作物，因而"社稷"也成了国家的象征。我国历代的统治者以农为本，以农兴国，耒耕的发明和使用，解决了古人的温饱生存难题，为巩固政权统治提供了重要助推，为百姓安享太平之乐创设了安居之本。

从整体上看，唐代置于一个典型的农耕社会中，农业在整个社会发展中占据着重要部分。贤明的统治者多对农业生产和发展极为重视，从宏观层面把控农事播种和田间管理。初唐时，中央设置司农寺，专门管理与农业生产相关的事宜，又施行劝民桑耕、轻徭薄赋等政策，农业生产焕发勃勃生机，庄稼长势茂盛，农家获益颇多。然而，本诗中的统治者本末倒置，

图3　金文"耒"字

029

图4　耒

---

① ［汉］许慎撰；［清］段玉裁注：《说文解字注》，上海：上海古籍出版社，1981年，第183－184页。

无视生产，开疆拓境，好大喜功，差遣本应从事农业生产的农民至边塞战争中，使得百姓饱受战乱之苦，叫苦不迭。

（二）人耒联结

"耒"也是使农民根植于土壤的重要黏合剂，食麦稻、执耒耕的农业生产与生活方式决定了人们的思维路径和精神活动，个体与农具之间产生奇妙而紧密的联结。

和其他农具相比，耒与农民似乎已经形成难解难分的联系。耒的发明将人的生存、娱乐同土地紧密结缘。在狩猎和游牧社会时期，人口的活动范围随着狩猎对象的转移而转移。而在农业社会中，农民无法迁徙，进而形成"生于斯，死于斯"的乡土社会。这是由于农具的发明促使人开垦、耕耘土地，而耒则是联结人与土地关系的最初中介物。《管子·海王》中有这样的记载："耕者必有一耒一耜一铫，若其事立。"① 意思是耕夫要想做成事，必须要兼备一耒、一耜、一铫，可见耒在农人心中占据重要地位。耒耕文化是中国传统农耕社会结构和小农经济下自给自足社会性质的表现。时至今日，脱离中原沃土的国人在广阔的草原上仍然习惯划一方区域，犁地耕种，这也是农具之于民族文化心理的重要影响。

在历史的发展历程中，"耒"的内涵不断丰富拓展。在本诗创作的晚唐时期，"耒"不仅作为农具的总称，也用来借指耕种。诗中的"执耒者"成为农民的代称。本诗中的将士从乡田走向战场，他们是无田的农民、无根的百姓。诗人用直白朴实的语言，表达出对统治者昏庸无道的不满和愤激，以及对这些被迫脱离与"耒"联结的不幸者的同情。

参考文献

[1] 中华书局编辑部. 全唐诗 [M]. 北京：中华书局，1999.

[2] 闵宗殿. 中国农业通史 [M]. 北京：中国农业出版社，2019.

[3] 叶舒宪. 中国神话哲学 [M]. 西安：陕西人民出版社，2018.

[4] 周昕. 中国农具通史 [M]. 济南：山东科学技术出版社，2010.

[5] 葛荃. 中国古代行政管理思想史 [M]. 天津：天津人民出版社，2016.

[6] 费孝通. 乡土中国 [M]. 北京：人民出版社，2008.

（执笔：储意扬）

---

① 耿振东译注：《管子译注》，上海：上海三联书店，2018 年，第 290 页。

唐诗里的农耕文化

农之重器

犁

犁是从最原始的耒耜逐步发展而来的先进省力的农具，也是最常见的耕地工具之一，这个过程凝聚了大量劳动人民的智慧。在其发展变化中，"犁"也慢慢地被人民赋予了丰富的内涵，它不仅仅只是破碎土块耕出槽沟的工具，还成了农业劳动的一个意象符号。在诗句中看到"犁"的出场，我们就知道诗人将镜头对准了农村百姓。

毒赋剩敛，农不如商

在诗人的眼中，犁的含义是多样的，它可以是一个具体的农具，可以是一个耕地的行为，也可以是一个具有象征意义的符号。许多诗人将"犁"加入诗句中，赋予它情感色彩。"安史之乱"爆发以后，朝廷实施了税制改革，国家税收由税"丁身"向税"资产"转变，虽然一度巩固了统治，但也间接侵占了农民利益。《野老歌》这首诗就形象地利用"犁"来描绘山农的贫困生活和农商之间的贫富差距，反映了当时社会的阴暗面。

野老歌①
张籍

老农家贫在山住，耕种山田三四亩。
苗疏税多不得食，输入官仓化为土②。
岁暮锄犁傍空室，呼儿登山收橡实③。
西江贾客珠百斛④，船中养犬长食肉！

一、倡导乐府，关注民生

张籍（约767—约830），字文昌，和州乌江（今属安徽和县）人，世称"张水部""张司业"。张籍不仅是唐代著名诗人，还是新乐府运动的推动者之一。其乐府诗多为反映当时社会现实之作，表达对人民苦难生活的同情，其艺术特点是语言凝练而平易自然。张籍的乐府诗与王建齐名，并称"张王乐府"，著名诗篇有《塞下曲》《征妇怨》《采莲曲》《江南曲》等。

---

① 中华书局编辑部点校：《全唐诗》卷三八二《张籍》，北京：中华书局，1999年，第4292页。
② 官仓：指各地官员收税，此指贪官。
③ 橡实：橡树的果实，荒年可充饥。
④ 西江：在今江西九江一带，是商业繁盛的地方。唐时属江南西道，故称西江。贾客：商人。斛：量器，是容量单位。古代以十斗为一斛，南宋末年改为五斗。

二、税制改革，民不聊生

"安史之乱"爆发后，唐王朝再无力加强对各州县的管控，政治局面内忧外患，百姓的生活也苦不堪言。在此背景下，中央政府为了解决国库空虚的问题，实施了一系列的改革措施来巩固自己的统治地位。德宗建中元年（780），宰相杨炎建议推行"两税法"。该制度虽在一定程度上有利于农业生产，但之后引发了通货紧缩的问题，百姓在折纳时不得不上交比常额多几倍的物品。"两税法"实施后，土地买卖变得合法，贫农为了减税而去变卖土地，但有时仍然无法上交足额的税款，只好被迫逃亡他乡。除此之外，朝廷还增加了各种名目的税收，使百姓的生活变得更为艰难。

张籍作为新乐府运动的推动者，他的诗作大多反映当时社会现实，揭露各种社会矛盾，表达对底层百姓的同情。他善于运用几种对立面，着重强调贫农生存之艰难，反映当时社会的黑暗面，例如《野老歌》。

三、为农深山，空有锄犁

诗的首联就强调这是一个山农，家住山中，耕种山田，题目又作《山农词》。深山为农，本就有逃租避税之意，繁重的赋役让贫苦农民只得逃往深山，即便这样，封建剥削还是无孔不入，老百姓仍然难逃赋税。如姚合的《庄居野行》："客行野田间，此屋皆闭户。借问屋中人，尽去作商贾。官家不税商，税农服作苦。居人尽东西，道路侵垄亩。采玉上山颠，探珠入水府。边兵索衣食，此物同泥土。古来一人耕，三人食犹饥。如今千万家，无一把锄犁。我仓常空虚，我田生蒺藜。上天不雨粟，何由活烝黎。"这首诗写出了在重税政策下的农业劳动的艰辛，而锄犁代表着农耕意象。在《野老歌》中，锄犁这样的农具尚且能休息，底层的百姓为了活命只能像动物一样去山上捡野果子来充饥。而在最后两句，画面一转，镜头朝向了"西江贾客"，没有直说这位做珠宝生意的富商的生活如何，只透露富商的狗"长食肉"。一边是全家老小爬山摘果、寒酸度日的画面，一边是"船中养犬长食肉"的极度奢靡画面，但诗人全程都只叙事，不议论。

前六句都是在描述老农的生活。诗的语言平实，典型集中，对比鲜明，蕴含深刻，用笔锋利，具有很强烈的感染力。让读者能更为深切地感受到当时社会贫富差距的悬殊和社会的不公平，诗人的愤慨之情溢于言表。在这种强烈的对比中显示了"贾雄农贫"的社会现实，反映了商人生活的罪恶，表达了诗人的抑商要求。

四、农不如商

在这首诗中，犁是山农进行农事耕作的工具，但作者巧妙地将犁给予人的意志，与山农不得休息的状态形成鲜明对比。"岁暮锄犁傍空室"，年终了，锄犁尚且还能在家中休息，忙碌了一年的人却始终无法停下来，因为他们连生存都成了困难。造成如此局面的最根本原因，是农商地位悬殊。

（一）农商悬殊

众所周知，"重农抑商"一直是我国古代传统的经济思想。在我国两千多年封建社会发展过程中，这一思想对国家的经济运行始终起着支配作用，对我国历史发展产生了极为重大的影响，见图5（现藏于故宫博物院）。唐代是我国古代封建经济发展的顶峰时期。这个历史时期，农业和商业经济基本上属于同步发展，一方面注重农业，另一方面商业经济在繁荣的发展着。自中唐以后，商品经济得到了空前的发展，商业、商人在国家经济生活中的重要地位和作用不断显现。

图5　舜子耕田砖

在新乐府诗歌中，有不少诗人都关注到被压迫的民众，在他们的诗歌中，农民和商人的形象会被拿来进行比照，我们根据这些诗就能发现农商悬殊之大。大部分诗人是以传统的思想来看待农商身份的对比，通过描写商人的暴富和农民的贫穷来关切底层百姓生活，如元稹的《田家词》，白居易的《杜陵叟》《观刈麦》《卖炭翁》《重赋》等。其中，《夏旱》认为"嗷嗷万族中，唯农最辛苦"，刘禹锡有"贾雄而伤农"的诗篇，陆龟蒙有《彼农二章》等，这些作品都集中反映了农民"号于旻天，以血为泪"的生活苦难，代表了唐代正直士大夫对农业的关切和希望改变农民悲惨命运的一种热切呼唤。

正因如此，历代文人注重对农民的歌颂和同情，对为富不仁的巨商富贾，则予以严厉的批判。在历代商贾诗中，诗人多怀着批判苛责的态度去描写巨商富贾的奢华生活及商人的贪婪成性、穷奢极欲等负面人格。

随着商品经济的不断发展，唐后期也出现了大量弃农经商的现象。如中唐诗人丁仙芝的《赠朱中书》："十年种田滨五湖，十年遭涝尽为芜。频年井税常不足，今年缗钱谁为输。东邻转谷五之利，西邻贩缯日已贵。而我守道不迁业，谁能肯敢效此事……会应怜尔居素约，可即长年守贫贱。"① 诗中主人公的左邻右舍经商而富贵，他却仍能"安贫乐道"，"长年守贫贱"，在当时大概实属罕见。因而，作为传统的农本文化代言人——丁仙芝赋诗以赞。但是唐代农民弃农经商以求富贵乃是社会发展之大趋势，也符合产业结构发展规律。

（二）耕地范围广阔

唐朝是我国国力较为强盛的时代，长时期的社会安定、人口迅速增长、土地兼并严重。因此，随着人口的增长，农民逐步把所有的土地都开垦出来，种上了庄稼。唐代诗人元结说："开元、天宝之中，耕者益力，四海之内，高山绝壑，耒耜亦满。"② 这是黄河流域传统农业种植区域的情况。中唐前后，长江以南的广大山地也被开垦，出现了很多山田，部分山田应该是采用陆地耕作方法开垦并管理的。

诗中提到的家贫老农，只耕种着三四亩的山田且家中有用以精耕细作的锄犁，说明对山田的耕作是比较精细的。此外，他们虽然是被迫在山上耕作，但也说明耕地范围实现了从平地到山林的扩展。许浑在《秋晚怀茅山石涵村舍》写道："十亩山田近石涵，村居风俗旧曾谙。帘前白艾惊春燕，篱上青桑待晚蚕。"③ 山田、村居、桑蚕互相映衬，这种山田也应是精耕细作的。岑参在《与独孤渐道别长句兼呈严八侍御》诗中写道："怜君白

① 中华书局编辑部点校：《全唐诗》卷一一四《丁仙芝》，北京：中华书局，1999 年，第1157 页。
② ［唐］元结：《问进士·第三》，周绍良主编《全唐文新编》第 2 部，长春：吉林文史出版社，2000 年，第 4376 页。
③ 中华书局编辑部点校：《全唐诗》卷五三六《许浑》，北京：中华书局，1999 年，第 6171 页。

面一书生，读书千卷未成名。五侯贵门脚不到，数亩山田身自耕。"① 讲的是书生独孤渐亲自耕作山田的场景。

以"犁"为媒，尚往来

"犁"是汉族人民从事农业生产的重要工具，是民族文化的象征，然而在频繁的交流中，以往从不耕作的游牧民族学会了如何使用犁，因此"犁"也成了古代民族文化交融的见证物。但这种交流并不是百姓自发产生的行为，而是政府无力管控边境后，凉州等地区百姓被游牧民族欺侮、土地被侵占导致的。游牧民族不仅学会了先进的耕织技术，还能够迅速将生产力转化为军事防御力。诗人王建写下《凉州行》诉说底层百姓的苦痛，也反映了民族文化交融的历史状况。

凉州行②
王建

凉州四边沙皓皓③，汉家无人开旧道④。
边头州县尽胡兵，将军别筑防秋城⑤。
万里人家皆已没，年年旌节发西京。
多来中国收妇女，一半生男为汉语。
蕃人旧日不耕犁⑥，相学如今种禾黍。

---

① 中华书局编辑部点校：《全唐诗》卷一九九《岑参》，北京：中华书局，1999 年，第 2060 页。
② 中华书局编辑部点校：《全唐诗》卷二九八《王建》，北京：中华书局，1999 年，第 3367 页。
③ 凉州：唐朝河西节度使治所，今甘肃武威。皓皓：一作"浩浩"。
④ 汉家：借指唐朝。旧道：指开元、天宝年间的西域通道。
⑤ 防秋：西北胡人常常在秋季入侵中原，唐朝在每年秋季都要向河洛、江淮一带征发兵士，到西域去增防，当时称为"防秋"。
⑥ 蕃人：即"胡人"。

驱羊亦着锦为衣，为惜毡裘防斗时。

养蚕缫茧成匹帛，那堪绕帐作旌旗！

城头山鸡鸣角角，洛阳家家学胡乐。

一、出身寒门尝悲凉

王建（约 765—830），字仲初，颍川（今河南许昌）人，唐朝诗人。从他的《自伤》诗中，我们可以得知他的家世："衰门海内几多人，满眼公卿总不亲。四授官资元七品，再经婚娶尚单身。图书亦为频移尽，兄弟还因数散贫。独自在家长似客，黄昏哭向野田春。"显然，王建出身并不高，因此他早早地就尝遍了世态炎凉、人情冷暖的滋味。王建考中进士后，曾一度从军。他中年入仕，历任昭应县丞、太府寺丞、太常寺丞、秘书郎，累迁陕州司马，世称"王司马"。

坎坷的遭遇，在他的心灵投下一片阴影。青年时期，他与张籍产生了精神和艺术上的契合点。张籍诗中鲜明的现实主义使他深受鼓舞，促使他的诗歌创作走上新乐府的道路。他的乐府诗与张籍齐名，两人并称"张王乐府"。王建出身于寒门并长期生活在社会下层，对当时政治黑暗和社会动乱给百姓带来的苦难有切身的体会，所以他的乐府诗反映的生活面广，揭露社会问题深刻。

二、朝廷失势，边境受扰

王建一生经历了代宗、德宗、顺宗、宪宗、穆宗、敬宗、文宗等七朝，这正是唐王朝由鼎盛转向衰落的时代，"藩镇跋扈、宦官擅权、朋党倾轧、边患频仍、赋税繁重、贫富悬殊，统治阶级内部和社会各种矛盾进一步显露出来"[1]。由于政治、经济和军事受到沉重打击，朝廷无力剪除安史余孽，铲除军阀割据，更无力巩固和加强边防。在这种情况下，觊觎大唐疆土的许多周边政权，尤其是西部的吐蕃、回鹘，纷纷与唐廷对抗。陇西的辽阔领地于贞元初相继失陷于吐蕃。唐李吉甫《元和郡县图志》卷四〇《陇右

---

[1] 王宗堂：《王建生平轨迹及其诗歌艺术》，《中州学刊》，1998 年第 6 期。

道》各条载："广德二年，（凉州）陷于西蕃"，"永泰二年，（甘州）陷于西蕃"，"大历元年，（肃州）陷于西蕃"，"建中二年，（沙州）陷于西蕃"，"大历十一年，（瓜州）陷于西蕃"，"贞元七年，（西州）没于西蕃"[①]。此后即便出现了"元和中兴"的局面，但受异族侵扰的问题始终没有解决。因此，中唐时期，在与周边民族的关系中，唐朝时常处于被动、劣势的地位。中唐的诗人虽然也有出塞的经历，也写边塞诗，但他们在诗中展示的往往是对时代和边塞现状的思索，盛世之时的那种自豪心态已然消失，代之而起的是渴望救边的焦灼心情。

据《旧唐书》卷一九六上《吐蕃传》载："乾元之后，吐蕃乘我间隙，日蹙边城，或为虏掠伤杀，或转死沟壑。数年之后，凤翔之西，邠州之北，尽蕃戎之境，湮没者数十州。"[②] 当时朝廷的统治者没有能力收复失地，这些地区的人民处于水深火热之中。诗人王建在深入了解当地人民的疾苦之后，悲愤无比，于是写下了这首《凉州行》。

三、铸剑为犁

《凉州行》是王建的一首乐府诗，描写的是被胡人侵据的凉州边防情况。全诗共十六句，整首诗大体意思是，凉州城外黄沙漫天飞舞，无边无际，但朝廷已经没有勇猛的将领来开拓疆土了。凉州城所属的州县都被胡人占领，守边战士只能另外建筑秋天防御的城堡。万里从征的男儿都已战死在边塞，可朝廷还在年年征兵。胡人入侵中原后掠夺妇女，其中有半数的妇女生下的男孩都说汉语。胡人以往是不懂犁地种田的，但现在他们学着汉人种起了农作物。虽然他们还在放羊，可他们身上穿的是丝织的锦衣。他们爱惜毛毡和兽皮，把它们平时好好地收藏着，为将来战斗做准备。胡人学会了养蚕缫丝，编织成一匹匹的绢帛，将它们当作旌旗围绕在营帐的四周。城头的山鸡在鸣叫，洛阳城中家家都在演奏胡乐取乐。

整首诗的主题都是在表达凉州被侵占后，中央无力管控边境，边境士兵无可奈何地抵抗，底层百姓在不可避免的交流中逐渐形成"胡人汉化"和"汉人胡化"相互融合的局面。胡人在劫掠中原妇女的同时，更注重学习先进的农耕和蚕织技术，并且将之迅速转化为生产力以加强武力装备。而

① ［唐］李吉甫：《元和郡县图志》，北京：中华书局，1983 年，第 1021-1022 页。
② ［后晋］刘昫，等：《旧唐书》，北京：中华书局，1975 年，第 5236 页。

汉民族还没有丝毫危机意识——学习胡人的仅仅是满足消遣和娱乐的"胡乐",置国恨家仇于不顾。两方互相对照:处于文化劣势的胡人能够在军事斗争中占据优势,而具有文化强势的汉民族统治者耽于享乐,止步不前。

四、凉州旧景

在这首诗中,"犁"是汉族文化的一个象征。当然,不仅只有犁的使用是"胡人汉化、汉人胡化"的标志,还有其他类似的民族交融现象。我们将从自然环境、经济生活、民族交往这三个方面来探析当时的河西农耕文化。

(一) 自然环境

"凉州四边沙皓皓",这句诗形容了凉州城的地理环境,这里广阔无垠,被无边无际的沙尘所覆盖。河西地区虽然沙漠广布,却还是有平原绿洲分布在这块黄色的沙毯中,也有汉人和少数民族在这里耕作。但整体来看,凉州属于沙漠地带,气候、地形与中原相比显得比较恶劣。

(二) 经济生活

吐蕃这样的游牧民族是马背上的民族,对他们来说,哪里有水、草,哪里可以放养更多的牲畜,哪里就是他们的家,因此,他们常常处于一种游离的状态。他们的经济生活完全依赖于大自然的供给,只能进行一些简单重复的生产行为。但是当他们与以农耕为生的汉人交战、交流后,受到了农耕文明的影响。"蕃人旧日不耕犁,相学如今种禾黍",是说吐蕃军士原不懂耕犁,但攻陷凉州后,他们也跟着汉人学会了种禾黍这样的农作物。但他们并不是完全依赖农耕,他们经济生活的支柱仍是畜牧业。"驱羊亦著锦为衣,为惜毡裘防斗时",说的就是吐蕃军士虽穿着锦衣,却还是保持着游牧的习惯。这群游牧民族表面学习汉人农业耕作,但实际还是沿袭着传统旧俗。所以,诗中河西地区的经济生活应是农耕与畜牧并行的生产方式。

(三) 民族交往

吐蕃这样的游牧民族虽然在文明程度上相对落后,但他们有着积极进取、勇于开拓的精神,他们在与大自然长期的搏斗中,形成了骁勇善战的品质,所以他们能够一举击败唐兵,入侵包括凉州在内的大部分河西地区。"而这个取代中原王朝的征服者,首先把自己原来的活动区域自觉地并入原中原王朝的版图,把所有自己直接统治的区域看作是一个整体。另一方面,他们为了巩固自己的统治，也就不得不采用先进的中原文化，放弃自己落后的游牧经济。最后无论在经济、文化、意识形态等各个方面都为被征服的先进民族所征服。"① 如恩格斯在《反杜林论》中所言："每一次由比较野蛮的民族所进行的征服，不言而喻地都阻碍了经济的发展，摧毁了大批的生产力。但是在长时期的征服中，比较野蛮的征服者，在绝大多数的情况下，都不得不适应征服后存在的比较高的'经济情况'；他们为被征服者所同化，而且大部分甚至不得不采用被征服者的语言。"② 这样也就逐步催生了各民族之间血缘、文化、经济等方面的融合。

"多来中国收妇女，一半生男为汉语"一句，控诉吐蕃军士掠夺大量的汉族妇女，以至于有半数生下的男孩在说汉语。王尧、陈践释注的《敦煌文献选》就有记载，吐蕃军士占领了凉州后，经常以配婚为借口去掠夺汉族女子。而配婚是以暴力威胁夺取他人妻妾女儿为妻妾的婚姻方式，吐蕃"奴隶主贵族有合法权从汉地部落及其他民族部落抄掠女子，强迫配婚，或以配婚为名充作佣奴"③，这里表现出民族之间血缘与文化的融合。

"蕃人旧日不耕犁，相学如今种禾黍。驱羊亦着锦为衣，为惜毡裘防斗时。养蚕缲茧成匹帛，那将绕帐作旌旗。"这六句表现的是胡人汉化现象。游牧民族受农耕民族的影响，改变了以往的生产方式，开始学习耕田种地，穿汉服，养蚕织布。但暗地里，这群游牧民族没有放松懈怠，时刻准备着以后的战争，所以严格来说，胡人的汉化更偏向于物质性。与之对照的汉人的胡化现象则是"城头山鸡鸣角角，洛阳家家学胡乐"。远在都市的人们不仅安于享乐，甚至学习胡人的音乐舞蹈，耽于声色。这不仅使诗人深感忧虑，就连潜移默化进入中原的胡乐也让他不安，因为"安史之乱"导致的不仅仅是国势的衰微和边塞的内缩，还有中原文化的沦没，大有以夷变夏之趋势。可见，汉人的胡化更是深入精神的。对这种情形，诗人是用担忧的口吻来描述的，目的是警醒朝廷统治者，但从侧面也为我们介绍了当时民族交融的状况。

---

① 吴景山：《游牧民族在我国历史上的地位》，《西北民族大学学报（哲学社会科学版）》，1989 年第 2 期。

② ［德］恩格斯：《反杜林论》，《马克思恩格斯选集》第 20 卷，北京：人民出版社，2016年，第 199 页。

③ 任树民：《吐蕃占领区的民俗政策与文化交流的关系》，《西北民族研究》，1991 年第 1 期。

"犁"微任重，女代男耕

众所周知，"男耕女织"是我国古代传统的经济生产模式。男子在外耕田，女子在家织布，这不仅符合男女生理规律，也符合当时女子不轻易抛头露面的"规矩"。但是"安史之乱"后，连年的战争造成了大量男性劳动力减少，客观上打破了"男耕女织"的传统模式。剩下的女性只能承受巨大的家庭生活压力，负担起本该是男人干的农活。戴叔伦的这首《女耕田行》就是在表现农村女性面临着辛苦耕种和老而不嫁的生活困境，饱含了诗人对广大农村女性的同情怜悯。

女耕田行①
戴叔伦

乳燕入巢笋成竹，谁家二女种新谷？
无人无牛不及犁②，持刀斫地翻作泥③。
自言家贫母年老，长兄从军未娶嫂。
去年灾疫牛圈空④，截绢买刀都市中。
头巾掩面畏人识⑤，以刀代牛谁与同⑥？
姊妹相携心正苦，不见路人唯见土。
疏通畦陇防乱苗，整顿沟塍待时雨。
日正南冈下饷归，可怜朝雉扰惊飞。
东邻西舍花发尽⑦，共惜余芳泪满衣⑧。

---

① 中华书局编辑部点校：《全唐诗》卷二七三《戴叔伦》，北京：中华书局，1999年，第3064-3065页。

② 无人：指无男性劳力。不及犁：来不及犁。

③ 斫（zhuó）：砍。泥：慢、滞。《论语·子张》中有"致远恐泥"。

④ 牛圈：牛栏。空：指牛已因灾疫死去。

⑤ 畏人识：古代男耕女织，未嫁女子耕田被认为是可耻的事，故以头巾掩面，怕人认出。

⑥ 谁与同：指无人分担她们的艰苦。

⑦ 花发尽：指姑娘们都出嫁了。

⑧ 惜：痛惜。余芳：剩余的花、残花，指姊妹俩。

一、隐士出身淡名利

戴叔伦（732—789），字幼公，一作次公，一作名融，字叔伦[①]，润州金坛（今属常州金坛区）人。戴叔伦少年时师事萧颖士，他敏而好学，颇受萧颖士的嘉赏。戴叔伦祖父戴修誉和父亲戴慎用终生隐居不仕，在乡里潜心研学，这对其选择不走科举道路有一定影响。从戴叔伦一生的出处行藏来看，他不仅厌弃做官还有强烈的隐逸情怀。

二、战争、赋税压女性

戴叔伦经历了大历、贞元两个时期，正是"安史之乱"以后。唐王朝与叛军双方都投入了大量兵力，长期的战争造成双方将士的重大伤亡。叛军奉行野蛮屠杀政策，也使大量平民百姓遭受残忍杀害，全国人口总数锐减。据毛毛绮的硕士学位论文统计，唐玄宗天宝三载（744）全国达九百多万户，共五千多万人，至唐代宗广德二年（764）骤减为二百九十多万户，共一千六百九十万人，仅十年间，就减少全国总人口的三分之二[②]。长年累月的战争让曾经农桑富庶的中原地区变得无比萧条，首当其冲的便是底层劳动人民。农村的百姓不仅被迫征戍，还要承担沉重的赋役，对社会生产力造成了严重的破坏。战时征兵与战乱屠戮导致大量男性的死亡，失去家中经济支柱的贫穷女性只能挣扎在社会边缘苟延残喘。

三、女子耕地愁嫁人

戴叔伦的诗题材内容十分丰富，有反映战乱中社会现实的，有揭露昏暗丑恶世道的，有同情民生疾苦的，有慨叹羁旅离愁的，也有描绘田园风光的，而在他的诸多诗篇中，最有价值、最富有社会意义的，还是那些反映社会现实的作品。《女耕田行》就是他在"安史之乱"之后写的一首七言歌行的乐府诗。该作品描写了当时农村女性因为连年的战争和灾疫，面临辛苦刀耕和老而不嫁的生活困境，饱含了诗人对广大农村百姓的同情怜悯。

传统的耕作景象是男耕，并且有牛作为辅助动力，如图6（现藏于中国

---

① 权德舆《（戴叔伦）墓志铭》、姚合《极玄集》作"名叔伦，字幼公"，陆长源《（戴叔伦）去思颂》作"名叔伦，字次公"，梁肃《（戴叔伦）神道碑》作"名融，字叔伦"。

② 毛毛绮：《唐代贫女诗研究》，广州：暨南大学硕士学位论文，2015年，第21页。

美术馆），但这首诗中耕田的是两个女子。这首诗前两句中的乳燕、竹笋这两个意象及"种新谷"这样的农耕行为，点出了这首诗的写作季节是春天。春天是播种的季节，两个女子是怎么种地的呢："无人无牛不及犁，持刀斫地翻作泥。"家里没有男性，没有耕牛，地还没有犁过，这两个农家女只能拿着刀砍地松土。难道家中真的一个男性都没有吗？她们说道："自言家贫母年老，长兄从军未娶嫂。"原来是她们家里不仅贫困，还有一个年迈的老母亲，在她们上面有一个兄长，只是这位兄长未婚就去从军了。既要种地，怎么连最基础的家畜——牛都没有呢？这两位女子又说道："去年灾疫牛囤空，截绢买刀都市中。"去年因为灾疫，家里的牛染病死了。她们迫不得已，只能把绢布裁了去市场上卖掉来买刀。但这毕竟是封建社会，女子又要抛头露面又要犁地做苦力活，其羞怯之情可想而知。她们只能"头巾掩面畏人识"，把头巾遮住脸，生怕被人认出，然后"以刀代牛"地外出耕种。"姊妹相携心正苦，不见路人唯见土"，既写出了这两位农家女的尴尬心境，又表现出她们农耕时的专注辛苦。"疏通畦陇防乱苗，整顿沟塍待时雨"，这两句是她们工作的具体内容。"待时雨"点出眼下还处于干旱中，她们期待春雨的到来，能让她们有个好收成，改善生活的处境。"日正南冈下饷归，可怜朝雉扰惊飞"，说的是上午的工作结束之后，她们收工回家，惊扰了田间求偶的野鸡，野鸡啼叫着飞起。最后两句"东邻西舍花发尽，共惜余芳泪满衣"是这两女看到邻居家的花都开尽了，忍不住由物及人，想到自己年纪逐渐大了，却还迟迟不能出嫁，含泪惋惜自己的青春就这样虚度了。

图6　《早耕图》

四、贫困女子难当家

在这首诗中，"犁"是一个具体的耕地的行为，但是这个行为的执行者和实施工具与我们常见到的不一样，不是一个男子操纵着一头黄牛，拉着省力的犁地工具，而是两个女子用刀在田间犁地。沉重的兵役产生了女子在田间犁地及贫女难嫁的社会现象。

在唐朝，大小战役从未平息，大量的士兵被征入伍。这些青壮年原是各自小农家庭的主要劳动力，但受封建王朝的控制，他们只能抛弃家庭，无奈入伍。家中男性从军，女性变成了农活的主要承担者，无疑打破了封建社会传统男耕女织的小农经济生产模式，致使沉重的农业劳动和缴纳赋税的重担都落到了妇女身上。劳动妇女不同于大家闺秀，她们还要养蚕、织布、采桑、采莲等。战争与征兵造成了家庭经济支柱的缺失，下层劳动妇女需要代替家里的男性扛起整个家庭的生计，负担起本该是男人干的农活，付出高强度的劳动来维持生计。在《女耕田行》这首诗中，两个农家女只能代替她们的兄长在田野间耕种。另外，唐德宗于大历年间实行赋税改革，改租庸调为以田租作为基础，兼并租庸调与其他新税种的"两税法"，这种制度下百姓的赋税任务极其沉重。所以，即便这两个农家女的兄长没有入伍，她们的生活也应该是很拮据的，也会出现女代男耕、刀作犁用的现象，只能"头巾掩面畏人识"。

"日正南冈下饷归，可怜朝雉扰惊飞。东邻西舍花发尽，共惜余芳泪满衣。"这四句写的是这两位姑娘中午收工回家时，路上的所见所闻。雉是野鸡，此处是用了《诗经·小雅·小牟》中"雉之朝雊，尚求其雌"的典故，古人常用鸟的鸣叫求偶来代表男女求爱。诗人借用"日正""朝雉""花发尽"来展现适婚女子不得嫁的苦恼和悲伤。在中国传统思想中，一直强调娶媳妇要看重德行。但唐代后期时，"选妇重财"的特点非常突出，张碧的《贫女》、秦韬玉的《贫女》、李山甫的《贫女》等诗篇都咏叹了社会重财而贫女难嫁的社会现象。《女耕田行》这首诗中描绘的两个贫家女子只能看着开尽的花，为自己虚度的青春而流下惋惜的泪水。

闲"犁"背土，弃农经商

"犁"作为一种文化符号，还代表一种社会身份，那就是农民。古代社会阶级等级是"士农工商"，农民的阶级地位比商人高。但在特殊情况下，农民会选择抛弃他们原有的身份，转去从商。"安史之乱"以后，均田制被破坏，土地买卖自由，农民受土地的束缚减少，再加上唐代商品经济繁荣，从商获取的利润更多，农民当然是更愿意加入商人的身份。诗人姚合就是在乡野间见到农民都转去从商的现象，写下了这首《庄居野行》。该作品通过"商贾之乐"与"农民之苦"的比照，突出农商苦乐不均的社会现实。

庄居野行①

姚合

客行野田间，比屋皆闭户②。
借问屋中人，尽去作商贾。
官家不税商③，税农服作苦。
居人尽东西，道路侵垅亩④。
采玉上山颠，探珠入水府。
边兵索衣食，此物同泥土⑤。
古来一人耕，三人食犹饥。
如今千万家，无一把锄犁。
我仓常空虚，我田生蒺藜⑥。
上天不雨粟，何由活烝黎⑦？

---

① 中华书局编辑部点校：《全唐诗》卷四九八《姚合》，北京：中华书局，1999年，第5706页。

② 比屋：一作"比邻"，指相连接的许多人家。

③ 税商：征税于商人。"税"用作动词。

④ 侵垅亩：一作"侵垄亩"，侵占了庄稼地。

⑤ 此物：指上文的珠宝玉器。

⑥ 蒺藜：长有细刺的野生草本植物。

⑦ 烝黎：百姓。

一、反映现实的晚唐诗人

姚合（777—843），字大凝，陕州（今属河南）人，元和十一年（816）进士，授武功主簿，晚唐的代表诗人之一。历任金州（今陕西安康）刺史、刑部郎中、户部郎中、杭州刺史等职，终秘书监，世称"姚武功"，其诗风被称为"武功体"。姚合与贾岛在当时诗名很盛，两人并称"姚贾"。姚合善于观察农村现状，曾写出了一部分反映农村现实的诗，具有高度的社会意义。《庄居野行》就是诗人观察民间流行弃农经商的风气之后所写，作者借这首诗希望朝廷重视这种社会现象。

二、新乐府关注民生

新乐府运动是唐诗发展史上的重要一环，它自觉继承了前代现实主义诗歌的创作传统，并将之发展到中唐时代，可以说是传统与现实碰撞的产物。这种文学风尚对当时和之后的田家诗创作产生了深远的影响。"新乐府"这一名称的产生，以及白居易对新乐府创作程式的规定，标志着现实主义诗歌创作观念的再次勃兴。他们重视运用客观写实和讽喻手法，把艺术写实与政教功利的结合作为最高追求，运用乐府诗的形式进行创作，揭开了中唐写实文学的序幕。

中晚唐诗人受新乐府运动影响后，努力发掘农民生活中的苦难和以"两税法"为主体的赋税制度中所存在的缺陷，以实现其讽喻现实的创作目的。为引起执政者的关注，使统治者能从田家诗作品的描述里考见政治得失，诗人倾向于大力渲染民生疾苦，在诗歌中揭露农民生存境况，期望朝廷做出相应的调整，从而减轻农民的负担。因此，作品大多是对田家生活中的不公平现象进行严厉的批判。

三、野行乡间之感叹

诗人行走在乡间的田野中，却发现村庄中很多屋子都没有人。诗人向这里的人打听情况，原来屋子里的人都外出做商人去了。受当时的税收政策影响，官家不向商人征税，却向辛苦劳作的农民收税。于是，原本在这里居住的人都外出做生意，荒废的土地因为无人耕种，最后慢慢地变成了道路。外出做生意谋生的人的生活也并不好过，他们要上山顶采玉，下水底摸珍珠，这些都是冒着生命危险去做的。戍守边疆的士兵需要吃穿，这些珠宝对他们来说如同泥土毫无价值，不能为他们抵御饥寒。以往一个人耕种，三个人还吃不饱，可如今成千上万的人家，没有一个人拿着锄犁去耕地。诗人心痛于现状，忍不住感叹悲愤道："我仓常空虚，我田生蒺藜。上天不雨粟，何由活烝黎。"粮仓经常空虚，我们的田地已经荒废。上天既然不能下粮食，那要怎样才能养活这么多的百姓呢？

这首以赋税压力对田家生活的负面影响为主题，描写了赋税重压下农民四散后的乡村现实。赋税征收模式的不合理致使大量农民或改行从商或从事手工业，垄亩生产因之荒废，这很可能是当时某个区域社会现实的生动再现。诗人为了表现农民生活的悲苦，采用"商贾之乐"与"农民之苦"的对比形式，突出农商苦乐不均的社会现实。按照唐代士农工商的分类，农民属于良人，其政治地位虽然并不低贱，生活境遇却是非常糟糕，是官吏主要的盘剥对象。姚合《庄居野行》所描述的农人弃农从商的境况，正说明在农民心中商人的境遇比他们要乐观得多。

"农商对比"可以说是唐诗中批判商贾最重要、最常用的写作思路。这种写作思路之所以会在中唐大量出现，跟中唐兴起的新乐府运动主张关心民生疾苦有一定的关系。在中唐的咏农诗中，有一部分诗歌将主要篇幅用于商人和农民的比较，或者将主要篇幅体现商人享受了优惠政策而迅速膨胀，并且以农民的困境作为反衬。顾况的《上古一章》、张籍的《野老歌》《贾客乐》、王建的《送于丹移家洛州》、刘禹锡的《贾客词》、白居易的《盐商妇》、元稹的《估客乐》、姚合的《庄居野行》等，皆是如此。

四、重商轻农之现实

"犁"是农民身份的象征，是传统农耕文化的标志，见图7（现藏于中国农业博物馆）。但是当诗人来到农村，却发现这里已经没有人还拿着锄犁在田野间劳动了。老百姓为了生存下去，只能抛弃自己农民的身份，转而去做商人。

图7　中国传统农具陈列南方春耕微缩景观

农村家庭以田为本，但为了生计，很多农村家庭弃农经商。尤其是"安史之乱"后，由于这一时期均田制被破坏，土地买卖自由，大量农民失去赖以生存的土地，再加上"两税法"的施行，农民受土地的束缚减少了，与封建国家之间的人身依附关系有了较大的削弱，就增加了农村百姓弃农经商的可能性。此外，唐代商品经济兴旺发展，商业繁荣，同样是促使农民抛却田园走向城市进行商业贸易的原因。

（一）因生活压力所迫

重农轻商思想是唐代社会的主流思想，诗人也不例外，在诗歌中表现为对商人甚至商业的否定和批判。这样的否定和批判大多是通过对比的形式体现出来的。对比的内容主要有两点：第一点就是农民赋税太重，第二点便是商人的赋税相对来说很轻。于是，农民为了逃避赋税，纷纷去做商人，整个社会出现"本末倒置"的现象。

田家"舍本逐末"的现象在两税法时代经常出现。据《旧唐书·李渤传》载："渭南县长源乡本有四百户，今才一百户；阌乡县本有三千户，今才一千户；其他州县大约相似。访寻积弊，始自均摊逃户。凡十家之内，大半逃亡，亦须五家摊税。似投石井中，非到底不止。摊逃之弊，苛虐如斯……"①为了完成赋役，政府将逃农的税赋转嫁到未逃户身上，形成恶性循环。林庚《唐代四大诗人》中提道："这正说明农村兼并势力的膨胀和农民破产已经到了不容忽视的程度；城市商业的发展突飞猛进，处于一种失控的状态中；于是封建社会的经济出现了严重的危机。这乃是中国封建社会开始衰落的真正原因。"② 类似的表现农民弃农从商或农商悬殊的诗还有白居易的《盐商妇》、张籍的《贾客乐》《野老歌》、刘禹锡的《贾客词》等。

另外，农民劳作辛苦，但收成的好坏很大程度上依赖环境因素。他们一旦经商，发现这份工作不但轻松而且收入高，就会放弃农业生产而转向商业。这种趋利避害的行为完全符合经济规律。如张籍《贾客乐》诗云："金陵向西贾客多，船中生长乐风波。欲发移船近江口，船头祭神各浇酒。停杯共说远行期，入蜀经蛮谁别离。金多众中为上客，夜夜算缗眠独迟。秋江初月猩猩语，孤帆夜发潇湘渚。水工持楫防暗滩，直过山边及前侣。年年逐利西复东，姓名不在县籍中。农夫税多长辛苦，弃业长为贩宝翁。"③这样看来，农民税多辛苦，而弃农经商，年年逐利，就可以"金多众中为上客"。由此可见农、工、商之间的利润率差别之大，促使农民把经商看作一条致富的重要途径。

（二）商品经济兴旺发展

作为一个农业大国，中国广大的农民群体从古至今一直占中国总人口的绝对多数，但政治地位卑微、经济能力有限。较其他的社会群体而言，他们又长期处于一种较为封闭、少变动的状态。然而，随着唐代商业的繁荣，商品经济观念日渐成为人们可以接受的一种思潮。"借问屋中人，尽去作商贾"，以至于原来孜孜耕种的农人也被日益兴旺的商品经济观念裹挟，弃"本"而趋"末"，转而经商谋利。

在社会发展较快的时期，社会的巨变会不断刺激农民这个庞大的群体，一部分人为改变自身命运、摆脱贫困、争取平等而努力奋斗。对于他们而言，务农经商的最终目标是致富发财、生活美满。此外，商品经济的发展还让身份等级观念逐渐淡漠，非商人身份的经营者越来越多，致使工商业

---

① ［后晋］刘昫，等：《旧唐书》，北京：中华书局，1975年，第4438页。

② 林庚：《唐诗综论》，北京：人民文学出版社，1987年，第146页。

③ 中华书局编辑部点校：《全唐诗》卷三八二《张籍》，北京：中华书局，1999年，第4299页。

经营者的出身成分复杂化，这样农民弃农从商后也没有太大的心理负担。

扶犁叟，耤田礼

　　犁作为一种农具，人们一旦选择使用它，就代表认同了农民的身份，默认了要忍耐艰苦的生活，将自己与那块土地绑定。无论是刮风还是下雨，无论是酷暑还是严寒，农民都只能日复一日地在田间忙碌，他们没有闲心去观赏外面的宜人景色，也没有闲钱去打造一个美丽的庭院。《对雨》这首诗是李白以赏景人的身份写的，他用轻盈细腻的文字来形容雨中庭院的美，而在最后一句，扶犁耕作的老农同样出现在他的景色中，却添加了一丝同情感伤的情绪。

> ### 对雨①
> #### 李白
>
> 卷帘聊举目，露湿草绵芊②。
> 古岫藏云靐③，空庭织碎烟④。
> 水纹愁不起⑤，风线重难牵。
> 尽日扶犁叟⑥，往来江树前。

一、四处漂泊的经历

　　李白祖籍陇西成纪（今甘肃秦安东），于长安元年（701）出生于西域的碎叶（今吉尔吉斯斯坦托克马克附近）。幼年时，他与父亲迁居绵阳昌隆（今四川江油市）青莲乡。他在青年时期开始在各地游历。后李白曾经在唐

---

　　① 中华书局编辑部点校：《全唐诗》卷一八五《李白》，北京：中华书局，1999年，第1895页。

　　② 绵芊：指草木像丝绵那样柔软、薄弱、纤细，样子很茂盛。

　　③ 古岫（xiù）：本意为岩穴，表示古老神秘的石洞。云靐（cuì）：本意指毛发，表示云朵清淡、稀薄、朦胧的样子。

　　④ 空庭：幽寂的庭院。

　　⑤ 水纹：水的波纹。

　　⑥ 叟：指年老的男人。

玄宗天宝元年（742）成为供奉翰林。他桀骜不驯的性格决定了他不为权贵所容，所以不到两年他就离开了长安。

"安史之乱"爆发以后，玄宗入蜀，肃宗在灵武（今属宁夏）即位，至德元年（756），为了平复叛乱，李白曾经应邀作为永王李璘的幕僚。永王却因抗旨擅自用兵，触怒肃宗，永王被杀后，李白也获罪入狱。不久，他被流放到夜郎（今贵州桐梓一带），在流放途中遇赦。

李白晚年在江南一带漂泊。在他61岁时，听到太尉李光弼率领大军讨伐安史叛军，于是他北上准备追随李光弼从军杀敌，但是中途因病折回。第二年，李白投奔他的族叔、当时在当涂（今属安徽）当县令的李阳冰。同年11月，李白病逝于寓所，终年62岁。

二、巴蜀文化的浸润

童年和青年时期的经历是可以奠定一个人毕生思想、性格和学识等各方面基础的，巴蜀文化中的许多特性在李白身上有着明显的体现。巴蜀文化并不是李白思想的全部，但一定是一个基石，李白在川内及出川后的种种行为都体现出巴蜀文化的烙印。

巴蜀地区的地形是封闭式的盆地，这似乎意味着巴蜀文化应该是封闭而自我循环的。事实则恰好相反，巴蜀先民在一开始就有着积极与外界交流的心态，他们克服了客观条件上的种种阻碍，扩大了生存与发展的空间。历史上有多次的移民入川事件，这让外地文化大量汇入巴蜀盆地并交融一体，与此地的本土文化一起形成了兼容性的巴蜀文化。"个性意识"与"兼容并包"是巴蜀文化的显著特征。李白作为出身于巴蜀的文人，他的行为和创作都体现出了杂糅兼容和张扬个性的特点，这也是受到巴蜀文化浸润的结果。《对雨》就是李白在少年时于巴蜀所作的一首五言律诗。

三、文人眼中的闲适雨景

诗中展现的是诗人在窗外所见到的"雨天农耕"的景象，如图8（现藏于中国美术馆）。诗人卷起窗帘向外眺望，雨水打湿了草木，使得那郁郁葱葱的叶子看上去好似丝绵一样柔软细嫩。远处神秘的石洞上漂浮着稀疏缥缈的云朵，幽寂的庭院被支离破碎的细烟笼罩着，一切都处于朦胧的氛围中。雨滴不断落下，轻轻打在江面上，一圈圈的水波纹向四周散去，层层叠叠的犹如忧愁四散开来。空中吹拂的风像有千斤重，断断续续，难以连成一片。老农整天在田埂间忙碌，即便有这样潮湿的天气也不能休息一刻。他赶忙趁着雨天到江边上耕种。

图 8 齐白石《农耕图》

忙碌的农民只能外出默默忍受风吹雨打之苦，而不事耕作的文人可以静坐屋中赏雨。整体而言，这首诗营造的是一种悠闲舒适的氛围，因为诗人是坐在室内，看着屋外的农民耕耘，尽管他有表现出对老农的同情，但更多的是通过对雨景的幽静美丽表达自己的闲适状态。

四、雨中犁田春耕忙

俗话说，"过了惊蛰节，春耕不能歇"，虽然在这首诗中并未点出是否作于惊蛰以后，但诗中描写的老农雨中扶犁耕田的行为同样符合这句农谚所要表达的意思。惊蛰的到来，预示着气温回升较快，所以这个节气在农忙上有着相当重要的意义。中国古代劳动人民自古很重视惊蛰节气，把它视为春耕开始的日子。但是，并非只有农民百姓才重视农耕，最高统治者皇帝也同样关心农业生产，在先农坛祭祀神农氏，甚至要亲自扶犁躬耕，行"耤田礼"。"耤田"，也称"籍（藉）田"，为天子亲耕之地，因此又称"亲耕"，寓有重视农耕之意。相传起源于周天子，每逢春耕前，周天子、诸侯都要亲自耕田，它是"祈年"（祈求丰收）的礼俗之一。

"民生在勤，勤则不匮"（《左传》宣公十二）。耕耤典礼在中国早期文字甲骨文（《观籍》卜辞）、金文（《令鼎》）中都有明确记载。在甲骨文及后来的文字记述中，"耤"字另有"藉""籍"等不同书写方式，不同的理解诠释，但对于耕耤典礼所表达的与民同劳共耕的勤劳奋斗精神则是一致的。商周时代，"耤田礼"逐渐完善，立春之日，"天子亲载耒耤，置于参乘之衣甲者及御者之间，帅三公、九卿、诸侯、大夫，躬耕上帝之籍田，天子秉耒三推，三公五推，卿、诸侯九推"①。在反映周人日常生活的《诗经》中，就有大量描写君民同耕场面的诗句，耤田礼所表达的价值观念为人们所普遍接受。

　　自秦汉以来，中国历代王朝都将祭先农、行耤礼作为重农固本的表率，实力奉行，推动中国农业文明不断向前发展。秦代虽然没有皇帝亲耕的明确记载，但在湖南龙山里耶出土的文献《祠先农简》中，有州县祭祀先农的明确证据。汉代吸取秦亡教训，尤其重视发展农业，汉文帝将农业视为"天下之本"，开耤田、行耤礼，从而为汉王朝的强盛打下了坚实基础（《汉书》卷四《文帝纪第四》）。魏晋之际，虽然时局动荡，但晋武帝力排众议，亲耕耤田，以示重农态度（《晋书》卷三《帝纪第三·武帝》）。南北朝时期，朝代更迭频繁，但"耤田礼"并未被废弃。北魏孝文帝仰慕中原农耕文明，力行改革，行亲耕礼，以劝课农桑（《魏书》卷七上《帝纪第七上》）。唐宋时期，耕耤典礼进一步发展，唐玄宗亲耕时突破了"天子三推"的仪注规范，"进耕五十余步，尽垄乃止"（《旧唐书》卷二十四《礼仪四》）。元朝立国后，于大都东南郊立耤田，建先农坛，设"耤田署"，"以蒙古胄子代耕耤田"（《元史》卷七十六《祭祀五·先农》）。

　　明初，朱元璋认为耕耤礼仪长期废弛，导致"上无以教，下无以劝"，因此，他重建耕耤典礼（《明太祖实录》卷三十六上）。"清王朝在继承明代耕耤制度的基础上，将重农固本的思想推向巅峰。雍正重视耕耤典礼，在位13年期间亲自举行耕耤典礼12次。乾隆皇帝在位60年间，亲自举行耕耤典礼达28次，甚至79岁高龄仍坚持亲耕耤田（《清实录》）。"② 可见，"耤田礼"是中国古代少有的将日常生产生活中的劳作活动演变为国家礼仪活动的特殊代

---

① ［清］爱新觉罗·玄烨钦定；［清］鄂尔泰，朱轼，甘汝来，等编撰：《日讲〈礼记〉解义》（上），北京：中国书店，2016年，第271页。
② 王洪兵：《耤田礼体现中国古代重农思想》，《中国社会科学报》，2019年8月12日。

表之一，它与另一代表——始自周代的王后"亲蚕礼"——一道成为中国传统小农自然经济社会中的基础经济元素——"男耕女织"经济的体现。

参考文献

［1］张成福. 唐宋农民比较研究［D］. 济南：山东大学，2011.

［2］谢宏炎. 我国古代文学作品中的避税与反避税初探［J］. 农村经济与科技，2011，22（6）：209-210.

［3］李军，隆滟. 唐代河陇农耕文化管窥——以农事诗为中心［J］. 三峡论坛（三峡文学·理论版），2020（1）：48-51.

［4］吴景山. 游牧民族在我国历史上的地位［J］. 西北民族大学学报（哲学社会科学版），1989（2）：31-34.

［5］任树民. 吐蕃占领区的民俗政策与文化交流的关系［J］. 西北民族研究，1991（1）：251-258.

［6］徐礼节. 中唐的民族关系与"张王"诗歌［J］. 巢湖学院学报，2010，12（1）：56-61.

［7］王宗堂. 王建生平轨迹及其诗歌艺术［J］. 中州学刊，1998（6）：118-123.

［8］王尧，陈践. 敦煌吐蕃文献选［M］. 成都：四川民族出版社，1983.

［9］陈辽. 论唐代妇女在唐诗中的呈现［J］. 江苏社会科学，2016（1）：171-176.

［10］淮利平. 唐代女性的社会经济活动研究［D］. 西安：陕西师范大学，2007.

［11］徐有富. 唐代妇女生活与诗［M］. 北京：中华书局，2005.

［12］晏筱梅. 唐诗中所反映的唐代妇女［J］. 浙江学刊，1998（2）：103-107.

（执笔：倪应丹）

躬耕之乐

锸与耨

　　"锸"是较为朴实也是较常用的农具之一，由耒耜分化而来。作为掘土农具，"锸"在种植花草树木上有着极大的作用。因此，一些种植花草的记事诗常常有"锸"的身影。而"耨"和"锄"常常在南方水稻区中出现，应用于稻田除草。

荷锸醉翁真达者

　　"锸"是一种掘土农具（见图9），"荷"指背负，背着。但是"荷锸"一词除了"背负锸具"的本意外，因刘伶荷锸的典故而早已成为一种隐士的象征。锸是农民的除草种田农具，因此，"荷锸"之人不仅隐居朝野之外，更是过上了亲自耕种的田园生活。然而，那些朝廷命官为何想要隐居，那些已决心隐居的"荷锸翁"又真的如诗歌中所写的那

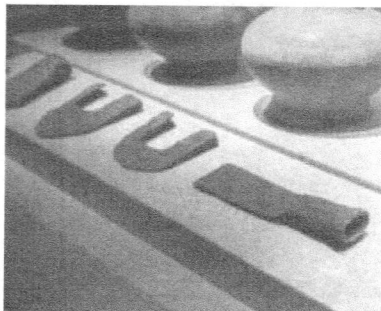

图9　东汉铁锸

样恣意轻松吗？且看清雨香酒下，韦庄羡慕的是"荷锸醉翁"，还是门外马嘶中的世界呢？

对雨独酌①

韦庄

榴花新酿绿于苔，对雨闲倾满满杯。
荷锸醉翁真达者②，卧云遗客竟悠哉。
能诗岂是经时策，爱酒原非命世才。
门外绿萝连洞口，马嘶应是步兵来③。

一、身世浮沉、仕隐纠郁

　　韦庄（约836—910），字端己，京兆郡杜陵县（今属陕西西安）人，

---

　　① 中华书局编辑部点校：《全唐诗》卷六九七《韦庄》，北京：中华书局，1999年，第8094页。
　　② 荷锸醉翁：指刘伶。
　　③ 步兵："步兵"典故如下，《世说新语·任诞》："步兵校尉缺，厨中有贮酒数百斛。阮籍乃求为步兵校尉。刘孝标注引《文士传》曰："籍放诞有傲世情，不乐仕宦……后闻步兵厨中有酒三百石，忻然求为校尉。于是入府舍，与刘伶酣饮。"

晚唐诗人、词人，五代时前蜀宰相，文昌右相韦待价七世孙、苏州刺史韦应物四世孙。其与温庭筠同为"花间派"代表作家，并称"温韦"。韦庄工诗，其律诗圆稳整赡、音调浏亮；绝句情致深婉、包蕴丰厚。韦庄在唐末诗坛上有重要地位。郑方坤把他与韩偓、罗隐并称"华岳三峰"（《五代诗话·例言》）。虽为刺史后人，但韦庄的父母早亡，其家境日渐寒微。然而他自身从小便勤奋好学，才气过人。纵观韦庄生平，大约可分为两个时期。前期仕唐，韦庄为人疏旷，直至45岁才到京城应举。适时，正值黄巢起义军攻占长安，国之动荡，百姓在颠沛中饱受战乱之苦。之后十余年，他远赴江南避难，亦曾委身军中，充当幕僚，但心中治国抱负一直未变。

《对雨独酌》具体创作年份不详，创作地点亦不详。齐涛根据《对雨独酌》在韦庄诗集中的位置粗略判断其创作年份应为中和三年（883）至光启三年（887）间。据《旧唐书》记载，黄巢军队于881年攻占长安，其军队在城内到处屠戮残杀，但长安城的主要建筑依旧挺立，"九衢三内，宫室宛然"；而在883年，各地的藩镇又兵连祸结，攻入长安，不仅像土匪一样到处抢劫，还"纵火焚剽"长安城，以致整座帝都"宫室、居市、闾里，十焚六七"。辉煌壮丽的大明宫，更是烧得只剩下了含元殿。如《对雨独酌》作于883—887年，此时的韦庄经历了赴长安应举却遇黄巢军队，在诗人转投江南后，黄巢军队退出长安。此后，韦庄到处奔波，光启二年（886）夏初，韦庄奉周宝之命北上，韦庄自称北上是为了前往陈仓迎驾，据齐涛考证，韦庄此次应当为奉密令去长安向襄王劝进①。大约光启三年（887）初，韦庄返回浙西，因周宝被逐而不得不携家眷南往越中。883—887年，韦庄可谓四处奔走，为国为民而心力交瘁，沿途之景、感世之怀俱入笔端。本诗看似饮酒作乐，实则表达了作者内心"仕与隐"的纠结与痛苦，不知此种幽居是真达观还是无奈蛰伏？

二、雨赏闲情，兵马梦来

本诗为韦庄中年时期作品，诗风清新明丽，描述了诗人雨天独自饮酒时的思想变化过程，从饮酒的畅快、对沉迷诗酒的反思至最后面对现实。诗作有着明显的线性结构特征，一气呵成，流畅自然，让千年后的读者也能极快

---

① 齐涛：《论韦庄与韦庄诗》，《文史哲》，1996年第5期。

地感受到作者思想上变化的瞬间动态，显示出其极其圆熟的文字功底。

诗作首联即点明情景与诗人状态，美酒新酿，青苔点点，绿萝斜斜，作者斟了满满一杯美酒感受着雨景，一"闲"一"倾"就让人仿佛站在作者身旁，看着闲适自得的他轻轻端起满满的酒杯，又缓缓倾杯入喉。美酒配佳景，作者心中的情感呼之欲出，少顷，他发出感叹："荷锸醉翁真达者，卧云遗客竞悠哉。"颔联这一句即兴而作，真诚自然，在这样的情景下谁不认为酒徒刘伶才得那人间真味，高卧云山的隐士才是真正的达观悠适呢？然而颈联话锋一转，作者立刻否定了这样的想法，又认为"能诗岂是经时策，爱酒原非命世才"。"经时策"指治世方略，"命世才"指治世之才，能诗不是能治世方略，爱酒之人也不是治世之才，颈联两句是对颔联的全盘否定，就像作者自身理性与感性的博弈，是隐，还是仕？两种思想相互纠缠，让人苦苦挣扎。作者在尾联并未直接指出自己的选择，而是描述了接下来的场景，门外绿萝摇曳，而听马声嘶嘶。有意思的是，作者将马嘶声联想成步兵行军之声，阮籍不愿入仕，但听说做步兵校尉即有酒三百石，便入仕为步兵校尉，与刘伶畅饮。作者联想为步兵，看似有"仕"的意愿，但又眷念着阮籍那样非本心为官的行为，内心实在是矛盾重重！

三、唐代制酒之泛

"榴花新酿绿于苔"中，"榴花"代指美酒，此句其实指出了唐代酿酒工艺的成熟。韦庄一生四处辗转漂泊，见识的美酒琼浆却也不在少数，如其《题淮阴侯庙》："满把椒浆奠楚祠，碧幢黄钺旧英威。"当中的"椒浆"和所谓"桂酒"都是美酒的泛称。在《楚辞·九歌·东皇太一》的"蕙肴蒸兮兰藉，奠桂酒兮椒浆"下，王逸注："桂酒，切桂置酒中也。椒浆，以椒置浆中也。言己供待弥敬，乃以蕙草蒸肴，芳兰为藉，进桂酒椒浆，以备五味也。"[①] 可见，所谓桂酒椒浆都是配制酒，本诗中的"榴花酒"也属于配制酒的一种。韦庄所作《庭前菊》"曾向龙山泛酒来"一句中的酒暗指"菊花酒"，也同属配制酒。"关于'泛酒'，又作'汎酒'，是古人于重阳或端午宴饮的酒，多以菖蒲或菊花等浸泡，称'泛酒'，因而当是指所谓泡制药酒的做法。"[②] 韦庄对酒情有独钟，其诗中也常见饮酒一事，其爱酒如

---

① ［宋］洪兴祖：《楚辞补注》，北京：中华书局，1983年，第56页。
② 周世伟：《韦庄诗词的酒文化元素》，《宜宾学院学报》，2013年第8期。

此，也从侧面反映出唐代制酒的兴盛。在唐宋时期，饮酒风气浓厚，社会上酗酒者也渐多，药酒、滋补酒则更为流行。唐、宋时期的药酒配方中，用药味数较多的复方药酒所占的比重明显提高，复方的增多表明药酒制备整体水平的提高，在这一时期的医药巨著"如《备急千金药方》《外台秘要》《太平圣惠方》《圣济总录》等都收录了大量的药酒和滋补酒的配方和制法"①，仅在上述四部书中这方面的药方就多达一百多例。

"荷锸醉翁真达者"一句中，"荷"指背负，"锸"为农具，"荷锸"两字常被连用，俨然已成为固定词语。《实用全唐诗词典》中录：荷锸，①形容人放浪纵酒，达观死生。《世说新语·文学》："刘伶著《酒德颂》，意气所寄。"刘孝标注引《名士传》："（刘）伶字伯伦，沛郡人。肆意放荡，以宇宙为狭。常乘鹿车，携壶酒，使人荷锸随之，云：'死便掘地以埋'。土木形骸，遨游一世。"白居易《洛阳有愚叟》："抱琴荣启乐，荷锸刘伶达。"白居易《醉中得上都亲友书》："卧将琴作枕，行以锸随身。"②手持铁锹，指务农。元稹《代曲江老人百韵》："老农羞荷锸，贪贾学垂绅。"柳宗元《茅檐下始栽竹》："欣然惬吾志，荷锸西岩垂。"在柳宗元诗句中，"荷锸"显然意为形容人放浪纵酒豁达，且引用了刘伶的典故。

"荷锸"一词原意为"手持锸"，而后一步一步引申为形容人放浪达观之意，这除了刘伶的典故外，与"锸"的功用也有很大关系。最早的木锸出土于商代，后来由于铜、铁炼制技术的成熟与广泛应用，锸逐渐从纯木制农具演变为木与铜或铁的结合农具，更多、更广泛地应用于农业生产中的翻地掘土工作中。"锸"自发明以来就与田地有着割不断的关联。而归隐之人选择回归田园，往往亲自耕田，亲自劳作，"锸"就是常用的农具之一。"荷锸"不仅是归隐之人的真实写照，也是归隐者意与下层百姓生活更加贴近的表现"符号"。因此，"荷锸"两字能逐渐成为归隐者的代名词也就不足为奇了。韦庄在这里运用"荷锸"刘伶的典故显然表露出对刘伶归隐一事强烈的羡慕之情，一句"真达者"表达了他对刘伶的赞美，却也同时反映了现在看似痛快畅饮的自己并不是"真达者"，他此时的心境中仍有无法释怀的地方，因而看着门下绿萝、听见马嘶却仍能想到"步兵来"。

---

①　李纪亮：《中外名酒文化与鉴赏》，武汉：华中科技大学出版社，2005年，第16—17页。

父锸土实，妇织丝细

　　唐朝诗友常常以诗唱和，后人除了在这些清隽、豪放的唱和诗作中感受诗友之间浓厚的情谊外，也能从字里行间窥见当时诗人眼中、心中的景象——夏天摇曳的花枝，夜晚蝉鸣，还有田间劳作的农夫和家中织布的妇人。在欣赏美景之际，我们也能窥析唐代小农经济的蛛丝马迹。

和令狐相公晚泛汉江书怀寄洋州
崔侍郎阆州高舍人二曹长①
刘禹锡

雨过远山出，江澄暮霞生。
因浮济川舟，遂作适野行。
郊树映缇骑，水禽避红旌。
田夫捐畚锸②，织妇窥柴荆。
古岸夏花发，遥林晚蝉清。
沿洄方玩境，鼓角已登城。
部内有良牧，望中寄深情。
临觞念佳期，泛瑟动离声。
寂寞一病士，夙昔接群英。
多谢谪仙侣，几时还玉京。

　　① 中华书局编辑部点校：《全唐诗》卷三五五，北京：中华书局，1999 年，第 3997 页。令狐相公：即令狐楚，刘禹锡好友，此时为山南西道节度使，洋州、阆州为其统辖。洋州崔侍郎：崔侑，曾为太子侍读。洋州：今陕西洋县。阆州高舍人：阆州刺史高元裕，《旧唐书》、《新唐书》皆有传。《旧唐书》卷一七下《文宗纪》下：大和九年（835）八月"壬寅，贬中书舍人高元裕为阆州刺史"。阆州：今四川阆中。
　　② 畚：畚箕，用竹、木或薄铁皮等做的撮东西的器具。

一、"诗豪"刘禹锡

刘禹锡（772—842），字梦得，洛阳（今河南洛阳）人[1]。刘禹锡诗文俱佳，所作诗文题材广泛，与柳宗元并称"刘柳"，与韦应物、白居易合称"三杰"，与白居易合称"刘白"。刘禹锡于德宗贞元九年（793）登进士第，又登宏词科。其曾参与"永贞革新"，失败后被贬为朗州司马，迁连州刺史。后来因裴度的鼎力推荐，任太子宾客。武宗初，加检校吏部尚书衔，世称"刘宾客""刘尚书"。刘禹锡诗风健爽豪迈，人誉之"诗豪"。其诗无论短章长篇，大多简洁明快，风格俊爽，有一种哲人的睿智和诗人的挚情渗透其中，极富艺术张力。

二、还洛身闲非本意

贞元二十一年（805），唐顺宗即位，原太子侍读王叔文、王伾素有改革弊政之志，刘禹锡与王叔文相善且政治热情高涨，随即与柳宗元一道成为革新集团的核心人物。"二王刘柳"集团在短短的执政期间采取了不少具有进步意义的措施，但因改革触动了他人的利益，很快便宣告失败。刘禹锡先被贬为朗州司马，再加贬为连州刺史，后刘禹锡虽得以回京，然旋即又遭贬谪，最终晚年以太子宾客分司东都洛阳。

该诗创作于开成元年（836），本年刘禹锡的好友令狐楚因得罪了把持朝政的宦官集团，为了避开祸患便主动申请离开长安，当年四月，令狐楚以检校左仆射衔任兴元尹并兼任山南西道节度使，成为汉中的最高行政长官，远离了政治纷争中心的令狐楚日子悠闲、自在。同年，刘禹锡回到洛阳，其时白居易也分司东都居于洛阳。令狐楚与刘、白两人诗歌唱和，书信往来。

刘禹锡原是洛阳人，他一直有功成身退后告老还洛之心。然而当时朝廷上的政事变化莫测，刘禹锡几经贬谪，他看不到前途，同时为了避开政治上的祸患，他接受了闲职，返回洛阳。而后，远离了政治纷争的刘禹锡

---

[1] 《旧唐书》卷一六〇《刘禹锡传》称"彭城人"；《新唐书》卷一六八《刘禹锡传》称"自言系出中山"；卞孝萱校订《刘禹锡集·前言》称"洛阳（今属河南）人。祖先为匈奴族。七世祖刘亮随魏孝文帝迁洛阳，改汉姓。父刘绪因避'安史之乱'，曾寓居嘉兴（今属浙江）。刘禹锡的少年时代是在江南度过的"。

不时与好友泛舟汉水，游山玩水、植树栽花，与好友诗歌通信相和，很是怡然自得。但即便如此，诗人心里仍然想要实现自己的政治抱负，认为目前居于洛阳实为无奈之举，一句"留作功成身退地，如今只是暂时闲"道出了诗人的心情。本诗即在这样的情况下写就。

三、野行景常安，几时友人来

刘禹锡的诗大多自然流畅、简练爽利，同时具有一种空旷开阔的时间感和空间感。本诗是刘禹锡收到好友令狐楚赠诗后的一首和诗，诗中描绘了诗人想象好友令狐楚在洋州游玩之景，并表达了自己对朋友的想念之情。开头两句"雨过远山出，江澄暮霞生"便让人顿时眼前开阔明丽起来，雨过天晴，远山也逐渐清晰，晚霞倒映，与江同色，整幅画面淡雅却宏丽，包囊了极大的空间。三、四句用典将好友与传说相比，夸赞其美德与武风。接下来的四句则想象了封疆大吏令狐楚外出游赏时的宏大与气派，绿树掩映下有卫队警戒巡视，红旗飘扬，江边的水鸟都被惊起，田间劳动的农夫也被吸引了目光，放下农具在田边张望，而织妇们也放下了手中的梭子在柴扉后窥视。再后四句，刘禹锡又转成令狐楚的视角描绘了他所见之景，初夏的汉江两岸花开正艳，远处的丛林中蝉鸣清脆悠扬，令狐楚一行乘着船，在一处回水湾处玩罢刚归，此时洋州城内的鼓声也正在回响。接下来的四句则是刘禹锡写给崔侑的，他夸赞崔侑是优秀的牧守，自己对老友十分想念，每当自己拿起酒杯就能想起从前一起聚会时的美好时光，瑟声一起就感念离别之景。末四句，刘禹锡表达了自己的孤独，期待着与朋友们再次见面，不知道老朋友们什么时候再回到洛阳重聚呢？

整首诗结构十分严谨，角度转换流畅而自然，显现出诗人极强的开合把控力。本诗共二十句，每四句为一小节，分成了五小节，将读者的视野由远处拉近，时景时情，富有动态。第一小节仿佛是从远处看令狐楚，描绘了人在景中的画面；第二节则将镜头拉进，描述了令狐楚出游时身边植物、动物、人物的反应；第三小节以令狐楚的视角看出去，欣赏了周边景色，也经历了江上游玩；第四小节表达了作者对崔侑的赞美和思念；第五小节则展现了作者与好友之间的交流，表达了作者想与老朋友们重聚的愿望。

四、洋州耕织兴

刘禹锡以极清新明丽的诗句描绘了想象中好友在洋州的夏天游玩的景象，其中，"郊树映缇骑，水禽避红旌。田夫捐畚锸，织妇窥柴荆"四句诗，更是让人感受到了美好的"男耕女织"的画面，也呈现出了唐代汉中地区的小农经济形态。

水稻在汉中地区自新石器时代以来就有悠久的种植历史，在唐代无疑是汉中地区最主要的夏粮作物。岑参在汉中所写诗篇中"唱歌江鸟没，吹笛岸花香""江钟闻已暮，归棹绿川长"的诗句，描写夏日黄昏汉江两岸稻花飘香、芳绿宜人的旖旎风光。在入蜀路过时，岑参又曾看到那里"水种新插秧，山田正烧畲"的山民忙碌劳作情景。由此可以断定，今日陕南地区的稻麦复种制格局在唐代已经基本形成。由于稻米与面食是中古以后陕南最主要的两种日常食物，所以唐代冬小麦在陕南地区的普及影响深远。

"织妇窥柴荆"一句中的"织妇"，透露出织丝是农妇重要的家庭事务。在唐代，植桑、养蚕、织丝是唐代汉中农村的重要农事，而所织绢缣则是一项重要贡品，图10（现藏于中国丝绸博物馆）为织布工具。据《唐六典·太府寺》载，中唐时曾把全国所产绢列为八等，汉中地区的褒、洋、兴三州产品俱在其中。绢既然是进奉朝廷的贡赋，汉中蚕桑业规模应该不小。《新唐书·地理志》所载兴元府诸州土贡中即有洋州的大麻布和野苎麻、凤州的布，反映出桑蚕业在汉中农业经济中的重要地位。因此，养蚕纺织是绝大多数汉中女子必须掌握的生产技术，也是一般家庭缴纳赋税、维持家用的主要手段。唐代宋若华姐妹的《女论语·学作章》有云："凡为女子，须学女工。纫麻缉苎，粗细不同。车机纺织，切勿匆匆。看蚕煮茧，晓夜相从。采桑摘柘，看雨占风。滓湿即替，寒冷须烘。取叶饲食，必得其中。取丝经纬，丈足成工。轻纱下轴，细布入筒。绸绢苎葛，织造重重。亦可货卖，亦可自缝。"[1] 这里讲述了蚕种的养护、饲养，桑树的种植、采摘，煮茧取丝，布匹丝绸的纺织、保存等一整套的知识和技能。可见，唐代养蚕技术已有了较为成熟的形态。本诗虽为刘禹锡诗文应和之作且游玩之景多为想象，但诗中对"男耕女织"之景绘声绘色的描写仍透露出了其

---

① 季庆阳：《孝文化的传承与创新——基于大唐盛世的考察》，西安：西安电子科技大学出版社，2015年，第119页。

对百姓生活的关心，不免看出仍有一丝政治抱负氤氲于此。

图10　丁桥织机

荷锸醉卧天地间

隐士多羡刘伶，放情肆志，无所禁忌。刘伶是"竹林七贤"之一，常乘鹿车，携一壶酒，使人荷锸而随之，谓曰："死便埋我。"① 其放浪形骸如此。白居易本是朝廷要员，岂有刘伶之闲，然而在诗人年老时，在官场遭受的排挤、贬谪与亲友逝去之痛打击着他，使得白居易逐渐看淡世事，越来越追求人生的洒脱，或不失为一种掩痛之举。《洛阳有愚叟》一诗即反映了白居易年老时的心态。诗人所居之城洛阳，园林相映，牡丹繁盛，也为白居易提供了一个十分相衬的宜居环境。从这首诗中，我们便能感受到此种生活的闲适与平静。

① ［唐］房玄龄，等：《晋书》，北京：中华书局，1974年，第1376页。

洛阳有愚叟①

白居易

洛阳有愚叟，白黑无分别。

浪迹虽似狂，谋身亦不拙。

点检盘中饭，非精亦非粝。

点检身上衣，无余亦无阙。

天时方得所，不寒复不热。

体气正调和，不饥仍不渴。

闲将酒壶出，醉向人家歇。

野食或烹鲜，寓眠多拥褐。

抱琴荣启乐，荷锸刘伶达。

放眼看青山，任头生白发。

不知天地内，更得几年活。

从此到终身，尽为闲日月。

一、"诗魔"白居易

白居易（772—846），字乐天，号香山居士、醉吟先生，祖籍太原，下邽人，生于新郑，终老洛阳，是唐代著名的现实主义诗人，也是新乐府运动的领导者之一。白居易的诗歌涉及范围十分广泛，创作形式丰富多样，遣词造句通俗易懂，传诵很广。他和元稹交情甚好，两人共同倡导新乐府运动，后世称"元白"；他与刘禹锡神交已久，刘禹锡将两人的唱和诗作编为《刘白唱和集》，两人并称"刘白"。白居易有"诗魔"之称，来源于他的"酒狂又引诗魔发，日午悲吟到日西"，著有《白氏长庆集》。

二、意冷慨岁月

白居易于元和三年（808）任左拾遗，此时的白居易意气风发，认为自

065

---

① 中华书局编辑部点校：《全唐诗》卷四五三《白居易》，北京：中华书局，1999年，第5145页。

己受到喜爱文学的皇帝的赏识，因此频繁上书言事，尽责尽力，写了大量反映社会现实的诗歌来"补察时政"，甚至于直指皇帝的错误，以至于引发了皇帝的不满。元和十年（815），宰相武元衡遇刺身亡，白居易上表主张严缉凶手，又引发了诸多大臣不满，认为其此举越职。很快，白居易遭到诽谤：有人称白居易母亲因看花坠井离世，而白居易作有"赏花"及"新井"诗，有害名教。因此，白居易被贬为江州司马。此后，白居易心态逐渐发生变化。被贬之前，他以"兼济"为志，被贬后便逐渐"独善其身"，虽然依旧关怀人民，但其实已有心灰意冷之意，逐渐淡泊名利，效法陶潜，早期佛教思想逐渐抬头。大和七年（833），白居易因为年老多病，向朝廷递交辞呈未获允，反被任命为太子宾客分司东都洛阳。这首诗作于大和八年（834），此时的白居易已经63岁，早已不愿投身官场，在两三年前，白居易经历了丧子之痛，好友元稹也突发疾病而逝，已经高龄的白居易在遭受了这些打击之后，身心俱疲。此时的白居易早已看透世事，超然物外，比起官场尔虞我诈，他更愿意沉浸于闲适的生活中，远离俗世，纵情山水，本诗就是在这样的情绪中写就。

三、闲淡愚叟近自然

白居易晚年多为闲适诗，其诗语言风格浅切平易，闲逸悠然，因其诗中所表现的那种退避政治、知足保和的"闲适"思想，以及归趋佛老、效法陶渊明的生活态度与后世文人的心理较为吻合，因此影响更为深远。《洛阳有愚叟》中的愚叟指的便是白居易本人，他自称洛阳愚叟，平生难得糊涂。虽然行迹轻狂，但为己谋身也还算不上拙劣。自己的生活不奢侈华贵，但也不算穷困潦倒；其日常饮食不是精致繁杂，但也非粗粝不堪；其服饰没有多余的饰品，但也没有短缺的布料。自己的身体气脉均匀调和，闲着的时候就带着酒壶出门，醉了便在别人家中歇息。常常吃新鲜的野生食物，睡觉时用天然的棉布。如刘伶一样，弹琴喝酒，放浪形骸，与青山为伍，任由头发逐渐花白，何必在意自己在这天地间还有多少岁月可度呢？希望从现在到生命的尽头自己都能与山水作伴，与日月相邀，不再为琐事烦忧就好。

四、洛阳牡丹满园林

诗作中处处透露出淡泊名利之思，但也非无欲无求，反而是一种追求平淡自然、随心任意、与自然相融的状态与态度。"抱琴荣启乐，荷锸刘伶达"一句，运用春秋时隐士荣启期弹琴歌乐和魏晋名士刘伶旷达生死的典故，表现了诗人对闲时恣意抚琴、忙时亲耕于田而又放浪形骸、与酒为乐的生活的向往。而"放眼看青山"一句，更是为诗平添一种开阔，让整首诗从个人思想中跳脱出来，增加了一种天地广袤的气魄。诗作中从谋身、衣、食、住、行多个方面进行总结，表现了一种自在放浪的生活。可见，诗人不再追求外在的名利和物质，只求自己的心自由自在，只希望自己日后的生活能够继续保持下去，不再为世俗而烦，不再被他人所扰。也正是这份转向生活之乐的心境的改变，晚年的白居易对所居之处洛阳有大量的诗歌描写，加之白居易的闲适心情，我们极容易从中感受到洛阳这座城市的魅力。

白居易晚年大多在洛阳的履道里度过，他有数量相当可观的诗描写洛阳。开成元年（836），白居易自编《白氏文集》65 卷，共诗文 3 255 篇，藏于洛阳圣善寺钵塔院，为后人研究唐代的社会情况和文学创作提供了大量有用的史料。据统计，他留下的 3 000 多首诗中，有 800 多首讴歌洛阳，如《洛城东花下作》中的"记得归诗章，花多属洛阳"、《柳枝词八首》中的"何以东都正二月，黄金枝映洛阳桥"。从白居易的笔下，人们了解了洛阳的唐代风貌，对洛阳更加热爱。正如唐代诗人徐凝在诗中写的："今到白氏诗句出，无人不咏洛阳秋。"在本诗中，白居易更是将洛阳视作自己的归隐之地。

洛阳的气候十分适合花木，而谈洛阳的经济作物必谈牡丹。"洛阳地脉花最宜，牡丹尤为天下奇"，洛阳自古以来就以牡丹闻名。"洛阳居三河间，古善地"，河洛地区有黄河、洛河、伊河等众多河流，它们的共同冲积，形成了洛阳盆地。其气候基本与古代二十四节气同步，四季分明，很符合牡丹的生长周期。洛阳盆地土地肥沃且黏性较大，这对相对喜爱稍显干旱而怕涝的牡丹生长十分有利。洛阳牡丹栽培始于隋，鼎盛于唐，宋时甲于天下。洛阳作为唐朝的东京，交通方便，贸易兴隆，城内园圃林立，有几乎家家种植牡丹的传统，赏花之风盛极一时。白居易"花开花落二十日，一城之人皆若狂"和刘禹锡"唯有牡丹真国色，花开时节动京城"的诗句正是东都洛阳牡丹品赏习俗的生动写照。

除了花卉外，唐代洛阳的园林技艺也十分成熟。白居易晚年家居洛阳

20 年，58 岁至终连续 17 载居洛阳履道坊。履道坊是隋唐洛阳城里坊之一，亦称履道里，始建于隋朝，位于隋唐洛阳城外郭城的东南隅，占地 17 亩。引伊水自南入城的河渠，流经坊西、坊北，又向东流入伊水。因这里遍布水塘，有竹林、杨柳、果园等，风光秀丽，引得隋唐时期的皇亲国戚、达官贵族有不少在此造府建园，由此，洛阳的园林日益丰富，其园林发展规模与水平达到空前的地步。

除了白居易外，还有隋文帝的长女乐平长公主和隋东都洛阳城的设计及督建者宇文恺都在履道里建有宅园。白居易的许多同僚旧友，如裴度、牛僧孺、崔玄亮等也家居洛阳，履道坊白氏家宅东邻为王大理宅，南邻是尚书崔宅，都是官僚文人。即便在"安史之乱"后，盛唐经济与文化中心逐渐向南方偏移，但是并未影响洛阳的发展。鉴于唐代经济空前繁荣的支撑，同时洛阳又属于全国经济中心与政治次中心，因此，洛阳在武则天时代作为神都总领全国，吸引了大量的文人政客与附庸风雅的贵族、商人居住。宋人李格非《洛阳名园记》后记云："唐贞观、开元之间，公卿贵戚开馆列第于东都者，号千有余邸。"[1] 白居易虽晚年心性淡泊，效法陶渊明，但其生活绝不似陶潜那般清苦。其实，在本诗作中也能看出，能支撑起弹琴纵酒然依旧衣食无忧的，只能是白居易这样的达官贵人了。

荷锸种柳清心神

许多诗人都有贬谪后亲自耕种的经历，留下过许多咏物、游记类篇章，这使我们往往从作者的个人经历和诗人的思想状况着手去理解诗歌。而许多身在异地的唐代诗人所作的咏物类诗歌也能反映其所在地的农业经济，帮助我们更加深刻地理解作者咏物诗的来龙去脉。柳宗元的《茅檐下始栽竹》是一首为了治疗被蒸郁暑气所累的腿疾，而去寻竹、种竹的纪事诗，而为什么选择竹，以及当地还有什么花草治疾的习惯，这些奥秘都藏在唐代的永州。

---

① 杨艾明：《天下名园重洛阳——唐代咏洛阳名园诗管窥》，《牡丹江教育学院学报》，2015年第 10 期。

茅檐下始栽竹①

柳宗元

瘴茅葺为宇②，溽暑常侵肌。适有重腿疾③，蒸郁宁所宜。
东邻幸导我，树竹邀凉飔④，欣然惬吾志，荷锸西岩垂。
楚壤多怪石，垦凿力已疲。江风忽云暮，与曳还相追。
萧瑟过极浦，旖旎附幽墀⑤。贞根期永固，贻尔寒泉滋。
夜窗遂不掩，羽扇宁复持。清泠集浓露，枕簟凄已知。
网虫依密叶，晓禽栖迥枝。岂伊纷嚣间，重以心虑怡。
嘉尔亭亭质，自远弃幽期。不见野蔓草，蓊蔚有华姿。
谅无凌寒色，岂与青山辞。

一、寄情山水遣心愁

"永贞革新"失败之后，柳宗元被贬邵州刺史，在赴任途中，又被追贬为永州司马。到职后，柳宗元暂居龙兴寺，永州地处南方，气候和中原大不相同，这对常年居住中原的柳宗元一家来说，是一个巨大的挑战。初到永州，柳宗元的母亲就病逝了，这与沿途的劳苦及永州炎热的气候脱不开关系。南方湿热的气候还有永州的瘴疠之毒，对柳宗元的健康有着很大的影响，除了环境和身体健康的问题外，已经被贬南方的柳宗元仍然受到了政敌的中伤诽谤。

元和四年（809）初，一同被贬的程异被召回朝廷，这给了柳宗元希望，他仍旧希望能够回到朝中参与政事，于是他相继给朝中的好友写信呼救，言辞恳切，令人动情。在永州的这段时间，因为政治压力还有恶劣环境，在精神和身体遭受双重压迫的情况下，柳宗元为了排遣苦闷，只能寄

---

① 中华书局编辑部点校：《全唐诗》卷三五三《柳宗元》，北京：中华书局，1999 年，第3963 页。

② 瘴茅：含有瘴气的茅草。

③ 重腿疾：腿肿的疾病。

④ 凉飔：清凉的风。

⑤ 旖旎：柔和美丽。墀：台阶。

情山水，写了许多游记来记载片刻欢愉，还写了许多种树养花的诗文，不仅是为了消遣自娱，也为了寄托理想情怀。但柳宗元始终无法全身心地沉浸在山水之中，欢愉之中总带着被贬的悲伤不忿。在元和五年（810），作者筑室冉溪，本诗"楚壤多怪石"一句中的楚地为永州，而诗第一句"瘴茅葺为宇，溽暑常侵肌"，表明作者最近正建造茅屋，因此可以推测本诗作于元和四年或五年。《茅檐下始栽竹》记录了作者栽竹的心情，在栽竹的欢愉之后，又回到了竹子的品质及自身的遭遇上。

二、寻凉竹以镇疾，观山水以排忧

《茅檐下始栽竹》主要描写了作者栽竹的原因、经过及对竹林长成后亭亭如盖的美好畅想。整个栽竹事件叙述清晰，如散文般流畅，有明显的记叙特色。前六句写了栽竹的原因，首先为内因——"瘴茅葺为宇，溽暑常侵肌。适有重腿疾，蒸郁宁所宜"，天气暑气逼人，出处更加闷热，而自身又患足肿，日子愈发难熬。其次为外因，即种竹契机——"东邻幸导我，树竹邀凉飔"，邻居告诉"我"种竹即可驱热，句中一个"邀"字便写活了整片竹林，仿佛已让人置身竹林之中听见耳边竹叶窸动沙沙，其中穿梭的凉风应竹之邀而来，只一字就让人体会到种竹对消暑的重要性。诗作中间描写了寻竹的劳累，作者欣欣然带着对未来的期许，负着锸在西边怪石险岩中攀登寻觅，费尽辛苦挖出竹鞭（竹子细长的地下茎），尽显疲态。江风吹过，暮云相追，又顿时开阔了心胸，振奋了精神。而后诗作描写了作者种竹之细，种竹时慎之又慎，选好地址，扶正竹子，再浇上清洌的泉水滋养，由此满心期待着竹子的茁壮成长。诗作的最后表达了诗人对日后赏竹的畅想，日后竹子亭亭而直立，没有野草蔓生而满眼郁郁，华而有姿。清透的露珠在叶尖汇聚，枕席因竹荫早已清清凉凉，偶见细虫在密叶的间隙爬行，晨鸟于枝头栖息，置身此间，心静神怡，有此心志，又何苦为世间纷嚣所扰？

三、永州花草的妙用

种竹诗《茅檐下始栽竹》正是作者在处境最为艰难时所作，此时作者仕途遇阻，被贬永州，外受不绝于耳的谩骂和指责，内受疾病之扰，此间一封遇赦不免的诏书也让作者的精神受到打击。但此时的作者依旧不愿随波逐流、苟且屈服，他一直坚持自身的操守，永不妥协，并借诸多咏物诗表明充盈于胸的心意和志向，而这些咏物诗也同时从侧面展现出唐代永州当地的一些农业经济情况。柳宗元在本诗中借"寻竹之艰""种竹之慎""珍竹之用"来表现自己与竹一样的、正直不屈的高洁品质；与竹一样扎根在"蛮荒之地"，但依旧傲然挺立，永保其贞；而永州虽"蛮荒"但适合种植竹等经济作物的当地农业条件也体现了出来。

在唐代，柳宗元所被贬的永州是远离中原的穷乡僻壤，处于湖南和广东、广西交界处，三面环山，处于向东北开口的马蹄形盆地的南缘。境内地貌复杂多样，河川溪涧纵横交错，山冈盆地相间分布，人烟稀少。州城仅局限于潇水东岸的一小片区域，据《元和郡县图志》卷二十九记载，永州"元和初仅有户八百九十四"①。永州虽是"蛮荒"，但其实永州气候湿热，既有温光丰富的大陆性气候特点，又有雨量充沛、空气湿润的海洋性气候特点，适宜多种植物生长，柳宗元咏物诗之多也得益于此。与柳宗元成长与成才的长安相比，柳州破败，人烟稀少，但诗人并没有自暴自弃，反而在州城对岸发现了极美的自然风光，他感慨于这里的美景无人赏识，就仿佛是被朝廷抛弃了的无人赏识的自己，或是感受到了类似的共鸣，柳宗元长久地来州城对岸赏玩，并把家也搬到了此处。

柳宗元在谪居永州、柳州期间种植了诸多花草，其诗集中出现了所植花木数十种，如《酬贾鹏山人郡内新栽松寓兴见赠二首》《种柳戏题》《柳州城西北隅种柑树》《种木槲花》《茅檐下始栽竹》《种仙灵毗》《种术》《种白蘘荷》《新植海石榴》《植灵寿木》《自衡阳移桂十余本植零陵所住精舍》《湘岸移木芙蓉植龙兴精舍》《戏题阶前芍药》等，蔚为大观。其种植的花木中也有诸多药植，如种"仙灵毗"来治南方"疠气"，极有成效；而"白蘘荷"是"嘉草"，可驱"血虫化为疠"且"纷敷碧树阴，眇眇心所亲"（柳宗元《种白蘘荷》），每天来看几回才安心。在本诗中，作者种竹其实也是为了减轻"蒸郁"，缓解"重腿疾"。从柳宗元的咏物诗来看，永州在唐代便有诸多经济作物，且皆有其明确药用。

在本诗中也可看出，"锸"在唐代已大范围应用，尤其在种植花草、挖掘土木方面发挥着重要作用，见图 11（现藏于成都博物馆）。"荷锸西岩

① 徐翠先：《柳宗元诗文创作论稿》，北京：中国文联出版社，2007 年，第 224 页。

垂"一句中的"锸"在古代多为铲土农具。《汉书》有云,"举臿为云,决渠为雨"①,指的就是修筑水利工程时工人用锸辛勤劳作的盛况。从出土文物来看,战国时期锸的套刃已多为铁制,形状更加多样,说明在农业生产中,劳动人民对"锸"进行了不断改进,也不断推进着时代的农业发展。柳宗元被贬后,心中的苦闷主要来源于自身的政治理想被打压,无法回到朝局中继续推进改革。但在永州,柳宗元亲自种植花草,除了排解苦闷外,以劳作之身贴近当地百姓,也更能体味民生疾苦,坚定其为百姓谋福的爱民之初心。

图 11 蜀都铁锸

置锸种柳,为茂他辰

与其他遭遇贬谪而亲自耕耘农作的诗人不同,韦应物担任滁州刺史后在当地种植柳树。这除了有诗中解释的为后人留下一片阴凉即"为茂他辰"之意外,也是因为滁州之地气候温和,适宜种柳。而韦应物在诗中也展现出了极高的责任感和一颗热忱的爱民之心。

---

① [汉]班固:《汉书》卷二九《沟洫志》,北京:中华书局,1962年,第1685页。

西涧种柳①

韦 应 物

宰邑乖所愿②，黾勉愧昔人③。
聊将休暇日④，种柳西涧滨。
置锸息微倦，临流睇归云⑤。
封壤自人力，生条在阳春。
成阴岂自取⑥，为茂属他辰⑦。
延咏留佳赏，山水变夕曛⑧。

一、简政爱民亲田园

韦应物（735—约793），字义博，京兆万年（今陕西西安）人，出身名门，15岁以右千牛卫为唐玄宗近侍。自"安史之乱"后，他先后为洛阳丞、京兆府功曹参军、鄠县令、滁州和江州刺史、左司郎中、苏州刺史。贞元七年（791）退职，世称韦江州、韦左司或韦苏州。韦应物在政期间简政爱民，并时常自省，甚至为自己没有尽到责任而空费俸禄而自愧。韦应物是山水田园派诗人，其诗风闲澹简远，影响深远。曾与陶渊明合称"陶韦"，与王维、孟浩然、柳宗元并称"王孟韦柳"。

二、心忧民生事躬亲

本诗约作于德宗建中四年（783）秋至兴元元年（784）冬，韦应物任滁州刺史时期。诗中写道，做官本非心愿，而且能力也愧对先贤，只能在

---

① 中华书局编辑部点校：《全唐诗》卷一九三《韦应物》，北京：中华书局，1999年，第1997页。
② 宰邑：治理地方，意为做官。乖：违背。
③ 黾勉：努力，勉力。本句说虽勉力但也愧对先贤。
④ 聊：姑且。
⑤ 睇：斜着眼看。这是泛指看。
⑥ 自取：指自取名誉。
⑦ 他辰：将来。
⑧ 夕曛：黄昏。曛，日没时的余光。

休闲之时，在水滨种柳，这并非为自身着想，实为后人受用。诗语简朴，情意真诚，如同在向友人倾吐。唐德宗建中四年（783）暮春入夏时节，韦应物从尚书比部员外郎调任滁州刺史，离开长安，秋天到达滁州任所。韦应物担任这一职位后，努力有所作为，但难以改变的现实使其产生种种复杂心理。

三、胸怀苍生，柳庇后人

韦应物的山水田园诗风格与王维、孟浩然、柳宗元等诗人相近。《历代草木诗选》曾评韦诗云："作者早年狂放不羁，后来虽入仕途，但终非生平所愿，故有此忙里偷闲、种柳西涧之举。"[①] 种柳是作者陶冶性情，徜徉山水，让精神有所寄托而已。因此，这首诗不但让我们看到了作者那怡然自得的情态，也隐隐吐露出作者倦于仕途、怀恋往事的难言衷曲。

本诗虽为西涧种柳，但第一、第二句"宰邑乖所愿，黾勉愧昔人"，先提做官并非自己本来的心愿，虽然任上较为勉励，但依旧觉得愧对先贤。第三、第四句"聊将休暇日，种柳西涧滨"，提到了种柳的原因，姑且有了闲暇时光，便来到西涧种植柳树。不同于其他咏物诗的先言物再明志，本诗先提了内心对为官的纠结，后引入种柳。第五、第六句"置锸息微倦，临流睇归云"，描写了种柳时的场景，作者掘土累了，微微疲倦，便将锸放在一旁，立于涧边静观天边的流云。这是一幅极为开阔、让人心胸坦荡的景象。而诗人立于此，心中顾念的是天下百姓，人、流、云三者便融合一体，都成了苍茫天地间的一分子。第七、第八句"封壤自人力，生条在阳春"，描述了人力培土而柳树在春天发芽这一生长过程，表达了作者对自己种下的柳树的殷殷期待，盼望它明年按时抽条发绿。第九、第十句"成阴岂自取，为茂属他辰"，更体现了作者一心为民的胸怀，盼望它发芽岂是为了给自己带来荣誉，毕竟它繁茂之时还在遥远的未来，这两句的感慨明显带有"前人种树，后人乘凉"之意，作者为民之心如此。末尾两句"延咏留佳赏，山水变夕曛"开始写景，此时夕阳西下，山水被余晖笼罩，写下诗歌来歌咏它，期待其日后被后人观赏。

其他的咏物诗常从"物"的品格或象征义出发，以物写人，以物言志。

---

① 陈文新，王山侠，方晓红，等：《历代草木诗选》，昆明：云南人民出版社，1988年，第137页。

唐诗里的农耕文化

而本诗在结构上首句先提为官，再提种柳一事为工作间隙所做，而后才提到种柳的具体事宜，最后发出的感慨也是从百姓的角度出发，可谓一字未提百姓但处处心系百姓，更像是记事随笔，但开合自然，平淡中自有天地。

四、滁州要地林果盛

滁州古有"五山一水三分田、一分道路和庄园"之说，阳光充足，气候温和，地处长江中下游，地势低平，广泛分布着久经耕作发育成熟的水稻土。滁州属古扬州地域，《尚书·禹贡》称扬州"厥土惟涂泥，厥田惟下下，厥赋下上错"[①]。涂泥，即今天的水稻土，肥力为九州中的最低等。辛树帜认为，"涂泥即为无石灰性（即缺钙）冲积土雨湿土，列为最瘠，或以当时灌溉与排水设施尚不发达，不能利用之故，以致视为无用"[②]。随着江淮地区人口逐渐增多，人们对田地渴求越来越强烈，耕作技术日益改进和提高，这一地区的低洼沼泽之地逐渐得到开垦，土壤的肥力增强，贫瘠之地日益发展成为沃野。

滁州东临扬州、北枕淮河、南靠长江。淮河、长江皆为大唐的经济大动脉；扬州乃东南战略要地，"安史之乱"后，滁州的地位越来越重要，驻扬州的淮南节度使，多由朝廷信得过的宰相级别人物担任，此时的朝廷赋税主要依靠东南地区。自经历"安史之乱"以来，韦应物便对天下形势深感忧虑，想为朝廷与百姓做事。因此，在滁州任上，诗人想要有所作为，又感叹自身的作为也不能改变现状。

韦应物种柳不仅因滁州气候合适，也与唐代农业政策有关。据竺可桢研究，唐宋时期是我国的温暖期，农作物生产气候良好。除宜人的气候外，滁州有优良的森林植被，刘长卿《酬滁州李十六使君见赠》云："桃花迷圣代，桂树狎幽人。幢盖方临郡，柴荆忝作邻。"良好的地理条件为滁州的经济发展提供了条件。因此，果树与林木业的发展成为农业重点。据《通典》卷二《食货二·田制下》记载，唐统治者十分重视人工种植果树林木，并有具体要求。因此，滁州的历任刺史几乎都有过种植果树或其他林木的行为。中唐时期，李绅刺史滁州，亲自"西园到日栽桃李"，花开之时一片"红白低枝拂酒杯"[《滁阳春日怀果园闲宴（园中杂树，多手植也）》]

---

① ［清］阮元校刻：《尚书正义》，北京：中华书局，1980年，第148页。
② 辛树帜：《禹贡新解》，北京：农业出版社，1964年，第130页。

的景象。而后，欧阳修在贬谪滁州时也多种林木。富足的山林资源为滁州州郡的林木经济提供了基础，"山中伐木声"源源不断，林木业呈现一片繁荣的景象，图12（现藏于滁州市博物馆）为部分木制工具。可见，诗人种树并非一时兴起，而是为了响应国家政策，为百姓办事。因此，种植柳树而提到为官之事，后期望"后人乘凉"也就有迹可循，诗人一颗爱民之心如此。

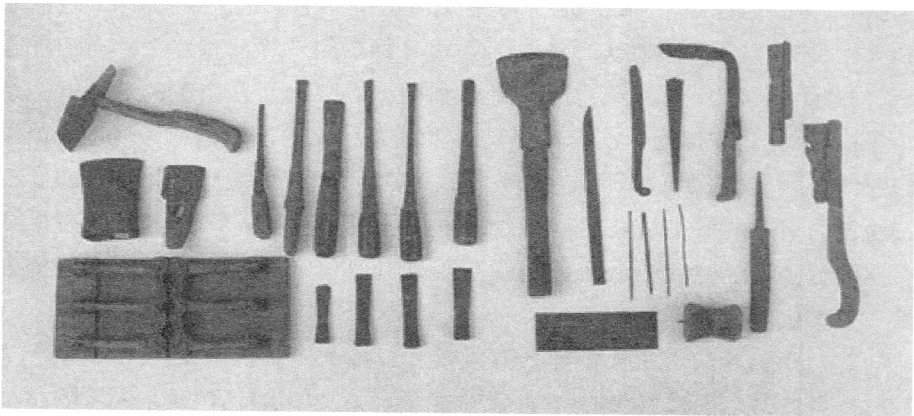

图12　木工工具

负锸诗酒寻良药

唐代药业发展迅速，出现了许多新的医学著作。这不仅得益于隋朝的医药根基，也有赖于唐代药酒文化的兴盛。王绩本人被称为"斗酒学士"，他爱喝酒，也酿酒，并在酒中加入各种草药来增益酒的作用。药与酒的融合使得王绩对草药也十分热爱，自隐世后王绩更是常常亲自上山寻找药材。唐代药业的兴盛在王绩这首《采药》中便可略知一二。

采药①

王绩

野情贪药饵，郊居倦蓬荜②。

青龙护道符，白犬游仙术。

腰镰戊己月③，负锸庚辛日④。

时时断嶂遮，往往孤峰出。

行披葛仙经，坐检神农帙。

龟蛇采二苓，赤白寻双术。

地冻根难尽，丛枯苗易失。

从容肉作名⑤，薯蓣膏成质⑥。

家丰松叶酒，器贮参花蜜⑦。

且复归去来，刀圭辅衰疾。

一、唐代农诗的开拓者

王绩（约590—644），字无功，号东皋子，绛州龙门县（今山西运城万荣县）人。王绩从小好学，15岁时被称作"神童仙子"，后参加孝廉察举，高中后担任秘书正字，但因性格简傲，不喜在朝廷中任职，遂改任地方官。唐武德八年（625）待诏门下省，日有良酒，贞观初因无人供应好酒弃官还乡。作为初唐山水田园派诗人，王绩作品诗意近人却不粗浅，质朴但不庸俗，真诚率直。王绩由隋入唐，但全无齐梁华靡浮艳的旧习，在唐初诗坛上独树一帜，被后世公认为五言律诗的奠基人。他将自己的情感寄托在质朴清新的田园诗中，他与陶渊明有着相近的人生理想，弃官还乡，躬耕于东皋山，因此自号"东皋子"，除此之外，他创作了《五斗先生传》，撰写

---

① 中华书局编辑部点校：《全唐诗》卷三七《王绩》，北京：中华书局，1999年，第484页。
② 蓬荜：编蓬草、荆竹为门，代指穷人住的房子。蓬草，即天蓬草，为石竹科植物。
③ 戊己月：戊、己为十干中的两干，月份中有戊或己字出现便是戊己月。
④ 庚辛日：庚、辛为十干中的两干，日期中有庚或辛字出现便是庚辛日。
⑤ 从容：肉苁蓉，一种植物，是中国传统的名贵中药材。
⑥ 薯蓣：山药。
⑦ 参花蜜：人参花蜜。

了《酒经》《酒谱》。

二、隐世酿佳酒

王绩嗜好饮酒，在武德初年（618），朝廷征召前朝官员，王绩以原官待诏门下省。按照门下省例，日给良酒三升。有人问他："待诏何乐邪？"王绩回答："良酿可恋耳！"侍中陈叔达听说了此事，将三升酒加到一斗，时人称为"斗酒学士"①。贞观初年，以病罢官。王绩再次被朝廷征召为有司，时太乐署史焦革善酿酒，王绩自求任太乐丞。吏部认为这不合品级。因此不同意，但在王绩坚决请求下，吏部最终按照王绩之请进行任命。焦革去世后，他的妻子还一直给王绩送酒。一年多以后，焦革的妻子也去世了。王绩感叹："天不使我醋美酒邪？"② 就弃官离去了。王绩辞官隐居符离北武里山，结芦东皋（在武里山东麓，傍龙泉汇成的大池）。隐居后，他遵循焦革家酿酒法为经典，又采用杜康、仪狄以后善于酿酒的方法编为《酒谱》。本诗即为王绩归隐后，为酿酒采药而著之诗。

三、野山有药痴

本诗为一首采药诗。这首诗中所含的中药众多，如犬药、葛药、金龟、蛇类、猪苓、茯苓、白术、苍术、肉苁蓉、薯蓣、药膏、松叶、烧酒、人参花蜜等。"野情贪药饵"直接点明了采药者对草药的迷恋；"青龙护道符，白犬游仙术"表明了采药者的术士与道士的身份；"腰镰戊己月，负锸庚辛日"交代了采药所用的工具和采药的时间；"时时断巘遮，往往孤峰出"说明了采药的路途；"行披葛仙经，坐检神农帙"指出了采药时往往需要寻求医书的指点；"龟蛇采二苓，赤白寻双术"意思是说真武汤要采猪苓或茯苓、赤白痢要用苍、白二术；"地冻根难尽，丛枯苗易失"说明采药的气候和季节十分重要及采药的艰难；"从容肉作名，薯蓣膏成质。家丰松叶酒，器贮参花蜜"则是记述了采药的收获：苁蓉肉、薯蓣膏、松叶酒、参花蜜等。本诗首句表明了自身对药材的喜好后，便从采药的时间、工具、地点、路线、方法、注意事项、收获等多个方面描写了自己的采药心得，实乃药痴也！

---

① ［宋］欧阳修，宋祁：《新唐书》卷一九六《王绩传》，北京：中华书局，1975 年，第 5595 页。
② ［唐］王绩：《王绩文集》，太原：三晋出版社，2016 年，第 265 页。

唐诗里的农耕文化

四、酒盛药兴

"腰镰戊己月，负锸庚辛日"一句中包含了两种农具，足见采药的艰辛和复杂。"锸"是掘土农具，"镰"是割庄稼、割草农具。在草药的获取中，有些草药没在土中生长，需用锸掘起；而有些草药长于土上，需要用镰割取。除了不同的采集方式以外，草药生长的地方也各有不同。"时时断嶂遮，往往孤峰出"一句便道出了野生草药生长之地的险恶。不仅如此，许多草药长相与药性很难区分，仍需专业医药书来帮助识别，"行披葛仙经，坐检神农帙"一句就表现了即便如王绩这样的药痴，去采草药也一定要带上草药专著才能清晰分辨。唐代对草药的研究也进入了一个新阶段，民间百姓早已学会采集野生草药，而且其他医药学著作也在这一时期大量涌现。

唐代药学的发展得益于隋代的医药学奠基。隋代建太医署扩大医学教育，编写医学新著《诸病源候论》，发展公共医药设施"养病坊"和"疠人坊"，收治社会贫病患者和麻风病人。另外，隋朝疆域开阔，地理环境多样，人口众多，这为唐朝药学大发展奠定了良好的基础。到了唐代，药学的发展已初具规模，唐诗中出现了大量采药诗，从中我们可以看出唐代药学的生产轨迹。"《全唐诗》卷五二宋之问《陆浑山庄》载：'源水看花人，幽林采药行'，描写了采药的环境是幽静的山林。《全唐诗》卷三七中王绩《黄颊山》载：'步步攀藤上，朝朝负药来'，记载了攀藤采药的艰辛。《全唐诗》卷一五九孟浩然《白云先生王迥见访》载：'居闲好芝术，采药来城市'，写出了采药的目的是到市井中出售。"① 唐代的药材中有一小部分来自人工种植，唐朝医学教育机构太医署，置有 300 亩地的药园培植药材，由 2 名药园师掌管。招收民间青年 8 人为药园生，学习种药、采收加工培养专门人才。据《新修本草》粗略统计，有种植的药材近 40 种。但当时唐代的药材主要还是来自本国野生采捕和域外香药进口。民间有大量药商专门收购药材，随着各地优质药材的增加，全国市场的进一步扩大，唐代在梓州还兴起了一年一度的定期药市，可见当时药材业的规模之大。

与药学发展相对应的是唐代医学的发展，主要表现在医药著作的增长。"龟蛇采二苓，赤白寻双术"两句写的是真武汤所需的药材，配方为炮附子

① 胡献国，岳志湘：《唐诗与中医》，武汉：湖北科学技术出版社，2016 年，第 1 页。

四钱、生白芍二钱、浙茯苓三钱、鲜生姜二钱、生冬术二钱，其功用为温阳利水，其配方出自张仲景的《伤寒论》①。相比隋代，唐代国内药材产地扩大，品种增加，外来药物也日益增多，原来的《本草》已经不能适用最新的医药要求，因此，唐高宗显庆二年（657），朝廷命苏敬等 23 名医官、儒臣"普颁天下，营求药物"，重新编修药书，取名《新修本草》，简称《唐本草》，亦称《英公本草》。显庆四年（659），《新修本草》正式颁行，被誉为中国第一部，也是世界第一部药典，比欧洲《纽伦堡药典》早 833 年。唐代重要的个人医药著作，有孙思邈于永徽三年（652）所著的《备急千金要方》、永淳元年（682）所著的《千金翼方》；王焘于天宝十一载（752）编著《外台秘要》、昝殷于大中六年（852）编著《经效产宝》，后又撰写《食医心镜》。

王绩是嗜酒如命之人，又有采药的嗜好，这也可以看作唐代药酒发展的一个案例。"药酒"并不是唐代特有的，在唐之前有时毒酒也被称之为药酒，而到唐代药酒则有了新的含义，不再专指毒酒，而成为保健药酒、治病酒的专称。酒疗使酒与药相融合并发挥酒的特性，即"主百邪毒，行百药"，"通脉，养脾气，扶肝"，加上酒挥发快，易于被人体吸收，进而快速地治疗疾病，比普通的治疗方法要快，从而减轻了患者的痛苦。因此，酒疗被众多医家所推广。《新修本草》共记载药物 844 种，可用酒炮制或服用的药物 112 种，酒疗占了很大比例，可见药酒在唐代发展之盛。

春耨夜渔养清心

"耨"是南方水稻区农人们十分趁手的除草农具。《陈书·后主纪》云："今阳和在节，膏泽润下，宜展春耨，以望秋坻。"② 春日耨田孕育着农家的希望，是收获的基础。而诗人隐居于镜湖（又名鉴湖），这里常有渔人打鱼，则每晚都有渔人的收获喜悦。在如此平和的农家生活下，诗人放却了心中为官的心愿，感悟山林，沉醉在这宁静安然的村野中，感受此地的祥和美好，也不忘由衷地感谢友人曾经的帮助。

① 沈元良：《〈通俗伤寒论〉名方讲用》，北京：中国中医药出版社，2018 年，第 253 页。
② ［唐］姚思廉：《陈书》，北京：中华书局，1972 年，第 106-107 页。

山中言事寄赠苏判官①

方干

寸心似火频求荐，两鬓如霜始息机。
隔岸鸡鸣春耨去，邻家犬吠夜渔归。
倚松长啸成疏拙，拂石欹眠绝是非②。
执爨纵曾炊橡实③，纫针曾解补荷衣。
常凭早月来张烛，亦假清风为掩扉。
多是元瑜怜野贱，时回车马发光辉。

一、隐逸之情喻山水

方干（809—886），字雄飞，晚唐隐逸诗人，私谥"玄英先生"。方干一生仕途坎坷，容貌丑陋，多次科举不第，后来得到王龟的举荐，但王龟死后，方干的仕途就断了。方干诗名很盛，曾经得到过姚合的赏识，很多文人雅士也喜欢与他唱和，他因此作了很唱酬赠诗，从这些来往的酬赠诗中不难看出他对功名的追求，如《中路寄喻凫先辈》中的"莫叹千时晚，前心岂便非"④。他在隐居的一生中，创作了数量众多的隐逸山水诗，其中有他历经山水感悟到的自然之美，对幽静清新的山光水色及闲散自由的生活的描写十分令人向往。

二、隐居真达者

方干幼年即有清俊之才，但是为人散漫粗拙，没有什么正事可做。大中年间，方干参加进士科考试没有考中，后隐居镜湖。湖的北面有一座茅草书房，西面有一座松岛，每当风清月明之时，方干便带着小孩子和邻居老人，撑一支轻便的小船往返于书斋与松岛之间，快意舒心。他所居之所

---

① 中华书局编辑部点校：《全唐诗》卷六五三《方干》，北京：中华书局，1999年，第7551–7552页。

② 欹：斜倚，斜靠。

③ 执爨：烧火做饭。

④ 中华书局编辑部点校：《全唐诗》卷六四八《方干》，北京：中华书局，1999年，第7492页。

门庭幽静，一草一花都侍养得很好，客人们往往于此流连忘返。方干虽然家境贫苦，但他备有一把古琴，行吟醉卧来自娱自乐。

当初，徐凝有很高的诗名，十分看重方干，于是与他互为师友，后来徐凝便教方干诗文格律。方干有赠徐凝的诗句"把得新诗草里论"①。方干相貌丑陋，有兔唇，生性喜欢凌侮人。大夫王廉到浙东问政巡察，礼貌地邀请方干到来，错误地拜了三拜，人们就称方干为"方三拜"。王廉欣赏他的操守，要推荐他到朝廷，委托吴融草拟奏表，过了一段时日，王公因病逝世，事遂寝。方干早年随同计吏（郡县负责会计事务的官吏），往来于两京之间，喜欢多事的公卿们争相请他入幕，但他的名字最终没有传上去，于是他就回乡了。此后，他便不再有荣辱之想。当初，李频向方干学习作诗；后来，李频考中了进士，诗僧贯休便向方干祝贺道："弟子已得桂，先生犹灌园。"② 方干卒于咸通末年，他的门人讨论他的德行谋略和事迹后，最后确定其谥号为"玄英"。本篇诗作为作者晚年隐居镜湖时所写，赠予苏判官聊表心意。此时的作者早已没了名利心，而更加关注身边的一草一木，追求自身的释怀与豁达。

三、农家小隐掸是非

方干极富诗才，但一生未入仕途，长期与山水为伍，对身边的一草一木都非常熟悉。他的诗总能将周围的事物刻画得十分精细，而自有一种悠扬的生命力在其中。我们既能从他的诗中感受到普通人平凡生活中的真味，也能从中感受到诗人对生活的那份热爱与真诚。

本诗的第一、第二句诗人回首过往，想到从前求名心切，屡次请他人推荐自己，如今自己两鬓发白，已经没有了往日的激情，不再渴望功名利禄。中间两句，诗人描绘了极具烟火气息的隐居生活：天将破晓，对岸的鸡已经开始啼鸣，村民带上农具出门去地里除草，邻家的狗也叫了起来，原来是夜间打鱼的人才刚刚回家。诗人疏粗拙笨，倚靠着松树高高地长啸一声，掸尽石头上的灰尘，也仿佛掸掉了是非，就这样斜靠着石头睡去。

① 中华书局编辑部点校：《全唐诗》卷六五三《方干》，北京：中华书局，1999 年，第7559 页。

② 中华书局编辑部点校：《全唐诗》卷八二九《贯休》，北京：中华书局，1999 年，第9428 页。

做饭曾烤过坚硬的橡实，缝纫曾补过荷叶似的衣裳。诗人常常在月辉下点起烛火，也曾借着清风掩上门扉。诗作末句对苏判官对自己的照顾表示了感谢。

全诗由自己的今昔心态对比而入，年老的自己更乐于接受隐居的生活，而后自然转入当前隐居生活的点滴日常，虽然平凡，但自己对之饱含深情。描述了外在的场景后，作者又转入对自己平日生活的描写，虽然贫困，且说来仿佛荒诞可笑，但这就是隐居时自由自在的惬意生活啊。整首诗没有过度的修饰，也没有感情的泛滥，仿佛看着作者一笔一画用心描绘自己的生活，写实中带着生活真味。方干的诗歌颇有陶渊明之风，方干注入诗歌中的感情与陶渊明《癸卯岁始春怀古田舍二首》（其二）诗中"平畴交远风，良苗亦怀新"[1] 一句的生活滋味可以说是异曲同工。

四、越州小农丝织兴

方干的诗作极富生活气息，"隔岸鸡鸣春耨去，邻家犬吠夜渔归"一句，便将天蒙蒙亮之时便开始忙碌的农家之景有声有色地描画出来。这一句中的"耨"是一种古老的除草农具，《说文解字》中无"耨"字，而有"槈"和"鎒"两字，音与"耨"字同。《说文解字》解释说："槈，薅器也。从木，辱声。"[2] 关于耨的形制，《吕氏春秋·任地》曾有比较具体的说明："耨柄尺，此其度也；其耨六寸，所以间稼也。"[3] 也就是说，当时耨的柄是一尺长，而金属的刃部则有六寸。这种尺寸的耨具正好可以穿过农作物的苗，锄去农田中的杂草，是一种小型的耘田、除草工具。近些年，在浙江、江苏、安徽等地陆续出土了一批与上文所说的耨器型相近的三角形青铜工具，见图 13（现藏于中国农业博物馆）。从《史记》《汉书》中关于南方地区"刀耕火耨"的历史分析看，这些器物是古代南方地区专用于水稻田的除草工具，这与本诗作也是相符合的。

---

① ［晋］陶渊明；袁行霈笺注：《陶渊明集笺注》，北京：中华书局，2003 年，第 203 页。

② ［汉］许慎撰；［清］段玉裁注：《说文解字注》，上海：上海古籍出版社，1981 年，第 258 页。

③ 陈奇猷：《吕氏春秋新校释》卷二十五《任地》，上海：上海古籍出版社，2002 年，第 1740 页。

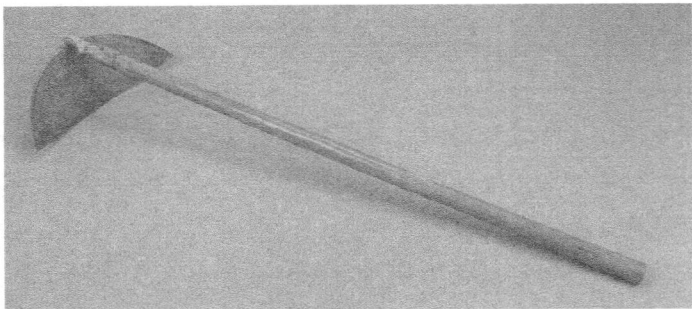

图 13　耨锄

　　方干隐居之地镜湖，又名鉴湖，当时属唐代越州（即今浙江绍兴），地处越州城南，南倚青翠巍峨的会稽山，北连州城和运河，东面紧邻曹娥江，西面靠近浦阳江，是长江以南著名的水利工程。镜湖始建于东汉永和五年（140），从汉以来灌溉了山阴、会稽两县十四乡的农田，遇上干旱时可泄湖灌溉农田，遇上涝灾时则可泄田中水入海，可谓当地泽被万民的"宝湖"。然而，唐中叶以后，镜湖逐渐淤积。方干作此诗时，镜湖尚未淤积严重，依旧有渔民捕鱼为生。

　　耕织是古代生产方式的典型，见图14（现藏于故宫博物馆）。越州是唐代的丝织大州，唐朝建立以后，宁绍地区蚕桑丝绸业就在不断吸收北方先进技术的基础上逐渐发展，武则天、中宗时，越州人养蚕织丝十分普遍。宋之问任越州长史时，曾在《江南曲》中描述越州的情形："妾住越城南，离居不自堪。采花惊曙鸟，摘叶喂春蚕。"[1] 民间养蚕种桑在盛唐时已初具规模。《唐国史补》卷下有一段曾记载越人最初不习织布，江东节制薛兼训密令募军中未有室者娶北地婆织的有趣故事。对这段史料，学术界解释并不一致。史学大师陈寅恪先生云："以越州而论，当安史乱前，虽亦为蚕丝之产地，然丝织品并不特以工妙著称。迨安史乱后，经薛兼训之奖励改良，其工艺遂大为精进矣。其他东南各地，丝织工业之发展，其变化虽不若越州之显著，实亦可据以推见也。"[2] 这种推论是比较精确的。越州开天时虽有一些优质丝织品出产，但与同时期北方相比，同样的绫、罗织品质量肯

---

① 　中华书局编辑部点校：《全唐诗》卷五二《宋之问》，北京：中华书局，1999 年，第 637 页。
② 　陈寅恪：《元白诗笺证稿》，北京：商务印书馆，2017 年，第 253 页。

定要差一些。"不工机杼"不是指越人不事织业，而是说产品精致程度不够。自从代宗宝应年间薛兼训任职浙东，情况发生了变化。从上述史料来推测，娶北地织女到越州应该确有其事，而这些技术娴熟的北方纺织女子也将自己的技术传播开来。

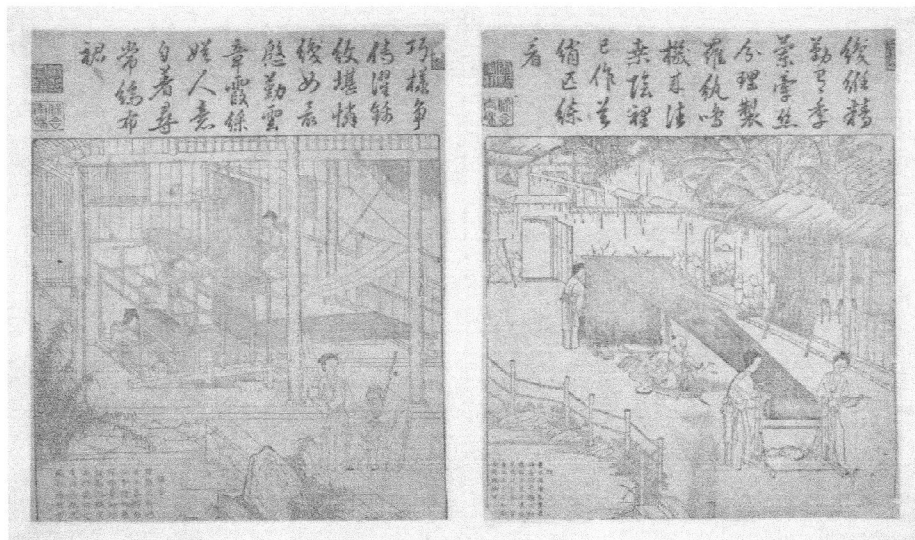

图14 《御制耕织图》局部

耤田若得烟与月

"安史之乱"后国库亏损，统治者为了填补战争损失而疯狂压榨穷苦百姓。百姓辛辛苦苦地耕作劳动，到头来所获不多的粮食却大部分都被掠走，民不聊生。诗人徐夤正是看透了统治者的险恶，以悲悯的心情写下了农人春耤的"徒劳"，同时揭露了统治阶级不劳而获、盘剥百姓的丑恶嘴脸。

鸿门①

徐夤

耨月耕烟水国春，薄徒应笑作农人。
皇王尚法三推礼，白社宁忘四体勤。
雨洒蓑衣芳草暗，鸟啼云树小村贫。
犹胜堕力求飧者，五斗低腰走世尘②。

一、博学多蹇

徐夤（849—921），也称徐寅，字昭梦，莆田（今属福建）人。昭宗乾宁元年（894）中进士后，被授予秘书省正字。他的仕途并不顺利，担任秘书省正字的时候已须发皆白。徐夤博学多才，尤擅作赋，为唐末至五代间著名诗人。他和罗隐、司空图、黄滔等好友著有诸多唱和诗，他的诗大多为近体诗，七律较多，著有《钓矶文集》《徐正字诗赋》等。

二、生不逢时

徐夤可谓生不逢时。晚唐时期，土地兼并严重，农民起义频发，社会动荡剧烈，藩镇（地方军阀）分裂割据。曾为黄巢部下后降唐的同华节度使朱全忠，于唐天祐元年（904）勾结宰相崔胤杀了唐昭宗，另立年仅十三岁的李柷为傀儡皇帝——唐哀帝，以武力劫持中央政权，控制关中和关东广大地区。朱全忠野心也越来越大，想篡唐夺权，徐夤鄙视其奸诈残暴人格，毅然弃官返乡。

福建当时是闽王王审知当政，他欣赏徐夤为人正直、学识渊博，邀请其商讨治闽大事。徐夤等人提出了兴修水利、发展农业生产等有利于发展经济的建议。他协助王审知修长乐海堤，建十个斗门，旱可蓄水，涝可泄洪，可灌溉千亩良田，保障粮食丰收，安定民心。自此，八闽大地积极兴修水利，漳、泉等地仓廪盈实。

---

① 中华书局编辑部点校：《全唐诗》卷七〇九《徐夤》，北京：中华书局，1999年，第8235页。

② 犹胜堕力求飧者，五斗低腰走世尘：此句强调农民耕作而食也强过为薄禄奔走的小吏。

徐寅年迈时回到故乡莆田延寿村，此地位于九华山下，寿溪蜿蜒而过，青山绿水，令人心旷神怡。徐寅萌发为莆田学子建筑一座藏书楼的想法，即选址在延寿桥头南侧。他倾注所有积蓄，书楼建成后又亲题"延寿万卷书楼"匾额，藏书达万卷。书楼不仅借书给学子阅读，还定期举行讲学，讲授者自由讲述，学子自由听讲，"书楼"遂成书院前身。到了宋代，莆田各地兴办许多书院，供学子学习，徐寅对莆田教育文化发展功不可没。正是这份对百姓的关怀和身体力行的态度，徐寅对当朝发生的一系列使人民陷于水火的政治事件感到愤懑。本诗表达了作者对统治者暴政的愤怒，也表达了对百姓不幸遭遇的同情。

三、藏于山林，情寄难世

徐寅志高才傲，年轻时也曾锐意进取，但他生活在战乱频仍的唐代末期，身处乱世，大志难伸，半生蓬转客途，最后只有放情山林且作烟霞侣，做一个潇洒飘逸的高士。他将自己内心的凄凉、落寞、悲慨、感伤的情绪全寄托在了诗赋中，使其诗赋染上他独特的人生感喟。彭城殿中侍御史刘山甫为之撰《徐寅墓志铭》评道："感动鬼神，搜括造化""悲泣百灵，包罗万象，明珠无价，至道不文"①。指出了其诗赋缘情体物、情意真挚、注重文采的特征。本诗为七言律诗，全诗充斥着对统治者残酷无情的怨恨，对农民再怎么耕种收获都无法将粮食留在自己手中的现象表示愤慨。

四、税苛农业艰

诗歌开头一句"耨月耕烟水国春，薄徒应笑作农人"，便道出了农人生活的艰辛，见图15（现藏于甘肃省博物馆）。"耨月耕烟"四字一语双关，不仅表达出农人耕种时的披星戴月之苦，更是以渺茫的月和缥缈的烟来暗指农人即便如此艰辛耕种依旧是徒劳，最终依旧是要被统治者强行征走。第一句"耨月耕烟水国春"描写之境如此美好，可第二句"薄徒应笑作农人"便将美景狠狠打入现实，凸显了"安史之乱"对人民生活造成的极大痛苦。

由于"安史之乱"后的战争造成劳动力严重不足，因此，政府把负担强加到在籍农民身上。唐宪宗元和年间，由于政令不及，税收只能征自东

---

① 陈伯海主编：《唐诗汇评》，上海：上海古籍出版社，2015年，第4472页。

南八道（浙西、浙东、宣歙、淮南、江西、鄂岳、福建、湖南），这里的人民遭受着"暴刑暴赋"。但是这一规定推行的时间并不长，建中三年（782）五月，"淮南节度使陈少游请于本道两税钱，每千增二百，因诏他州悉如之"。贞元八年（792）四月，"剑南西川节度使韦皋奏请加税什二以增给官吏，从之"①。这只是被统治阶级采纳的税种，各地新建立了许多不合法的征税名目，除了盘剥粮食、布帛之外，官吏对农民可以说是无所不搜。白居易《纳粟》一诗便触及了社会敏感问题，当时的官吏为了让自己加官晋爵，残忍地想尽各种办法对农民加以剥削。诗中，白居易表达出了以前因身为官员而无须缴纳税租的惭愧自责之情，并通过"夜叩门""高声"等细节描写，体现出古代官吏丝毫不在意人民的感受的现实。

图15　"耕种图"壁画砖

唐晚期，社会矛盾十分尖锐。在统治阶级内部，藩镇割据、宦官专政、朋党争权，不仅使政治黑暗，而且削弱了唐朝的统治力量。同时，农民阶级与占统治地位的整个地主阶级的矛盾日渐严峻，皇庄、官庄、私庄、寺院庄等庄田占有大量土地，皇室、贵戚、官僚、僧侣、商人、地主依仗政治权势大量兼并土地，失去土地等生产资料的农民生活十分困苦。徐寅曾辅佐王审知治理农业，其时，王审知治闽，奖励工商，国内、国际贸易相当活跃，人口增加，社会安定。从北方带来的农业、手工业的先进技术使闽地生产出了更多的剩余农产品和手工业制品。随着市场交换的需要、货币及度量衡的统一，商品交换更加频繁，商品经济日益发达，闽江上下游重要卡口的侯官市、新丰市孕育着闽江上游的特产资源对福州转运商业发

---

① 刘根生，刘贵生：《论中晚唐农事诗的现实主义精神》，《河南社会科学》，2007年第3期。

展的莫大影响。于兢《恩赐琅琊郡王德政碑》记载王审知治闽时期："尽去繁苛，纵其交易。关讯鄽市，匪绝往来；衡麓舟鲛，皆除守御。故得填郊溢郭，击毂摩肩。竟敦廉让之风，聚睹乐康之俗。"① 由于地方政府减少关税，鼓励各地商业交换，闽北山区农产品迅速商品化，福州呈现出一定的资本原始状态。

参考文献

［1］凌小汐. 花间十六拍［M］. 长沙：岳麓书社，2013.

［2］齐涛. 论韦庄与韦庄诗［J］. 文史哲，1996（5）：46-52.

［3］齐佳楠. 先哲风采［M］. 长春：吉林教育出版社，2012.

［4］马强. 蜀道文化与历史人物研究［M］. 哈尔滨：黑龙江人民出版社，2019.

［5］季庆阳. 孝文化的传承与创新——基于大唐盛世的考察［M］. 西安：西安电子科技大学出版社，2015.

［6］莫砺锋. 御选唐宋诗醇［M］. 北京：商务印书馆，2019.

［7］傅璇琮. 唐代文学研究年鉴［M］. 桂林：广西师范大学出版社，1993.

［8］杨艾明. 天下名园重洛阳——唐代咏洛阳名园诗管窥［J］. 牡丹江教育学院学报，2015（10）：3-3，6.

［9］徐志华. 唐代园林诗述略［M］. 北京：中国社会出版社，2011.

［10］钱文辉. 唐代山水田园诗传［M］. 长春：吉林人民出版社，2000.

［11］刘丽华. 论韦应物在德宗时期的诗歌创作及时代归属［J］. 学术交流，2016（11）：160-165.

［12］董明，鲁志翔. 唐宋时期滁州经济发展述要［J］. 滁州学院学报，2014，16（6）：1-6.

［13］胡献国，岳志湘. 唐诗与中医［M］. 武汉：湖北科学技术出版社，2016.

［14］唐廷猷. 唐代药业发展述要［J］. 中国现代中药，2019，21（3）：390-398

［15］闫兴潘. 汉字中的农具［M］. 北京：人民出版社，2018.

［16］徐徐. 一代醇儒话曾巩［M］. 南昌：二十一世纪出版社集团，2018.

［17］刘建虎，王志敏. 徐夤文学成就概论［J］. 殷都学刊，2013，34（3）：84-88.

［18］苏文菁，郑有国. 闽商发展史：福州卷［M］. 厦门：厦门大学出版社，2016.

［19］范之麟，吴庚舜. 全唐诗典故辞典［M］. 武汉：湖北辞书出版社，2001.

（执笔：陈梦甜）

---

① 王家晖编著：《闽王王审知》附录一《〈恩赐琅琊郡王德政碑〉碑文》，厦门：鹭江出版社，2005 年。

躬耕之乐　锸与耨

089

仪仗原型

斧

　　"斧"发祥于原始农业生产阶段，是"刀耕火种"时期清理树木、杂草，整理土地的重要农业工具。在后世"精耕细作"的农业阶段中，"斧"在修剪树木、木工活计、砍斫柴薪等方面仍然有广泛的应用。但从唐代开始，一部分的"斧"指的是自原始农业生产时期沿袭而来的砍伐工具，另一部分则成为应用于战争的重要兵器。

"斧" 斩荆棘，破旧立新

韦应物《长安遇冯著》一诗延伸了砍伐工具"斧"的本义，使读者从文化视角体会出诗人以一种诙谐、轻松的笔调对友人冯著仕途不遇的劝勉，表达了期望其斩除荆棘、破旧立新之情。

长安遇冯著①

韦应物

客从东方来②，衣上灞陵雨③。
问客何为来，采山因买斧。
冥冥花正开④，飏飏燕新乳⑤。
昨别今已春⑥，鬓丝生几缕⑦。

一、居住长安，路遇冯著

韦应物以五言诗见长，诗风澄澹高雅。这首诗可能作于大历四年（769）或大历十二年（777）。诗人大历四年（769）至大历十三年（778）在长安，而冯著在大历四年（769）离开长安，应征赴幕到广州，经十年仍未获得官职，后约在大历十二年（777）重回长安。据韦诗所写，冯著是一位有才有德却怀才不遇的名士。他先在家乡隐居，清贫守真，后到长安谋仕，曾任洛阳尉、左补阙，但仕途失意。冯著与韦应物多有唱和，韦应物也对冯著的经历深表同情和理解，这首诗即为见证。

---

① 中华书局编辑部点校：《全唐诗》卷一九〇《韦应物》，北京：中华书局，1999年，第1960页。冯著：河间（今河北河间）人，韦应物友人。

② 客：指冯著。

③ 灞陵：指灞上，又作霸上、霸陵。长安东郊山区，在今西安市东。

④ 冥冥：形容造化默默无语的情态。

⑤ 飏飏：形容鸟儿飞行欢快的样子。燕新乳：指小燕初生。

⑥ 昨别：去年分别。

⑦ 鬓丝：两鬓白发如丝。

二、春日相逢，勉励友人

在《长安遇冯著》中，诗人通过描述与好友冯著久别重逢时的场景，表达对冯著失意沉沦的理解、同情和慰勉之意。这首诗的感情相对比较复杂，除了写相逢的惊喜之外，还有对友人的调侃、勉励，更有对人生的感慨。

本诗首句点明季节，交代事件。诗人之友冯著刚从长安以东的灞陵前来，衣襟沾上了春雨。本句一则反映了冯著的在野身份，二则表现了冯著衣襟沾雨，行色匆匆，心情迫切。

第二句，诗人自问自答，料想冯著来长安的目的和境遇。"采山"一句是俏皮话、打趣语，诗人以亲切诙谐的笔调对怀才不遇的冯著表达同情和鼓励，期望以轻松的语言冲淡友人的不快，所以下文便转入慰勉，劝导冯著对前途要有信心。

第三句，描绘出一幅温雅的春日美景图，展现了繁花盛开，燕子欢快飞翔、哺育雏燕的场景。诗人择取春天的代表意象——花、燕，巧妙地借景抒情，通过写春日色彩斑斓、生机勃勃，勉励友人不要为暂时失意而不快不平，要相信大自然造化万物是公正、平等的，每个人的一生都必然遇到种种考验，记得积极应对，拒绝沉沦；每个人的一生也必然会经历低谷期，不妨调适心态，笑对人生，对未来的道路充满希望。同时，诗人也借此句劝导友人要相信自己的才华、能力，正如春光焕发，定会有伯乐来发现、爱护，以此祝愿友人前程似锦。

第四句，通过今昔对比和留白的笔法，通过"昨""今"和鬓边新添的银丝，表达诗人自己对友人冯著焦虑、烦忧心态的理解，对其坎坷经历的深切同情。而对这一年中两人的具体遭遇则一笔带过，留给读者大量的空间想象，营造出哀而不伤之感。尾句的"今已春"也与颈联的春景相互照应，以反问的形式勉励友人盛年未逾，大有可为。

诗人心胸坦荡，对生活抱有信心，对前途饱含期望，对朋友充满理解。整首诗含蓄蕴藉而言简情深，作者借助借景抒情、自问自答、今昔对比等方式，表达了对不期而遇的失意友人的积极勉励。

三、执斧破旧立新

（一）"斧"斩荆棘

"问客何为来，采山因买斧"一句看似通俗易懂，实则值得读者细究。后人对于这一句的解读不尽相同，一种解读者认为，"采山"为归隐山林之意，而"斧"在《说文解字》中的解释为"斫也"，即用来砍伐的工具，见图16（来源：罗西章，罗芳贤：《古文物称谓图典》，西安：三秦出版社，2001年，第263页）。中国原始社会和原始农业发展初期，斧在"刀耕火种"的农业生产过程中发挥着重要的作用，人们在播种之前通常用石斧对土地进行简单的整理，用斧将灌木、杂草等植物砍伐清理之后就地放火燃烧，然后在烧过的土地上播撒种子，燃烧后的草木灰成为农作物生长的养料。

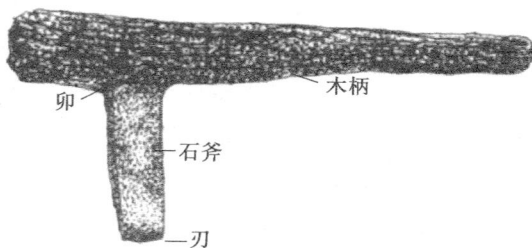

图16　江苏溧阳沙河出土新石器时期装柄石斧

冯著在宦途上屡遇荆棘，有才德而不被任用，常年沉沦下僚，于是期望归隐山林，借助斧头来开辟田地，铲除仕途之荆棘，作为自己告别仕途的开拓之举。而诗人韦应物也常在诗文中流露出隐逸情绪，当看到冯著最终选择挂冠时，他应当是能够深切地感同身受的。

（二）"资斧"之用

对"问客何为来，采山因买斧"的另一种解读者以为，"采山因买斧"一句化用两个典故；"采山"并非指归隐，而是化用西晋左思《吴都赋》中的"煮海为盐，采山铸钱"典故，意指开采山上的铜矿用来铸造钱币，在本诗中是俏皮话、打趣语。可见，诗人善于发现生活中的情趣，以一种诙谐、趣味调侃的方式来激励友人，大意是说冯著来长安是为采铜铸钱以谋发财的。"买斧"则化用《周易·旅卦》的典故："旅于处，未得位也；得其资斧，心未快也"。王弼对其进行注解曰："斧所以斫除荆棘，以安其舍者也。"[1]"资斧"本义为利斧，后世引申为资财、旅费等。谋财的道路荒草蔓生，并不遂意，还得买斧斫除，意指冯著谋仕不遇，心中不快，失意沉沦。用斧来砍除人生道路上的荆棘，开辟自己的崭新人生状态，也是诗人对友人的劝勉与鼓励。

斧作为一种砍砸式的农器，它的砍伐用途使之具备"破"的义项，而砍伐则是为了更好地开拓土地，因而以斧砍伐也是迈向"新"状态的起点，含有"破旧立新"之意。在本诗中，两种解读中以斧表达的"破旧立新"愿望与期盼是一致的。斧是粗放式农业生产工具的代表，这里则是友人冯著整理思绪、迈步新征程的标志。诗人以"斧"劝勉友人，期望冯著能够斩断苦闷愁思，此后的仕途将不再艰险。而"破旧立新"的慰勉正与诗中后一句万物复苏、欣欣向荣的"新"春景相连。

节制"斧"伐，和合共生

斧是重要的土地开发与林木砍伐农具，斧的使用是社会科技的进步的体现。然而，倘若过度、错误地使用农具，往往会对自然产生不可逆转的危害。杜甫的《枯棕》诗记录了上元二年（761）成都地区内忧外患、百姓困踬以致棕榈被盘剥过甚，产生了大片棕榈枯萎的状况。借此重新思考人与自然关系：人应当正确利用农业工具，秉承持续发展、资源再生观念，使农具反哺自然、服务社会，达到人与自然和合共生状态。

---

[1]　杭州大学中文系《古书典故辞典》编写组编：《古书典故辞典》，南昌：江西教育出版社，1988年，第398页。

枯棕①

杜甫

蜀门多棕榈②，高者十八九③。

其皮割剥甚，虽众亦易朽。

徒布如云叶，青黄岁寒后。

交横集斧斤，凋丧先蒲柳。

伤时苦军乏④，一物官尽取。

嗟尔江汉人⑤，生成复何有？

有同枯棕木，使我沉叹久。

死者即已休，生者何自守⑥？

啾啾黄雀啅⑦，侧见寒蓬走⑧。

念尔形影干，摧残没藜莠⑨。

一、内忧外患，百姓困踬

本诗作于上元二年（761）秋，其时，中原战乱未平，蜀地又有藩镇割据的隐患，西部的吐蕃屡次侵扰，可以说唐王朝是内忧外患交集。而此时正漂泊西南地区的杜甫，虽然在友人裴冕的帮助下营建了草堂，生活较为安定，但仍然不免饱受衣食艰难之苦。在兵役重赋之下，下层百姓遭受残酷盘剥的悲惨境遇，引起了诗人的深切关注与同情。于是，杜甫"托物言志"，借棕榈树被割剥过甚而枯死的情况，来喻蜀中百姓惨遭暴敛、困顿窘迫的生存环境。作者由"棕之枯"逐步推衍至统治者残酷剥削和百姓疾苦，

---

① 中华书局编辑部点校：《全唐诗》卷二一九《杜甫》，北京：中华书局，1999 年，第2310 页。

② 蜀门：指成都。

③ 十八九：十之八九。

④ 军乏：军用匮乏。

⑤ 江汉：代指蜀中、蜀门、巴蜀。此处江汉人指蜀人。

⑥ 自守：保全自己。

⑦ 啾啾（jiū）：虫、鸟细碎的叫声。啅（zhuó）：鸟雀叫声，一作啄。

⑧ 蓬：草名，又叫飞蓬。

⑨ 藜莠（lí yǒu）：恶草的通称。

引发人们对于国计民生重大危机的思考。

二、以树喻人，与农共情

《枯棕》是杜甫创作的一首五言诗，全诗二十句，可划分为三部分。诗的前八句为第一部分，阐述棕榈树本应该和松柏一样经冬不凋，但因割剥过量，竟然比蒲柳更早衰谢。中间八句为第二部分，承接上文，说明棕榈树早枯的原因是连年战乱，树皮也被砍伐掠夺作为军用物资，进而联想蜀地百姓危难的生存情况，饱含对人民苦难的同情。末四句为第三部分，诗人将思绪重新归复至枯棕身上，抒发了作者对枯棕被摧残至枯死景象的感慨。对于重大社会事件，杜甫往往态度鲜明，爱憎褒贬分明，本诗也是如此。对于统治者不顾百姓死活而强行发动战争、破坏生产的行为，杜甫是持强烈反对、谴责态度的。

前八句写棕榈树之枯。首二句交代"棕榈"的基本情况，棕榈树在"蜀门"本应是常见的植物，按生长规律应当是高耸挺立的。三、四两句紧扣题中"枯"字，描写棕皮因被割剥得太厉害，即使棕榈树本来很多且十有八九长得高大，也难逃厄运，逐渐枯朽。第四句"众"呼应第一句的"多"，使全诗的衔接更为顺畅连贯，"虽""易"两字形成转折，宕出下文。五至八句，诗人进一步描绘其树之"枯"。"徒布如云叶，青黄岁寒后"。交代棕榈叶很宽大，像云朵一般，具有经冬不凋的顽强生命力。"交横集斧斤，凋丧先蒲柳"，交代棕榈树的现状，因人们频繁使用斧斤大肆砍伐而先于蒲柳凋零。所谓"蒲柳之姿，望秋而落；松柏之质，凌霜犹茂"①。杜诗中用不耐寒冷、质弱早凋的蒲柳与棕榈作比，更进一步凸显棕榈惨遭割剥的不幸。七、八句又与一、二句形成对比，昔日在蜀地如此寻常习见的树种而今如此稀缺，树木本应繁茂挺拔，如今却枯竭衰败，强大的落差感使作品增添了强烈的艺术感染力。

中间八句叙述棕榈树枯竭的缘由。自然资源的开发与使用技术反映了的社会生产力的发展水平。"伤时苦军乏，一物官尽取"承前启后，承接前两句棕榈被割剥的惨状，引出下文对社会时局的反映，完成由物及人、由个体至社会中群体的转变。此两句交代棕榈枯竭的缘由：因为战乱，军中

---

① [南朝宋]刘义庆：《世说新语》，杭州：浙江古籍出版社，1999年，第62页。

物资匮乏，凡是可用之物都被搜刮，棕榈皮亦不能幸免。句中的"伤"与"苦"两字，道出满纸辛酸，构成全诗的情绪基调。而"尽"字含有双重意味：一方面凸显人对自然资源无节制的竭取，另一方面也指官兵向百姓尽取有用之物。统治者的横征暴敛造成百姓生活困顿的局面，百姓与枯棕的命运相同，令人扼腕。"嗟尔"与"有同"四句，将诗人忧国忧民、伤时忧世的情怀和抱负表现得淋漓尽致。"死者"两句，诗人感叹：死去的也就罢了，那么活着的又靠什么来保住自己的性命呢？

末四句抒发诗人的感慨。"啾啾黄雀啅，侧见寒蓬走"为环境描写，黄雀的鸣啼渲染凄凉的氛围，枯棕毛经黄雀一啄，像蓬草一般随风飘散，景象败落萧瑟。结尾两句作者哀叹"念尔形影干，摧残没藜莠"，既写树，又言人，棕榈树本干拔叶茂，却因为过度割剥而枯朽；蜀地百姓本是丰衣足食，太平安康，但因战事频发而惨遭掠夺，不堪重赋，为生计奔走呼号。棕榈树与百姓一样被压榨，他们的身影被淹没在荒草之中，树枯人亡，结局悲凉潦倒。

本诗借助比兴，托物寓意，以树言人，由棕榈树的凋枯状态，凝练地反映蜀地人民的生活状况，预见由战争和重赋引发的严重危机，抨击批判官府的巧取豪夺和横征暴敛行为。同时，诗作体现了诗人卓越的体物察情能力，对棕榈树和百姓饱含关心，与农共情，表达对农民的悲苦境遇的担忧和对时局与衰败国运的深深忧虑，针砭时弊，寓意深刻。

三、"斧"伐有度，和合共生

本诗中，"交横集斧斤，凋丧先蒲柳"一句反向表达了诗人对"和合"自然观的追求，虽然用斧过度开采令棕榈树的生命力枯竭，导致生态遭受破坏，是当时战乱频发、物资匮乏年代的不得已举措，但从该句延展至全篇，我们不难发现，整首诗都贯穿着诗人对棕榈树生命力枯竭的叹惋和伤悼，"和合"的自然观已然深入以杜甫为代表的唐人心中。"和合"，就词义本身而言："和"，指和谐、祥和；"合"，指合作、融合。"和合"理念是中国传统文化中追求的自然、个体、社会等诸多元素之间的理想关系状态，也是中华民族一贯的文化追求。

（一）持续发展

斧作为最早产生与使用的农具之一，主要被用来开辟荒地、清除荆棘、采集资源等，见图 17（来源：周昕：《中国农具发展史》，济南：山东科学技术出版社，2005 年，第 27 页）。斧的使用，既能减轻劳动负担，又能够提高操作效率。然而，倘若无节制、无计划、不合理地采伐林木，必然会导致生态失衡。《孟子·告子上》有："牛山之木尝美矣，以其郊于大国也，斧斤伐之，可以为美乎？"[①] 意思是牛山上的树木曾生长得十分繁茂，但因为靠近城市，人们便用斧头砍伐它，这样的话，树木还能茂盛吗？如何在合理发挥砍斫农具功用的同时维持生态平衡，相信古人已经拥有自己的思考和答案——"斧斤以时入山林，材木不可胜用也"。唯有按照一定的季节入山伐木，木材才会用不完；唯有将用地与养地结合，才能使土地化瘠为腴，维持地力长盛不衰。可见，当时的人们已经开始关注周遭的自然生态环境，关注人与自然的索取和支配状况，呼吁有节制地开发农业资源，协调人地关系，保护自然生态，从而达到人与自然的和谐共生，这与现代的可持续发展、绿色发展理念不谋而合。

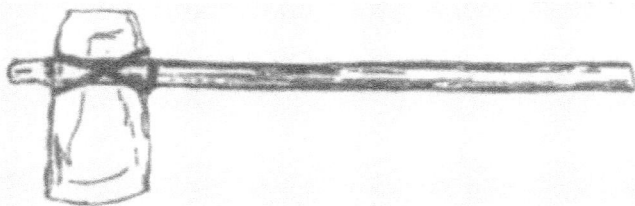

图 17　青海柳湾原始墓地出土新石器时代装有木柄的石斧

（二）反哺自然

人类因自然的哺养而生生不息，故而应当学会保护生态，反哺自然。在该诗中，诗人多次运用双关的写法，表面写树实则言人，棕榈树被割剥的同时，百姓也被横征暴敛，棕榈树的棕皮消失时，百姓在社会重压下难以存活。诗人与棕榈共情，也与百姓共情，对树、人饱受摧残而深感同情与痛惜。唐人能够与自然物共情，已然萌生绿色环保意识。由此不难推测，追求高效、和谐、持续的农业发展方式将会是安居社会的必然选择。一言以蔽之，古人早已具备一定的环保意识和资源保护思想，认识到自然资源并非取之不尽，用之不竭，唯有节制用"斧"，轮次采伐，人与自然才能共生共荣，达到"和合"的状态。

---

① ［清］阮元校刻：《孟子注疏》，北京：中华书局，1980 年，第 2751 页。

樵人"斧斤"喻齐物

　　中国文人素来注重人性与物性的交融，比如赋予古老的松柏风雨历练、饱经沧桑的特质。然而，李商隐《五松驿》中为秦始皇所封的五大夫松被樵夫用斧头砍伐，成为一车车柴薪，在无情的利斧面前，政治身份高低等一切的差异似乎都被抹平，所有的意义都被消解。作者通过本诗意在探究由斧衍生出的"齐物"思想：一方面解构了植木的内在生命力和纪念价值，另一方面也生发出仁爱物与、建构新意的概念。

> **五松驿①**
>
> 李商隐
>
> 独下长亭念过秦②，五松不见见舆薪③。
> 只应既斩斯高后④，寻被樵人用斧斤⑤。

一、古今对照，生发感慨

　　李商隐（约813—858），字义山，号玉溪生，怀州河内（今河南沁阳）人，晚唐著名诗人，与杜牧合称"小李杜"。他的政治诗多为借古讽今的咏史诗，借助历史事实，批判唐末统治者的荒淫、无能，为帝王敲响警钟。本诗创作于大中元年（847）三月李商隐随郑亚赴桂林途中，在经过五松驿时不见五大夫松，只见舆薪，遂引发诗人的感慨。

---

　　① 中华书局编辑部点校：《全唐诗》卷五三九《李商隐》，北京：中华书局，1999年，第6227页。五松驿：在唐长安东。五松，即秦始皇所封之五大夫松；驿，驿站，古时官员或公人旅途中所栖之所。

　　② 长亭：亦称"十里亭"。古时于道路每隔十里设长亭，供行旅停息。过秦：指《过秦论》，是贾谊政论文的代表作，详尽分析秦王朝速亡的过失。

　　③ 舆薪：车子载满柴，指松被砍伐。

　　④ 斯高：李斯、赵高。李斯被赵高诬为谋反，具五刑，腰斩于咸阳市。赵高后来被子婴下令刺杀。

　　⑤ 樵人：砍柴人或伐木人。

二、斯高被斩，五松见伐

《五松驿》是一首七言绝句。诗人独自步下长亭追思秦朝灭亡的教训，想起《过秦论》，如今五松驿的松树一棵不存，只见车子上满载的木柴。诗人猜测应当是李斯、赵高被斩后，秦朝亦随之灭亡，五大夫松也被樵人用斧斩伐，此乃借秦亡史实抒忧国之慨。

"独下长亭念过秦，五松不见见舆薪"一句为诗人路过五松驿有感，借五松抒怀古之幽情。"过秦"一语双关，既感慨秦时故址的变迁，又指代贾谊的《过秦论》，将历史与现实穿插、交汇于松树上。诗人善于择取与自身命运、境遇相契合的诗歌意象，诵读《过秦论》实则是追思当年南贬至长沙的贾太傅，将历史与切身经历相结合，抒发感慨。李商隐在其余诗歌创作中也多次运用贾谊的典故和意象，如《潭州》中"陶公战舰空滩雨，贾傅承尘破庙风"[①]，《贾生》中"宣室求贤访逐臣，贾生才调更无伦"，《安定城楼》中的"贾生年少虚垂泪，王粲春来更远游"[②] 等。诗人在贾谊的身上寄寓了自身的政治诉求，将贾谊作为自己的人生标杆，在贾谊身上寻找到自己经历、身世、性格的共通点，寻得共情与慰藉。"只应既斩斯高后，寻被樵人用斧斤"是诗人李商隐生发的感慨。秦代在李斯、赵高被斩之后便灭亡，五松驿也受到连累，被樵人用斧斤斩伐了松树。"斯高"是说明五松被斩的原因，同时也把斩杀李斯、赵高的史实与以斧斩松的伐木情景串联起来，使两个时空中的场景一古一今，一虚一实，叠映在一起，扩大了诗的容量，寓意颇深。

本诗为一首感慨秦朝灭亡的咏史怀古诗，一、二句交代作者的行为和联想，三、四句写秦亡的事实，指出灭亡的原因在于统治者内部官吏互相倾轧，宦官专权导致农民起义。是诗以五大夫松的存亡喻朝代的更迭，而历史悬隔的人生际遇被本诗吟诵出来。诗人以双关和借古讽今的手法，表达痛惜秦朝灭亡、感慨往事的复杂心情。全诗含蓄隽永，蕴藉耐读，以超越时空的非写实创作手法，极大限度地扩充了诗歌的容量。

---

① 中华书局编辑部点校:《全唐诗》卷五三九《李商隐》，北京:中华书局，1999 年，第 6198 页。

② 中华书局编辑部点校:《全唐诗》卷五四〇《李商隐》，北京:中华书局，1999 年，第 6243 页。

三、齐物之斧

"只应既斩斯高后，寻被樵人用斧斤"一句将松木的生长与王朝政权的更迭联系起来，松树的命运与王朝的气数相勾连。樵人的"斧斤"象征着来自民间的力量，象征着权力源于群众，正确使用权力不仅可以推动社会发展，滥用权力也可以引发社会动荡。诗歌常通过"樵夫""樵人"等使用符号表达"齐物"观念。

（一）咏怀历史

唐代诗歌对"斧"进行了多维度描述，从结构到性能，从具体到抽象，从演变到使用。斧制作精，用途广，延续时间长，在人们的生产生活中起着重要的作用，见图18（来源：王巍：《中国考古学大辞典》，上海：上海辞书出版社，2014年，第25页）。砍伐树木、辟垦荒地、加工木质器具是斧的主要功能，《诗经》中多次出现"斧"字，如"伐柯如何？匪斧不克"①，可知砍伐树木、劈垦荒地、加工木质器具是斧的主要功能。早期的斧为无柄石质手斧，后期发展为一柄一头的复合农具，材质也转变为铜、铁等金属。石斧是考古发掘中常见的文物之一，在原始农业特别是早期的文化遗址中，几乎都有发现，考古学者会根据出土石斧的数目及制造工艺来判断农业生产水平。

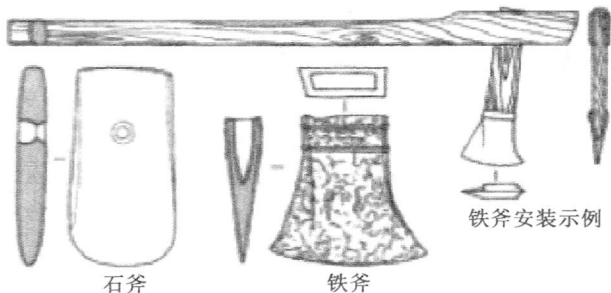

铁斧安装示例

石斧　　　　铁斧

图18　石斧和铁斧绘图

松树意象在古代被赋予特定的文化内涵和伦理价值，由于松树的生长对土壤的要求不高，能够生活在贫瘠之地，四季常青，凌寒不凋，具有高洁、长寿之意，秦始皇所封的五大夫松更是寄托着个体对于历史的虔信、

---

① ［清］阮元校刻：《毛诗正义》，北京：中华书局，1980年，第399页。

尊崇。而樵人执斧在此处成为一个与松树及其意义内涵相对立的角色，将五大夫松与寻常树木等而视之，消解了松树被赋予的价值。如近代国学家马一浮的《析薪》中所言："深山纵有神仙药，只做生柴带叶烧。"① 不管砍伐的对象是常见的植木还是珍稀的神药，无论是籍籍无名的枝条还是承载着历史意蕴的五大夫松，在斧斤之下一律化为柴薪。樵夫、斧斤在此类诗中常常担任解构意义的角色，将意蕴颇丰的植木砍伐，化为单一的柴薪之用。如白居易在《东城桂》中写桂树"长忧落在樵人手，卖作苏州一束柴"②，桂树在一般的价值判断中高于普通薪苏野草，可在樵人的斧斤下，它与柴木的命运几无二致，诗作借此表达对桂树未能受到公正待遇的惋惜之情。在《五松驿》中，李商隐通过描述五大夫松被樵夫伐为舆薪的现象，表达了自己对于历史盛衰、风云流转的惶然之情。

（二）建构新意

民族的文化心理，不仅仅和地理、政治、宗教等因素相关，还与人们自发创造出的器物相关，"物一旦被造出来，便有其相对的稳定性和影响力，它规定、束缚、组织人们的生活行为，行为会陶冶、深化人的心理"③。人们基于自己的劳作需求发明并改进了农具"斧"，斧的"齐物"特性反之也影响、建构着个体的文化情结。承载着历史文化内涵的五大夫松被樵人以斧砍伐，令人惋惜。然而，以斧伐木虽可视作对松柏意义的斩断，但也为构建人类文明提供了基础。松木不再是自然意义上的林木，而是被赋予了更多的社会文化、农业生产内涵。斧头砍下的林木被广泛使用，成为人们日常生活中必不可少的资源，松木为建材，松枝为笔墨，松花为药食，松针为佐料，"斧"的利用，使自然之物与人类的关系愈发密切，见图19（来源：孔子，等著；崇贤书院释译：《图解四书五经》，北京：中国华侨出版社，2016年，第208页）。历史转瞬即逝，昔日的五大夫松，今日进入寻常百姓家成为一束火苗或一根建筑用材，未尝不是为民所用的体现。

---

① 马一浮著；马镜泉，虞万里，丁敬涵，等校点：《马一浮集》，杭州：浙江古籍出版社，1996年，第258页。

② 中华书局编辑部点校：《全唐诗》卷四四七《白居易》，北京：中华书局，1999年，第5045页。

③ 许平：《造物之门》，西安：陕西人民美术出版社，1998年，第4页。

图 19　伐木图

　　诗人由五大夫松联想到秦汉更迭、李斯和赵高被斩，而五大夫松被斧砍伐化为舆薪，随之浮现眼前的是历史人物与历史事件的烟消云散。松柏坐阅春秋，看尽了历史变迁和朝代更迭；樵夫手中之斧如同岁月的车轮，抹平了差异，也建构起了新意。

"斧"斩奸佞蕴"钺"生

　　根据对《全唐诗》的统计，含"斧"的诗歌车载斗量，绝大部分的"斧"指涉砍斫、伐木的工具，如"刀斧""斤斧""斧柯""樵斧"等；少数的"斧"则指涉战争兵器与政治王权象征，如"斧钺""斧锧""斧扆"等①。"斧"是如何完成由"斤斧"到"斧钺"演变的？这一过程蕴含着怎样的民族文化传统？白居易在《有木诗八首·其五》中以"斧"的斩伐属性，表达根除朝廷乃至社会中看似贤能具备、实则危害社稷的奸佞之人的愿望，并探源"斧斤"的砍伐功能与"斧钺"的权力象征的关系。

---

　　①　斧扆（yǐ）：亦作"斧依"，古代帝王所用状如屏风的器具，其上有斧形图案，故名。

有木诗八首·其五①

白居易

有木香苒苒②，山头生一菱③。

主人不知名，移种近轩闼④。

爱其有芳味，因以调曲蘗⑤。

前后曾饮者，十人无一活。

岂徒悔封植，兼亦误采掇⑥。

试问识药人，始知名野葛。

年深已滋蔓⑦，刀斧不可伐。

何时猛风来，为我连根拔。

一、忧心政疾，直言进谏

白居易（772—846），字乐天，号香山居士、醉吟先生，原籍太原，后迁居下邽（今属陕西渭南）。白居易的一生可分为前后两期，前期刚直耿介，兼济天下，多创造锋芒毕露风格的讽喻诗；后期优游林下，独善其身，多作闲适诗和伤感诗。前后期的界限为元和十年（815），白居易因上疏请捕捉刺杀宰相武元衡的凶手，被斥越职言事并被诬以"伤名教"罪名贬为江州司马，此次贬谪对其打击甚大。本诗是诗人在贬谪前所作，通过诵读《汉书》，将书中记载的各式各样人物与现实人物进行比较，生发感慨；又对各种树木进行观察，找出某种树与某种人特点的相似之处，以树喻人，揭示社会黑暗和官场险恶，以警戒后人。

---

① 中华书局编辑部点校：《全唐诗》卷四二五《白居易》，北京：中华书局，1999年，第4698页。

② 苒苒：气味或烟尘轻飘的样子。

③ 菱（fà）：古书上说的一种草。

④ 闼：门。

⑤ 曲蘗：酒母，因酿酒离不开酒母，所以也把酒叫麴蘗。

⑥ 采掇：采摘；采集。

⑦ 滋蔓：繁茂、蔓延。

二、以木喻人，讽谏君主

《有木诗八首》是白居易创作的五言组诗。八首诗均为主题明确的咏物诗，依次写了柳树、樱桃、橘树、杜梨、野葛、水柽、凌霄、丹桂八种植物。组诗寓意深刻，表面写植物，实际写人，通过花木群像寄寓自身对社会、政治的评价。白居易在序中对组诗的创作动机、表现方法和主题思想做了简明扼要的介绍："余尝读《汉书》列传，见佞顺婞嫛，图身忘国，如张禹辈者；见惑上蛊下，交乱君亲，如江充辈者；见暴狠跋扈，壅君树党，如梁冀辈者；见色仁行违，先德后贼，如王莽辈者；又见外状恢弘，中无实用者；又见附离权势，随之覆亡者，其初皆有动人之才，足以惑众媚主，莫不合于始而败于终也。因引风人骚人之兴，赋《有木》八章，不独讽前人，欲儆后代尔。"① 诗人读《汉书》列传受到感发，于是"引风人、骚人之兴"，对朝廷、社会中特定之人进行反映和评价，目的是讽刺前人和警醒后人。由此可知，作者通过这八种植物对历史上和当时社会中的某些人进行揭露贬斥或肯定赞扬。

《有木诗八首·其五》写了名为"野葛"的植物。野葛为何物，部分学者考证其为一种被称为"乌头"的植物，汁液有剧毒，可使人呼吸麻痹，重者呼吸停止而死；也有部分学者将这种植物与中药挂钩，其有攻毒消肿的功效，但含有剧毒，误食会出现眩晕乃至心脏、呼吸衰竭而死的情况。本诗前六句交代了野葛的外部特质——芬芳馥郁，第七至第十二句交代野葛的内部特征——含有剧毒，若误饮用它制成的酒，没有谁能够免于死亡。野葛苒苒有芳香，姿色诱人，给人以美好的假象，一旦被人采撷，即施展毒招，残害百姓。可见，诗人准确、细致地抓住了该物的属性。第十三至第十六句，诗人将野葛的属性与人性格中的相通之处联系起来，重在表达自己对该植物乃至社会中徒有其表、危害社会之人的痛恨与批判。白居易讽喻的对象是社会、官场中外表光鲜，实则劳民伤财、腐败奢侈的官员；是看似才能出众，实则惑众媚主、危害社稷之人。胡淼认为，本诗的野葛特指德宗时的奸相卢杞，卢杞不拘衣食，看似清廉，能言善辩，长于歌功

① 中华书局编辑部点校:《全唐诗》卷四二五《白居易》，北京：中华书局，1999 年，第4697 页。

颂德，得到君主提拔，飞升为宰相。他一旦手握强权，便开始残害忠良①。白居易通过诗作，抓住野葛最本质的形态和特征，使之形象鲜明、主旨深刻，大大增强了作品的艺术感染力。他将野葛作为吟咏对象，对于像卢杞这样的官员的丑行进行辛辣批判和讽刺，也期望以此讽谏君主、警醒后人。整体而言，该诗笔法尖锐，写形传神，讽刺入木三分。

三、"斧"斩奸佞

（一）"斧斤"的砍伐功能

"斤"诞生于中国旧石器时代，是用于制造的工具。"斧"由片形器"斤"演化而来，在文化观念和实际效用上大于"斤"，具备农具与工具的双重属性。在刀耕火种阶段，人们用斧头清理灌木和杂草后，就地放火，土地变得松软，草木灰变为天然的肥料，然后在土地上撒播种子。斧是当时处于粗放式农业生产过程中整理土地的重要工具，因为只有清除杂草、砍伐杂树根茎，才能为后续的农业耕作腾出必要的操作场所。作为农具的斧，一般由两部分构成，分别为柄和刃。手柄是为了便于人们使用，减轻劳动强度，充分发挥效益而生，而刃需要磨得锋利。

在"年深已滋蔓，刀斧不可伐"一句中，诗人试图运用斧这种工具来清除野葛，斧头锐利，用斧头砍则是一个短促且有力的动作。对于一般的植物，用斧必然能够轻易地斩断，可在本诗中，野葛肆意生长，根叶不断延伸，即使运用刀斧也无法彻底斩除，诗人所批判和讽刺的正是社会和官场中看起来有才干、光鲜，实则惑众媚主的人。古人常惋惜岁寒不凋的松木摧折于斧斤之下，未曾想，妖冶诱人的野葛却无法被尖锐的斧头砍除。

（二）"斧钺"的权力象征

"斧"的砍伐功能是其自身的原发力，那么政治、军事寓意则是"斧"文化延展的继发力。随着历史的推演，战争频仍，斧作为兵器被投入使用，但斧也升级为钺，成为文化的象征，人们对武力和兵器产生一种由衷的崇拜，在畏惧其尖锐性的同时也萌生出追捧与狂热的情感，认为斧钺是上天赐予的能力，是判断战争合法性的重要依据。斧逐渐具备了一定军事符号意义，作为圣物进入至高首领象征物的体系中，为帝王所崇尚的礼器，成

① 胡淼：《唐诗的博物学解读》，上海：上海书店出版社，2016年，第752页。

为神圣王权的象征，见图 20（现藏于中国国家博物馆）。而在本诗中，象征政治王权之斧无法清除缠绕的野葛，只能期望于外力作用。本诗也表达了诗人对朝廷腐败现象难以根除的痛恨和早日铲除恶势力的强烈愿望。

图 20　西周康侯斧

参考文献

[1] 中华书局编辑部. 全唐诗 [M]. 北京：中华书局，1999.

[2] 闫兴潘. 汉字中的农具 [M]. 北京：人民出版社，2018.

[3] 闵宗殿. 中国农业通史 [M]. 北京：中国农业出版社 2019.

[4] 管兰生. 中国"斧"文化的五种意义 [J]. 甘肃社会科学，2006（3）：191-193.

（执笔：储意扬）

唐诗里的农耕文化

自力「耕」生

锄

　　"锄"是中国古代较为常见的农具之一。"锄"作为常用农具，除了具体的含义外，有时也会代表农民的文化身份。由于"锄"在古代具有非常广泛的应用，可以除去野草、翻耕土壤，还可以作为兵器等，因此，诗人选择将它与犁进行搭配，来代指耕种。在更深层意义上，也将用锄头除草来比喻为国家铲除奸佞。

健妇锄犁，无问西东

　　中国传统封建社会是"男耕女织"的小农经济，一家一户经营，男子种田，女子织布，全家分工劳动。然而，战争导致男子被征召到战场，只剩下女子在田间耕种。《兵车行》形象地揭露了统治者的穷兵黩武破坏"男耕女织"平衡，造成了农业生产受损、人民生活受苦的局面。

兵车行①

杜甫

车辚辚，马萧萧，行人弓箭各在腰。
耶娘妻子走相送，尘埃不见咸阳桥。
牵衣顿足阑道哭②，哭声直上干云霄。
道傍过者问行人，行人但云点行频。
或从十五北防河③，便至四十西营田。
去时里正与裹头④，归来头白还戍边。
边亭流血成海水，武皇开边意未已⑤。
君不闻汉家山东二百州⑥，千村万落生荆杞。
纵有健妇把锄犁，禾生陇亩无东西。
况复秦兵耐苦战，被驱不异犬与鸡。
长者虽有问，役夫敢申恨。
且如今年冬，未休关西卒。

---

① 中华书局编辑部点校：《全唐诗》卷二一六《杜甫》，北京：中华书局，1999 年，第2255 页。

② 阑道：拦道，拦住去路。

③ 原注：开元十五年（727），以吐蕃为边害。诏陇右、河西兵集临洮，朔方兵集会州，防秋。至冬初无寇而罢。

④ 里、正：唐制，百户为一里，里置正一人。

⑤ 皇：唐人称太宗为文皇，明皇为武皇。

⑥ 山东：太行之东。唐都长安，凡河北诸道，皆为山东。

县官急索租，租税从何出。

信知生男恶，反是生女好。

生女犹得嫁比邻，生男埋没随百草。

君不见青海头，古来白骨无人收。

新鬼烦冤旧鬼哭，天阴雨湿声啾啾①。

一、现实主义诗歌的转折之音

杜甫（712—770）与李白合称"李杜"。他出生于河南巩县，原籍湖北襄阳。为了与另两位诗人李商隐、杜牧即"小李杜"区别，杜甫与李白又合称"大李杜"，杜甫也常被称为"老杜"。杜甫善于用乐府诗体描写时事，代表性作品有《兵车行》《丽人行》《悲陈陶》《哀江头》等。初唐诗人写乐府诗，多数袭用乐府旧题，但也有少数另立新题，杜甫对这类新题乐府大有发展。

《兵车行》是杜甫诗歌创作生涯中具有转折意义的一首诗，可以看作杜甫"新乐府"与"诗史"创作的开始。对于此诗的创作背景存在争议，一种说法认为本诗应当作于天宝中年，其目的是讽刺唐玄宗对吐蕃的用兵。清代刘凤诰曰："少陵一生学问，无所发泄，略见于议兵。《新书》谓'好论天下大事'，亦即指此。唐自开元十五年王君破吐蕃于青海，明皇益侈边功。天宝八载，哥舒翰攻拔石堡城，丧卒数万，《兵车行》所由作也。"② 由此将本诗与唐玄宗和吐蕃的战争相联系，认为其作于天宝中年，但具体创作时间并未点明。另外一种说法认为本诗当作于天宝十载（751），其目的是讽刺唐与南诏之战，《杜诗详注》下所引有黄鹤之论，即作此说。清代钱谦益《唐杜少陵先生甫年谱》中，于天宝十载下列《兵车行》③，在其《钱注杜诗》有具体论述："此诗序南征之苦，设为役夫问答之词。'君不闻'已下，言征戍之苦。海内驿骚，不独南征一役为然。故曰役夫敢申恨也。

---

① 原注：钱谦益笺曰：天宝十载，鲜于仲通讨南诏蛮，士卒死者六万……制大募两京及河南北兵，以击南诏……杨国忠遣御史分道捕人，连枷送军所……

② ［清］刘凤诰：《杜工部诗话》卷二，载张忠纲校注《杜甫诗话校注五种》，北京：书目文献出版社，1994年，第158页。

③ ［清］钱谦益笺注：《唐杜少陵先生甫年谱》，台北：台湾商务印书馆，1978年，第11页。

且如以下，言土著之民，亦不堪赋役。不独征人也。'君不见'以下，举青海之故。以明征南之必不返也。不言南诏，而言山东、言关西、言陇右，其词哀怨而不迫如此。曰君不闻、君不见，有诗人呼祈父之意焉。是时国忠方贵盛，未敢斥言之。杂举河陇之事，错牙其词。若不为南诏而发者。此作者之深意也。"① 根据上述钱谦益《钱注杜诗》中的论述可以判断，《兵车行》的创作背景当为天宝十载（751）唐朝与南诏之战。然而无论是作于何时，其对于战争的厌恶，对于普通百姓的同情，对于农业被荒废的痛心，都是可以从诗中感受出来的。

二、穷兵黩武讽刺深

《兵车行》讽刺了统治者的穷兵黩武。全诗假借征夫对老人的答话，倾诉了人民对战争的痛恨及战争给人民带来的痛苦：人民妻离子散、无家可归、田地荒废、农业搁置等。而就是在这样的情况下，地方官吏还要横征暴敛，使得百姓更加痛苦不堪。诗人深切了解到民间疾苦后，表达了对人民的同情和对统治者不合理政策的讽刺。

全诗以"道傍过者问行人，行人但云点行频"为界分为两部分：第一部分写被征召后的送别情形，是纪事；后一部分通过回答，传达征夫心中的苦痛，是纪言。

第一部分的纪事在读者眼前展现出一幅令人心痛的送别图：大路上车轮滚滚战马嘶叫，一队队被强行征召来的穷苦百姓，换上了戎装，在腰间佩戴上弓箭，在官吏的押送下，正要去往前线。父母和妻儿纷纷跑来送行，在征夫中寻找自己的亲人，车马扬起的灰尘遮天蔽日，连咸阳横跨渭水的大桥都被遮没了。千万人牵衣顿足、拦路痛哭，凄惨的哭声直冲九天云霄，在云际回荡。家中的主要劳动力被征走，剩下的都是老弱妇幼，田地由谁去耕种，家庭关系如何去维系，在这样的情况下怎能不让人悲伤？"耶娘妻子走相送"，一个普普通通的"走"字蕴含的是浓郁的感情，亲人突然被抓，又立马要被押送着去前线，亲人们追奔而去，做一刹那的生离死别，是何等仓促、何等悲愤。诗人笔下，灰尘弥漫，车马人流，令人目眩；哭声遍野，直冲云天，震耳欲聋！这样的描写，从听觉与视觉上给读者以强

---

① ［唐］杜甫著；［清］钱谦益笺注：《钱注杜诗》，上海：上海古籍出版社，1979 年，第 10 页。

烈的感受，集中展现了成千上万家庭的破碎悲剧。

接着，从"道傍过者问行人，行人但云点行频"开始，诗人通过设问的修辞手法，让当事人即被征发的士卒做了直接的倾诉。前半段是诗人所见，后半段是诗人所闻，而这也大大增强了诗歌的真实性。"点行频"的意思是频繁地征兵，是全篇的"诗眼"。它一针见血地点出了造成百姓妻离子散、万民无辜牺牲、全国田亩荒芜、妇人把持锄犁等悲剧的根源。接着用一个十五岁出征，四十岁还在戍边的"行人"作为例子，具体陈述征战之频繁，以示情况的真实可靠。"边庭流血成海水，武皇开边意未已"中，"武皇"是以汉喻唐，实指唐玄宗。杜甫如此大胆地把矛头直接指向了最高统治者，这是从心底迸发出来的激烈抗议，充分表达了诗人怒不可遏的悲愤之情。而后的"君不闻"，开拓了另一个惊心动魄的境界，以谈话的口气提醒读者，把视线从流血成海的边庭转移到广阔的内地："您没听说汉家华山以东两百州，千村万寨野草丛生，田地荒芜。即使有健壮的妇女手拿锄犁进行耕种，田地里的庄稼也是东倒西歪不成行。更何况关中的士兵能顽强苦战，像鸡狗一样被赶上战场卖命。"这里的"汉家"，是在影射唐朝。华山以东原来沃野千里、千村万落，现在变得人烟萧条，田园荒废，荆棘横生，满目凋残。诗人驰骋想象，从眼前的闻见，联想到全国的景象，从一点推及普遍，两相辉映，不仅扩大了诗的表现容量，也加深了诗的表现深度。

从"长者虽有问"开始，作者又推进一层，"长者"是征夫对诗人的尊称，"役夫"是士卒自称，"县官"指唐王朝，通过当事人的口述，又从抓兵、逼租两个方面，揭露了统治者穷兵黩武给人民的双重灾难。诗人接着感慨道："如今是生男不如生女好，女孩子还能嫁给近邻，男孩子只能丧命沙场。"这是发自肺腑的血泪控诉。最后，诗人用哀痛的笔调，描述了长期以来存在的悲惨现实：青海边的古战场上，平沙茫茫，白骨露野，阴风惨惨，鬼哭凄凄。至此，诗人将唐王朝穷兵黩武的罪恶已经展现得淋漓尽致。

三、"锄"之解读

中国古代社会崇尚"男耕女织"的生活理想，现在竟然"纵有健妇把锄犁，禾生陇亩无东西"，为什么会出现这样的情况呢？如上文所言，战争让男子都去打仗，那么自然而然就只有女子来进行耕种活动了。然而，没有男子来进行耕种活动所造成的后果，就是全国上下许多地方的土地都荒芜，从中可以看出战争对于农业的破坏。在这里的"锄"就是指它的本义：弄松土地及除草的工具，见图21（现藏于中国农业博物馆）。而诗人将其与犁相搭配，从而代指耕种这件事情。

图21　战国　铁锄

　　诗人选择"锄"这种农具放入诗中，是因为它是我国较为重要的农业工具之一。它既可以作为除草工具，也兼具一些耕地用途，同时在汉魏时期还曾做过兵器。在中国古代人民的生活中，不同于耒耜在后期的消失不见，锄在今日农村仍然被当作一种重要的除草工具广泛运用。唐朝时主要沿袭秦汉时期的锄的样式，只是在材质上不断进行改进。根据王祯在《农书》中对这种锄头形制的描述可以知道："它的刃如半月形，宽度比苗行稍微狭窄些，上端有短銎，用来装入曲颈。曲颈像鹅颈，下端有深套筒，都用铁制成。可以套入木柄。曲颈二尺五寸长，柄也同样长。北方旱地作物，全都用这个。"① 这种铁锄，使用起来较为方便，可以帮助人们更好地进行耕种，由此也可以解释诗中为何选择锄这个农具作为其中一种来总体借代耕种农具的总称。而锄和犁，一个是弄松土地及锄草的工具，一个是耕地的农具，两者搭配在此处整体引申为耕作务农。

----

① ［元］王祯撰；缪启愉，缪桂龙译注：《东鲁王氏农书译注》，上海：上海古籍出版社，2008年，第425页。

方春独荷锄，日暮还灌畦

　　锄是人们从事农业活动的重要工具。杜甫诗歌贴近广大农民生活，也有着使得民风回归淳朴的"男耕女织"的社会理想，必然对农业有深切的关注，又尤为看重农业，也就是男耕。锄头作为我国历史悠久、应用广泛的农具之一，是从事耕地活动中不可或缺的部分，在春天可以用来弄松土地进行播种，在夏天可以用来除去野草，因而才有了诗人笔下的"方春独荷锄，日暮还灌畦"。

无家别①
杜甫

寂寞天宝后，园庐但蒿藜。
我里百余家，世乱各东西。
存者无消息，死者为尘泥。
贱子因阵败，归来寻旧蹊。
人行见空巷，日瘦气惨凄。
但对狐与狸，竖毛怒我啼。
四邻何所有，一二老寡妻。
宿鸟恋本枝，安辞且穷栖。
方春独荷锄，日暮还灌畦。
县吏知我至，召令习鼓鼙。
虽从本州役，内顾无所携。
近行止一身，远去终转迷。
家乡既荡尽，远近理亦齐。
永痛长病母，五年委沟溪。
生我不得力，终身两酸嘶。
人生无家别，何以为烝黎。

　　① 中华书局编辑部点校：《全唐诗》卷二一七《杜甫》，北京：中华书局，1999年，第2287页。

一、揭露现实的悲怆之音

杜甫少年时代曾先后游历吴越和齐赵，其间曾赴洛阳应举不第。三十五岁以后，先在长安应试，落第；后来向皇帝献赋，向贵人投赠。官场不得志，目睹了唐朝上层社会的奢靡与社会危机。天宝十四载（755），"安史之乱"爆发，潼关失守，杜甫先后辗转多地。乾元二年（759）杜甫弃官入蜀，虽然躲避了战乱，生活相对安定，但仍然心系苍生，胸怀国事。杜甫创作了《登高》《春望》《北征》及"三吏""三别"等名作。

《无家别》是杜甫创作的"三别"中的一首，是"三别"的第三篇，也是其中写得较为悲凉凄怆的一首。该诗创作于唐肃宗乾元二年（759）春，也就是唐玄宗天宝十四载（755）"安史之乱"爆发后。乾元二年三月，唐朝六十万大军败于邺城，国家局势十分危急。为了迅速补充兵力，统治者实行了无限制、无章法、惨无人道的强制征兵政策。杜甫目睹了这些妻离子散、生产混乱的现象，怀着矛盾、痛苦的心情，写成"三吏""三别"六首诗作。然而，这次战争与天宝年间的穷兵黩武有所不同，它是一种救亡图存的努力。所以，杜甫一面深刻揭露兵役的黑暗，批判"天地终无情"，一面又不得不拥护这种兵役。他既同情人民的痛苦，又不得不含泪安慰、劝勉那些未成丁的"中男"走上前线。

二、无人可别　空诉衷肠

既然是"别"，就应有一个告别的对象，《新婚别》是新娘对即将上前线的新郎的誓别，《垂老别》是老翁向老妻的诀别①，与这两首不同的是，《无家别》没有告别对象，从头到尾都是一个士兵的自言自语。该作品是一首叙事诗，然而叙事者不是作者，而是一个诗中的主人公，一个又一次被征去当兵的单身汉。这个老兵既无人为他送别，又无人可以告别，在踏上征途之际，依然情不自禁地自言自语，仿佛是对老天爷诉说他无家可别的悲哀。

从开头至"一二老寡妻"的十四句，总体上是写士兵经过战乱之后回到家乡的所见所闻，而作者用"贱子因阵败，归来寻旧蹊"两句插在中间，将这一大段隔成两个小段。前一小段，采用追叙的方法，写自称"贱子"

---

① 李炎：《寂寞天宝后　园庐但蒿藜——试说杜甫的〈无家别〉》，《郧阳师专学报》，1990年第3期。

的军人回乡之后，看见自己的家乡面目全非，到处都是荒凉的景象，于是对比现在和过去，概括地诉说了家乡的今昔变化。"寂寞天宝后，园庐但蒿藜"两句虽然是正面写"今"，但其实背后已藏着"昔"即天宝以后，农村寂寞荒凉，家园里只剩下蒿草蒺藜。"天宝后"如此，那么自然而然就会让人联想到天宝前的情况。于是引出下两句"我里百余家，世乱各东西"：那时候我的乡里百余户人家，现在因为世道乱离都各奔东西。"我里百余家"，描绘的应该是园庐相望、鸡犬相闻，当然并不寂寞，然而"天宝后"遭逢世乱，大家各奔东西，家园田地荒废、野草丛生，自然就令人心生寂寞凄凉之感了。所以作者一起头就用"寂寞"两字，渲染满目萧条的景象，表现出主人公触目伤怀的悲凉心情，为全诗奠定了基调。同时，"世乱"两字与"天宝后"呼应，写出了今昔变化的原因，也点明了"无家"可"别"的根源。"存者无消息，死者为尘泥"两句描绘的是活着的人没有消息，死了的人已化为尘土，紧接上文，强烈地表现了主人公的悲伤情绪。

　　"贱子因阵败，归来寻旧蹊"，承前启后，作为过渡。因为邺城兵败，"我"回来寻找家乡的旧路，然而找到了家乡看到的又是什么样的景象呢？家乡的旧路，走过千百趟，闭着眼应该都不会迷路，如今却要"寻"，可见旧路都已经改变了以前的面貌。"久行见空巷，日瘦气惨凄，但对狐与狸，竖毛怒我啼。四邻何所有，一二老寡妻"，在村里走了很久只看见空空的没有人的巷子，日色惨淡无光，一片萧条凄惨的景象。只能面对一只只竖起毛来向我怒号的野鼠狐狸，好像"我"侵犯了它们的家园。四邻还剩些什么人呢？只有一两个老寡妇。这几句写"贱子"由接近村庄到进入村巷，访问四邻。其中的"日瘦气惨凄"一句，用拟人化手法融景入情，烘托出主人公"见空巷"时的凄惨心境。遍访四邻，发现只有"一二老寡妻"还活着！居住的家里都是如此，可以想见田地又是怎样荒芜的景象了，有谁还能够拿起锄头继续耕种呢，国家的土地是不是都这样就此荒芜了呢？

　　"宿鸟恋本枝，安辞且穷栖。方春独荷锄，日暮还灌畦。"宿鸟总是留恋着本枝，"我"也同样依恋故土，哪能辞乡而去，且在此地栖宿。正当春季，"我"扛起锄头下田，到了天晚还忙着浇田。这四句在结构上自成一段，写主人公回乡后的生活。前两句，以宿鸟为喻，表现了留恋乡土的感情。后两句，写主人公怀着悲哀的情绪又开始拿起锄头开始披星戴月地辛勤劳作，希望能在家乡活下去，不管多么贫困和孤独！

最后一段，写无家而又别离。"县吏知我至，召令习鼓鞞"，县吏知道"我"回来了，又征召"我"去练习军仪。而后的六句，层层转折。"虽从本州役，内顾无所携"，这是第一层转折：这次虽然在本州服役，但内顾一无所有，既无人为"我"送行，又无东西可携带，怎能不令"我"伤心！"近行止一身，远去终转迷"，这是第二层转折：前往近处，也只有空身一人，已令人伤感；但既然当兵，将来终归要远去前线的，前途令人迷茫。"家乡既荡尽，远近理亦齐"，这是第三层转折：回头一想，家乡已经荡然一空，远近对"我"来说都一样，没有什么差别。六句诗抑扬顿挫，层层深入，细致入微地描写了主人公听到召令之后的心理变化。尽管老兵自宽自解，然而最悲痛的事终于涌上心头：上次应征后，长期卧病的老母在"我"从军期间去世了！然而由于"我"在前线未归，不能为其送终，这使"我"终身遗憾。这几句，极写母亡之痛、家破之惨。于是在最后作者紧扣题目，以反诘语作结："人生无家别，何以为烝黎。"人活在世上却无家可别，还要被抓走，这老百姓可怎么当？

三、再使民风淳的理想

本诗创作于"安史之乱"爆发后。安禄山发动的这次叛乱对于唐代社会生产力的破坏是非常严重的，这次战乱几乎使整个北方的农村经济陷于崩溃，使唐代人口在短短几年间竟损失了五分之三强。国家长时间地大量征夫使得农民不得不放下锄头等劳作工具，前往前线进行战斗。对于杜甫而言，他一直有一个"致君尧舜上，再使风俗淳"的理想[①]，而这样一种心愿的实现，也就意味着要"男耕女桑不相失"[②]，这也是自然经济繁荣的根源。而诗人"致君尧舜上，再使风俗淳"的努力，实际上也就是恢复"男耕女织"的一种小农生产的秩序。在这种"男耕女织"中，作者又尤为看重农业，也就是男耕，因而才有了"方春独荷锄，日暮还灌畦"，即正当春季，"我"扛起锄头下田，到了天晚还忙着汲水浇田。一个刚从战场回来的老兵，一回到家后就开始拿起熟悉的锄头耕作劳动，重新打理田地。对于

---

① 中华书局编辑部点校：《全唐诗》卷二一六《杜甫》，北京：中华书局，1999年，第2252页。

② 中华书局编辑部点校：《全唐诗》卷二二〇《杜甫》，北京：中华书局，1999年，第2329页。

唐诗里的农耕文化

作者来说，农业才是生产的基础。这个无家可归的征人，在前去打仗之前也是一个拿起锄头种田的农夫，如果不是因为战乱，也许他就会娶妻生子，实现"男耕女织"的理想生活，然而这一切都被战乱打破。所以，当他回到家乡后，就自然地以重新拿起锄头开始耕种来寻找生活的动力。

　　作品的主人公，一个"贱子"，他已经没有家了，或者说是没有那种有亲朋好友的感情上的家园，但是在作者的笔下，他并没有放弃，而是通过传统的耕种去为自己重新寻找活下去的希望，为自己重新建构一个家园。也许通过勤劳地耕种，他可以养活自己，甚至可以娶一个妻子，从长痛中呼唤亲缘的复归。从这个"贱子"进而推广至全国，也许每一个回到家乡的人，都重新拿起锄头耕作，那么全国上下的农业生产秩序就得以恢复，杜甫理想中的小农生产也可以实现。这应该也是杜甫在这首诗中安排"方春独荷锄，日暮还灌畦"这样一句描写"贱子"回到家乡后努力耕作的诗句的原因，其中寄托的是杜甫小农生产的理想。虽然国家并没有给"贱子"和诗人这个机会，因为回到家乡的事情被知道了，"贱子"又被征召去训练了，也正如上文分析的，去训练就是为了打仗，既然随时都要去前线打仗，那么前途又在哪里，何时才能再回到家乡进行耕种呢？所以，既然家乡都已经改变了面貌，既然已经没有了母亲并且也没能好好安葬母亲，既然已经失去了以耕种重新构建家园的希望，那么自此之后"贱子"才是真正的无家，无家可归、无人可告别了。也正因如此，作者充满了幻灭感。

锄奸铲草两相宜

　　"锄"除了弄松土地及除草工具的本义外，还可以引申为"耨，弄松土地及除草"这个动作。而锄草又可以引申出"铲除"之意，如"锄奸"早在《左传》中便开始使用。恶草不用锄头除去就会对人们造成危害，朝廷里的奸臣不用政策除去，就会给国家带来损失。杜甫的《除草》以毒草比喻奸佞之徒，以锄草比喻铲除坏人，阐明了国家的兴衰与能否锄奸斩佞有很大的关系。在这首诗中，诗人正是因为看到了朝廷内部奸臣当道、腐败不堪，才借用锄头除去道路上有害的野草来比喻除去朝廷，除去君王身边的奸佞小人。

除草①

杜甫

草有害于人，曾何生阻修。

其毒甚蜂虿，其多弥道周。

清晨步前林，江色未散忧。

芒刺在我眼，焉能待高秋。

霜露一沾凝，蕙叶亦难留。

荷锄先童稚，日入仍讨求。

转致水中央，岂无双钓舟。

顽根易滋蔓，敢使依旧丘。

自兹藩篱旷，更觉松竹幽。

芟夷不可阙，疾恶信如仇。

一、不平之慨

杜甫的政治思想核心是仁政，有"致君尧舜上，再使风俗淳"② 的伟大抱负。他忧国忧民，疾恶如仇，对朝廷的腐败、社会生活中的黑暗现象都给予揭露和批评。他热爱生活，甚至情愿为解救人民的苦难做出牺牲，所以他的诗歌经常以最普通的老百姓为主角。《除草》这首诗是杜甫于代宗永泰元年（765）正月辞去节度参谋职务，回成都草堂后所作。此时唐王朝虽已平定安史之乱，但已经不可避免地走向衰弱。除了"安史之乱"之外，这个时候唐王朝也面临着内忧外患，外有回纥、吐蕃等侵扰，内有官员祸乱朝政，如郭晞在邠州纵容士族为恶，欺压普通百姓。频繁的天灾和政治动乱，致使农田颗粒无收；与此同时，物价飞涨，人口数量也锐减，普通民众的生存环境非常恶劣。杜甫作为与时代的脉搏同跳动、与人民遭遇同始终的诗人，也将自己对于这些不平之事的愤慨、对于奸佞小人的憎恶写

---

① 中华书局编辑部点校:《全唐诗》卷二二〇《杜甫》，北京：中华书局，1999 年，第2333 页。

② 中华书局编辑部点校:《全唐诗》卷二一六《杜甫》，北京：中华书局，1999 年，第2252 页。

在了这首诗中。这首诗以毒草隐喻奸佞之徒，阐明国之兴衰、安危与能否锄奸斩佞有很大的关系，充满了辩证哲理。

二、毒草喻奸

本诗借用锄头除草，实际上暗含的是作者对于当前朝堂奸臣当道的痛心，希望可以除奸斩佞，以避免国破家亡的结局。在起篇"草有害于人，曾何生阻修"中，"阻修"喻道路，语出《诗经·秦风·蒹葭》"道阻且长"。在这里，作者指出毒草正因为其出现在道路上，所以才更加容易去害人，于是行路之人就不可避免受到毒草的伤害。即使是无毒的草，长在路上也妨碍行人走路，何况这种草还有害于人，会对人造成损害呢？因此，更加需要除去它，诗的一开始就突出了对它非"除"不可。

而后的两句"其毒甚蜂虿，其多弥道周"中，虿是蝎类毒虫，如《左传·僖公二十二年》写有"蜂虿有毒"句，"道周"指"道边"。此处两句诗的意思是：这种草的毒性超过了蜂虿，偏偏多得长满了道路。普通毒草如果长满道路都应该除去，何况这种毒性超过了蜂虿的毒草呢？既然这种草多得长满了道路，那么可以想见，田地里必定也会有这种毒草，从而更加危害普通百姓的日常生活与耕种。从这里可以看出，作者明显是通过比喻说明现在国家恶人之多并且身居显位，由此致使国运不得昌盛。由于这种政治集团需要一番大改革，因此政治集团中的害草也必定需要被铲除。

这种毒草丛生、奸佞当政的局面让诗人非常担忧。诗的后两句"清晨步前林，江色未散忧"则将诗人的忧国忧民之心表达得淋漓尽致。于是，诗人禁不住疾声高呼"芒刺在我眼，焉能待高秋"，这里的芒刺是草木茎叶、果壳上的小刺，意思是小刺在"我"的眼睛中，怎么能够等待秋天呢？在这里作者认为除恶不能仅仅停留在愿望上，而要落实到行动上，贵在迅速，要像对待眼中的刺一样将它们迅速铲除，不能等待秋后任其自灭。像毒草一样的恶人飞扬跋扈，致使国无宁日，王朝的没落就成了必然。所以，作者借除草要尽快，实际上表达的是除恶也要尽快尽早。

在下面的诗句中，作者也阐述了除恶需尽快尽早的更深层次的原因："霜露一沾凝，蕙叶亦难留。"到露结为霜时，"蕙叶"也很难留下，必定会凋枯零落了，即如不及早除掉恶草，将会让香草叶也受到损害。借助这句话，作者暗喻的是奸佞之徒，毒似蛇蝎，他们口蜜腹剑，颇能迷惑人，很难识破其险恶之心；而直行耿介者则与之相反，他们常常会引起人们的反感。历史上演了许多残害忠良的惨剧。

紧接着诗人想象了除草的场景，而此时作为除草所需的重要工具——锄也就出场了。"荷锄先童稚，日入仍讨求。转致水中央，岂无双钓舟。"就时间上来说，在太阳下山之后依然寻找恶草并将其铲除；就做法上来说，把锄头所除的恶草掷于水中。而这里的"岂无双钓舟"的反问，是作者在提醒人们注意不是没有渔舟将所除恶草运走，而是要将其彻底地消灭干净。"顽根易滋蔓，敢使依旧丘！"这两句则是说为什么要消灭干净：除草就要除根，除草不除根，来年就会重新长出来，铺延满道，造成更大的灾害，所以怎么能让恶草留在以前的土地上呢！这里也是作者在表明，铲除奸人一定要彻底，不然他们还会卷土重来，给国家造成更深重的灾难。而后，诗人想象了在除草后的宽松的环境——"自兹藩篱旷，更觉松竹幽"，恶草已除，人们才会心情愉快，才能去欣赏自然美景。通过结末两句"芟夷不可阙，疾恶信如仇"，诗人用对于所有的恶草都要毫不留情的做法来阐述对所有的奸人都要采取决绝的态度。

三、"锄"奸斩佞

全诗虽然只有一句"荷锄先童稚"写到了锄，在这句诗中，锄就是指农具，用以除草的锄头，而作者在此处想象了具体除草的情景，如何用行动去除恶草。除了这一句外，其他的诗句也都与锄息息相关。对农作物来说，如果不除草，农田就会荒芜，粮食就会减收；从本诗来说，长在道路上的恶草不除会阻碍人们行走，而从深层来看，整个除草实际上隐喻的是铲除奸佞小人，这也与锄的引申义"铲除"相匹配，由此将用锄头除草这一农耕上的行为上升到了国家治理之上。全诗将作者恨毒草、除毒草之意表达得淋漓尽致，诗中的"顽根易滋蔓，敢使依归丘"，是诗人除恶务尽想法的真实写照，含有质朴而深刻的哲理。

《左传·隐公六年》写有"为国家者，见恶如农夫之务去草焉"，这里说的是治理国家的人，见到不好的事情或不好的人，要像农夫除草一样，把它们都铲除。除草不仅仅要简单用锄头除去它表面上的一层，更要用锄头把它们连根挖起，从而做到"绝其本根，勿使能殖"。"根"，是祸之源，"绝其本根"就消灭了隐患，否则会造成贤人在野、恶人当权的现实，发展下去国家就会走向灭亡的结局。善和恶本来是互相对立的，但在一定的条件下则可以互相转化。如果不能及时除去农作物旁边的杂草，那么农作物就得不到营养，最终导致枯萎；如果不能及时除去朝堂中的奸臣，那么忠臣就得不到重用，甚至被迫害。因此，农民想要生存，就需要用锄头除草；国家想要富强，就需要统治者用政策锄奸。

诗人把用锄头除去道路上的恶草这看似平凡普通的生活问题联系起锄奸斩佞，从而谈起人生和社会问题，将辩证思想贯穿于诗中，艺术地道出了事物的因果关系，说服力强。这种从用锄头除草出发来进行比喻的方法，在后世也有所借鉴，比如毛泽东曾将文艺批评比喻为"浇花"和"除草"。文艺批评既是浇灌佳花的手段，又是铲除毒草的手段，它起着提醒读者应该接受什么、扬弃什么的重要作用。在这里，也是将中国农业中最为平常的一项劳作活动上升到了文化层面，文学不"除草"，其园地也会"荒芜"。

锄禾日当午，汗滴禾下土

除草体现了农民在农业生产活动中的智慧，而"锄禾"是一个固定的农业生产用语，它的意思是用锄头给粟的植株锄草。中国古农书中提到"锄禾"就是专指给粟的植株锄草，例如《古风二首》其二中的《锄禾》，这里的禾是禾苗。如果仅意译就变成铲除禾苗，显然是不符合常理的，如果仅译成耕种，又不能准确表达诗中的含义。这种除草活动一定是在夏天禾苗吐穗期间，因为这个时候可以轻易分辨出粟和杂草。该诗把农民一年春种秋收、在烈日下除草的耕种活动描写得淋漓尽致，将矛头直指并不合理的两税法，在同情农民遭遇的同时也警醒世人要珍惜每一粒粮食。

> **古风二首**①
>
> 李绅
>
> **其一**
>
> 春种一粒粟，秋成万颗子。
>
> 四海无闲田，农夫犹饿死。
>
> **其二**
>
> 锄禾日当午，汗滴禾下土。
>
> 谁知盘中餐，粒粒皆辛苦。

一、宰相诗人

李绅（772—846），字公垂，亳州谯县古城（今属安徽亳州）人。李绅六岁丧父，随母迁居润州无锡（今属江苏无锡）。唐宪宗元和元年（806）中进士第，补国子助教，历任江州长史、滁州刺史、寿州刺史、汴州刺史、宣武军节度使、宋亳汴颍观察使、淮南节度使、中书侍郎、右仆射、门下侍郎、司空等职，册封赵国公。为李（德裕）党重要人物。唐会昌六年（846）病逝于扬州，追赠太尉，谥号"文肃"。其也与元稹、白居易交游，是新乐府运动的倡导者和参与者，而《古风二首》则是他较为著名的作品之一，流传甚广，脍炙人口，不仅在民间广泛流传，在文学史上亦有一定影响，近代以来还选入教科书。

二、揭露弊端

根据《云溪友议》和《旧唐书·吕渭传》等书的记载，大致可推定这组诗是李绅在唐德宗贞元十五年（799）所作。自唐德宗建中元年（780）以来，国家实行"两税法"，其最初的目的是减轻百姓负担，但在具体的实施过程中出现了诸多问题，反而加重了百姓负担，使得民众苦不堪言。农民辛苦地劳作，然而一年下来，农民的辛苦劳作除了缴纳赋税之外一无所

---

① 中华书局编辑部点校：《全唐诗》卷四八三《李绅》，北京：中华书局，1999 年，第 5530 页。

获。农民缴纳的大量赋税及其所种的粮食都成为达官贵人的盘中餐，被肆意浪费，所以在大丰收之年反而常常发生农民饿死的情况。这组诗揭示的正是这样一种触目惊心的现实，李绅作诗时明确指向"两税法"的弊端引起的社会现实。

三、同情人民疾苦

第一首诗，一开头就以"一粒粟"化为"万颗子"具体而形象地描绘了丰收的场景，在这里，作者用"种"和"收"赞美了农民的劳动。第三句"四海无闲田"，作者通过这句展现出四海之内，荒地变良田，和前两句联系在一起便构成了全国上下到处都有农民耕作、田地里种满庄稼生动景象。这种劳作与丰收的场景，写出了广大农民的吃苦耐劳精神，也与下面一句形成鲜明的对比，就是这样努力劳作，仍然会有"农夫犹饿死"的情况发生。这句"农夫犹饿死"，不仅使前后的内容连贯了起来，也把问题摆在了读者的眼前。农民勤劳地耕作却落得饿死的下场，到底是什么原因造成这样的局面，作者并未进行解释，这也给读者留下了充分的想象空间。

第二首诗，一开头就描绘了"锄禾日当午，汗滴禾下土"这样一个农民辛苦劳作的场景。在烈日当空的正午，本应该在家休息，然而农民依然在田里劳作，一滴滴的汗珠，洒在灼热的土地上。这也就解释了从"一粒粟"到"万颗子"，到"四海无闲田"，是千千万万个农民用血汗辛苦浇灌起来的；也为下面"粒粒皆辛苦"撷取了最富有典型意义的形象，可谓"以一当十"。"谁知盘中餐，粒粒皆辛苦"是一句深沉的慨叹，富人的"盘中餐"是穷人辛苦劳动换来的，这种强烈对比蕴藏的是作者对农民遭遇的无限愤慨和真挚同情。

四、《古风》二首中的农耕文化

（一）"锄禾"的文化解析

《古风》二首中的第二首流传甚广，脍炙人口，而关于第二首"锄禾日当午"中的"锄禾"究竟做何解释，众说纷纭。在一些唐诗选本中，将这句诗直接简单翻译为农民在田间耕作，而对"锄禾"这一具体活动一直没有详细说明。也许是用锄头铲除禾苗，但就禾苗在当代的解释，这个翻译显然不符合常理。"锄禾"是北方固定的农业生产用语，意思是用锄头给粟①的植株锄草，因为禾是旱地植物，所以可以锄草。如唐代韩鄂五卷本《四时纂要》中记载，二月、三月为种谷子，在四月的农事为"锄禾：禾生半寸，则一遍锄；二寸则两遍；三寸、四寸，令毕功。一人限四十亩，终而复始"②。粟是由野生狗尾草驯化而来的，狗尾草在古代又叫莠。而在这首诗中，结合第一首诗中的"春种一粒粟"可以发现，显然这里的农作物是"粟"，那么在这句诗中"锄禾"就是指用锄头铲除禾也就是粟旁边的野草。而为什么要"锄禾"即在禾吐穗期除草呢？其中所包含的是农民对于农作物生长规律的准确把握，是他们在农业上的智慧。在谷子的生长期，狗尾草和粟生长在一起时很难区分。如明徐光启《农政全书》卷五十二《荒政·救荒本草七》记载："莠草子，生田野中。苗叶似谷，而叶微瘦，梢间开茸细毛穗。其子比谷细小。"③ 所以要在禾吐穗期锄草，因为此时最容易识别禾与莠一类杂草的不同，锄草的效果可以达到最好。

粟的本义是"谷子"，谷子是一种中耕作物，所以"锄禾"在谷子的生长过程中具有极其重要的作用，而且有许多农业生产上的具体要求。总的原则是"早锄"和"多锄"，在文中提到的"锄禾日当午"，根据上文所说，涉及的是在禾吐穗期除草，此时的原则是多锄，这句诗反映了在农业生产活动中锄治活动的频繁。《齐民要术·杂说》云："第一遍锄，未可全深；第二遍，唯深是求；第三遍，较浅于第二遍，第四遍较浅。"④《齐民要术》卷一《种谷第三》云："苗出垅则深锄，锄不厌数，周而复始，勿以无草而暂停。（原注：锄者非止锄草，乃地熟而实多，糠薄，米息。锄得十遍，使得八米也。）春锄起地，夏为锄草，故春锄不用触湿。六月以后，虽湿亦无嫌。"⑤ 贾思勰讲的种谷就是指种粟，而给粟的植株锄草需要有十遍，才能有一个好的收成。农谚里总结说，"谷要锄成，麦要种成""耕三耙四锄五遍，八米二糠再没变""谷儿黄挂头，全凭锄一锄"。由此，也可见锄

① 粟是起源于中国或东亚的古老作物，栽培历史悠久，是新石器时代黄河流域主要的栽培作物。黄河流域史前考古发掘的粮食作物以粟为多。直到唐代以前，粟一直是中国北方民众的主食之一，通称"谷子"。至秦汉时期，粟是种植最多的谷物，唐宋时期也在中国南方提倡种粟。直到宋末，稻、小麦逐渐发展，粟才退居二线。

② ［唐］韩鄂撰；缪启愉校释：《四时纂要校释》，北京：农业出版社，1989年，第56页。

③ ［明］徐光启撰；石声汉校注；石定枎订补：《农政全书校注》卷五十二《荒政》，北京：中华书局，2020年，第1930页。

④ ［北魏］贾思勰撰；缪启愉校释：《齐民要术校释》，北京：农业出版社，1982年，第16页。

⑤ ［北魏］贾思勰撰；缪启愉校释：《齐民要术校释》，北京：农业出版社，1982年，第44页。

在北方种粟的农业活动中不可或缺，在古代农业生产中具有不可替代的作用。

（二）以农为本的传统思想

中国是一个农业大国，很早就形成了"以农为本"的思想。古代统治者也较为重视农业的作用，统治者出于巩固和稳定政权的需要，会在王朝建立之初比较注意减轻农民负担，发展生产。因而，唐代前期实行"均田制"即国家授民以田，民则以租、庸、调的方式回报国家。"安史之乱"使得河西走廊一带州县遭受了毁灭性的打击，北方农业萧条，江南一带成了唐代朝廷财政收入的主要来源区。为了缓解朝廷财政压力，唐德宗继位后，任命杨炎为宰相，始行"两税法"。然而在"两税法"的实施过程中流弊丛生，反而加重了百姓负担，民众苦不堪言。

这两首短诗，概括的是自汉以来民生艰辛的原因，提醒统治者要轻徭薄赋，不可竭泽而渔。第一首诗的前三句极力渲染丰收的景象，而最后一句一落千丈，在强烈的反差中突出丰年百姓挨饿的悲惨现实，在带给读者强烈震撼的同时也引起人们的反思。赋税的制定，一般来说要依据"量入为出"的原则，保持一种平衡，只有这样才能维持农业长久的发展，保持国家的和谐稳定。然而统治者为了一己之私，肆意打破这种平衡，任意加税，取之无度，"但务取人以资国，不思立国以养人，非独徭赋繁多，复无蠲贷，至于征收迫促，亦不矜量。蚕事方兴，已输缣税；农功未艾，遽敛谷租。上司之绳责既严，下吏之威暴愈促，有者急卖而耗其半直，无者求假而费其倍酬"[1]。这种竭泽而渔的政策显然不符合"以农为本"的思想，不利于国家长期的和谐稳定，诗人正是因为观察到了这一点，发出"四海无闲田，农夫犹饿死"的疑问，其期待的是上达宸聪、以下讽上，让统治者认识到现实的危机。

第二首则更形象地写出烈日下锄禾，酷热不休，每一粒粮食都是农人的汗水灌溉而成，进而告诫世人，一定要珍惜粮食，体会其中的辛苦付出。古代农业生产技术落后，农人必须一年四季不停地劳作，尤其是如上文"锄禾"分析时所言，为了收获粮食，在夏天锄草的时候，需要锄十遍，农人的艰辛可想而知，统治者如果能感同身受了解农人的这种辛苦，对百姓

① ［唐］陆贽：《陆贽集》，杭州：浙江古籍出版社，2013年，第268页。

加以体恤，国家就不会有危险。这也是周公在总结商朝覆亡的教训时，反复劝诫成王要懂得重农保民，才能治理好国家的原因。然而统治者长期处于统治地位，自小锦衣玉食，并不能体会这一点。李绅正是看到了中唐统治者这种高高在上，无视或冷漠对待农人生产和生活的艰辛，才以此诗戒侈，希望统治者爱民恤农，重农保民。

除了以上内容外，还有一个方面也值得我们关注，那就是诗人李绅本人的经历，置身官场沉浮的李绅，得到皇上重用，官越做越大，甚至忘了自己的悯农初心。他做了大官后的生活越来越奢华，家中私妓成群，吃饭一定要有鸡舌做的汤，为了满足他这个嗜好，每天甚至要杀几百只鸡，令人唏嘘。同时，李绅为了巩固自己的地位，热衷于拉帮结派，在"牛李党争"中，紧跟权臣李德裕，虽最后赢得了宰相之尊，却造成了很多冤案。李绅由俭入奢，最终走向堕落，结局令人痛心，也引人思索。由此可见，对于农民的同情也好，对于农业的关心也好，一切都要从实际出发，实事求是，只有亲自参与过农业劳作，拿起过锄头，才能真正懂得农民的不易，而非只停留在纸上。

罢锄田又废，恋乡不忍逃

自古以来我国就是一个农业大国，而当农民不堪沉重赋税时，他们也会选择放下锄头，放弃自己的农民身份。"安史之乱"使得全国农业遭受毁灭性打击，唐王朝面临内忧外患。"两税法"的推行增加了朝廷税收，但大量农民纷纷破产。在小农生产的社会中，地缘与血缘是融为一体的，因而他们依然具有热爱土地的传统。司马扎正是见到了农民的种种复杂情绪，才写下了这首《锄草怨》来代替农民控诉。

锄草怨①

司马扎

种田望雨多，雨多长蓬蒿。

亦念官赋急，宁知荷锄劳。

亭午霁日明，邻翁醉陶陶。

乡吏不到门，禾黍苗自高。

独有辛苦者，屡为州县徭。

罢锄田又废，恋乡不忍逃。

出门吏相促，邻家满仓谷。

邻翁不可告，尽日向田哭。

一、落第体验民生之艰

司马扎一直生活在社会的底层，遭受现实生活的磨难，因此他的诗作多能体察民生疾苦，看到社会日益尖锐的矛盾。在他留存的 39 首诗中，《锄草怨》是写得较为成功的一首。这首诗能够深刻地反映底层农民在封建统治者赋税徭役压榨下的痛苦和怨愤。中晚唐时期，政治腐败，藩镇割据，内有宦官当政、牛李党争，外有各种民族纷争。在经济上，"两税法"的推行更是加重了农民的徭役负担，一些农民为了服徭役而不得不放弃土地、背井离乡。在这样的背景下，《锄草怨》通过一个可怜的农民的自述来反映民生疾苦、痛斥时弊。

二、痛斥时弊揭露矛盾

此诗以独白的口吻，通过对一个农民艰苦劳作却因服徭役造成田园荒芜而又"恋乡不忍逃"的痛苦心情的描述，揭露了唐末繁重的赋税徭役给广大劳动人民带来的沉重负担，反映了当时阶级矛盾日趋尖锐的现实。

"种田望雨多，雨多长蓬蒿"，开头两句写的是只有雨水充足才能让庄

---

① 中华书局编辑部点校：《全唐诗》卷五九六《司马扎》，北京：中华书局，1999 年，第6956 页。

稼得到充分灌溉，呈现出良好的长势，因此种田的人都希望雨水多。但是雨水多了，杂草也会长出来，用锄头锄掉这些杂草需要花费农民很多的时间。这一句描述了农民盼望雨水充足但是又担心雨水充足杂草生长的矛盾心情，一个"望"字是农民心中对于丰收的美好希望，而两个"雨多"则是运用了联珠的手法，将上述的人愿与天灾之间的矛盾凸显出来。

"亦念官赋急，宁知荷锄劳"，写出了赋税之苦甚于荷锄的劳苦，也表达了在广大农民心中人祸甚于天灾的怨恨：官吏们只会催促着我们交纳赋税，他们哪里知道我们这些人的想法呢？我们挂念着官府逼赋甚急的痛苦，哪里把拿着锄头锄草灭荒的辛劳放在心上呢！"亭午霁日明，邻翁醉陶陶"，在这里采用了对比的手法："我"这穷汉还在这里烈日下挥汗如雨，而隔壁的地主老头手挥着蒲扇，正喝得醉醺醺的。通过这两句，将百姓"锄禾日当午"的辛劳和统治阶级纵情享乐的悬殊差别形象地展现在读者眼前，一方在抢时间灭荒，另一方却在浪费时间、醉生梦死，从中也可以看出作者对于不劳而获的统治阶级的怨愤之情。

"乡吏不到门，禾黍苗自高"，将老百姓对于乡吏只压迫贫苦百姓却不去富贵人家的做法感到了不满和憎恶，表现出老百姓朦胧的反抗意识：乡里的官吏是不会到富贵人家去征收什么赋税徭役的，富人家的田地又有人替他耕种，他不需要自己动手，庄稼就自然长得很好。"独有辛苦者，屡为州县徭"，这两句描写了底层农民的状况：唯独像"我"这样的穷人一次又一次被征募到县里去服徭役。此处两句承接上面的四句，表达了老百姓对乡吏等游手好闲之辈的怨责及对自己被迫抛家舍田去服徭役的不满。

"罢锄田又废，恋乡不忍逃"，表达了老百姓想要逃避徭役离开家乡却又受到爱恋田土之情相牵的矛盾心理：因为要去服徭役，只能放下手中的锄头；可是放下手中锄头不劳作，田地就会荒废。这样的年景逼得人无法生活，许多人都被迫背井离乡去逃难。但是"我"十分依恋自己的土地，因此始终没有逃走。据《新唐书》记载，"安史之乱"后，徭役繁多，百姓纷纷出逃。"出门吏相促，邻家满仓谷。邻翁不可告，尽日向田哭。"这四句不仅写出了农民和统治者没有共同语言的严重的阶级对立，而且写出农民有苦无处诉的黑暗现实：可是每每出门，都有乡吏吆喝着逼"我"快点交纳赋税，"我"却只能眼睁睁看着邻居家仓库都堆满了粮食而不需要交纳一分赋税。"我"没有办法请求邻翁帮助或借贷，只好每天望着荒芜的田地哭泣。

全诗充满了贫苦农民对于天灾人祸的怨愤之情，但是全诗并未看到一个"怨"字，而是将这种深沉的怨恨寄寓在了可以感知的形象当中，通过形象展示情怀，如对天灾的怨艾用"雨多长蓬蒿"来写；对统治者的怨责用"亭午霁日明，邻翁醉陶陶""邻家满谷仓"来写；对乡吏的讽刺、怨恨则用"乡吏不到门，禾黍苗自高""出门吏相促"来描绘，从而让人感觉"怨"得入情入理，真挚感人。同时，诗人也很擅长刻画百姓的矛盾心理，如上文所言，一、二句盼雨多和怨草长的矛盾心理，反映的是人与自然的矛盾；而三、四、十一、十二等四句，展示了赋税徭役逼人流离失所与农民爱恋土地的矛盾。通过以上多层次、多方面的刻画，充分表现出了百姓内心世界的痛苦之深、怨愤之深。

三、苛政对于传统耕种的破坏

本文的题目《锄草怨》中的锄草，指的就是单纯地拿锄头锄去杂草。锄头在中国古代农业的应用中用法很广泛，除了锄去杂草外，可以作为播种时锄松土地让种子播种下去更好地成长的工具，而在庄稼生长过程中，也需要不停地为庄稼铲除杂草，因此锄草这一个行为是庄稼成长和农民种田过程中必不可少的行为，这也是作者选择锄草这一行为动作在题目及在文中描述种田活动中出现的原因。

本诗除了题目含有"锄"字外，还有两句诗也包含了"锄"字，而这些也能表现出农民爱恋土地，但是又因为赋税徭役的负担而不得不荒废土地，显示出苛政对于传统耕种的破坏。诗歌正文中出现的两处"锄"虽然都是指锄头这种农具，却有着不同的意蕴。

第一次是在"亦念官赋急，宁知荷锄劳"，此处的"锄"就是指锄头这种农具，而荷锄根据上文诗歌鉴赏可知，是指拿起锄头进行锄草灭荒的活动。本句中，提到拿起锄头锄草的辛苦，是为了和赋税的辛苦做对比，凸显国家赋税对于普通百姓的压力之重、迫害之深。拿起锄头锄草灭荒已经是很辛苦的一件事，农民往往要在烈日或者暴雨这样恶劣天气下完成这种工作，就是这样的劳作在百姓心中都比不上赋税带来的痛苦，可见真的是"苛政猛于虎也"。

而后出现的锄则是在"罢锄田又废，恋乡不忍逃"中，这里的锄还是指锄头，但是在此处除了可以看出"苛政猛于虎也"外，还可以看出苛政对于传统农业的破坏。在这里，诗人提到锄头是因为农民想要放弃锄头像其他人一样背井离乡。而为什么此处单单选择放弃锄头来指称放弃耕种这件事情呢？正如上文所分析的，锄头是我国古代耕种的一种重要工具，如果没有锄头，那么很多劳作活动就无法完成。因而，无论是在题目中，还是在下文，都反复提到用锄头进行耕种活动。这一句还包含着我国农民自古以来爱恋土地的传统。我国是一个农业大国，古代社会一直是以自给自足的小农经济为主，农业是其中的重要组成部分。人们的日常生活离不开农业的发展，朝廷赋税、军队的粮饷等都与农业发展息息相关，因而中国古代一直有着重农的思想，在古代农业的地位是高于商业的。中国的农耕文明也源远流长，作为其中主体的农民一直有深深的恋土情结。这种恋土情结是源于古代传统农业社会的生产力水平低下，生产方式单一，农民只能依靠土地来获取生存必需品。所谓"万物土中生，离土活不成。田地是活宝，人人少不了。田地是黄金，有了才松心"①，从这些发自农民内心的质朴的话语都可以看出土地在农民心中的神圣地位。因此，除了农民只能依靠土地才能活下去，因而让他们形成恋土情结这个原因之外，还有一个原因是，对于普通农民而言，土地还蕴含着对于祖宗家族认同的血缘亲情意识，体现着农民的价值信仰、精神寄托及一种源远流长的人文主义精神。

在小农的乡土社会中，地缘与血缘是融为一体的，因此，在诗人笔下，惨遭压迫、无法生存的农民才"恋乡不忍逃"，因为他的土地、他的家乡、他的祖宗、他的血缘亲情在这里，他祖祖辈辈都生活于此。这个乡土对于这个农民而言不仅仅是个居住的地方，更是他生活、生命的根基。普通农民对于土地的依恋、不舍、归属与崇拜，实际上是他们对于祖宗家族的认同、追思和崇拜。中国人自古以来还有叶落归根的习惯，无论身处何方，身在多远，他们总想回到家乡，回到最初的土地上。因此，土地与人之间既是一种地缘关系，更是一种血缘联系。中国的小农与土地剪不断、理还乱的自然联系，使得小农对于土地有着深深的爱恋之情，形成了一种对于土地的顶礼膜拜。可见，苛政对于农民的压迫不仅在于破坏耕种，更是精神上的伤害。

---

① 袁银传：《小农意识与中国现代化》，武汉：武汉出版社，2000年，第54页。

锄艾恐伤兰，溉兰恐滋艾

在我国传统农业中，不管是种庄稼还是种植观赏性的花草，都会面临如何在除去杂草的同时又不伤及作物或花草的难题。禾苗和杂草在吐穗时可以分辨、区别，从而除去杂草，那么如何在不伤害兰草的情况下就用锄头除去艾草呢？诗人对此并没有给出一个确切的答案。而兰草代表品行高洁的君子，艾草代表品行低劣的小人和不好的事物，因此，如何用锄头除去兰草旁边的艾草而不伤害兰草，也就是诗人在暗喻规劝皇帝而又不会让皇帝产生反感的处事智慧。

问友①

白居易

种兰不种艾，兰生艾亦生②。

根荄相交长，茎叶相附荣。

香茎与臭叶，日夜俱长大。

锄艾恐伤兰，溉兰恐滋艾。

兰亦未能溉，艾亦未能除。

沉吟意不决，问君合何如。

一、兰艾喻君臣之惑

本诗大约作于元和元年至元和六年（806—811）之间。此时，白居易担任左拾遗，希望以尽言官之职责报答皇帝的知遇之恩，因此频繁上书言事，写下大量反映社会现实的诗歌，希望以此补察时政，甚至当面指出皇帝的错误。白居易上书言事多获接纳，然而他言事的直接，曾令唐宪宗感到不快而向当时的宰相李绛抱怨："白居易小子，是朕拔擢致名位，而无礼

---

① 中华书局编辑部点校：《全唐诗》卷四二四《白居易》，北京：中华书局，1999 年，第4676 页。

② 兰艾：香草与臭草，古代常用来比喻君子与小人。

于朕，朕实难奈。"① 而这首《问友》包含的也是白居易本人对于君臣关系的思考。兰草与艾草并生，根部相互纠缠，茎叶相互依附，蕴含着作者对于君臣之间关系的困惑。

"种兰不种艾，兰生艾亦生。根荄相交长，茎叶相附荣。香茎与臭叶，日夜俱长大。"前六句描述了兰草与艾草并生，互相纠缠，一起长大，其意为：种植兰草并没有种植艾草，但是兰草生长的同时艾草也生长出来了。它们的根茎相互纠缠长在一起，它们的叶子相互依附长在一起。香味扑鼻的兰草和臭味刺鼻的艾草，一起每天都在长大。一香一臭，一个令人心生喜爱，一个令人心生厌恶，但是两者相互依存，共同成长，正因为如此，才有了作者下文关于到底该如何对待艾草、如何处理两者之间关系的发问。下面四句承接了上文，既然一香一臭，一个是喜爱的一个是厌恶的，那么必然想要把厌恶的东西锄掉，但是这四句写出了想要将艾草锄去并不简单，也呼应了上文的两者根茎相缠、叶子依附。

"锄艾恐伤兰，溉兰恐滋艾。兰亦未能溉，艾亦未能除。"想要用锄头把艾草锄去，却又害怕伤害了与之根茎交缠在一起的兰草，想要浇水灌溉兰草让兰草茁壮成长，却又害怕使得艾草得到营养，反而生长茂盛。正是因为上面这种情况，兰草没能得到灌溉，艾草也没能想到办法除去。这里形成的是一个悖论：想要锄艾草，却担心伤害兰草；想要灌溉兰草又担心滋生艾草，作者也正因此感到困惑。在这里，作者并不单单只是困惑兰草与艾草的关系，而是借助兰艾来表达自己对于君臣关系的困惑。

在这首诗中，作者发现了一种人生尴尬的情景：兰艾相生，不能由人。面对这种两难的处境，诗人束手无策，因此也就点了题目《问友》。他"沉吟意不决，问君合何如"，也就是"我"感觉到了犹豫，没有办法决定到底如何才能做到铲除了艾草又不伤害兰草，灌溉了兰草又没有使艾草得到滋养，所以想要问问你有什么好方法吗？他的朋友其实也未必能有什么好的解决办法，他的这种提问更像是对于现实人生的一种发问，何止种兰如此，这种尴尬具有很强的普遍性和象征意义。这样的困惑也并非诗人独有的，"投鼠忌器"的寓言同样是先人对于这种尴尬的一种表达。

---

① ［后晋］刘昫，等：《旧唐书》卷一百六十六《白居易传》，北京：中华书局，1975 年，第 4344 页。

唐诗里的农耕文化

二、保良"锄"莠与香草美人

纵观全诗，围绕该如何锄去艾草而不伤害兰草来进行提问，其中涉及的有白居易对于农业方面的关注，即如何用锄头去保良除莠，还有"香草美人"的意象。

首先，是白居易对于农业方面的关注，在这首诗中具体体现在他希望通过一些方法，能够做到在锄艾草时并不伤害到兰草。在诗中，这种所谓的"兰"似乎是建兰①。建兰的特点就是其叶丛生，而艾草杂生其间，确实会成为"根荄相交长"。白居易正是关注到这种农业生活中的一个普通的现象，才由此引发对于君臣关系、对于整个人生尴尬境地的一种思考。同样的关注不仅仅在本首诗中得到了体现，他在《读汉书》一诗中说："禾黍与稂莠，雨来同日滋。桃李与荆棘，霜降同夜萎。草木既区别，荣枯那等夷。茫茫天地意，无乃太无私。小人与君子，用置各有宜。奈何西汉末，忠邪并信之。不然尽信忠，早绝邪臣窥。不然尽信邪，早使忠臣知。优游两不断，盛业日已衰。痛矣萧京辈，终令陷祸机。每读元成纪，愤愤令人悲。寄言为国者，不得学天时。寄言为臣者，可以鉴于斯。"② 同样表达了这种禾苗与杂草一同生长，享受雨水滋润；桃树、李树与荆棘一起同样因为阳光而生长，因为霜降而枯萎等。通过这些可以看出，诗人乃至整个唐代的人们其实已经注意到了在植物栽种过程中如何保良"锄"莠的问题。月牙锄在技术上有利于锄草，见图22（现藏于中国农业博物馆），而保禾则不是技术工具所能解决的问题。

---

① 建兰：地生植物；假鳞茎卵球形，包藏于叶基之内。叶2~6枚，带形，有光泽，长30~60厘米，宽1~2.5厘米。花葶从假鳞茎基部发出，直立，一般短于叶；总状花序具3~9朵花；花常有香气，色泽变化较大，通常为浅黄绿色而具紫斑；萼片近狭长圆形或狭椭圆形；花瓣狭椭圆形或狭卵状椭圆形，长1.5~2.4厘米，宽5~8毫米，近平展；唇瓣近卵形，长1.5~2.3厘米，略3裂。蒴果狭椭圆形，长5~6厘米，宽约2厘米。花期通常为6~10个月。

② 中华书局编辑部点校：《全唐诗》卷四二四《白居易》，北京：中华书局，1999年，第4672页。

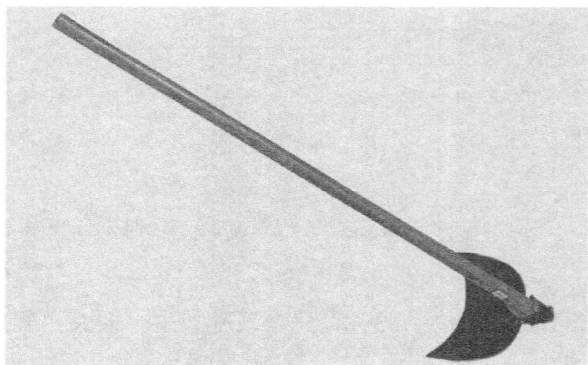

图 22　云南省丽江市石鼓镇牙芽锄

除了以上在农业方面前层次的问题外，本诗还体现了"香草美人"的意象，用香草美人等来进行比喻。兰草，有香气，屈原在《离骚》中说："扈江离与辟芷兮，纫秋兰以为佩。"艾草，有刺激的气味。古人常用兰香艾臭来比喻君子小人或贵贱美恶。唐代张九龄《在郡秋怀》诗之一："兰艾若不分，安用馨香为。"①而用兰草艾草这些草木来进行比喻，主要在屈原的《楚辞》之中得以体现。屈原的《楚辞》多次提到草木，其中出现的草木主要有江离、辟芷、秋兰、木兰、宿莽、芙蓉、萧、艾等，其中大部分为香草，而在这些香草之中，兰是出现次数最多的，如"扈江离与辟芷兮，纫秋兰以为佩""朝搴阰之木兰兮，夕揽洲之宿莽"等。在屈原的作品中，兰是香草的代表，代表一种芳洁，代表诗人自己高尚的节操，指称忠贞、贤德等某些美好的品格。屈原用滋兰树蕙暗示蓄养众贤，用众芳芜秽比喻谗邪害忠良，也就是他将滋养兰草等香草树木来暗示供养贤能、品德高尚的人，用香草等植物荒芜破败来暗示奸佞小人残害忠良。

如果从白居易的这个作品来看这种"香草美人"的意象，诗人在这首诗中是用香草来比喻当时的皇帝唐宪宗，用艾草来比喻一些想要劝谏皇帝的不好的事物。结合当时皇帝对于他总是劝谏的不快而产生的抱怨，这种说法似乎也可以解释，他困惑于他想要去劝谏皇帝，除去皇帝身边不好的事物或者规劝皇帝不正确的决定，但是这么做又会让皇帝产生不快，也就

---

① 中华书局编辑部点校:《全唐诗》卷四七《张九龄》，北京:中华书局，1999 年，第580 页。

是诗中的"锄艾恐伤兰"。但是如果不去劝谏，皇帝又会被谄媚之人蒙蔽双眼，就会导致奸佞小人有可乘之机，像兰草身边的艾草一样，随着兰草的生长而苗壮成长，也就是"溉兰恐滋艾"。因此，从本诗中可以看出，诗人乃至整个唐代对于农业的一种关注，将保良"锄"莠作为一种题材来进行创作，也可以看出香草美人比喻的传统。

直以春窘迫，过时不得锄

给粟的植株除草，要在粟吐穗期间，是因为只有在吐穗期间禾苗与杂草才会有明显不同，因此才能轻易分辨出杂草。而给瓜苗除草要在什么时候呢？不同的作物，除草的时间也不相同，其中包含的是农民从实际劳动中总结出来的农业规律。瓜苗和杂草区别非常大，只能在草还没有茂盛时除去，才不会让草抢占了瓜苗的养分，致使瓜苗稀疏。诗人也正是通过种瓜这一实践活动，才明白农事并非像自己想象的那么简单，因而在面对农民对自己的嘲笑时，也发出了一些自嘲。

种瓜①

韦应物

率性方卤莽，理生尤自疏。

今年学种瓜，园圃多荒芜。

众草同雨露，新苗独翳如。

直以春窘迫，过时不得锄。

田家笑枉费，日夕转空虚。

信非吾侪事，且读古人书。

① 中华书局编辑部点校：《全唐诗》卷一九三《韦应物》，北京：中华书局，1999年，第1997页。

一、别具一格的山水田园诗

韦应物诗歌风格与陶渊明相仿，文学史上有"陶韦"并称之说。白居易对韦诗推崇至极，其《题浔阳楼》诗云："常爱陶彭泽，文思何高玄。又怪韦江州，诗情亦清闲。"① 白居易在此处将韦应物与陶渊明相提并论。明人何良俊认为："韦左司性情简远，最近风雅，其恬淡之趣，亦不减陶靖节；唐人中五言有陶、谢余韵在者，独左司一人。"② 可见，韦应物亦被视为田园诗人陶渊明的直接继承者。《种瓜》这首作品是深得陶诗精髓的田园诗，表现了平淡之中有华彩的艺术风格。

二、闲情逸致寄寓人生理想

种瓜是一种有闲的田园生活，但种好瓜需要良好的技术，而这并不是韦应物当时所具备的能力。全诗写了一次种瓜不成功的经历。开头两句"率性方卤莽，理生尤自疏"，简要概括了自己生性率直鲁莽的性情，以及自己不擅长料理生活，也为下文种不好瓜做了铺垫，种不好瓜与诗人的性情也有一定的关系。这两句写得坦率真诚，毫无做作之气。

中间四句"今年学种瓜，园圃多荒芜。众草同雨露，新苗独翳如"，呼应了作者的题目《种瓜》，并且写出了诗人第一次学习种瓜的结果却并不太好，园林基本都荒废了，野草长得茂盛，而瓜苗长得半死不活，在此处不禁让人思考：为什么会造成这样的结果呢，除了诗人天性不擅长农事外，是不是还有其他原因呢？这为下文埋下伏笔。

随着上面四句的结束，顺势来到了下面四句"直以春窘迫，过时不得锄。田家笑枉费，日夕转空虚"，回答了瓜没种好的具体原因：春天的时光太紧迫，诗人没有来得及用锄头锄草，因此就错过了锄草最好的时机，瓜圃中的草生长茂盛而瓜苗自然也就半死不活了。这几句写得自然而微妙，将初学农事者的状态和心态都表现了出来。

面对这种种瓜不成功的经历，诗人最后总结道"信非吾侪事，且读古人书"："我"这种人是干不了像种瓜这样的农事了，"我"还是去读一读古

① 中华书局编辑部点校：《全唐诗》卷四三〇《白居易》，北京：中华书局，1999 年，第4750 页。

② ［明］周子文：《艺薮谈宗》，台北：广文书局，1973 年，第 519 页。

人的书吧。这两句是诗人的一种自讽和自嘲，用这种结尾作者表达了读书也是隐居生活的一个重要内容，或者说是一种主要的方式。这种心口无饰是诗人性情的一种流露，亦是他那种闲远飘逸情志的体现。

陶渊明曾写过《归园田居五首》之"种豆南山下"这样的田园诗。虽然韦应物的诗歌深得陶诗的精髓，《种瓜》与陶渊明的类似题材作品确也有不同之处，而这可谓"同调异质"①。两首诗写的都是农耕活动的体验，他们两人又都是对农事不太在行的归隐文人，同样是地荒苗稀，同样是在自嘲苦笑。我们还可以想象他们的收成应该是都不太好，而这种结果对两位诗人来说并不重要。从陶渊明的角度出发，他通过耕种找到了自己理想的生活方式；从韦应物的角度出发，他想要展现的是一种随运顺化的态度，所以他根本不以瓜的得失为意，一切顺其自然。而造成这种不同的原因也与他们各自的生活经历有关，就韦应物而言，其虽曾在多地为官，例如当过滁州、江州、苏州刺史，其中也经历过罢官退隐与再任的周折，甚至闲居佛寺，虽然他不时表现出对尘世的厌倦和对山林与佛门的向往，但始终并未真正进入佛门，至多只能算是佛门外的观望者，所以韦应物的隐居具有不问世事而又有作为的状态，接近于白居易的"中隐"②。韦应物与陶渊明不同之处就在于陶渊明是和官场彻底决裂，韦应物却采取了一种更为通达的、随遇而安的处世态度——可官则官，需隐则隐。如果说陶渊明是将自己当作一个地道的农民来看，那么韦应物则是从一种"父母官"的角度来展现不以一切得失为意的态度，会略带自讽地写下农人对他的嘲笑，以及他的自嘲。

三、依时而锄的农业智慧

锄最普遍的用法是用作锄草的工具，但是同时锄也可以用来帮助弄松土地，从而让土地更适合于播种庄稼。在这首诗中，除了诗人坦率真诚、心口无饰及闲远飘逸的思想外，还有就是种瓜需要按照时间去锄草这种农业劳作中农民总结出来的农作规律。本诗中出现锄一次，在"直以春窘迫，

---

① 同调：相同，比喻有相同的志趣或主张；异质：特异的资质、禀赋。指某种材料的特异质地。比喻才能出众的人。

② 出自唐白居易《中隐》。唐白居易《中隐》诗："大隐住朝市，小隐入丘樊。丘樊太冷落，朝市太嚣喧。不如作中隐，隐在留司官。"在这里指闲官。

过时不得锄"。从"众草同雨露，新苗独翳如"中可以知道，野草茂盛是瓜苗稀少的原因，那么这里的"过时不得锄"就是说错过了时间不能够铲除杂草了。

在春天将瓜圃里的野草锄净的说法，体现的是我国古代劳动人民在进行劳作时总结出来的经验。种粟谷需要的是在春天锄地，而在夏天时，对粟谷进行锄草活动。春种秋收是一个自然规律，而为什么禾苗要在夏天锄草呢？同样蕴含着农业的智慧，夏天是禾苗吐穗的时候，此时最容易识别禾与莠一类的杂草的不同，锄草的效果可以达到最好。根据明徐光启《农政全书》卷五十二《荒政》①中关于杂草的描述可以知道：杂草，长在田野里；它的苗、叶子都和谷物很像，然而叶子稍微瘦一点，会开出毛茸茸的细小的穗。它的子比谷物的细小。而种瓜，瓜苗显然与杂草长得不会相似，因此，为瓜苗锄草也就无须等待夏天，而是在春天瓜苗与杂草都一起生长的时候，此时的杂草根芽还未长到土地的深处，根基尚浅，在这个时候将瓜苗旁边的杂草用锄头连根锄去，也就不会造成"野火烧不尽，春风吹又生"②的情况了。

在汉代，《四民月令》已经总结了时间与农业劳动及日常生活的关系，"春天除草"这个农民代代相传的农耕活动体现了这种农耕文化传统。虽然现在对杂草的处理有许多科学方法，但其间的相生相克关系处理依然有意义。自古代以来的用锄头除草这种物理除草方法容易弄伤农作物的根部，通过喷洒农药来灭杀杂草的化学除草也需要严格把控农药的浓度，而通过植物相克的性质来进行除草的生物除草方法是对于农业规律进一步掌握的体现。这种方法用某种相克的植物除去杂草，如田间地头的马齿苋可以被向日葵所抑制、种植高粱可以抑制大须芒草、柳枝稷、垂穗草等杂草，这也是我国农业智慧的结晶。

① ［明］徐光启撰；石声汉校注；石定枎订补：《农政全书校注》，北京：中华书局，2020年，第1923页。

② 中华书局编辑部点校：《全唐诗》卷四三六《白居易》，北京：中华书局，1999年，第4847页。

持斧伐远扬，荷锄觇泉脉

锄作为一种应用范围极广的农具，除了作为弄松土地、除草的工具及兵器之外，还可以用来整理出泉水的踪迹。水是农业活动必不可少的一部分，没有水就无法种植庄稼。锄未与草联系起来而与泉相联系的故事在民间传说，甚或佛教签文都有描述。诗人也正是通过对初春时农民农事活动细致入微地观察，精准地描写，展现了唐代前期农民的精神面貌，同时也体现出自己对于田园生活的热爱。

春中田园作①

王维

屋上春鸠鸣，村边杏花白。
持斧伐远扬，荷锄觇泉脉。
归燕识故巢，旧人看新历。
临觞忽不御，惆怅远行客。

一、诗情画意农家情

王维（701—761），字摩诘，因其官至尚书右丞，故世人也称其为"王右丞"。晚年居蓝田辋川，过着亦官亦隐的优游生活。王维参禅悟理，学庄信道，精通诗、书、画、音乐等，后人推其为南宗山水画之祖。以诗名盛于开元、天宝间，尤长五言，多咏山水田园，与孟浩然合称"王孟"，有"诗佛"之称，著有《王右丞集》《画学秘诀》，存诗约 400 首。北宋苏轼评云："味摩诘之诗，诗中有画；观摩诘之画，画中有诗。"王维的田园诗继承了陶渊明田园诗的平淡醇美，也发展了谢灵运山水诗写作传统，推动了山水田园诗的风格成熟，这正是王维对中国古典诗歌做出的突出贡献。

---

① 中华书局编辑部点校：《全唐诗》卷一二五《王维》，北京：中华书局，1999 年，第 1249 页。

二、平淡冲和的田园生活

《春中田园作》写出了春天的欣欣向荣和农民的愉悦之情。在诗中，诗人只是在平淡地进行叙述，让心情平静地感受、品味生活中的各种滋味，显现出诗人对于田园生活的喜爱，间接透露出唐代前期的社会生活和人的精神面貌的某些特征，并在结尾处表达了一种远行者对乡土的眷恋。

开篇两句"屋上春鸠鸣，村边杏花白"写的是春天来了的景象。作者在这短短的十个字中，通过鸟鸣、花开，将浓浓的春意跃然纸上，展现在人们的眼前。既然是春天到了，那么农民也该进行劳作，也该去进行农事活动了，于是有了"持斧伐远扬，荷锄觇泉脉"，也就是农民有的拿起斧头去修整向上扬起的枝条，有的则扛着锄头去察看泉水的通路，将泉水的踪迹整理出来。修整树木的枝条、理清泉水的踪迹是冬天之后最早的一项劳动，此时农人们还没有开始耕种，锄头也还没用来松土和锄草，只是用来整理出泉水的踪迹，这些可以说是一年里农事的序幕。

"归燕识故巢，旧人看新历。"众所周知，燕子只有在春天才会飞来，而新历则也代表了春天的开始。作者通过这两样春天开始的标志，写出了一种和平安定、故居依旧的感觉。诗人笔下的春日农家生活在自然地和平地更替与前进，然而对着故巢、新历，燕子和人将怎样规划和建设新的生活呢？这首诗用极富诗意的笔调，写出了春天的到来。人们在眼前翻开新历的时候，就像春天的幕布在眼前拉开了一样。

诗的前六句，都是在写诗人眼中所见到的春天的景象，诗人觉得这春天田园的景象太美好了，而诗人只是平静地淡淡地描述，仿佛不是在欣赏春天的"外貌"，而是在倾听春天的"脉搏"，追踪春天的"脚步"。结尾两句"临觞忽不御，惆怅远行客"则与前面的盎然气息不同的情感：举起酒杯想要喝酒却又突然放了下来，想到那些离开家园在外面为客的人，心中不免感到些许惆怅。在这种对比之下，我们更容易体会作者山水田园之情的内涵。

三、"锄"的文化史意义

值得关注的是"锄"这种农具除了和草、土地相联系外，在本诗中"锄"又与泉水相联系，多了一种探寻、修整泉眼踪迹的功能。本诗"持斧伐远扬，荷锄觇泉脉"中的"觇"有窥视观测之意，在这里锄头的用途从除草变成了寻找、整理泉眼。在民间故事中，锄就与泉产生了相当多的联系，如王延才编《中国白酒·郎酒来历的传说》[①] 记载：

关于郎酒的来历，有着一段动人的传说。相传古时候，在川黔交界的赤水河畔，有一个聪明能干的青年李二郎，爱上了美丽灵巧的姑娘赤妹子。赤妹子从小失去父母，在她舅舅家长大，而舅舅是个图利贪财的人，见李二郎孤苦一人，家境贫寒，靠帮主家牧羊为生，不同意将赤妹子嫁给李二郎，但又不便于干涉拒绝。于是，他想出一条妙计："谁要娶赤妹子，必须拿出一百坛美酒作为订婚之礼。"李二郎明知是刁难自己，但为了娶到赤妹子，就对她说："你只要真心爱我，就耐心等待着，我一定要拿出一百坛美酒来接你成亲！"

从此，李二郎放下牧羊鞭，不分昼夜地在赤水河边挖呀、刨呀，寻找泉眼。他挖断99把铁锹，99把锄头，撬断99根木棒，挑断99根扁担，真诚的心意，艰辛的劳动，终于感动了龙王三太子，使乱石滩中冒出了清澈透明的泉水。李二郎用此泉水酿酒，但酒的香味不浓。一天，龙王三太子为了进一步考验李二郎，就变成一个年老体弱的老头来到李二郎的酒坊，向李讨酒御寒。李二郎爽朗地说："我酿酒是为了取赤妹子成亲，既然老人要喝，只要不嫌，尽管喝够。"老人见他心地善良，对赤妹子忠心不二，便装醉倒地，把喝下的酒吐于泉中。李二郎赶快扶起老人回屋休息。老人似醉非醉地说："你那泉水犹如酒泉，再刨尺把深，酿出来的酒就更美了。"李二郎听了老人的话，扛锄来到水泉，铡刨几锄，只闻泉水香味扑鼻，李二郎大喜，立刻回去问问老人何故，然而老人已不知去向。

李二郎用这甘醇芬芳的泉水，酿出了琼浆美酒，送到赤妹子舅舅家，娶回赤妹子。

成婚后，赤妹子帮其夫李二郎精心酿酒，使美酒名扬四方。后来人们为了纪念李二郎，把他挖泉酿酒的地方，取名叫二郎滩；把泉取名郎泉；把他酿造的酒取名为郎酒。

在这个故事中，锄出现了两次。第一次是与铁锹等工具一起，来挖出泉眼，而第二次则是在李二郎被龙王三太子点拨后，用锄头去将泉眼挖深，

———————————
① 王延才编：《中国白酒》，北京：中国轻工业出版社，2011年，第197页。

自力耕生

锄

143

从而酿出美酒。也许在这个故事中要赞美的是纯真美好的爱情，但是值得关注的是主人公选择用锄来挖泉水，这也就像本首诗所涉及的用锄头寻找泉眼而后进行挖掘，这是锄的多种用途的具体体现。

在佛教的签文中也曾有"一锄掘地要求泉，努力求之得最先。无意俄然遇知己，相逢携手上青天"的表述。泉水不仅对农业生产有灌溉功能，也是大自然的馈赠，而这只有用锄等工具来寻找才能发现。在一些雨水并不丰富、河流稀少的地方，寻找泉水十分必要，锄头的挖掘作用非常突出。

参考文献

[1] 中华书局编辑部. 全唐诗 [M]. 北京：中华书局，1999.

[2] 陈贻焮. 杜甫评传 [M]. 上海：上海古籍出版社，1982.

[3] 张国举. 唐诗精华注译评 [M]. 长春：长春出版社，2010.

[4] 李炎. 寂寞天宝后　园庐但蒿藜——试说杜甫的《无家别》[J]. 郧阳师专学报，1990（3）：42-46.

[5] 萧涤非. 杜甫诗选注 [M]. 北京：人民文学出版社，1998.

[6] 纪昀. 全唐诗录 [M]，台北：台湾商务印书馆，1983.

[7] 周扬. 中国大百科全书. 中国文学：第 I 卷 [M]. 北京：中国大百科全书出版社，1986.

[8] 宣炳善. 唐代李绅《悯农》诗的农史学考察 [J]. 农业考古，2002（3）：134-137.

[9] 刘昫. 旧唐书：卷一二三 [M]，北京：中华书局，1975.

[10] 陆贽. 均节赋税恤百姓六条之四 [M]. 北京：中华书局，1983.

[11] 陈尚君. 诗人李绅：从新乐府急先锋到党争大佬 [M]. 文史知识，2019-12.

[12] 严正道. 论李绅《古风》二首的接受与阐释 [J]. 西华师范大学学报（哲学社会科学版），2017（5）：67-72.

[13] 于海娣. 唐诗鉴赏大全集 [M]. 北京：中国华侨出版社，2010.

[14] 奚卫华. 中国传统农民的"恋土情结" [J]. 和田师范专科学校学报，2004（3）：97-98.

[15] 游国恩，王起，萧涤非，季镇淮，等. 中国文学史 [M]. 北京：人民文学出版社，1963.

[16] 张东芦. 浅谈王维的诗歌艺术 [J]. 现代语文（文学研究），2006（11）：32，17.

[17] 陈文宏，郑利华，归青. 中国诗学：第二卷 [M]. 上海：东方出版中心，1999.

[18] 萧涤非. 唐诗鉴赏辞典 [M]. 上海：上海辞书出版社，1983.

（执笔：顾梓莹）

秋之收获

镰

"镰"作为农具，当它出现在书面语言中时，往往具有"收割"的引申义。而收割的时节自然是农作物成熟之时，因此，"镰"具有收获的文化内涵。

烧畲镰割

　　古代楚、越等南方地区有烧畲种田的习俗，"烧畲"即火烧草木以便于未来耕种。在此之前，农民还会在新年的时候举行酬神赛会，求神问卜，得到了宜于种田的吉卦后，烧畲种田，挥镰割草。但在封建社会，他们本应迎来的丰收喜悦，却因"官家税"而蒙上阴影。农民烧畲挥镰的景象与官税严苛的愤恨都被诗人温庭筠看在眼里，于是便有了这一首《烧歌》。

> ## 烧歌①
>
> ### 温庭筠
>
> 起来望南山，山火烧山田。
>
> 微红夕如灭，短焰复相连。
>
> 差差向岩石，冉冉凌青壁。
>
> 低随回风尽，远照檐茅赤。
>
> 邻翁能楚言，倚插欲潸然②。
>
> 自言楚越俗，烧畲为早田③。
>
> 豆苗虫促促④，篱上花当屋。
>
> 废栈豕归栏，广场鸡啄粟。
>
> 新年春雨晴，处处赛神声⑤。
>
> 持钱就人卜⑥，敲瓦隔林鸣⑦。

---

　　① 中华书局编辑部点校：《全唐诗》卷五七七《温庭筠》，北京：中华书局，1999 年，第 6763 页。

　　② 倚：靠。插：同"锸"，即铲锹。潸然：流泪的样子。

　　③ 烧畲（shē）：一种种旱田的方法，其法是先放火烧去地面草木，使灰烬变为肥料，然后下种。这是一种在地广人稀的地方采用的一种较为粗放的耕种方式，又称"火耕"或"火种"。

　　④ 虫促促：指豆苗长得如蜷缩的虫子，言其茂盛。促促，即蹙蹙，蜷缩的样子。

　　⑤ 赛神：酬神赛会，农村在举行酬神赛会时，往往敲锣打鼓，演唱文艺节目，酬神也娱人。

　　⑥ 就人：到卜人处。就，接近。人，卜人，算卦占卜之人。卜：占卜。

　　⑦ 敲瓦：一种巫俗，敲碎瓦片，观察瓦的裂纹，以此定吉凶，称为"瓦卜"。

卜得山上卦①，归来桑枣下。

吹火向白茅，腰镰映赪蔗②。

风驱榭叶烟，榭树连平山。

逆星拂霞外，飞烬落阶前。

仰面呻复噫，鸦娘咒丰岁③。

谁知苍翠容，尽作官家税！

一、搅扰科场被贬

温庭筠（约812—约866），字飞卿，号温八叉、温八吟，太原祁人，晚唐重要代表诗人之一。后人将他与李商隐、杜牧及许浑并称"晚唐四大诗人"。温庭筠还是词史上第一个专力填词的词人，被视为"花间派"的鼻祖，与晚唐西蜀词人韦庄并称"温韦"。此外，温庭筠骈文文笔与李商隐、段成式齐名，且三人都排行十六，故合称"三十六体"。

温庭筠生活在晚唐的前半期，经历了德、顺、宪、穆、敬、文、武、宣、懿等九代皇帝。晚唐社会动荡，内有藩镇割据、宦官专权、朋党之争，外有少数民族之扰，可谓内忧外患。温庭筠出身于儒学世家，吸取了儒家积极进取的精神，渴望读书致仕，重振家声。然而唐帝国日薄西山，这样的时代酿成了温庭筠复杂的人格，一方面，他积极用世，多次参加科举考试，也曾向显贵干谒；另一方面，他又是一个受到时代影响的新型士大夫，他将自己置身于市民世俗社会，注重物质生活的享受，他挑战封建社会的道德秩序，因此得罪权贵，屡试不第，一生坎坷，终身潦倒。刘学锴根据温庭筠的书启考证，从大中二年至九年（848—855），温庭筠至少参加过四次进士考试④，但都落第不中。唐宣宗朝试宏辞，温庭筠代人作赋，因扰乱

---

① 山上卦：适于上山种田的卦象。

② 赪（chēng）：红色。

③ 鸦娘：母鸦，古时一种迷信的说法认为乌鸦飞到人家是吉祥的预兆，预示丰年，白居易《和答诗十首之四·和大觜乌》诗有"此鸟所止家，家产日夜丰。上以致寿考，下可宜田农"的诗句。咒：祝。

④ 刘学锴：《温庭筠传论》，合肥：安徽大学出版社，2008年，第108-116页。

科场，贬为隋县尉。后襄阳刺史署为巡官，授检校员外郎，不久离开襄阳，客居于江陵。唐懿宗时曾任方城尉，官终国子助教。

温庭筠的诗歌取材广泛，真实记录了一个传统的士大夫忧时济世、积极进取、个性张扬而命运多舛的一生。

二、游历楚越

温庭筠一生游览过许多地方，吴越之地、荆襄江湘、巴渝西蜀、塞北京洛等都留下了他的足迹。温庭筠大中十年（856）被贬为隋县尉，时徐商镇襄阳，他被辟为巡官。在幕期间与余知古、段成式等人诗文唱和，后结集为《汉上题襟集》。这首诗歌写的就是襄阳一带农民的烧畲农俗及与此有关的卜卦、巫祝等习俗，非常典型地反映了楚越农村习俗。

三、烧荒、巫祝盼丰收

《烧歌》是唐代诗人温庭筠创作的一首五言古诗，生动地再现了唐代南方山区人民烧畲耕种的真实情景。这首诗的前八句都是在写诗人见到的南山烧山的火势情况。当他站起身来看南山时，发现熊熊大火正在燃烧山田。火势延续了很长时间，燃烧殆尽的火快要熄灭，但短短的火苗触碰到一起时，又汇聚在一起成了大火。就这样火势不断蔓延，参差不齐地烧向悬崖，又渐渐地攀上青色石壁。南山低处的火被回旋的风吹灭，但高处的火又被卷起，照红了茅屋檐。

诗人在这里遇到了邻舍老翁，老人依靠在铲锹上，流着泪用楚地方言向诗人诉说。虽然诗中没有直接把老人"欲潸然"的原因写出来，但在这里为下文控诉官府重税埋下了伏笔。诗随后通过老翁的介绍描述了楚、越烧畲种田的情况。"豆苗虫促促，篱上花当屋。废栈豕归栏，广场鸡啄粟。"这四句是对农村百姓日常生活的凝练概括，可以看出农民是极为勤劳的，他们种的豆苗长得极为茂盛，形状如同蜷缩的虫子，篱上的花在屋前盛开，装点着温馨的小茅屋。猪舍里的猪归栏，广场上的鸡啄着米粒，一派生机勃勃、欣欣向荣的农村景象。

乡下有举办酬神赛会的习俗。当地人会选取一个新春雨后的放晴日，举办这场盛大的活动。农民持钱去算卦占卜，敲瓦片的声音隔着树林都能传来。当算出是适宜上山种田的吉卦时，农民就在桑树枣树下商量种田事宜。他们放火把山上的白茅烧尽，挥动镰刀把红色的甘蔗砍下。漫山遍野的槲树被风吹动树叶，山上烟雾弥漫，飞起的火星好似要蹦到天上，余下的飞灰落在农舍的台阶前。人们被这烟雾飞灰引得忍不住大呼又打喷嚏，乌鸦也前来祝贺丰收。至此，都是农民为来年丰收而做的准备，他们对农耕事业极为重视，不敢有丝毫的怠慢之心，除去本身能做到的辛勤劳作，还要寄希望于上天，企图通过祭祀占卜来获得好收成，这无不显示农村百姓对生活的热爱。

然而农民即便是这样的兢兢业业，到头来还是白忙了一场，因为在诗的末尾两句，诗人交代了他们的下场是"谁知苍翠容，尽作官家税"，农民劳动的成果最后被官家以收税的形式尽数收走，这就是老翁"欲潸然"的原因，也是诗人真正想要表达的。

四、楚越农村望丰收的民俗

"镰"在这首诗中是作为农业生产工具而出现的。农民在占卜之后，上山挥动镰刀，将红色的甘蔗砍倒，心中满是对丰收的期盼。在楚越之地，人们为了在年末有一个好的收成，会在春天开荒播种前进行种种的准备行为。在《烧歌》这首诗中，烧荒种田和酬神赛会的习俗是最为明显的。

（一）烧荒种田的农事习俗

烧荒，也称烧畲，是指人为地点燃田野上的杂草，使其成片焚烧。诗中有大量的篇幅都是描述农村烧荒种田的情景，如今这样的操作我们在城市中是看不到了，但是有些偏远的农村还保留着烧荒的传统。古代包括现代一些偏远地区的农村资源贫乏，烧火做饭、烧炕取暖等都是靠柴火，每年冬天过后，田间地头的柴草基本上就清理干净了。现在大多数地区农村生活条件变好了，柴草就派不上用场，最简单的办法就是点火烧掉，不仅能很快清理掉那些影响来年庄稼种植和村路通行的杂草，而且能直接变成肥料。

古代的粮食作物的产量很低，除了良田的精耕细作外，还要想方计法扩大种植面积。于是，农民将一些山地坡度比较缓、有土的地方种植黍子、荞麦、豆类、高粱、玉米、薯类等生长期短的杂粮作物，凡是能种的择地而种。由于荒山野地的广种薄收，大面积种植又劳力不足，于是就将粗大一些的荆棘、灌木粗略地砍一下，到了刚开春时，又是草叶枯黄，点一把火就可把荒地烧得干干净净。而烧荒后的草木灰成了肥料，有的作物只要撒下种子就有收成，有的稍松一下土，种子就能长出来。

烧荒并不是盲目地烧，一般在要烧的地块周围砍出防火线，以免大面积烧山。烧荒一般讲究轮作，也就是说，种了一年要歇一到两年，隔了一两年后，地里又长出了荆棘、灌木和杂草，要种的时候又用同样的方法来烧一次，种植一轮，如此反复。成语"刀耕火种"就是用来形容这种落后的种植方式的。此外，烧荒和开荒有区别，开荒是把荒地变成熟耕地，年年种植作物。烧荒与砍烧田坎也不是一回事，这种情况一般在山区或丘陵地，耕地连着山，为了好种地，也为了山上的草木不遮挡阳光，农民每年都要把坎上的树木杂草砍得干干净净，然后放在耕地里烧掉。

（二）酬神赛会的民间习俗

酬神赛会也称为迎神赛会或游神赛会，是古代民间最具文化特色的信仰祭祀和民间游艺活动，也是古代人民"人神共乐"的狂欢节，见图23。北魏杨衒之所著《洛阳伽蓝记》一书，记载了许多寺庙的神像出巡活动。在古代，尤其是在农村，人们想要通过酬神的方式来获得好的收成，而这种古朴的愿望源自我国古代小农经济的盛行。神所代表的是比自然更强大而威严的形象，寄托着人们征服自然的理想和愿望。社日祭祀就是源自对自然的敬畏及祈求的信仰，它渗透着原始信仰的色彩，又受到了迷信成分的影响，是民众精神生活的一种表现形式。

图 23　晚清四川某地庙会

随着唐代社会文化的发展、民族的融合、经济的繁荣，社日逐渐淡去了原始巫术色彩，而演变为祈求风调雨顺、农事顺利开展的乡间邻里共同庆祝的狂欢性民俗节日。酬神赛会常常以演戏、歌舞等形式举行敬神、媚神活动，或者用仪仗、鼓乐、杂戏等迎神出庙，周游街巷，在游行过程中伴以舞狮子、走旱船、扭秧歌、踩高跷等杂戏。一般情况下，迎神赛会既庄严郑重，又豪华热闹，届时人们穿新衣、放爆竹、张灯结彩，围观者也人山人海。

在《烧歌》这首诗中，酬神赛会的举办季节是春季，春季是城乡酬神演戏最热闹的时候。新春伊始，万象更新，而且天气逐渐暖和，正是播种耕作的好时节。农民为了祈求丰年，就会演戏祭神。待秋收以后，农事由忙转闲，农民手中积攒了一点积蓄，为庆贺丰收，于是赛会演戏又再次盛行。

在我国封建社会，人们在一年四季的特定日期都会举办酬神演戏或迎神赛会活动。这种活动在当时的社会情况下，带有浓厚的迷信色彩。因为当时科学技术落后，自然灾害频繁，医药卫生事业不发达，靠天吃饭的百姓只能求神问卜，祈求风调雨顺，以保家人平安。当然，这种活动也给人们创造了一个合理宣泄、纵情享乐的机会，在活动中，人们放松身心，进行休息、交往、娱乐和狂欢，满足了人们精神文化生活的需要。因此，这种活动在当时成为百姓日常生活中不可或缺的内容。

镰收民粮

丰收时节，农民手里攥着镰刀收割下一把把沉甸甸的麦穗，金色的麦子映衬着农民红亮的脸庞。但当外敌入侵时，农民没有朝廷的庇佑，他们辛苦耕耘的农作物被抢占，连他们自身的安危都无法保障。杜甫的这首《大麦行》就是在他入蜀以后体察民情，忍不住同情百姓而创作的作品，本诗表达了他对战乱的厌倦之情和对安定和平的渴望。

大麦行①

杜甫

大麦干枯小麦黄，妇女行泣夫走藏。

东至集壁西梁洋②，问谁腰镰胡与羌③？

岂无蜀兵三千人，部领辛苦江山长。

安得如鸟有羽翅，托身白云还故乡④！

一、坎坷一生

天宝六载（747），唐玄宗诏天下"通一艺者"到长安应试，杜甫也参加了考试。由于权相李林甫编导了一场"野无遗贤"的闹剧，参加考试的士子全部落选。科举之路既不通，杜甫为实现自己的政治理想，不得不转走权贵之门，投刺干谒等，但都无果。他客居长安十年，奔走献赋，郁郁不得志，仕途失意，过着贫困的生活。

天宝十四载（755），"安史之乱"爆发，潼关失守，杜甫辗转多地，最后于乾元二年（759）到达成都。虽然官场不得志，但杜甫目睹了唐朝上层社会的奢靡与社会危机，仍然心系苍生。杜甫弃官入蜀后，虽然躲避了战乱，生活相对安定，但仍然胸怀国事。在严武等人的帮助下，杜甫于城西浣花溪畔建成了一座草堂，后世称"杜甫草堂"，也称"浣花草堂"，后又寄居在奉节（今属重庆）两年，随后到江陵、衡阳一带辗转流离。唐代宗大历五年（770），杜甫病死在湘江的一只小船中。

二、弃官入蜀

自"安史之乱"爆发后，唐朝就进入分裂的局面。地方上一些军阀拥兵自立，逐渐形成封建割据势力，朝廷为了镇压这些叛乱分子，不断地派

---

① 中华书局编辑部点校：《全唐诗》卷二九《杜甫》，北京：中华书局，1999年，第425页。

② 东至集壁西梁洋：集：集州，地名，今四川省南江县；壁：壁州，地名，今四川省通江县；梁：梁州，地名，今陕西省勉县；洋：洋州，地名，今陕西省洋县。

③ 腰镰：腰间插着镰刀，指收割。胡与羌：指党项、吐蕃等游牧民族。

④ 托身：寄身，安身。

兵出去，导致兵力分散，被吐蕃、党项等找到可乘之机，不断地骚扰侵占唐朝疆土。这样，唐王朝不仅大乱未平，各个地方上还不断与少数民族发生战争，广大百姓生活在水深火热之中。

"安史之乱"爆发后，杜甫被叛军俘获，在长安度过了八个月的痛苦屈辱的俘虏生活。同时，诗人看到了胡人的烧杀淫掠，体验了国破家亡的生活，他听说肃宗登基，历尽了千辛万苦，只身逃离长安，逃奔凤翔。到凤翔后，杜甫被唐肃宗授予左拾遗职。不久，杜甫因上疏救房琯而险遭刑戮，此后屡受贬谪，也因此获得更多深入人民生活的机会。

杜甫为避战于乾元二年（759）来到成都，没想到蜀中也是大大小小征战不停。据《新唐书·党项传》载："（上元）二年，与浑、奴剌连和，寇宝鸡，杀吏民，掠财珍，焚大散关，入凤州，杀刺史萧愧，节度使李鼎追击走之。明年，又攻梁州，刺史李勉走；进寇奉天，大掠华原、同官去。"[1]杜甫在目睹了成都浑战之事后，无比愤慨，写下了这首诗。

三、胡羌抢占粮食

这首诗开头就将我们带入一个无比荒凉的农村中，首联便向我们展现了百姓的困苦境况。首句"大麦干枯小麦黄"点出此时已是麦熟时节，正是收割的好时间，但是田里的大麦干枯无人在意，小麦金黄也无人前去收割，那人都去哪里了呢？"妇女行泣夫走藏"，妇女哭泣不已，男人躲起来了。接着诗人指出，造成这个局面的正是胡与羌，他们不仅占据了"东至集壁西梁洋"的广大地区，还掠夺农作物和农民的财产，欺凌妇女、掳掠壮丁，整个农村的百姓都生活在水深火热之中。"腰镰"的原始意思是腰里别着一把镰刀，诗中指收割这个动作。农民辛辛苦苦耕作了大半年，终于到丰收的时候了，却被掠夺了劳动果实。诗人深感愤怒，故意用惊讶讽刺的语气说道："东至集壁西梁洋，问谁腰镰胡与羌？"至此，诗人揭露了掠夺者的丑恶行径，展现了农村百姓不胜困苦的艰难状况。

"岂无蜀兵三千人，部领辛苦江山长"这两句是指发援救集、壁、梁、洋四州的蜀兵因路途遥远，疲于奔命，无力保护人民。诗人因知道这些将领的辛苦，所以并没有责怪他们。当时杜甫在严武幕中任参谋，他深知唐

① 欧阳修，宋祁：《新唐书》卷二百二十一，北京：中华书局，1975年，第6216页。

王朝因为内乱而兵力分散，最终导致派来御寇的士兵人数寥寥，寡众悬殊，难以与掠夺者相争。"辛苦"两字展现了诗人对御寇将领的同情，他也明白灾祸的终端在于朝廷内部的纷争，他无法直言劝谏，只能委婉地讽刺唐朝廷的软弱无能。

最后两句"安得如鸟有羽翅，托身白云还故乡"是诗人替广大百姓和士兵说出的心愿：如何才能拥有鸟儿的翅膀呢，寄身于白云间飞翔最终回到故乡。这表达了诗人与蜀中人民对战乱的厌倦之情和对安定平和的渴望。

四、受战争侵扰的蜀中农村

在这首诗中，"腰镰"指的是腰里插着镰刀，引申为收割的意思，见图24（现藏于中国农业博物馆）。然而收割的人不是当地的农民百姓，而是突然出现的掠夺者。

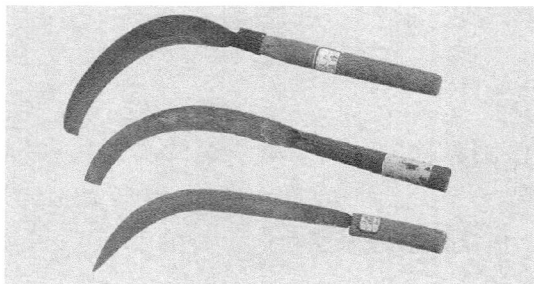

图 24 镰刀组图

杜甫这首诗描写的是蜀中农村百姓的苦难生活，农民作为最底层的人，一旦爆发战争，不仅辛苦耕耘的农作物会被抢占，连他们自身的安全都无法保障。

（一）战乱频仍

杜甫入蜀之后，间断地过了些平静的生活。"安史之乱"虽然逐渐平息下去，但吐蕃趁机频繁侵扰。吐蕃对于唐朝为患最大，原因有二：一是时间长，二是祸害剧烈。"安史之乱"时，吐蕃就趁机占领了河西大面积领土。

唐肃宗至德二载（757），唐军与叛军在咸阳地区交战，大败，岑参有诗云："昨闻咸阳败，杀戮净如归。积尸若丘山，流血涨丰镐。干戈碍乡国，豺虎满城堡。村落皆无人，萧条空桑枣。"而唐王朝"六军散者所在剽掠，士民避乱，皆入山谷"①。"安史之乱"的战场主要集中在河北道、河南道及两京之间等地区，这些本来是唐代人口众多、经济发达的地区，经过战乱，人口大减，农村社会遭到了严重的破坏。据《资治通鉴》记载，唐代宗广德元年（763），吐蕃大军联络了杂居陇右的边疆民族如吐谷浑、党项、羌，大掠奉天、武功，渡过渭水，进逼长安。唐代宗出奔陕州，吐蕃不久侵占长安。据《新唐书》记载，战争中，叛军"发人冢墓，焚人室庐，掠人玉帛。壮者死锋刃，弱者填沟壑"，叛臣之一的史思明在河北地区每破一城，"城中人衣服、财贿、妇人皆为所掠。男子壮者使之负担，羸、病、老幼皆以刀槊戏杀之"② 如在《大麦行》一诗中，"妇女行泣夫走藏"是对浩劫中农村状况最凝练的概括。

（二）兵役之苦

除了直接的破坏外，战争带来的繁重赋税、沉重兵役、严重饥荒等危害同样加重了农村社会的衰败。杜甫在西蜀和荆楚的长期忧患岁月中，更直接地接触到苦难的人民，他看到地方的百姓不仅深受胡人侵扰，还被朝廷勒索搜刮。如在唐肃宗乾元二年（759），唐九节度于相州为史思明所败，"战马万匹，惟存三千，甲仗十万，遗弃殆尽。东京士民惊骇，散奔山谷"③；战后，朝廷加紧征兵，杜甫"三吏""三别"组诗就反映了这段历史，如《无家别》中有"寂寞天宝后，园庐但蒿藜。我里百余家，世乱各东西。存者无消息，死者为尘泥。贱子因阵败，归来寻旧蹊。久行见空巷，日瘦气惨凄"。这时，人民不仅被掠夺者抢夺一空，还要缴税，这无疑是雪上加霜！农村的老百姓只能"欲须供给家无粟"（《黄河二首》），甚至是"空村唯见鸟，落日未逢人"（《东屯北崦》）。农村社会凄惨景象跃然纸上，可见兵役成为战争时期破坏农村社会最主要的因素之一。

"安史之乱"对唐朝打击之大不言而喻。平定"安史之乱"后，唐朝廷采取各种措施稳定农村社会，积极发展农村经济，但是已经无力回天，并且有时候为了统治的需要，朝廷还通过横征暴敛来掠夺已经雪上加霜的农民。唐代农村社会日益陷入穷困的境地，最高统治者也意识到这种危机。平定"安史之乱"后第二年，即唐代宗广德二年（764），朝廷掌握的户口

---

① 司马光：《资治通鉴》，北京：中华书局，1956 年，第 7152 页。

② 欧阳修，宋祁：《新唐书》卷二百二十五，北京：中华书局，1975 年，第 6433-6434 页。

③ 同①，第 7069 页。

数为 293 万，仅相当于天宝十四载（755）的三分之一，可见户口散失之严重，因而招募人口、劝课农桑、安抚农村社会成为政府各级官员的当务之急。唐肃宗"春令减刑德音"中有："宜令天下刺史县令，各于所部，亲劝农桑。百姓中有勤劳稼穑，积其菽粟，或赡于闾里，或能益军储，委所由长吏具状奏闻，当特与甄赏。"① 但由于是在战时，这些政令往往是一纸空文，无法真正兑现。

挥镰刈蒲

一提到李白，人们脑海中最先出现的一定是浪漫飘逸的诗仙形象，似乎他的诗歌都充满了浪漫主义色彩。但在游历鲁地之时，李白写下了反映社会现实的《鲁东门观刈蒲》，该诗细致描摹了"农家刈蒲"的场景，表达出对民生疾苦的关切之情。镰刀作为常见农具，却在诗人笔下蕴含了别样的"力"与"美"。镰刀收割的也并非粮食作物，而是苇草，农人将其编制成席，给初秋的夜晚送来凉爽。

156

鲁东门观刈蒲②

李白

鲁国寒事早③，初霜刈渚蒲④。
挥镰若转月⑤，拂水生连珠⑥。
此草最可珍，何必贵龙须⑦！

---

① ［清］董诰，等编：《全唐文》卷四十四，北京：中华书局，1983 年，第 487 页。

② 中华书局编辑部点校：《全唐诗》卷一八三《李白》，北京：中华书局，1999 年，第 1874 页。鲁东门：指曲阜城东门。

③ 寒事：指秋冬的物候，寒冷时节。

④ 刈渚蒲：割水边的香蒲草。刈，割取。渚，水中小洲。蒲，香蒲，水生草本植物，嫩芽可供食用。其叶供编织，可作席、扇、篓等用具。

⑤ 镰：又称刈钩。因形曲如钩，以此命名。转月：因镰刀弯如新月，故挥动镰刀如"转月"。

⑥ 连珠：溅起的水滴像连串的珍珠，喻浪沫。

⑦ 龙须：龙须草，多年生水生草本，茎可织席等，多为帝王豪贵之家所用。

織作玉床席，欣承清夜娛①。
羅衣能再拂②，不畏素塵芜③。

一、鲁东远游

李白，字太白，号青莲居士，唐代浪漫主义诗人的杰出代表，也是中国最著名的诗人之一，有"诗仙"之称，与杜甫并称"李杜"。李白从开元二十四年（736）移家山东到天宝十载（751）最后一次回山东省亲远游，他在山东生活了16年。李白迁入鲁地后，鲁地的人文历史、思想文化对李白产生了一定的影响。而鲁地的民风俗物在他的诗歌中有最直接的体现，甚至成为李白诗歌中的新语料。

玄宗天宝元年（742）到宪宗元和十五年（820）的79年里，是唐朝从政治上由盛到衰的转变时期。朝廷内部明争暗斗不断，许多忠良之臣被陷害驱逐；朝廷外则穷兵黩武，滥事征伐。李白亲历大唐由盛至衰的转变时期，为了生计不得不四处奔波，勉强维持生活，其忧愤情愫极为深切，时常有抨击时政的诗作。《鲁东门观刈蒲》作于天宝五载（746），李白当时正在山东漫游，作品描写了诗人在鲁东门观看到的农民割蒲草的劳动场景。

二、刈蒲之姿

这首诗的第一句就点出了劳动的时间和地点，"鲁东寒事早"即鲁东这个地方的秋季来得很早，但为什么是秋天而不是冬天，在诗的后面又提到，"初霜刈渚蒲"，同样在说明时间和事件，诗人看到农人在初霜时节就开始割蒲草。接下来两句就是他所见到的农人割蒲的具体操作，"挥镰若转月，拂水生连珠"，挥动的镰刀好似转动弯弯的月亮，溅起的水花如同一串串的珍珠。这两句都使用了比喻的修辞，将"挥镰""拂水"比作"转月""连珠"，富有浪漫色彩，意在歌颂农民变废为宝的勤恳劳动。随后两句"此草最可珍，何必贵龙须"大胆地将蒲草与帝王使用的龙须草进行比较，表达

---

① 欣承清夜娱：是说夜间睡在蒲席之上感到清凉适意。
② 罗衣：轻而薄的丝绸衣服。能再拂：可以反复拂拭。言蒲席光滑平贴。
③ 素尘：聚积的灰尘。芜：杂乱。

了自己独特的见解，他认为蒲草比龙须草珍贵多了。蒲草的珍贵之处在于"织作玉床席，欣承清夜娱"，蒲草可以织成草席铺在玉床上，晚上躺在上面也非常舒适欢快，这里也指出了农人刈蒲的目的即是将其编织成"玉床席"。同时，我们也可以猜测诗中的季节应是初秋之时，尚还炎热，所以诗人喜爱凉爽的蒲席。最后两句"罗衣能再拂，不畏素尘芜"借用了谢朓《咏席》诗"但愿罗衣拂，无使素尘弥"意，讲述蒲草的品性，"不畏""素尘"使得蒲草高洁纯净、"最可珍"。

这首诗生动形象地描写了鲁东门外农家深秋割蒲的劳动场景，并以夸张手法，赞美了蒲草的可贵。在诗人笔下，蒲草经过农户的辛勤劳动变废为宝，妙笔生花，富有浪漫色彩。刈蒲时用"挥镰""拂水"等比喻，透露着诗人对农事劳作的喜爱；"此草最可珍，何必贵龙须"则是警策之句，抨击上层贵族奢华放纵、穷奢极侈，表达出诗人对国家安危的忧虑和对民生疾苦的关怀。

三、蒲草之喻

在这首诗中，"镰"是农民收割蒲草的工具。平平无奇的农具在农民的手中运转得无比熟练，再经过诗人的言语加工，使割蒲草这一行为变得极具美感，仿佛弯月转动，珍珠洒落。刈蒲是农民的行为，割下来的蒲草也是农民这样的底层百姓在使用。刈蒲也是"耤田礼"的重要仪式（见图25）。

图25　《胤禛耕织图册》收刈

在该诗中，李白在后面又提到了贵族使用的龙须草，并将这两种植物进行比较，认为蒲草比龙须草要更加"可珍"。我们不由得联想到贵族阶级与底层阶级的比较，这似乎也暗喻着两种阶级之间的差距。显然，李白更倾向于普通百姓，他赞美农事劳动，赞美经过农民之手编制而成的蒲席。平凡的蒲草就像朴实的农民百姓，虽然随处可见，却具有旺盛的生命力和伟大的价值。现在，我们就来看看蒲草有什么特别之处。

蒲草是生长在湖泊、河流、池塘浅水处的一种植物。它长得极快，天气一暖和，河边就长满了这种杆状的、比人还高的植物。蒲草的茎生于水中，是可食用的，一些人家会把它端上饭桌。把蒲茎一层层剥开，里面的部分十鲜嫩爽口，好似刚破土的笋芽，于是人们也称蒲草为"蒲草芽子"。蒲草烹饪的方式有很多种，可以煮汤，可以清炒。王建曾有一首《饭僧》诗说蒲草为菜的："蒲鲊除青叶，芹齑带紫芽。愿师常伴食，消气有姜茶。"[1] 盛夏时节，蒲草的顶端会长出褐色的蒲棒，好似一根蜡烛，但它其实是由无数朵蒲绒紧密结合而成的，如果人们用手去强挤它，会一下子爆出数量壮观的蒲绒，再由风一吹，便如柳絮一般漫天飞舞。人们常常把这个蒲棒收集来做枕芯。

蒲草的花粉又称为蒲黄，在中药中是很常见的一种药物，具有止血化瘀的功效。蒲草的叶子也是极有价值的，手巧的农人会把它用来编织成日常生活用品。宋代陆佃《埤雅》释"蒲"曰："蒲，水草也。似莞而褊，有脊，生于水厓，柔滑而温，可以为席。"[2] 蒲席俗称合席，它以整棵蒲草作纬，麻绳作经，编织时一面光洁平整，一面留槎露梢，形成正反面，然后将两片席子正面朝外，反面相对，把两片席子的两边留槎合股编辫，两片席子合成一床蒲席，因其"合"的工艺而俗称合席。这种蒲席具有隔潮保暖、柔软环保的特点。《鲁东门观刈蒲》中就提到"织作玉床席，欣承清夜娱"，我们依此猜想，在炎热的夏夜，能够躺在用蒲草叶子编织成的床席应该是比较凉爽舒适的。除此以外，蒲草叶子还可以编织成许多东西，例如草鞋、草席、草垫、蒲团、斗笠等。

159

---

① 中华书局编辑部点校：《全唐诗》卷二九九《王建》，北京：中华书局，1999年，第3386页。

② 吴征镒主编：《中华大典·生物学典·植物分典》四，昆明：云南教育出版社，2017年，第705页。

蒲草生长的范围十分广泛，全国各地的河岸边几乎都有它的身影。在这首诗中，鲁郡东门外乃泗水主河道，两岸湿地塘坝适于蒲草生长。杜甫《与任城许主簿游南池》也有"蒲荒八月天"之句，蒲草也是唐代齐鲁地区重要的自然资源。至今南四湖、东平湖及山东境内的河湖湿地依然有蒲草生长，人们利用它编蒲席、蒲苫、蒲包、蒲扇、蒲墩，或用它加工草绳。

参考文献

[1] 王雪. 唐代农事诗研究 [D]. 长春：东北师范大学，2016.

[2] 张自华. 温庭筠诗歌研究 [D]. 桂林：广西师范大学，2011.

[3] 刘峰. 清代民间的酬神演戏和迎神赛会 [J]. 湖南城市学院学报，2011，32（6）：28-31.

[4] 刘隆进. 信仰、狂欢、冲突：明清苏州的酬神赛会与大众文化 [J]. 华中师范大学研究生学报，2012（3）：122-125.

[5] 冯婵. 杜甫诗歌创作与成都地域文化的影响 [J]. 西南民族大学学报（人文社会科学版），2019，40（5）：157-161.

[6] 马旭. 杜甫入蜀之后的战乱诗 [J]. 学术探索，2020（11）：120-124.

[7] 朱宁. 李白笔下的山东物产 [C] //. 中国李白研究（2013年集）——中国李白研究会第十六届年会暨李白国际学术研讨会论文集. 2013：223-228.

[8] 曹娜. 中国传统手工编制品在现代家居产品中的运用 [D]. 青岛：青岛理工大学，2012.

（执笔：倪应丹）

唐诗里的农耕文化

"食"来运转

磨

"磨砻"是由山间的顽石经过精细凿刻、打磨，历经多道工序做成的有用的农具，在古代生活中大放光彩。古代的农人在造物过程中受到自然的影响，利用自然，但尽量不破坏自然，通过设计器具和恰当地应用自然，达到事半功倍的效果。在这些巧思之中，无不展示着人与自然的和谐和融洽。人们也经常用"磨砻砥砺"形容在生活中经过不断的磨炼，成为有用之人。

流传耗磨辰

"耗磨日"是唐代的一个民俗节日，在元宵节后一天，正月十六，这一天因为虚耗鬼要偷盗财物和欢乐，所有人都不能磨麦，甚至什么事情也不干，只是饮酒作乐。这一民俗节日的由来体现出自古以来人们对粮食安全的重视程度，同时人们以纵情饮酒作乐这一方式来庆祝耗磨日，也给我们再现了盛唐的繁荣盛世之景。国家富足，人民幸福，在节日尽情饮酒作乐，也是农耕文化的一个重要体现。张说的《耗磨日饮二首》生动地再现了当时耗磨日的节日盛况，以及诗人与好友纵情饮酒、苦中作乐的旷达情怀。

162

耗磨日饮二首①

张说

耗磨传兹日，纵横道未宜。
但令不忌醉，翻是乐无为。
上月今朝减，流传耗磨辰。
还将不事事，同醉俗中人。

一、位极人臣，心怀农本

张说（667—730?），字道济，又字说之，是初唐至盛唐之际著名的政治家、文学家。张说的一生"起家太子校书，迄于左丞相，官政四十有一，而人臣之位极矣"②。张说的一生可以说是起起落落，作为出身寒门的士子，仕途之路比起其他人更是艰辛，曾经位极人臣，官居宰相，也几度被贬，流落蛮夷之地。如此的政治背景和仕宦经历对他的诗歌及文学作品的创作产生了一定的影响。在他的政论文章中有很多对时事的考量和洞察，体现了农本思想。如开元六年（718）所作的《请置屯田表》中强调了以农为本

---

① 中华书局编辑部点校：《全唐诗》卷八九《张说》，北京：中华书局，1999年，第974页。
② ［宋］李昉，等：《文苑英华》，北京：中华书局，1966年，第4923页。

的重要意义，希望唐玄宗能够以人为本，通过置田兴农实现富国强兵。"臣闻求人安者，莫过于足食；求国富者，莫先于疾耕……春事方兴愿陛下不失天时，急趋地利，上可以丰国，下可以廪边"①，向唐玄宗表明了耕作足食对国家有着非常重要的意义。

二、被贬岳州，寄情山水

关于这首诗的作者还存在争议，本题第二首及下首"春来半月度"又见《全唐诗》卷九八《赵冬曦集》，题为《和张燕公耗磨日饮》，注："此二首一作张说诗。"四部丛刊本《张说之文集》卷九以此二首作赵冬曦诗，"春来半月度"作张说诗。明铜活字本《张说之集》卷八录第一首，作张说诗。《纪事》卷一七"赵冬曦"条仅录"春来半月度"一首，题为《和张说耗磨日饮》，故《全唐诗》中认为此二首为张说诗。张说和赵冬曦关系密切，开元三年（715），张说被贬岳州，受张说的牵连，不久后赵冬曦也被朝廷贬到了岳州。幸运的是，在远离京城的蛮夷之地还有老友相伴，互相安慰，交游酬唱。在贬谪岳州期间，张说和赵冬曦经常与友人一起登楼赋诗，或携酒游湖，创作了大量的唱和之作。《耗磨日饮二首》和《与张燕公耗磨日饮》这两首有所重复的唱和诗便是其中的作品。所以这首诗的创作时间是开元三年（715）或开元四年（716）张说被贬岳州期间。在岳州期间是张说创作诗歌的一个小高潮，张说被贬，远离了朝廷争斗，没有繁重政务在身，整日与友人游山玩水，创作了大量的山水佳作。如张说的《岳州九日宴道观西阁》："佳此黄花酌，酣余白首吟……参佐多君子，词华妙赏音。"② 还有赵冬曦的唱和诗《陪张燕公登南楼》《陪张燕公游邕湖》等。赵冬曦现存的 19 首诗当中，有 12 首是在贬谪岳州期间和张说等诗友的唱和诗，可见，张说和赵冬曦的关系非同一般。

三、与友共饮，旷达相慰

这首诗描写了诗人在耗磨日与友人一同纵情饮酒作乐的场景，不仅体现了张说在岳州生活的苦中作乐，也生动再现了当时人们守财避耗、休闲求乐的民俗心理。

---

① ［唐］张说：《张燕公集》卷九《表》，北京：中华书局，1985 年，第 98 页。
② 中华书局编辑部点校：《全唐诗》卷八八《张说》，北京：中华书局，1999 年，第 968 页。

张说出身贫寒，只靠自己无法周转于政治的旋涡之中，便只能依附权贵，但受儒家思想影响的他深知这并不是长久之计，早年因不肯当庭屈附张易之陷害魏元忠和高戬而被贬钦州一年。开元元年（713），张说身居相位半年，又被姚崇陷害，出为相州刺史，后为岳州刺史、荆州大都尉府长史、幽州都督、并州大督府长史等先后八年。从朝廷之中的为官显赫到偏僻的蛮夷之地做一个小小的地方官，如此巨大的落差让张说的心理上产生强烈的震荡。他在这长达十年的贬谪过程中，不仅亲身洞察了世事，也领略到自然山水的清新风貌，在贬谪生涯中苦中作乐，张说所经历过的人生和情感的变化在他的诗文中得到了充分的体现。

长安三年（703）初次被贬时，张说正值风华正茂，遭遇如此沉重的打击，他和许多遭遇贬谪的诗人一样，愁苦迷茫，一时不知该如何面对。这一时期他的诗歌基调是沉重悲凉的，或是哀叹昔日好友如今分隔两地、物是人非，或是在惶恐不安中思乡怀乡，盼望能够早日回去与家人团聚，每每想起，肝肠寸断，有泪皆成血。开元三年（715）再次被贬时，张说的整个心境都发生了极大的变化，虽然还是有凄婉悲凉之作，但是经过第一次的贬谪，这一次的心态更为平和，不再无休止地沉沦于痛苦之中，而是在山水之中寻求精神的慰藉，与友人同饮作乐。"但令不忌醉，翻是乐无为""还将不事事，同醉俗中人"，传达出张说的放任自然的道家思想，达到身与心的无畅自由、旷达的境界，表现了诗人淡泊明志的生活态度。

四、耗磨饮酒，苦中作乐

"耗磨传兹日，纵横道未宜"和"上月今朝减，流传耗磨辰"两句诗都描写了诗人与朋友在耗磨日不用工作、可以尽情纵饮的开怀情景。"耗磨日"，又称"耗日""耗磨辰"，即在这一天人们不事生产，忌磨麦、磨茶等，无论官私都不开仓库，停业饮酒。"耗磨日"风俗的起源可追溯至南朝刘宋时期。南朝刘敬叔《异苑》卷八中收录两则故事，一曰："余姚县仓封印完全，既而开之，觉大损耗，后伺之，乃是富阳县桓王陵上双石龟所食，即密令毁龟口，于是不复损耗。"[1] 这则故事讲的是在南朝时期余姚县的一个封印完全的仓库，后来打开一看，发现少了很多粮食。经过观察，原来

---

① ［南朝宋］刘敬叔撰；范宁校点：《异苑》，北京：中华书局，1996 年，第 79 页。

是富阳县桓王陵墓前的一对石龟偷吃的，于是秘密下令毁掉了石龟的嘴巴，余姚的县仓也就不再有损耗。另外一则传说是："琅琊费县民家，恒患失物，谓是偷者，每以扃钥为意，常周行宅内。后果见篱一穿穴，可容人臂，甚滑泽，有踪迹，乃作绳驱，放穿穴口，夜中忽闻有摆扑声，往掩，得一髻，长三尺许，从此无复所失。"[1] 琅琊费县有一户百姓家常年丢失东西，据说偷盗之人每次都是从门口的锁钥中进入，常常在宅内四处行走。后来果然在院内的篱笆上发现一处被打穿的洞，洞的大小可以容纳人的手臂，洞里很光滑，有使用过的痕迹。于是就在洞口放了一根绳子引盗贼上钩，夜里忽然听到有扑腾挣扎的声音，主人连忙把洞口堵起来，在洞里找到了一根发簪，约有三尺长，从此以后没有再被偷过东西。在当时人们认为，存在擅长偷盗的鬼怪，不论是官私财物都受到损耗，于是人们便不磨米磨面，不从事生产，不开启仓库，以此来减少财物的损耗，"耗磨日"也由此发展而来。到了唐代，我国节俗基本定型，起源于南北朝时期"耗磨日"的习俗和少数民族的放偷、偷瓜祈嗣等习俗相混合，最终形成了一个具有度厄、祛疫、求子等多种内涵于一身的复合型的民俗活动。

这一习俗在唐代时流行，并且融入了其他的习俗活动，相传至今。现今在甘肃河西走廊的武威、张掖、酒泉等地的民间还有俗语"正月十六不干活，牛啊马啊歇一天"流传。正如诗中所说的："但令不忌醉，翻是乐无为。"耗磨日虽是来源于神话传说中的妖魔鬼怪，但是这一节日得以流传发展，可见人们对于粮食的重视程度。在唐代，随着种植技术和粮食作物加工技术的不断进步，粮食的产量越来越多。在"耗磨日"人们不用石磨进行加工生产，以此来减少粮食的损耗，虽然有所夸张，但是从侧面反映出石磨这一工具在唐代已经得到了广泛的利用，并且在人们的生活中有着举足轻重的作用，见图 26（现藏于中国农业博物馆）。粮食是人类的生活必需品，是国计民生的基础，粮食安全直接关系国家经济发展与社会的稳定，无论是哪一个朝代，都对粮食安全极其重视。

---

① ［南朝宋］刘敬叔撰，范宁校点：《异苑》，北京：中华书局，1996年，第79页。

图 26　石磨

非与磨砻近

"磨"这一字在唐诗中有很多意义，如打磨、消磨、耗磨等，而作为农具的磨在诗歌中出现，不仅仅是一种谷物加工工具，也赋予了诗人的情感。在《书怀寄友人》这首诗中，黄滔也以顽石自嘲，以磨砻来激励自己以积极入世的心态来面对苦难，由此让我们看到了唐代士人在遭遇磨难时的自我排解与乐观心态。

> ## 书怀寄友人①
>
> 黄滔
>
> 此生如孤灯，素心挑易尽。
> 不及如顽石，非与磨砻近。
> 常思扬子云，五藏曾离身②。
> 寂寞一生中，千载空清芬。

---

①　中华书局编辑部点校：《全唐诗》卷七〇四《黄滔》，北京：中华书局，1999 年，第 8171-8172 页。

②　五藏曾离身：《文选·扬子云〈甘泉赋〉》题解，李善注引桓谭《新论》："雄作《甘泉赋》一首，始成，梦肠出，收而内之，明日遂卒。"

一、为求一科第，人生多远游

黄滔（840—911），字文江，福建莆田人，乾宁二年（895）进士及第。黄滔一生热衷于仕宦，年轻时曾在福平山的灵岩寺读书长达十年之久，他想效仿先贤，步其成名之路，遂隐居读书。然而，晚唐时国势江河日下，政治和文学都呈现衰微的趋势。黄滔在这样的时代背景之下，命运更是坎坷。在科举场历经了二十余年才幸添甲第，这时他已是五十六岁的"老人"，就连及第的那场考试也是因科场舞弊之事又复试的。唐代的科举制度沿用隋制，尤其是进士科，在唐宣宗时，进士更是被赋予了至高无上的荣誉。但同时，唐宣宗也一改武宗朝"颇为寒进开路"的旧制，取消了对高门子弟的限制，使得凭借"门荫之路"入朝为官的子弟与广大寒士争夺已经少得可怜的桂枝。在这样的情形下，具有真才实学的贫寒士子往往难以得中。

黄滔为求中第，一生远游，足迹遍及塞北江南，目睹战乱和朝代更迭，写下不少咏史咏怀诗。黄滔的诗歌中，既有一些关注社会现实、揭露政治黑暗的内容，如《书事》中"望岁心空切，耕夫尽把弓。千家数人在，一税十年空"，写出了唐末统治阶级争夺政权、战乱四起，以至农事荒废、赋税繁重，使民生痛苦不堪的社会现实。作者也有在诗中寄情山水、咏叹羁旅之思、与友人的酬唱，更有辗转科场二十余载的辛酸与无奈。

二、十年除夜在孤馆，异乡遣怀寄故旧

这首诗的创作时间尚无定论。从诗歌内容来看，是诗人在逐贡路途中所作。诗人以诗寄情友人，向友人诉说多年来自己孤身一人羁旅他乡，心中的孤独和酸楚无人能懂，满身的才学也得不到赏识，苦闷不已。黄滔在时逾二纪的逐贡生涯中"一生远为客，几处未曾游"。仕途的艰辛，独在异乡，青春老去，时常有孤独苦闷在心中无处倾诉。诗人或寄情山水，以祖国壮丽山河为倾诉对象，或与友人相互酬唱，文人之间相互交往，或言志，或传情，或寄意，互相倾诉心底那份苦闷，以此来宣泄情绪。这首诗既是诗人向友人倾诉内心的孤独苦闷，同时也通过后半段的自我宽慰与友人互勉，即使身处逆境，也要保持豁达乐观的心境。正如《旅怀》一诗中所云："十年除夜在孤馆，万里一身求大名。"

三、寄情友人，酬唱苦闷

这是一首黄滔与友人聊寄苦闷心情的酬唱诗，寄情于友人，诉说羁旅中的酸楚和抱负无法施展的苦闷情绪。深夜中，诗人形影相吊，瘦削的身影被灯光印在墙壁上，满心的孤寂和愁绪无处排遣。诗人自嘲不如那山中顽石，同时又借顽石自我鼓励。顽石经过凿刻变成磨砻在生活中大放光彩，自己多年科举不中，依然坚持科考，终有一天也能得到重用。颈联诗人时常想到扬雄，在如此寂寞的一生中，诗人希望自己像扬雄一样，能够保持高洁的德行，流传千古。这首诗的后半段也是诗人的一种自我调节，自我宽慰。如果这孤独的一生都无缘及第，那么能够做一个品行高洁的贤士流传千古也不失为一种人生态度，表现出封建知识分子无法把握自己命运的辛酸和无奈。

四、磨砻砥砺，继续前行

"不及如顽石，非与磨砻近"中的"磨砻"一般由顽石凿刻而成，是不可缺少的农作物加工工具。磨和砻是我国劳动人民创造发明的两种谷物加工机具，这两种工具的出现，大大提高了谷物的加工速度和质量，节省了人力物力，促进了社会经济的发展。"磨砻"，为磨石，见图27（来源：弘昼，鄂尔泰，张廷玉，等纂修：《钦定授时通考》，清乾隆七年（1724）武英殿刊本）。《汉书》卷五一《贾邹枚路传·枚乘》载枚乘奏书谏吴王："磨砻底厉不见其损，有时而尽。"① 磨、砻是两种不同的谷物加工工具，砻由磨发展而来，而磨是用来加工面粉的工具。"砻"由"废磨"发展而来，石磨经过长期的使用之后，磨齿会变钝，粉碎效率大大降低，需要反复地研磨多次才能得到人们需要的细面粉。变钝的石磨第一次研磨只能起到脱壳的作用，人们受到这一点启发，便利用"废磨"去给稻谷脱壳，使它成为一个为谷物去壳的专门工具，而且效率也会高于杵臼之类的工具。由此，砻的初级阶段就是由磨演变而来，人们也称之为砻磨。元王祯《王氏农书·农器图谱集之九》记载："又有砻磨，上级甚薄，可代谷砻，亦不损

---

① ［汉］班固：《汉书》卷五十一《贾邹枚路传》，北京：中华书局，1962年，第2361页。

米；或人或畜转之，谓之砻磨。"① 砻和磨的区别在于：砻无齿，下扇一般较厚且中部隆起，上扇较薄有凹入，这样在去壳的同时能达到不损米的功能；磨有齿，上扇一般比较厚重，是因为要提高粉碎效率，达到把面粉磨细的功能。

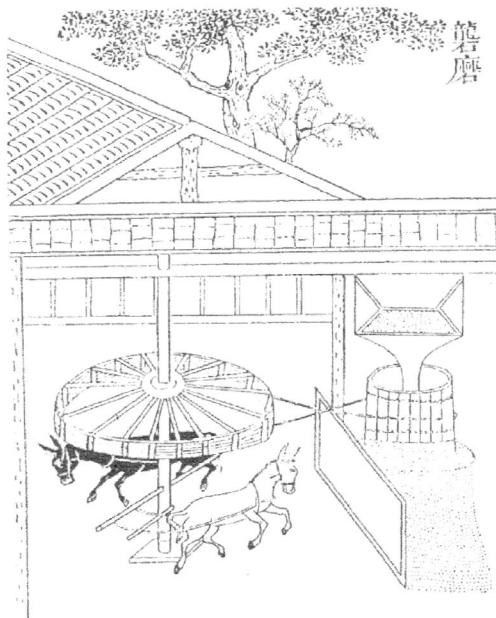

图 27　磨砻

　　磨是食物加工工具，其制作时的选材很重要。首先要取材于天然，其次要质地坚硬，再者要无毒无害。因此，磨主要取材于花岗石、砂石、石英石和云斑岩等原石。传统的石磨要经过锯、凿、磨等多道工序，石磨方可制成。整个过程要经历开石、制作毛坯、细打、细铲齿和安装等步骤，从粗加工到精细加工，最后才得以在生活中被重用。诗人自嘲不及顽石，但是顽石经过打磨也能得到重用，在生活中发挥它的光彩，为何自己不可呢？奔走半生，被生活做了精细的打磨，诗人相信自己总有一天也能像这顽石一样，可以考取功名，成为国家的有用之才。

---

　　① ［元］王祯撰；缪启愉，缪桂龙译注：《东鲁王氏农书译注》，上海：上海古籍出版社，2008年，第511页。

好运多"磨"

　　农业工作者是田园中的艺术家，将一颗颗微小的种子嵌入农田这块大画布中，舞动着宛如画笔和颜料的各式农具，将一幅幅作品送入千家万户。石磨便是关键的收尾画具，在石磨的一次次转动下，农作物呈现出可口的食物形态。文人墨客正是这场作画的旁观者，他们细致观察着农人的忙碌身影，品读着石磨转动下丰收的喜悦，将这份好运与农作之景一同呈现在诗歌中，流传百世。孟郊的组诗《石淙》中的第六首，展现了诗人对民生的关怀、对农人的同情及对农业的崇敬。

唐诗里的农耕文化

> ## 石淙·其六①
> ### 孟郊
>
> 百尺明镜流，千曲寒星飞②。
> 为君洗故物，有色如新衣。
> 不饮泥土污，但饮雪霜饥。
> 石棱玉纤纤③，草色琼霏霏④。
> 谷硙有余力⑤，溪春亦多机⑥。
> 从来一智萌，能使众利归。
> 因之山水中，喧然论是非。

一、郊寒岛瘦

　　孟郊（751—814），字东野，湖州武康人（一说洛阳人）。孟郊一生困

---

①　中华书局编辑部点校：《全唐诗》卷三七五《孟郊》，北京：中华书局，1999 年，第 4226 页。石淙（cóng）：石上水流，亦指石上流水声。

②　寒星：寒夜的星；寒光闪闪的星。

③　石棱：石头的棱角。

④　霏霏：浓密盛多。

⑤　硙（wèi）：石磨。余：剩下的。

⑥　溪春：水碓。

顿，中年时满怀期待能到长安考取进士，却接连失利，受尽冷落与白眼，因此，其诗多不平之鸣，用字追求"瘦""硬"。坎坷的仕途让孟郊对当时的社会现实有了清醒的认知，他将世态炎凉与民间苦难写进了诗中，故有"诗囚"之称，与贾岛并称"郊寒岛瘦"。孟郊现存诗歌500多首，诗歌题材丰富，既有反抗与批判社会现实的诗歌，亦有描写平凡的人伦之爱的诗歌，诗歌中寄托了孟郊对当时社会的复杂情感，他用文字抒发对官场黑暗的不满，亦执笔表达对人民生活的关怀和贫富不平的愤慨。孟郊对底层百姓的关心主要体现在《山老吟》《寒地百姓吟》《赠农民》等咏农诗中，表达了他对劳动人民的同情，对民生的关注及对农业重要性的认知。

二、从联句到唱和

此诗的创作时间存在争议。首先，根据华忱之的《孟郊年谱》，孟郊的连作诗几乎都是晚年于元和元年（806）定居洛阳后而作，唯独《石淙十首》创作时间为科举及第以前的贞元九年（793）。如果按照此时间推算，孟郊于贞元八年（792）应试下第，且在应试期间结识了李观与韩愈。孟郊比韩愈年长17岁，诗风相近，但他命运坎坷，仕途多塞，因为得到韩愈推崇而诗名大振。贞元九年（793），孟郊再应进士试而不第。但这种创作背景与诗歌表现的主题有些不符。所以，司金銮根据诗歌所传达的感情及诗歌所咏地貌，指出该年份有误，正确年份应该在元和元年冬至元和六年（806—811）初春之间①。此时，郑余庆任孟郊为水陆运从事，试协律郎。自此，孟郊定居于洛阳立德坊，他的生活是到这时候才富裕一点。又根据武则天的《夏日游石淙诗序》及孟郊自身经历（据说孟郊曾栖隐于河南嵩山），本文认为孟郊所吟咏的"石淙"是嵩山中的石淙。

三、山水连动，否极泰来

该作品主要描述了孟郊漫步于自然境地所见到的美妙风景，表现出对自然的赞美与向往。同时，还体现了他对官僚社会的愤懑却不能舍弃官场的矛盾之情。这种向往自然却割舍不了仕途的复杂情感清晰地展现在《石淙十首》的第六首诗中。诗人感叹了自然山水之景中孕育着人类智慧，抑

---

① 司金銮：《孟郊诗系年新考》，《淮北煤师院学报（社会科学版）》，1993年第3期。

或人类的智慧来源于山水之中，"否极泰来"等辩证发展的哲学问题常隐匿于山水中，这也正是自古以来如此多的作家流连自然风光的原因之一。

诗歌的前八句高度赞美自然的伟大与美丽。繁星点点，诗人夜游嵩山石淙，沉沦于美景之中，他以百尺明镜形容溪流之澄澈，从故物至新衣凸显溪流的浩荡湍急，描绘了溪谷壮丽飞腾之气势。溪水抚过嵩山泥土，却不沾污浊，随着冬去春至，霜雪融于溪水之中，湿润滋养了周围的万物生灵，置身此境，仿佛被溪水洗去了俗世的烦恼。第九、第十句通过"硙"（即"磨"）与"碓"（舂米用具）的联动关系作为"过渡"，也表达了事物之间的动态联系，暗示了诗人人生境遇的"时来运转"。诗歌的最后四句表达出孟郊对世俗社会的看法：当人们沉迷于世俗社会中，为官场名利奋斗拼搏甚至厮杀时，却忘记了在大自然面前，世俗社会是多么的渺小，同时也隐含着孟郊明知这一道理却无法离开官场的无奈和自嘲之情。

四、好运多磨，时来运转

"谷硙有余力，溪舂亦多机"运用了夸张和比喻的修辞手法，将溪、谷比作农具粉碎稻谷的"磨"和给稻谷脱壳的"水碓"，而这两种器物的关系也是人与自然、人与人的关系的写照。据《汉字中的农具》，"硙"和"磨"是中国古代不同地区对磨这种工具的称呼①。江南地区叫作"硙"，北方地区叫作"磨"。根据历史资料所述，石磨据说由鲁班发明，传说他用两块比较坚硬的圆石，分别在上面凿出密集有序的浅槽，合在一起，用人力或畜力使它转动，就可以把米面磨成粉了。磨读作 mò 时，有三种含义：首先，作为名词本义是把粮食弄碎的工具；其次，作为动词本义是用"磨"把粮食弄碎，如磨面、磨麦子、磨豆腐；最后，作为动词引申义意为"调转"，如把车"磨"过来，也隐喻着人的"磨炼"。在春秋战国时期出现的新型谷物加工农具——"石转磨"，工作时的运动轨迹就是"转"。诗人命运多艰，时常处于磨难之中，而担任水陆运从事、试协律郎时，才得以"调转"，是在"磨"中之"转"。

韩愈和孟郊在风格上属于"奇崛硬险"的"韩孟诗派"，而"磨"源出于石，虽然已脱自然状态，但是瘦硬之美犹存。这一流派倡导"不平则

---

① 闫兴潘：《汉字中的农具》，北京：人民出版社，2018 年，第 263 页。

鸣""苦吟抒愤"，而在创作方式上则互相切磋场合，具有交往性。韩愈和孟郊等"韩孟诗派"也创造了"联句诗"至"连作诗"的写作方式。"联句"由两个或两个以上诗人各作一句或几句诗并合而成篇的创作方式。汉武帝和诸臣共同合作的《柏梁诗》是最早的联句诗。但联句诗的发展鼎盛时期在唐朝，韩愈和孟郊是作联句诗最多的搭档之一，《城南联句》便是其中一首。这种独特的联句方式使诗句在一个共同的主题下更加创新、自由，兼具多个诗人的独特色彩。孟郊以在联句诗中获得的经验与基础，探索新的作诗方法，将诗人由多个变为一个，诞生了连作诗《石淙》[①]。

这种创作方式具有动态性，也是孟郊的人生道路及其所在时代的一种存在方式。经历了"安史之乱"的"磨难"，唐朝在贞元、元和时期处于社会状态的恢复中。贞元十七年（801），孟郊51岁时奉母命至洛阳应铨选，选为溧阳（今属江苏）县尉。贞元十八年（802）赴任，韩愈作《送孟东野序》说："东野之役于江南也，有若不释然者。"孟郊在县尉任上经常去溧阳城外"投金濑"游览并徘徊赋诗，以致曹务多废。于是，县令报告上级，另外请个人来代他做县尉公务，同时把他薪俸的一半分给那人，孟郊因此穷困至极。唐宪宗元和元年（806），河南尹郑余庆任孟郊为水陆运从事，试协律郎。自此，孟郊定居于洛阳立德坊，才有机会游览欣赏嵩山"石淙"。

"谷碉有余力，溪春亦多机"突出了溪流的浩大迅猛。在晋代，出现了用水作为动力的磨，见图28（现藏于天水民俗博物馆），但只有水流的冲击力足够大，才能够使水石磨运作起来，这是自然力与"磨"互相作用的前提。

图28　水磨

水磨的动力部分是一个卧式水轮，在轮的立轴上安装磨的上扇，流水冲动水轮带动磨转动，这种磨适合

---

① ［日］斋藤茂：《关于孟郊的〈石淙十首〉从联句到连作诗》，《中国文学研究》，1996年第4期。

于安装在水的冲动力比较大的地方。溪流与山谷的联结，就仿佛水石磨和水碓一样，浑然天成。诗句中还提到了"舂"，指的便是常和"磨"共同使用的"碓"。"碓"为舂米用具，用柱子架起一根木杠，杠的一端装一块圆形的石头，用脚连续踏另一端，石头就连续起落，去掉下面石臼中的糙米的皮。用水作为动力的"水碓"，见图29（现存于景德镇陶瓷民俗博物馆），最早发明于汉代，而浙东山区在唐代已有了使用滚筒式水碓的文献记载。

图 29　水碓

　　从谷物加工的次序能够判断出碓与磨有着密不可分的关系，在除杂、砻谷、碾米、抛光、色选五个次序中，碓的功能与砻谷相对应，而磨的功能则与碾米相对应。为了提高加工效率，古时人们往往将两者配合使用。两者的有机结合促进了农业生产，是借助自然力而实现发展进步的例子。"磨"与"碓"相生互动，但都需要水的动力。诗人中年时来运转，而这离不开外力作用。运势是多种"力"互相作用的态势，"水"的动力作用是自然界对人力的恩赐，"磨"则是对自然物的加工，两者共同促进了包括"人"在内的自然物的"流转"。

马磨霜树作秋声

　　内忧外患之下，晚唐已走向颓势，晚唐诗人亦将对现世的失望入诗，在作品中流露着浓厚的伤感气氛。无论是明媚的春日，抑或是丰收的秋日，在诗人眼中，都化为对腐朽官场、不公社会的嘲讽。薛能的《秋日将离滑台酬所知》呈现出一位被迫离开熟悉之地的诗人的离愁，诗人借在此地所见的寻常百姓农作之景，抒发民生苦不堪言却无能为力的抑郁之情。

秋日将离滑台酬所知二首·其一①
薛能

身起中宵骨亦惊②，一分年少已无成。
松吹竹簟朝眠冷③，雨湿蔬餐宿疾生④。
僮汲野泉兼土味⑤，马磨霜树作秋声。
相知莫话诗心苦，未似前贤取得名。

一、无当于高流

薛能，字太拙，河东汾州（今山西汾阳）人，晚唐诗人。根据闻一多《唐诗大系》一书推断，薛能出生于宪宗元和十二年（817）；又根据岳五久《论薛能》考证："僖宗广明元年，庚子，880 年，六十六岁，卒以乱。"薛能主要作品有《薛能诗集》十卷、《繁城集》一卷，其诗歌在思想、风格上受到李白、杜甫、陶渊明的影响，在诗歌创作和技巧上能见到贾岛的影子。唐代诗人无可在《送薛秀才游河中兼投任郎中留后》诗中赞薛能"诗古赋纵横，令人畏后生"，但大多数文人对薛能持否定态度，认为他为人狂傲，诗格不高，《唐才子传》卷五中评价薛能"性喜凌人，格律卑卑，亦无甚高论。尝以第一流自居，罕所拔拂"⑥。

---

① 中华书局编辑部点校：《全唐诗》卷五五九《薛能》，北京：中华书局，1999 年，第 6535 页。滑台：古地名，今河南滑县。相传古有滑氏，于此筑垒，后筑以为城，高峻坚固。汉末以来为军事要冲。

② 中宵：中夜，半夜。

③ 竹簟：竹席。

④ 宿疾：拖延不愈的疾病，旧病。

⑤ 土味：泥土味。

⑥ ［元］辛文房著；王大安校订：《唐才子传》，哈尔滨：黑龙江人民出版社，1986 年，第 139 页。

二、秋日离愁

此诗创作时间于咸通二年（861）八月左右。根据《唐才子传》卷五记载："李福镇滑台，表置观察判官。"[①] 薛能在李福上任滑州节度使（即节制调度的军事长官）时，入其幕府为观察判官（辅佐地方长官的僚属）。《旧唐书》卷十九《懿宗纪》记载："（咸通二年）八月，以中书舍人卫洙为工部侍郎……兼滑州刺史、御史大夫、驸马都尉。"[②] 因此，李福要在卫洙上任之前离开滑州，薛能自然与其一同离开。薛能作诗偏好借异色为景，寄别兴写情，创作此诗歌时正值悲秋，又即将离开滑州，因此表露出在秋景衬托下愈加强烈的离别愁情。

三、诗心之苦隐匿于悲景之中

《秋日将离滑台酬》描述了薛能即将离开滑州时的所感所思，表达了诗人对现实世界的体悟，是一首抒发愁绪的咏怀诗。薛能的咏怀诗有鲜明的特点，诗题中往往会注明季节、时间与地点，如《秋夜旅舍寓怀》《春日寓怀》《夏日寺中有怀》《冬日写怀》等。也许是特殊的时间节点触动了他的种种情绪，遂提笔记录。

薛能的诗从题目开始就宛如日记一般，细细诉说着他写诗时的思绪，让人一目了然。诗人即将离开滑州，半夜从睡梦中惊醒，再无法入眠。回忆此前的岁月，痛感年少时沉迷放浪生活，至今还未功成名就。颔联与颈联描写屋舍内外的秋日之景，形成了强烈的对比。虽是早秋，依然能感到风雨夹杂的寒意，夜晚寒凉，难以入眠，雨水打湿了餐食，旧病不愈，不免心情烦乱；所居之处的孩童从山野里打来泉水，身上混杂着泥土的气息，秋天是丰收的季节，马拉着磨不停地转动，树叶随风落下，处处充斥着秋的声响。尾联前句以"苦"引出后句之愁，倘若是与诗人交心的好友，无须言语便知他作下此诗的缘由：少年和壮年飞逝而过，"我"却是初入官场，无名无利，与前贤相距甚远，郁郁不得志。即将离开滑州，又在秋夜惊醒，屋外是孩童的烂漫与丰登的喜悦，屋内却是独自一人忍受着寒冷与

① ［元］辛文房著；王大安校订：《唐才子传》，哈尔滨：黑龙江人民出版社，1986 年，第 139 页。

② ［后晋］刘昫，等：《旧唐书》，北京：中华书局，1975 年，第 651 页。

唐诗里的农耕文化

病痛，内心抑郁不止，故写下此诗。

四、畜磨巧思

从"僮汲野泉兼土味，马磨霜树作秋声"一句看，借着诗人的味觉和听觉描绘了一派平淡质朴的初秋景象。酷暑刚退，初秋凉爽，正是农家最喜悦的时节。孩童在山林野树中玩耍，从山泉中打水，在泥土上奔跑嬉戏，衣履间附着着秋的味道。早稻已经成熟，正值农忙，人们收割后便要进行加工，马拉着石磨，不停地转动，树叶也随着秋风飘落，风吹着树枝沙沙作响，庭院里充满着秋的声音。这样的场景让人不禁想起辛弃疾在《满江红·游南岩和范廓之韵》中的吟咏"觉人间，万事到秋来，都摇落"[1]，由此传达出普通人家在丰收季节到来时的喜悦之情。

薛能写景诗甚多，诗风清新逸秀，读起来赏心悦目，仿佛身临其境。如《咏夹径菊》"畔摇风势断，中夹日华明"，叹菊在风中摇曳的姿态。此诗句写秋景，以小儿玩耍与马儿拉磨的动态实景衬托自然的气息与动静，带给人以归田山居的悠然之情。又与尾联诗人的愁苦心境形成强烈的对比，突出了诗人独自在外的羁旅之愁，对未来仕途的担忧之心。

即使前人多批评薛能自誉过高，但其诗句中真切流露出他对民生的关怀。诗句中的"僮汲""马磨"无不体现他在任职时对百姓生活的观察。或许正是他一心为民，想要通过政治为国效力，无奈一身才气和满腔抱负迟迟无处施展，才写出"我生若在开元日，争遣名为李翰林"如此诗句来宣泄内心的不得志。

中国传统文化讲究"天人合一"，在农具石磨的动力上能够充分体现。随着农业经济的发展，为了方便农业生产，提高粮食加工的效率，石磨的动力方式逐渐从人力演变为自然力。自然力主要为水力、风力、畜力，风力等。受气候因素限制，使用地区并不多；水力石磨也需要特定的条件，水的冲击力必须足够大，才能够转动石磨，多建在小溪上；畜力石磨（图30，来源：张力军，胡泽学：《图说中国传统农具》，北京：学苑出版社，2009年，第201页）的使用难度低于前两者，应用范围自然更大。根据已有考古资料证实，在浙江玉环三合潭发现商周时期的石转磨。至战国

---

① ［宋］辛弃疾撰；邓广铭笺注：《稼轩词编年笺注》，上海：上海古籍出版社，1993年，第180页。

时期，石转磨基本已经定型，在陕西阎良武屯栎阳遗址、河北邯郸、新疆新源铁木里克等地都发现了战国石转磨。可见，石转磨在战国时期具有极高的使用价值。汉代已经出现借用其他力量作为动力的石转磨，最有力的证明便是中山靖王刘胜墓出土的石转磨旁的牲畜。诗句中的"马磨"也侧面证实了畜力转磨的事实。

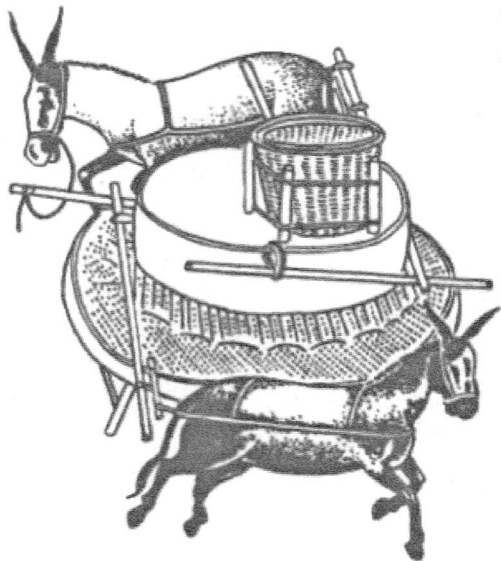

图30　畜力磨

《农政全书》卷二《农本》中有徐光启自注："故圣人治天下，必本于农。"[①] 薛能虽常与道士、僧人来往，与高人探讨道法、禅学，创作有《赠隐者》《赠禅师》，但他始终自认为是儒者，并有《生平词十首》其十就赞颂了礼乐制度。因此，他秉承儒家的"富民"主张，在诗句中描述农事场景，诉说着对百姓的关切。除了此诗外，在薛能的其他诗中也能寻到心系农桑的痕迹，如其诗《宋氏林亭》中所述："行人本是农桑客，记得春深欲种田。"他在游玩中欣赏花草，但也不忘春季到来农桑始；在深夜惊醒忆往昔，却还惦记初秋时节农事忙。

---

① ［明］徐光启撰；石声汉校注；石定枎订补：《农政全书校注》，北京：中华书局，2020年，第54页。

牛牵磨，人世间

在中国古代，很多文人智者把禅理写入诗中，向世人传达个人的感悟，或是自嘲与讽刺俗世，或是表现淡泊宁静的心境。禅诗是我国不可或缺的古代诗歌遗产。寒山在诗歌《三界人蠢蠢》中通过朴素的农业劳作领悟世人存世之道，由此展现出寒山对畜力磨的独特又富含哲理的解析，体味诗人对世间恶人的谴责与劝诫。

三界人蠢蠢①

寒山

三界人蠢蠢②，六道人茫茫③。
贪财爱淫欲，心恶若豺狼。
地狱如箭射，极苦若为当？
兀兀过朝夕，都不别贤良。
好恶总不识，犹如猪及羊。
共语如木石，嫉妒似颠狂。
不自见己过，如猪在圈卧。
不知自偿债，却笑牛牵磨。

一、不事农桑的落第诗人

寒山，亦号寒山子，长安（今陕西西安）人，寓居天台山（今属浙江台州），唐代著名诗僧。关于寒山的生卒年月，前人的说法层出不穷，根据

① 中华书局编辑部点校：《全唐诗》卷八〇六《寒山》，北京：中华书局，1999年，第9179-9180页。

② 三界：佛教术语，是指佛家所指的三界：欲界、色界、无色界。蠢蠢：众多而杂乱貌。

③ 六道：佛教名词。三界内的六种凡夫众生。虽同为凡夫，但因善恶业果境地的不同，又分为六种，名为六凡，亦称六道，分别为天道、人道、阿修罗道、畜生道、饿鬼道、地狱道。茫茫：纷繁，纷杂，众多。

《五灯会元》《宋高僧传》中所记录的数条与寒山相关的事迹，以及寒山所交游的沩山灵祐、赵州从谂、丰干等人的生平事迹，推测寒山为中唐诗人，生年约为开元三年（715），卒年约为宝历元年（825）。据台州刺史闾丘胤所作的《寒山子诗集序》记载，寒山早年家境富裕，他在诗歌中也写道："父母续经多，田园不羡他。"后来家中由于长期不从事农桑，逐渐衰落，直到"家中何所有，唯有一床书"，妻子、兄弟渐渐与他远离，又多次投考不第，心灰意冷之下，寒山萌生了逃离俗世的想法，隐居至浙东天台寒石山，自号"寒山"。

二、三教合于寒山诗

正如寒山的跌宕人生一般，他的诗歌也有着独特的色彩。寒山一生创作了大量作品，其诗云："五言五百篇，七字七十九。三字二十一，都来六百首。"寒山留世300余首诗歌，后人辑成《寒山子诗集》3卷，《全唐诗》存诗312首。隐居后，寒山时常有感而发，题诗于石壁、树上等。他的诗歌中有自然、有现世、有往昔、有未来，包罗万象，诗句通俗易懂。寒山曾自评其诗说："有人笑我诗，我诗合典雅。不烦郑氏笺，岂用毛公解。"在五四运动时期，寒山被胡适列为唐代三大白话诗人之一。但在他并不典雅的诗句中，蕴藏着儒、佛、道三家思想，向世人及后人展现出归隐者寒山对于现实人生的思考。如果反复品鉴，则领悟更深。

三、凡读我诗者，心中须护净

寒山诗原无标题，自古以来解析寒山诗的文人均以每首诗的第一句作为标题，本文引用此种命题方式，故此诗题为《三界人蠢蠢》。佛教认为，众生生死轮回于三界六道之中，三界人与六道人便是世间之人。众生之中，有善人，亦有恶人。有的人贪财好色，有的人操着豺狼野心，这样的恶人假以时日必定坠入地狱。《正法念经》中描述道，对于下地狱者，阎罗王会紧紧掐住他的咽喉，将罪人的双手捆住，让他的头朝下，脚在上，足足吊了二十年，先用火焰灼烧他的头部，然后是身体。这般极苦是佛家对世间恶人的惩罚。诗人感叹，世上大多数人辛勤劳作一辈子，却不知如何辨别贤良之人，如不能区分好与恶则枉为人。寒山无处觅得知音，世间凡人似乎心中皆有恶根，个个木人石心，言行不一，嫉妒成性，难成知己。为什么寒山有如此极端的看法，他在最后两句诗中道出了缘由：不能够自省并正视自己的过错，就如圈中猪。民间流传着在世欠债，转世化作牲畜偿债的故事，想来诗人所指圈中猪便暗藏着对世间恶人的讽刺与劝谏。按《坛经》所云："常自见己过，与道即相当。"① 诗中所描述的种种人性，都是与道相背者，在轮回中终会得到相应的处罚。

正如钱学烈在解读寒山诗歌时评价其诗歌多数通俗直白、不假雕饰，却又生动逼真、尖锐辛辣、亦诗亦偈，尽显佛家本色。《三界人蠢蠢》此诗正是如此，寒山引用了佛家的天道轮回、因果报应之说，借用民间故事，以直率易懂的语言，劝谏世间恶人远离色与欲、辨贤良、常自省，谨记善恶终有报，天道好轮回。

四、以农悟道

禅宗是寒山诗的核心思想，但他的诗歌不止于此，寒山诗中也有"天人合一"的自然意识。"天人关系"是中国哲学的基本问题，寒山诗中随处可见他对自然的热爱，让人感知到他对人与自然和谐共生的追求。再如农耕文化，或是因为寒山隐居山林，向往自然山水生活，又或是因为隐居后，寒山深感吃住不易，由此对农桑观察细致。"田舍多桑园，牛犊满厩辙"描绘了富足的农家生活；"草生芒种后，叶落立秋前"是时节与自然相生的规律；"妇女慵经织，男夫懒耨田"中的"男耕女织"是小农经济的剪影。

要想了解诗句"不知自偿债，却笑牛牵磨"中"牛牵磨"的含义，应当从两个方面来解读：一是牛这一动物在寒山诗中的意义，二是寒山对农耕生活的赞美。

首先，上句诗中提到了"圈中猪"，而此诗句又提及"牵磨牛"，猪和牛皆为牲畜，细细品读，联系佛家对于这两种生物的态度，就能看出，两句诗实际上是暗指现实中的人生，表达诗人对不自知、不自省的恶人的嘲讽。猪在佛教中的形象是负面的，它代表生命愚痴的本性。寒山诗歌中关于猪的诗句，往往是带有贬义的，如"猪吃死人肉""猪不嫌人臭"，以及此诗中引用转世成猪还债的故事。牛则大不相同，在佛教里，牛是高贵的动物，代表着威仪与德行。在民间，人们把牛视为勤劳的象征，少数民族

---

① 丁小平导读：《坛经·心经·金刚经》，长沙：岳麓书社，2018 年，第 61 页。

还有慰问耕牛的习俗，在特定的日子让牛休息，给牛吃糯米饭，称为"献牛王"。在寒山诗句中，牛的身影并不少见，如"牛犊满厩辙"代表着农家生活富足，"露地骑白牛"象征烦恼俱尽的悠然日子。诗句中的"牵磨牛"是恶人嘲笑的对象，但有着恶人身上没有的品质：勤恳做事，毫无怨言。有的人一生贪婪、懒惰，恶行累累，笑话勤劳的"拉磨牛"，实则本身就是"拉磨牛"。其次，中国的农业自古与佛教就有着紧密的联系，东晋时期曾出现了寺院自耕农田，以农悟道的修行方式是古代寺院修行的重要组成部分。古人的农耕传达出刻苦、耐劳、勤俭的精神，这与佛教徒"一日不作，一日不食"的农禅思想十分契合。由于家中长久不务农，寒山家境衰落，又在山林寺庙中修行，因此他深知农业的重要性，更是赞美古代农民以自然力进行农耕的自然精神。

古人收获粮食后，必须进行加工才能食用，谷物加工则要经过"去皮除糠"或"打磨成粉"的步骤，加工的形式分为击打式和研磨式。石磨是最早出现的研磨式加工农具，从旧石器时代至现代依然是谷物加工的重要工具，对农事影响深远且广泛。劳动者在使用石磨时灌入了智慧，他们发现畜力拉磨能够使劳动力得以解放，从而投入更精细的工作中，农业生产效率随之增高，是石磨发展史中一次伟大的革新。畜力拉磨以马与驴为主，但牛在农业中的使用率也极高，想来寒山此时生活的地方多用牛来进行农作，或是寒山曾见过牛农作的模样，便将其入诗。寒山在各种农业活动中体会到了劳动人民的智慧，"牛牵磨"既是蠢蠢之人的来世，是天道轮回、善恶报的暗示，亦传达着寒山对农耕智慧的推崇与尊重。品读寒山诗，人们或能对他的生平经历了解一二，或能体悟禅宗思想，或能随着他的脚步游历山水，但作为当代人，我们更不能忽略他的诗歌中所传达的中国传统农耕精神，其中承载着中华民族的传统，我们应该使之发扬光大，代代延续。

长存磨石下，时哭路边隅

在民间，石磨有着丰收的寓意。在改革开放没多久的 20 世纪 80 年代，村里有个磨坊是一件多么光荣、自豪的事情。但在古代中国，小小磨坊是饥饿的底层劳动人民可以暂时喘息的容身之处。曾经的生机运转，如今已然停滞，磨石长存于此。从石磨中，我们还可观照当时社会的民生疾苦与许多人生磨难。寒山的诗还对唐代社会的民生状况进行了生动刻画。我们可以感受诗人对劳动人民的关注和同情，以及对统治者的不满和愤恨。

诗三百三首①

寒山

贫驴欠一尺，富狗剩三寸。
若分贫不平，中半富与困。
始取驴饱足，却令狗饥顿。
为汝熟思量，令我也愁闷。

柳郎八十二，蓝嫂一十八。
夫妻共百年，相怜情狡猾②。
弄璋字乌㱥③，掷瓦名婠妠④。
屡见枯杨荑，常遭青女杀⑤。

大有饥寒客，生将兽鱼殊。
长存磨石下，时哭路边隅。
累日空思饭，经冬不识襦。
唯赍一束草，并带五升麸。

----

① 中华书局编辑部点校：《全唐诗》卷八〇六《寒山》，北京：中华书局，1999 年，第9169 页。

② 狡猾：指情意深厚。

③ 弄璋：指生儿子。《诗经·小雅·斯干》："乃生男子，载寝之床，载衣之裳，载弄之璋。"毛传："半圭曰璋……璋，臣之职也。"诗意祝所生男子成长后为王侯，执圭璧。后因称生儿子为"弄璋"。

④ 掷瓦：指生女儿。源自"弄瓦"。《诗经·小雅·斯干》："乃生女子，载寝之地，载衣之裼，载弄之瓦。"瓦，纺砖，古代妇女纺织所用。后因称生女儿为"弄瓦"。

⑤ 青女：传说中掌管霜雪的女神，此借指霜雪。

一、诗僧寒山，诗语俚俗

寒山长期与老百姓生活在一起，他亲眼见证了民间疾苦，许多诗是为老百姓而写，内容反映出百姓日常生活中常遇到的问题。有描述只敬衣冠不敬人的社会现象——"昨日会客场，恶衣排在后"，有反映困苦的穷人——"吁嗟贫复病，为人绝友亲。瓮里长无饭，甑中屡生尘"，有讽刺忘恩负义的人——"是我有钱日，恒为汝贷将。汝今既饱暖，见我不分张"。寒山的诗歌平白易懂，虽然没有千秋功名的辉煌，也没有出塞沙场的悲壮，但是其通俗化的言语将老百姓的真实生活写于纸上，看似浅显朴实，却又蕴含着禅意哲理。

寒山诗留世三百余首，这些诗歌融汇了儒、释、道三家丰富的内容，不仅在中国古代流传很广，还因为其具有某种现代性元素而在海内外广受欢迎。寒山的诗歌大多是白话诗，他长期生活在民间，深刻了解底层百姓的疾苦、官吏的贪婪和世风民俗，这使得他能用俗词俚语创作出大量反映社会现实的诗。他的诗作中既有是非颠倒、人情冷漠的社会百态，也有饱经沧桑、隐身山林的人生感悟，还有反映因果轮回、善恶有报的宗教情怀。以上三首诗是对"安史之乱"后社会百态的真实写照，富与贫之间的平均分配难以实现，畸形的婚姻，困苦百姓的黑暗生活，这些都是寒山对社会现实、平民百姓的关注。在寒山的诗中，腐朽黑暗的社会环境、贪婪吝啬的冷漠人心，社会阶层的肆意压榨，贫苦百姓四处落难，揭露了中唐时期黑暗腐朽的衰败之治，发人深省，值得后人引以为鉴。

二、讽喻现实，牢笼百态

第一首诗同样引用"首句"命题方式，故诗题为《贫驴欠一尺》。寒山的一生始于富贵，又欣然接纳清贫的出世生活，他自然对贫穷与富贵有着清晰且深刻的认知。此诗前四句便是对贫富不均的社会现状的思考。寒山以驴与狗入诗，认为当今社会现实是贫驴欠债，富狗累财。此处的驴与狗代表着什么，大概有以下两种可能：一是从字面上理解为贫困的人和富有的人；二是以佛教的轮回说为依据，佛教认为众生平等，其中也包括了动物。前世各种各样的人性演变为后世各种形态的动物。驴是与牛相对的，所谓"牛乳攒聚则成酥，驴乳攒聚则成粪"；禅宗中更是以"驴前马后"

唐诗里的农耕文化

"驴鞍桥"来斥责愚昧的行为或情形，驴代表着品行下劣的人；狗在佛法中代表的是贪、嗔，也就是贪婪与愤怒。两种动物所代表的人性都不是正义的，在扭曲人性的驱使下，有的人走向贫穷，有的人却敛财成为富者。这种形态的贫富差异自然是不公正的，但不论怎么平均分配，恶的人性总是会使天平倾倒向一边，这也就是寒山"愁闷"的原因了。

第二首"柳郎八十二，蓝嫂一十八"及此后三句描述的是一种婚姻，柳郎与枯杨，蓝嫂与青女，前后对应，指的便是老夫与少妻。这四句诗借用了多个典故："弄璋"代表生男孩，"弄瓦"代表生女孩，璋是玉器，而瓦是纺织用品，璋瓦的实质是重男轻女的封建思想。根据《周易·大过》："九二，枯杨生稊，老夫得其女妻。"① "枯杨生稊"指的是老夫娶少妻。《淮南子·天文训》中有"青女乃出，以降霜雪"②，青女是中国神话中掌管霜雪的仙女，传说秋季青女下凡至人间，站在山峰上抚琴，霜雪便随着琴声飘然而下。在古代，老夫少妻婚配现象很常见，譬如帝王纳妃。"夫妻共百年，相怜情狡猾"，尽管此"百年"是岁数相加，但夫妻两人依然情谊深厚。可见，寒山并不是在否定这种婚姻。他真正想阐述的是，倘若老夫少妻是男强女弱、男尊女卑的产物，或许结局并不是相怜，而是如同枯柳被霜雪击打般的悲剧了。

第三首既是诗人对自己流亡途中窘境的哀叹，也真实地再现了战乱之中百姓颠沛流离、衣不蔽体的痛苦生活。下层的贫民时运不济、食不果腹，对他们来说，唯一的事情就是填饱肚子，努力活着。然而，上层的富人依然过着奢靡的生活，与下层的穷困潦倒形成了鲜明的对比，表达了诗人对上层富人的不满和对下层贫苦百姓的同情。"大有饥寒客，生将兽鱼殊"写出了人和动物是有区别的，但是备受饥寒折磨的贫民却活得像牲畜一般可怜，没有住所，只能借着磨石的遮挡睡觉，想吃饭也不能如愿，经常空着肚子。到了冬天挨饿受冻，却没有衣服被子取暖，只能拿稻草勉强御寒，身上带着五升的麦皮，虽然于事无补，但是求生的本能只能借助干草和麦皮御寒充饥。可见，这些百姓备受穷困的折磨，异常痛苦。

---

① ［清］阮元校刻：《周易正义》，北京：中华书局，1980年，第41页。
② 何宁：《淮南子集释》卷三《天文训》，北京：中华书局，1998年，第231页。

三、磨石传千年，人生多磨难

"长存磨石下，时哭路边隅"一句写的是战乱后百姓流离失所，甚至没有避身之处，只能在磨石下面勉强遮挡存活的社会现实。"硙"和"磨"是古代不同地区对磨这种工具的称呼。《慧琳音义》卷五十九《四分律第二十七卷》中说："舂磨：《字林》作，同。亡佐反。郭璞注《方言》云：硙，即磨也。《世本》云：班输（输班）作硙。北土名也；江南呼摩（即'磨'）。"[①] 石磨是一种谷物加工工具，其起源可以追溯到原始农业时期的石磨盘、石磨棒。新石器时代的石磨盘大多呈椭圆形或长方形，盘下多有乳钉状或方形的三足或四足。先民们会将谷物放置石磨盘，用石磨棒碾磨作为谷物加工方法。大约到了战国时期，先民们发明了更省力、更高效的谷物研磨工具，即石转磨。关于石转磨在汉代的使用情况，史游《急就篇》提到"碓硙扇颎舂簸扬"。目前，陕西临潼战国晚期秦国石料加工遗址出土的石磨是能看到最早期的同类器具。石磨在汉代已是常用的粮食加工工具，

到了三国两晋南北朝时期，连磨和以水为动力的水磨被广泛使用。西晋时，刘景宣发明了以牛为动力的畜力连转磨；南北朝之后，石转磨的形制基本固定下来，后世多延续其形制。旋转型的石磨由上下两扇圆形石块组成，见图 31（现藏于中国农业博物馆）。上扇凿磨眼，安装有拐柄，朝下的一面有磨齿，下扇则朝上一面有磨齿，中间装用于和上扇套和在一起短轴。

图 31　旋转磨

使用时，谷物自磨眼注入，摇动拐柄使上扇绕轴旋转，谷物便会在两扇之间散开并被磨齿磨碎。

《贤愚经》中有这样一段对话："即问：汝有住止处不？答言：'无也。若其磨时，即磨下卧；舂炊作使，即卧是中；或时无作，止宿粪堆。'"[②] 大意为：贫穷的婢女没有住处，有活儿时睡在磨房或厨房里，没活儿时就

---

① 徐时仪校注：《一切经音义三种校本合刊》，上海：上海古籍出版社，2012 年，第 1560 页。
② 骆继光：《佛教十三经》，石家庄：河北人民出版社，1994 年，第 629 页。

唐诗里的农耕文化

睡在粪堆里。"长存磨石下"说的就是没有住处的穷人只能睡在磨房里，在磨石下休息。"时哭路边隅"引用典故，讲述的是不受君王任用的故事，传达了不被赏识的悲痛。寒山将贫困之苦与不遇之悲写在一句诗中，他认为，两种苦痛几乎是相同程度的，这也从侧面显示出他对于官场和平民生活的态度相差并不大，他的眼中并没有所谓的底层与高层，无论是平民还是官员，都会有相同程度的求而不得之苦。

为何没有住处的饥寒客常常睡在石磨下，难道他们也和《贤愚经》中的婢女一般以在磨房帮工为生？显然，并非如此。石磨作为加工谷物的农具，为以农耕作为生存方式的人们提高了作业效率。同时，它也具有浓厚的人文情怀。石磨的构造常常是"九方九齿"，即将磨盘均分为九块，划出九处凹陷，"九"意味着"多，无穷"，自然是承载着农作物的收成丰硕的美好寓意。因此，石磨运转时，要不停地往磨眼中添加谷物，民间也把磨眼叫作"天眼"，磨眼中有源源不断的物料就意味着收成好、农人生活美好。

石磨的运转也代表着普通百姓生活安居乐业、生机勃勃的美好景象。唐代的粮食加工业发展迅速，随着小麦的广泛种植，以面粉加工为主要用途的碾硙得以广泛建立，从唐代的主食来看，以饼、粥、面等为主。可见，石磨在人们日常生活中有着举足轻重的作用，可以说是人们生活的必需品。但是因为战乱，人们四处流离，甚至都找不到食物，更别说用石磨来把食物磨碎了。从人们在磨石下避雨睡觉的情形看，这时候磨已经停止运作，人们只顾着寻找食物填饱肚子，再没有精力制作精细的粮食。社会动乱不仅影响了百姓的正常生活，农业上也受到了影响。

各得适其性，如吾今日时

唐朝时，中国依然是全世界农业最活跃的国家之一，且很早就形成了"重农抑商"的传统。畜力磨具的出现，不仅代表着谷物加工技术的进步，而且蕴含着更深层次的意义：人们对畜力的利用侧面反映出当时社会的农耕文化和社会现实。而牛作为畜力的主要代表，自《诗经》以来经常被历代诗人吟咏，有体现田园隐逸思想的牧牛，还有阐述佛禅修心思想的牵磨牛等。《移家入新宅》作于白居易选择辞官迁回洛阳后时期，诗句对农具、农耕、农家做了的细微描绘，展示了作者即使归隐依然关怀民生的感情，揭露了当时的统治者肆意压榨百姓、不顾民生的社会现实。

移家入新宅①

白居易

移家入新宅，罢郡有余赀。

既可避燥湿，复免忧寒饥。

疾平未还假②，官闲得分司。

幸有俸禄在，而无职役羁。

清旦盥漱毕，开轩卷帘帏。

家人及鸡犬，随我亦熙熙。

取兴或寄酒，放情不过诗。

何必苦修道，此即是无为。

外累信已遣，中怀时有思。

有思一何远，默坐低双眉。

十载囚窜客，万里征戍儿。

春朝锁笼鸟，冬夜支床龟③。

驿马走四蹄，痛酸无歇期。

砲牛封两目，昏闭何人知。

谁能脱放去，四散任所之。

各得适其性，如吾今日时。

---

① 中华书局编辑部点校：《全唐诗》卷四三一《白居易》，北京：中华书局，1999 年，第4775 页。

② 还假：犹销假。

③ 支床龟：来源于典故支床之龟。《史记·龟策列传》："南方老人用龟支床足，行二十余岁，老人死，移床，龟尚生不死。龟能引气导引。"表示龟能行气导引，有益于阻衰养老。后喻受束缚或内心寂寞。

一、从贬谪之愁到闲适之乐

白居易一生经历了九任皇帝，主要活动于贞元、元和年间。在元和年间（806—820）经历的仕途坎坷，对其作品类型产生了巨大影响。白居易前期的诗歌继承并发展了自《诗经》以来的现实主义风格，主张"文章合为时而著，诗歌合为事而作"。在被贬为江州司马期间，白居易的思想经历了从"兼济天下"向"独善其身"的转变。被贬之后，他深受打击，苦读孔孟之书却被冤枉为不孝罪人；他寄情山水，起初是以此来消解忧愁，但渐渐地在大自然中感到释怀，陶醉于山水之中，写下了流传千古的闲适诗来抒发无可奈何的解脱之情。他的闲适诗多为乐天知命，追慕闲逸，携有隐逸风尚。尽管长庆二年（822）诗人被召回京，任职苏杭，但重返长安以后，黑暗的朝政及"有诗不敢吟，有酒不敢喝"的压抑生活让他心中向往自然的农业情怀愈演愈烈，更加向往遵从本性的生活，归闲之心日笃，最终于长庆四年（824）辞去刺史之职，归洛而居，回到他心中的第二故乡洛中，买下宅子，过着悠然自得的生活，这一时期的闲适诗已然是对日常生活的真情实感，《移家入新宅》便是这一时期的创作之一。

二、谋得闲职，适性而为

关于这首诗的写作地点，在白居易的《白氏长集》卷八有记载"《洛中偶作》（自此后在东都作）"，紧随其后的是《赠苏少府》和《移家入新宅》。《白氏长集》卷八《洛下卜居》："远从余杭郭，同到洛阳陌……遂就无尘坊，仍求有水宅……未请中庶禄，且脱双骖易。"注："买履道宅，价不足，因以两马偿之。"[1] 由此可见，白居易离开苏杭，在洛阳购入新宅子，钱不够，用两匹马来交易。长庆四年（824）五月，白居易罢杭州刺史改授太子左庶子分司东都。秋天，回到洛阳，买下履道里故散骑常侍杨冯宅。《旧唐书》卷一百六十六《白居易传》云："初，居易罢杭州，归洛阳，于履道里得故散骑常侍杨冯宅，竹木池馆，有林泉之致。"[2] 综上所述，《移家入新宅》这首诗大抵是写于长庆四年（824）秋至敬宗宝历元年（825），此

---

① ［唐］白居易：《白居易集》卷八《闲适四》，北京：中华书局，1979 年，第 162 页。

② ［后晋］刘昫，等：《旧唐书》卷一百六十六《白居易传》，北京：中华书局，1975 年，第 4354 页。

时他的诗歌创作进入晚年阶段。

　　白居易回到他心心念念的洛阳后便买下履道里宅，这处地方虽远离城市中心，却有着极美的风景，诚如《池上篇》所绘景象。他本就是要追求悠然惬意的生活，因此选中一座别致美丽的宅子，既能"避燥湿"，又不用"忧寒饥"。再者，白居易对物质的追求并不高，"有堂有亭，有书有酒"足矣，如今作为太子左庶子分司，虽是闲职，但俸禄足够生活，又不被官场上的尔虞我诈束缚，白居易十分满意。他每天早晨洗漱后，打开窗户，拉起帘帏，窗外是家人和睦相处、鸡犬欢腾的和谐景象，心情更加喜悦，高兴起来饮酒赋诗，感慨道："何必苦修道，此即是无为。""无为"是道家对君主的劝谏，《庄子·应帝王》称"无为"是"顺物自然而无容私焉"[1]，意思是君王不该为了私欲与民争，要顺应自然发展的方向，不能仅凭主观愿望和想象行事。白居易退居洛阳后，基本以"安时委顺"的人生态度悠游终老，这一思想和道家自足自适的思想一脉相承。在国力衰微、宦官专权、牛李党争激烈的社会现实下，白居易既不愿意屈身于宦官集团，又不愿陷入牛李党争，欲求"中隐"以潇洒终身，渐渐从儒家走向道家，试图追求清净欲寡的境界。

　　诗的后半段是白居易对自己前半生漂浮不定与社会现实的写照。自元和十年（815）江州之贬，长庆至太和年间一直在外为官，白居易饱尝颠沛流离之苦，直到分司洛阳，他才真正有了安身立命之所。这一时期的白居易可以独善其身，但心中仍怀着天下，他在享受洛中的美好生活的同时，也看到了"囚宧客"与"征戍儿"的悲惨生活，同时还对"鸟""龟""马""牛"这些动物的生活状态感到可惜。在这个作品中，诗人借老牛道出了自己在官场中的无尽艰辛，同时也借拉磨的牛来比喻被统治者压榨却无以言说的老百姓。老牛勤勤恳恳地拉磨，但在其闭目时，不知道是累晕过去还是睡着了。在诗人眼中，这世上所有生灵都在承受着非其本心的祸患，他认为的理想的生活，当数"各得适其性，如吾今日时"，应当是万物都得到适合其本性的生存方式，就像他此时在履道里宅的模样一般，衣食饱足，身心清净，适性而为。

---

① ［清］郭庆藩：《庄子集释》，北京：中华书局，1961 年，第 294 页。

三、碖牛封目何人知

"碖牛封两目，昏闭何人知"中的"碖牛"是指拉磨的牛。磨，起初称"碖"，汉代始称磨（䃺）。东汉许慎的《说文解字》中记载："碖，䃺也。从石，岂声。古者公输班作碖。"[①] 可见，碖与磨（䃺）原为一物。石磨是一种谷物加工工具，最初的形制是由"石磨盘"和"石磨棒"组成，在新石器时代就已存在，见图32（现藏于平顶山博物馆）。

图32 石磨盘与石磨棒

"石磨盘"和"石磨棒"一般由砂岩质石块经过琢制形成，石磨盘整体呈椭圆形石块，表面平坦，石磨棒则整体为圆柱体，中间略粗，两端略细，便于把控。目前，通过考古发掘所能见到最早的石磨是陕西临潼战国晚期秦国石料加工遗址出土的，其功能主要是给食物脱去外壳。随着社会的发展，人们的生产效率不断提高，石磨出现了各种各样的形制，生产技术也得到很大的改进。到了西汉，除了人力之外，还可以使用畜力和水力。依靠牛、驴等畜力牵引的磨，形制比人力磨要大许多。王祯在《农书》中对这种大型磨有详细的介绍："今又谓主磨曰脐，注磨曰眼，转磨曰干，承磨曰盘，载磨曰床。"[②] 这种磨可以用一头或者两头牲畜拉着转动，并且在磨盘顶部下谷物的石眼上放置一个大筐，筐的下部亦有孔与石眼相接。这样，在磨转动的时候谷物就会自动落入石眼，免去了需要人不断添加谷物的麻烦，牲畜也可以牵动石磨连续不断地磨面。

在"驿马走四蹄，痛酸无歇期。碖牛封两目，昏闭何人知"诗句中诗人借得不到休息的马和无人关心的拉磨的牛来讽刺统治者对百姓的压迫。尤其是拉磨的牛，在当时的政治环境下，百姓要缴纳沉重的赋税，牛作为拉磨的主要动力，要不停歇地工作，如果停下就会遭到鞭打。人累了尚可

食
来
运
转

磨

---

① ［汉］许慎撰；［清］段玉裁注：《说文解字注·石部》，上海：上海古籍出版社，1981年，第452页。

② ［元］王祯：《王祯农书》，北京：中华书局，1956年，第292页。

以和同伴述说，但是牛累了依然在不停地拉磨，一直拉到晕过去也没人知道是睡着了还是昏过去了。这其实暗喻了当时的官吏对百姓的压榨，不关心农民死活。白居易反对重税，他认为"地之生财有常力"，因而农民的收获是有限度的。唐代后期，由于粮食生产遭到破坏、漕粮运输时常阻断等原因，军粮供应越来越紧张，以至于不得不依靠地方供养。在军粮供应困难时，政府能采取的措施就是加紧对百姓的搜刮，有时连官吏的利益也会受影响。

唐代前期，有些百姓会把小麦加工成面粉带到城里进行售卖，但是唐后期战乱不断，经常出现军粮供应不足，统治者便数次下令禁止售卖，再加上"两税法"的施行，收获粮食的一半交了租，百姓的粮食收入锐减，农民整体陷于贫困。因此，从统治者到地方官吏对百姓施压，百姓为了能够缴纳沉重的赋税，鞭打老牛，使其不断地磨磨，持续不断地生产加工粮食。百姓就如同那拉磨的老牛，统治者和官吏不会听到他们的心声，只顾利益争斗和骄奢无度的生活。在诗歌后几句，诗人也都揭露了不管是百姓还是动物，都被沉重的赋税套上枷锁，失去了自由的社会现实。所以，白居易在诗的最后发问：谁能把牛的绳子解开，放它去想去的地方？表现了白居易对百姓摆脱沉重的劳役赋税，过上自由生活的美好期望。

白居易对"拉磨牛"的同情，亦是借着生畜被奴役的痛苦来比喻百姓的悲惨现状。白居易以"碨牛"入诗，源自他对日常生活的细致观察，还受到他在担任杭州刺史时所见所闻的影响。他与当地的劳动者积累了深厚的感情，"村中相识久，老幼皆有情"。对于农作的艰难更是感同身受，他在杭州刺史任内最关切的问题便是"农饥足旱田"。他见杭州有六口古井年久失修，就主持疏浚，来解决杭州百姓的饮水问题。又见西湖淤塞，导致农田干旱，百姓收成不好，他便着手修堤蓄积湖水，用于灌溉，舒缓旱灾所造成的危害。他还写下《钱塘湖石记》，将治理湖水的政策、方式和注意事项刻石置于湖边，供后人知晓，沿岸人民从此受益。从他的种种政绩可见，白居易对于百姓的农耕十分上心，他深知农业乃是一国之本的道理，农业发展顺遂，百姓便能吃饱穿暖，更有富余的钱财缴纳税金。

参考文献

［1］周睿. 张说研究［D］. 成都：四川大学，2007.

［2］岳娟娟. 唐代唱和诗研究［D］. 上海：复旦大学，2004.

唐诗里的农耕文化

［3］李精耕. 论张说在唐代文学史上的地位和影响［J］. 柳州师专学报，2004（1）：20-24.

［4］陶新民. 初论张说对盛唐文学的贡献［J］. 河北大学学报（哲学社会科学版），1992（3）：39-43.

［5］董诰. 全唐文［M］. 北京：中华书局，1983.

［6］黄滔. 黄御史集［M］. 上海：商务印书馆，1936.

［7］张媛. 黄滔诗歌研究［D］. 保定：河北大学，2010.

［8］朱晓蓉. 黄滔与闽地文人群体的崛起［J］. 厦门广播电视大学学报，2008，11（2）：54-58.

［9］龙丽. 晚唐落第诗研究［D］. 湘潭：湘潭大学，2006.

［10］郑晓霞. 唐代科举诗研究［D］. 上海：华东师范大学，2005.

［11］司金銮. 孟郊诗系年新考［J］. 淮北煤师院学报（社会科学版），1993（3）：78-80.

［12］闫兴潘. 汉字中的农具［M］. 北京：人民出版社，2018.

［13］斋藤茂. 关于孟郊的《石淙十首》从联句到连作诗［J］. 中国文学研究，1996（4）：27-32.

［14］王小莹. 薛能诗歌校注［D］. 南宁：广西民族大学，2019.

［15］张力军，胡泽学. 图说中国传统农具［M］. 北京：学苑出版社，2009.

［16］梁中效. 试论中国古代粮食加工业的形成［J］. 中国农史，1992（1）：75-83.

［17］杨静. 论寒山禅诗中的"三境"［J］. 美与时代（下），2020（7）：81-83.

［18］鞠俊. 寒山及其诗歌研究［D］. 南京：南京师范大学，2014.

［19］钱学烈. 寒山诗的流传与研究［J］. 中国社会科学院研究生院学报，1998（3）：57-60.

［20］崔小敬. 寒山及其诗研究［D］. 上海：复旦大学，2004.

［21］张惠霖. 论白居易的农本思想［J］. 江苏教育学院学报（社会科学版），1994（2）：60-62.

［22］毛妍君. 白居易闲适诗研究［D］. 西安：陕西师范大学，2006.

［23］王雪. 唐代农事诗研究［D］. 长春：东北师范大学，2016.

［24］李广进，钟辉. 研磨式谷物加工农具［J］. 军事文摘，2020（18）：52-55.

［25］李敏. 唐代咏农诗研究［D］. 济南：山东师范大学，2020.

［26］陈涛. 中国史前时期石磨盘、石磨棒功能研究——来自科技考古的证据［J］. 农业考古，2019（6）：124-130.

［27］焦尤杰. 白居易的行旅活动与行旅诗创作［J］. 文山学院学报，2016，29（1）：48-52.

[28] 张柏齐. 从《全唐诗》看唐代的农业文明与农耕文化［J］. 中国乡镇企业，2014（4）：85-89.

[29] 朱红. 唐代节日民俗与文学研究［D］. 上海：复旦大学，2003.

[30] 周睿. 百年张说研究回顾与展望［J］. 北京化工大学学报（社会科学版），2008（2）：52-55，51.

[31] 陈恩维. "走百病"民俗的渊源与流变［J］. 民俗研究，2017（2）：42-50.

[32] 冯君茹. 唐朝酒文化与民族融合［D］. 哈尔滨：哈尔滨师范大学，2019.

（执笔：王　蓉　张伟婷）

和合共生

砻与碓

在农本思想的影响下，唐代水稻、小麦和茶叶得到广泛种植。农民可以通过种植粮食作物自给自足，多余的粮食还可以拿到市集进行售卖，在一定程度上提高了自身的生活水平。同时，加工工具也不断改进，农作物转化为食物的方式更加多元化。"磨"最初的功能与"碓"相同，都是给谷物脱壳。"碓"作为重要的粮食加工工具，不仅提高了加工效率，也为农民带来了经济效益。

何处水边碓，夜舂云母声

　　唐代文人处于盛世之中，多数人仍满怀兼济天下之志；但亦有在不断贬谪和不被重用的打击下远离官场成为"独善"之人，白居易是其中的典型。在任官时，白居易以诗作"剑"，用隐晦却辛辣的诗句讥讽官场的黑暗，期望君王能够采取相应的改进措施。屡次遭贬后，白居易毅然选择在闲适之中"独善其身"，享受田园生活的愉悦，感受自给自足的农人情趣。通过白居易的《山下宿》，我们能感受诗人偶然山下旅居的平凡之乐，体会"碓"与"臼"的默契配合，凝神享受加工农具击打之下的美妙旋律。

> ## 山下宿①
>
> 白居易
>
> 独到山下宿，静向月中行。
> 何处水边碓，夜舂云母声②？

一、文章合为时而著，歌诗合为事而作

　　在白居易的一生中，每段时期都有其独特的诗类，白居易在《与元九书》中将自己的诗歌分为讽喻诗、闲适诗、感伤诗和杂律诗四类③，其中讽喻诗与闲适诗有着明确的时期分界线。毛妍君在《白居易闲适诗研究》中统计得出，在白居易的 2 916 首（含补遗 109 首）诗中，讽喻诗为 172 首，其中多数写于元和六年（811）以前，也就是白居易初入仕途的几年，期望以诗为惩恶劝善、补察时政的媒介。但白居易在官场屡屡受挫，渐觉失望之后，便将诗作重点转向闲适诗，尽管依旧保持着白居易尚时、尚俗、务

---

　　① 中华书局编辑部点校：《全唐诗》卷四三〇《白居易》，北京：中华书局，1999 年，第 4761 页。

　　② 云母：矿石名。俗称千层纸。晶体常成假六方片状，集合体为鳞片状。薄片有弹性。玻璃光泽，半透明，有白色、黑色、深浅不同的绿色或褐色等。白云母可供药用，此诗中应指可食用的云母种类。

　　③ ［唐］白居易：《白居易集》卷四十五《与元九书》，北京：中华书局，1979 年，第 964 页。

尽的特征，但在内容和情调上与讽喻诗已截然不同，呈现出淡泊平和、闲逸悠然的情调。

二、唯有闲适意自足

元和三年（808），白居易任左拾遗，他希望尽职报答唐宪宗的知遇之恩，因此频繁上书言事，以"兼济"为志，其间创作了大量讽喻诗，反映现实生活，裨补时阙，以《秦中吟》《新乐府》为代表。元和十年（815），白居易被人诽谤，称其有害孝道，被贬江州，成了白居易一生的转折点。此前，白居易兼济天下，满怀抱负，被贬后，白居易深受打击，深知被贬谪与自己屡屡上书言事的行为及讽谕诗密切相关，渐渐对兼济天下之志不抱希望，行事写诗都走向了"独善其身"，主要创作内容为闲适诗。《秋居书怀》《闲居》《秋游原上》《病假中南亭闲望》等诗作，从诗题中便可窥探白居易对闲适生活的追求。他游历山水，在游赏中减缓仕途的不快，尽管被贬是被动的选择，但在追求闲逸的情趣与对现实政治斗争的失望之下，已然从被动转变为主动。《山下宿》便是白居易闲适诗中的一首，创作于被贬江州时期，大约在元和十二年至元和十三年之间（817—818）。

三、知足保和，吟玩性情

何为闲适诗？白居易将闲适诗定义为："又或退公独处，或移病闲居，知足保和，吟玩情性者一百首，谓之'闲适诗'。"① 在现代人看来，闲适是清闲安逸，是优游自在。周国平先生认为闲适是享受生命本身，这与白居易被贬江州之后的闲适心境有异曲同工之妙。身为谏官时，白居易的心态主要为关注现实、干预时政，此时的闲适诗是他从政之余的悠闲之作，诗作中常常流露出对官场的怀疑和希望摆脱仕途羁绊的情绪，如"甘心谢名利，灭迹归丘园"，又如"宜当早罢去，收取云泉身"。而在遭受江州司马之贬后，他的闲适诗已然"不徇利，不求名"，表露出他不汲汲于名利、不戚戚于富贵、恬淡超然、率性自然的态度。

白居易的闲适诗展现了平凡生活的美，题材丰富，包罗万象，具有独到的艺术美感。因此，众多学者关注并研究白居易闲适诗，研究角度深入

① ［唐］白居易：《白居易集》卷四十五《与元九书》，北京：中华书局，1979 年，第 964 页。

且细致，或有研究其思想者，或有研究其诗内容和艺术特色者，或有研究其创作心态者。《山下宿》这一诗作，是诗人在闲居独处的状态下的创作，诗人逐渐淡化政治与现实社会的影响，诗作具有个人化、日常化的特征，涵盖了白居易独宿山下的悠然情致，以及对周围景物的细致观察。

白居易被贬江州之后，其生活不见悲惨与痛苦，反而是丰富多彩的，这与意识形态兼容并包的唐代社会息息相关。当时，儒道释三家相互对话，士人深受三家影响，往往以儒治世、以佛治心、以道治身。白居易也不外如此，他的一生，前半生兼济、出世，后半生独善、归隐，想来贬谪后道家的随遇而安深深影响了他，江州司马不过是"无言贵，无事忧"的闲职，连他自己都写诗自嘲"我为郡司马，散拙不所营"①。他四处游玩，亲近自然，追求日常生活的情趣，诗歌常见生活小事和山水风光。《山下宿》就是对一次游玩的记录，诗人独自来到山下住宿，月光倾洒大地，夜晚寂静无声。虽是游玩，身处逆境，依然有孤独之感，一个"独"字，极尽诗人的寂寞。此时传来水边的农作声，在静夜中更为突出，打断了诗人心中的愁绪，诗人不禁产生好奇，这是哪儿传来的声音？此时，听觉的极致感受反而让他更加享受独处的静，以平静的内心置身动态的农家生活中，这不正是白居易所追求的闲适生活吗？

四、言食思农

清人潘德舆在《养一斋诗话》中评价陶渊明、白居易诗"陶乃达人天机，白乃家人琐语，高简平铺，绝不相侔也"②。两人虽然都以闲适诗出名，但前者是"岂能为五斗米折腰"之孤傲，与世俗格格不入，后者则是"诱于一时一物，发于一吟一笑"的真情实感，他以日常化的通俗语言，将世俗生活写入诗中，揭示仕途之外的平淡之美。

"碓"和"磨"都是农家日常生产的农具。西汉扬雄的《方言》中记载："碓机（碓梢也），陈、魏、宋、楚自关而东谓之梴。"③后人指出，扬雄所言的"碓机"，其实就是碓，见图33（现藏于中原农耕文化博物馆）。

① ［唐］白居易：《白居易集》卷七《过李生》，北京：中华书局，1979年，第135页。
② 郭绍虞编选：《清诗话续编》，上海：上海古籍出版社，1983年，第2013页。
③ 华学诚：《扬雄方言校释汇证》卷五，北京：中华书局，2006年，第370页。

图33　木碓臼

　　白居易夜宿山下，山间种种自然之音都没能将他从深思愁绪中唤醒，唯独农作的动静吸引了他，这与白居易诗歌的写实性十分契合。唐朝农业先进发达，饮食文化自然繁盛。白居易一生坎坷，于中唐复兴之时登上仕途，又闲适于唐朝衰亡之初，他经历过富贵，最终甘于享受平凡。贬谪江州以后，他的笔下记录的便是在农村生活的所见所闻，柴米油盐是农村百姓的全部，农耕与饮食也就成了白居易的题材。

　　在唐朝，人们将稻米脱壳后蒸熟，称为"饭"。人们会将稻米或其他谷物蒸熟做饭，如粱饭、鸡黍饭、荞麦饭、粟米饭。白诗中常能看见上述饮食的影子，如招待客人时有"净淘红粒署香饭，薄切紫鳞烹水葵"，又如描述家中餐饮时有"归来问夜餐，家人烹荞麦"。可见，白居易对谷物及烹饪的方法极其了解，这源自他对农耕生产与生活的细致观察。此诗句中，白居易先是听到了人们在水边使用碓的声音，便知道这是农人在用水碓捣云母。云母是白居易经常食用的一种食物，他在《晨兴》中就说道"何以解宿斋，一杯云母粥"，《宿简寂观》中有"可以疗夜饥，一匙云母粉"。此外，还有诗句提到"疗饥兼解渴，一盏冷云浆"。这些诗句不禁让人感叹，白居易不仅喜爱云母，而且对云母的各种食用方式和功能都了如指掌，也难怪他一听水碓声，便知是在加工云母了。小小的云母，是唐朝繁荣饮食文化的缩影，让饮食呈现出不同的姿态，更是白居易知足于朴素生活的表现。农耕和饮食，是前者服务后者的关系，却也是维系千年中国农业文化的关键之一，大多数文人志士将满腔抱负投身于官场之中，在上层社会耗尽终生，可白居易反其道而行，在他眼中，基层的生活才是最真实的。"民以食为天"，农业是食物的根源，世人眼前所见的一次捣米，一碗杂粮，最是平凡，却也珍贵。正如《醉吟先生墓志铭并序》中所言，白居易把"凡平生所慕所感所得所丧所经所逼所通，一事一物已上，布在文集中，开卷而尽可知也"①。

寻道友不遇，云母碓自舂

云碓原本是指是舂云母的水碓。云母是一种药材，在道教的炼丹术和医术中经常用云母作为药饵，磨成粉状来食用，后来这一概念泛化，人们把舂粮食的水碓也一并称为"云碓"。"云母碓"到"云碓"的概念泛化也反映出道教文化在唐代盛行。结合当时的社会背景，可以看出人们在现实生活中受了苦难，想通过寻仙问道寻求情感的寄托，同时也想通过道术达到长生不老的思想。《寻郭道士不遇》这首诗写出了官场失意的文人思想。正统的儒家思想受到冲击，作者想通过佛道来寻求心灵的寄托，所以入山寻访郭道士，正巧看见"云碓无人水自舂"这一和谐之景。

寻郭道士不遇②
白居易

郡中乞假来相访，洞里朝元去不逢③。
看院只留双白鹤，入门惟见一青松。
药炉有火丹应伏，云碓无人水自舂④。
欲问参同契中事⑤，更期何日得从容。

① ［唐］白居易：《白居易集》卷七十一《醉吟先生墓志铭（并序）》，北京：中华书局，1979年，第1504页。
② 中华书局编辑部点校：《全唐诗》卷四四〇《白居易》，北京：中华书局，1999年，第4915页。
③ 朝元：道教徒朝拜老子。
④ 云碓：指石碓。
⑤ 参同契：书名，道教早期经典，为道教最早的系统论述炼丹的秘籍。

唐诗里的农耕文化

一、"讽喻诗"的悯农主题

白居易进入仕途之后，几经贬谪，颠沛流离的避难生活和艰难坎坷的仕途使得白居易从小便深知中下层百姓的艰苦生活，对民间疾苦有切身的体会，他写下了众多悯农、爱农的讽喻诗，如《观刈麦》《卖炭翁》《秦中吟》等都充分体现了对农民困苦生活的同情。元和元年（806），白居易在制举考试中自拟作《策林》体现出他"天人合一"的农业思想，他认为农业是立国之本，衣食之源，是社会得以生存的重要基础，强调人在生产中的重要作用。"安史之乱"后，李唐王朝逐渐走向衰败，长期的社会动荡对农业经济造成了极大的影响。白居易充分认识到农业的发展关乎国计民生，关系国家的强弱存亡，在他的政治生涯中，他也一直致力于解决农民的问题，减轻农民的痛苦。

二、官场失意，寄心佛道

这首诗创作于元和十三年（818），白居易在江州时，和元稹一起去寻访郭道士虚舟，没有见到本人，便写下此诗，元稹也写了一首《与乐天寻郭道士不遇》与之唱和。元和十年（815），白居易被贬江州，在政治中遭受排挤，为小人所谗，接连被贬。诗人跌入了人生低谷，在如此打击之下，白居易在佛道两教中寻求心灵的寄托，寻找新的信仰。"俱当愁悴日，始识虚舟师"，在白居易心力憔悴之时，道教安抚了他的心灵。在这一时期，白居易与佛道两教人士的交往达到了一个小高峰，尤其是与道教中人的交往居多，创作了《寻王道士药堂因有题赠》《送毛仙翁》《寻郭道士不遇》等交往诗。这一时期的白居易沉迷于道教，执着地炼丹服药。道教思想不仅满足了诗人精神自由和物质享受的双重追求，还消除了诗人官场失意的挫败感和远离政治的失落感。

三、与友入山，寻访不遇

《寻郭道士不遇》一诗主要描写了白居易和元稹一同前往拜访道士郭虚舟，不巧正赶上郭道士出门朝拜老子，通过对道士居住环境的描写，表现出对其生活的向往。诗人逐渐疏离政治生活，走出入世有为的心态，开始追求日常生活的审美化、情趣化，在政治之外寻求精神安慰。走入深山之中寻访道士，暂时摆脱喧嚣尘世的烦扰，享受于生活的平淡之中，实现个体精神的超越。

"寻访不遇"，不仅是诗人的一种个人生活遭遇，也是古代文人作品的审美情趣的展现。唐代交游酬唱、读书山林之风很盛。诗人们经常到幽僻之地寻访友人、僧道，创作了大量的酬唱之作。但是由于唐代交通落后，信息传达不通畅，诗人寻访"不遇"的情况在现实中大量存在，故而在文人墨客的笔下，产生了很多"寻访不遇"主题的诗歌。这首诗的首联介绍了诗人从郡中请假来寻访道士，正好赶上道士去朝拜，没有遇到。虽然没有遇到郭道士，但是在颔联和颈联中，从诗人对郭道士居住环境的描写可以看出白居易对其羡慕不已。尾联"欲问参同契中事，更期何日得从容"，写出了此行的目的，也流露出诗人对道士从容生活的向往，不受官场职务羁绊，在这山水之间寻到一片精神净土。

被贬江州之后，"闲"成了白居易最基本的生活状态。纵观白居易贬谪江州四年的生活，他优游山林、交友唱和，沉湎于求仙问道，自得其乐，超然世外。诗人对仕途的态度已经从"兼济"转向"独善"，选择"吏隐"的道路。在道家思想的影响下，诗歌中的意象也发生了很多变化，水、石、云、泉、松、柏、竹、莲等表示闲情雅致的意象在江州所作诗歌中比比皆是。这首诗便包含了道家的白鹤、青松、火丹、云碓等意象，体现了白居易对闲云野鹤般自由生活的向往。

四、庐山寻访巧不遇，云碓无人水自舂

"药炉有火丹应伏，云碓无人水自舂"之句，其自注云："庐山中云母多，故以水碓捣炼，俗呼为云碓。"古人之所以碓云母，与医道和炼丹术的繁荣有关。《神农本草经》载："云母……久服轻身、延年。"因此，古代道士、丹术家多"炼食云母"作为药饵，"云碓"原本专指他们在山林中舂碓云母用的水碓，后来这一概念进一步泛化，人们将舂粮食的水碓也一并称为云碓。李白《送内寻庐山女道士李腾空二首》之一"水舂云母碓，风扫石楠花"中的云母碓也是指云碓。

古人注重养生，药食结合是其养生的侧重部分，道教宣扬食用药粥可以延年益寿，服食通过炼丹术制作的中成药"丹"是饮食养生的重要环节。受道教思想的影响，白居易经常食用云母粥，《晨兴》中曾有："何以解宿

唐诗里的农耕文化

斋，一杯云母粥。"唐代时庐山盛产云母，云母经常要通过碓磨成粉末状食用。

碓的雏形是杵臼，"碓，舂器，用石，杵臼之一变也"。清代段玉裁在《说文解字注》中说道："碓，'所吕'舂也，所吕二字，各本无，今补。舂者，捣粟也，杵臼所以舂。本断木掘地为之，师其意者又皆以石为之。不用手而用足，谓之碓。桓谭《新论》：'宓牺制杵臼之利，后世加巧，借身践碓。'按其又巧者，则水碓、水硙，失圣人劳其民而生其善心之意矣。"[1]甲骨文中"舂"写作，形象地反映古人以双手握着杵木向臼里捣击加工谷物。可知，碓的主要功能是给稻米等谷物脱壳。

"臼"一般都是用石头制成，用脚力而非用手来捣的称为"碓"。诗中的水碓是利用水的动力使杵起落以脱去谷皮或舂成粉的器具，见图34（来源：［明］宋应星：《天工开物》，明崇祯十年（1637）涂绍煃刊本）。槽碓是其初级模式，以水为动力，但是对水量的要求不大，对选址也没有特别要求。《万历绍兴府志》卷一七《水利志》云："（山家）藉水力以舂。有三制：平流则以轮鼓水而转；峻流则以水注轮而转；又有木杓碓，碓杆之末刳为杓以注水，水满则倾，而碓舂之。唐白居易诗'云碓无人水自舂'是也。"[2]

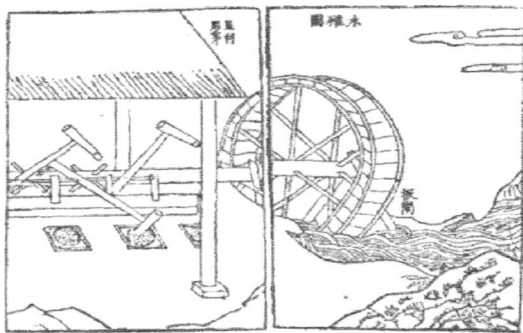

图34　水碓

云碓就是水碓，也称机碓、机舂、水舂，包括不同类型。白居易诗中的"云碓"是第三种类型：木杓碓。"木杓碓"即清《授时通考》"槽碓，

---

① ［汉］许慎撰；［清］段玉裁注：《说文解字注·石部》，上海：上海古籍出版社，1981年，第452页。

② ［清］鄂尔泰，张廷玉，等纂：《授时通考》，北京：中华书局，1956年。

碓梢作槽，受水以为春也。凡所居之地，间有泉流稍细，可选低处，置碓
一区，一如常碓之制。但前头减细，后梢深阔为槽，可贮水斗余，上庇以
厦，槽在厦。乃自上流用笕引水，下注于槽，水满则后重而前起，水泻则
后轻而前落，即为一春。如此昼夜不止，可毇米两斛。日省二工，以岁月
积之，知非小利。"[1] 道士居于深山之中，山间有清泉流过，便可借用水力
建造水碓。"云碓无人水自春"不仅写出了水碓的便利之处，还蕴含了道教
中的自然与人的和谐思想。

道教从"天人合一"的整体观念出发，十分重视人对环境的依赖关系。
懂得自然规律，掌握自然规律，才能更好地利用自然规律，最终达到人与
自然和谐的境界。人们发现自然中的水由高处流下来会产生一定的重力这
一自然规律，于是对碓进行改进，发明了水碓，借助水的力量，将势能转
化成动能完成生产加工，不仅省了人力，还提高了碓的生产效率。所以，
诗人才能在山中看到"云碓无人水自春"的景象。

元稹在《和乐天寻郭道士不遇》一诗中唱和道："方瞳应是新烧药，短
脚知缘旧施春。"[2] 白、元的一唱一和，仿佛水和碓一起一落般和谐自然。
唱和诗是两位或多位作者通过互动的方式共同完成的作品形式。白居易和
元稹相识之后便结成莫逆之交，共同努力于唱和诗的创作。即使在贬谪之
后相隔两地，仍然情系对方，相互寄送诗篇，在一唱一和中，排解忧愁，
切磋诗技。元、白的唱和诗达两百多首，尤其是元和五年至元和十三年
（810—818）间，白居易被贬为江州司马，元稹也被排挤出京，失落中的两
人唱和诗达到一个小高峰。他们对唱和诗的发展做出重大贡献。

钓竿不复把，野碓无人春

隐逸在中国的传统文化中一直占有着不可忽视的地位，尤其是在唐代
诗人中，隐逸之风盛行。"野碓"作为重要的谷物加工工具，也经常伴随着
山厨、焙茗出现在隐逸诗当中，蕴含了诗人对乡村田舍，自耕自足生活的
向往之情。岑参向来以边塞诗闻名，而在出仕前他也曾是一个隐士，入仕

① ［清］鄂尔泰，张廷玉，等纂：《授时通考》，北京：中华书局，1956 年，第 871 页。
② 中华书局编辑部点校：《全唐诗》卷四一六《元稹》，北京：中华书局，1999 年，第 4604 页。

之后并不是一帆风顺，先隐后仕，他的心境会面临怎样的变化呢？《因假归白阁西草堂》这首诗记录了诗人入仕后的心理变化。

因假归白阁西草堂①

岑参

雷声傍太白，雨在八九峰。
东望白阁云②，半入紫阁松。
胜概纷满目，衡门趣弥浓③。
幸有数亩田，得延二仲踪④。
早闻达士语⑤，偶与心相通。
误徇一微官⑥，还山愧尘容。
钓竿不复把，野碓无人舂。
惆怅飞鸟尽，南溪闻夜钟。

一、边塞卫国，心系农业

岑参（715—770），唐代诗人，原籍南阳（今属河南），迁居江陵（今属湖北）。他出生在一个没落的显宦人家，他的曾祖父岑文本在太宗时官至宰相，是贞观名臣之一。岑参的伯祖父岑长倩是武后时的宰相，因反对立武承嗣为皇太子遭杀害，他的堂伯父岑羲在中宗、睿宗时为宰相，后被牵连进谋逆被诛。自此，三世为相的显赫家族就没落了。岑参自小在哥哥的指导下刻苦学习，读遍经史，希望有朝一日能够考取功名，重振衰落的家道。约20岁时，岑参开始奔波于长安和洛阳之间求取功名，过了十年，仍一无所获，直到30岁考取进士，得到一个卑微的参军之职。岑参这一时期的诗歌内容多是写景、赠答、感怀身世、赞美隐居生活等。天宝八载

---

① 中华书局编辑部点校：《全唐诗》卷一九八《岑参》，北京：中华书局，1999年，第2046-2047页。

② 白阁：山峰名。在今陕西省，紫阁、白阁、黄阁三峰，具在圭峰东。

③ 衡门：横木为门。指简陋的房屋。喻指草堂。

④ 二仲，原指汉代隐士羊仲、求仲。后用以泛指高洁隐退之士。

⑤ 达士：见识高超，不同于流俗的人。

⑥ 微官：小官。

（749），岑参被推荐为右威卫录事参军，开始第一次塞外之行，这也为他边塞诗歌的创作打开了新天地，写下了许多"奇丽""悲壮"的边塞诗。其中，多有涉农诗句，如《北庭西郊候封大夫受降回军献上》有"胡地苜蓿美，轮台征马肥"，《过梁州奉赠张尚书大夫公》有"芃芃麦苗长，蔼蔼桑叶肥"。直至天宝十四载（755），"安史之乱"爆发，岑参离任东归，从军边塞生活彻底结束，晚年进入蜀中任职，退居成都以终老。这一时期由于形势的影响，多了一些感叹国事多舛、民生多艰的深沉之作。赴蜀后，山水诗的写作也成了他生活中的重要部分。

二、三十始一命，宦情都欲阑

这首诗创作于天宝三载（744），岑参 30 岁在长安考中进士，以赵岳榜第二人及第（据《唐才子传·岑参传》）。中第后，授右内率府兵曹参军。十年奔波，却只在京城长安做了个右内率府兵曹参军的小官，职责是看守兵甲器杖、管理门禁锁钥，工作刻板而又琐碎。这对于岑参来说，无异于是置身牢笼。这使岑参一度陷入苦闷的境地："三十始一命，宦情多欲阑。自怜无旧业，不敢耻微官。涧水吞樵路，山花醉药栏。只缘五斗米，辜负一渔竿。"（《初授官题高冠草堂》）[1] 他心里是酸楚的，官微固使人失望，最要命的还是生活的平庸。于是，岑参请假回到草堂，将满腔雄豪之气和希图归隐之心，都融入这首《因假归白阁西草堂》中。这首岑参的早期作品具有"语奇体峻"的风格特征，又含有王、孟诗那样的悠淡之趣。

三、草堂听风雨，微官愧还山

这首诗的开篇四句描写山中骤雨壮大气势，诗人在白阁峰西面自己的草堂里，极目远眺，只听轰然的雷声突然从太白山那面传来。随着终南山（太白山）雷声响起，大雨倾盆，笼盖诸峰，白阁峰之云与紫阁峰松色连成一片。雷雨轰鸣，乌云翻涌，若即若离又相互交融，最终与太白山和白阁、紫阁诸峰相连，造成一种雄阔无比的恢宏气势。突然，诗人笔峰一转，进入一个崭新境界之中，由外景"胜概"转入"衡门"之"趣"。用隐居"衡门"生活与仕宦帝都长安及右内率府兵曹参军的衙署生活相比，尽管京

① 中华书局编辑部点校：《全唐诗》卷二〇〇《岑参》，北京：中华书局，1999 年，第 2092 页。

城和衙署富丽堂皇，但生活确实平庸枯燥，远不如那简陋草堂中瞬息万变、应接不暇的景色，从而流露出诗人追求自由无碍的思想。

诗歌的后半部分，从"幸有数亩田"到末尾，以夹叙夹议的手法，抒发了自己对微官不满和向往自由闲适生活的情怀。自己本有几亩薄田，可以像汉代隐士羊仲、求仲那样过隐居的生活。早已听说过"达士"规劝之语，正与我心相通。如今因假而还归草堂，为自己满身尘俗之气感到羞愧不已。钓竿疏远了，春米的碓也闲置了，想起来就惆怅不已，望着那日暮时渐尽的飞鸟，只听见南溪几声悠扬的钟声。最后两句，作者将无限怅惘之情融进自然景物之中，结语十分巧妙。

这首诗的开头和结尾还形成了一种对比，隐含着作者的深意。开始四句极写雷雨风云来势之猛，一派动荡之势，草堂似乎难以避免暴风雨的冲刷。接着，作者虽然没有再交代风雨，但从"惆怅飞鸟尽，南溪闻夜钟"的暗示可以看出，"山雨欲来风满楼"，飞鸟惊走不见踪影，最后雨却下往别处去了，只听闻那悠远回荡的钟声。诗人笔下的一动一静之间的强烈对比，正如人生变幻无常，无法预知。"早闻达士语，偶然心相通。误徇一微官，还山愧尘容"，将这种迷惘而又感伤的情怀，表现得婉曲而又深沉。

四、沾染尘世气，野碓无人春

"钓竿不复把，野碓无人春"写出了诗人对隐士生活的怀念。曾经的隐士生活悠闲自在，江边垂钓，自给自足，好不快活。"碓"作为传统生活中最常见、最常用的一种农具，在寻常百姓家随处可见，为满足日常饮食，"碓"的作用不可小觑。"碓"是用作脱壳和捣碎谷物的农具，一般认为是由更为古老的"杵臼"发展演变而来的。"杵臼"的杵是指粗长的棒槌，可以用来捶、捣、砸，甚至作为武备使用，"臼"则是外形呈"凹"形的器具。杵、臼两个词连用，表示这一套捶捣的工具；分开使用，则分别表示两个独立的且在功能上有关联的器具。在各种各样的碓中，用人力脚踩的碓是结构最为简单的一种：将一根稍粗的木棍从大致中间离地尺余的位置固定在架子上，木棍的一端安装有木杵，杵的下方放置固定好的石臼。使用时，在石臼中放入适量的未脱壳的稻谷，一人用脚有节奏地踩木棍的另一端（一般做成扁平状），杵头一起一落，就可以逐步完成谷物的脱壳工作了。相比于杵臼而言，这种简单的碓不仅省人力、效率高，而且制作起来比较方便，非常适合一家一户日常使用，见图 35。

图 35　碓

　　诗人已身处官场之中，沾染了尘世俗气，曾经垂钓自得，如今已是生疏，就连碓也很久没有舂过米，道出了曾经隐居生活的自在逍遥，蕴含着诗人对隐居生活的无限怀念。清静优美的大自然，给他美的享受；远离世俗，心境澄明，淳朴、自然的本性得到放任。归隐是岑参的理想，岑参早年居于王屋县，15 岁的时候隐于嵩阳，20 岁后又移居终南山。世外之想是他的心理需求，岑参在《初至西虢官舍南池呈左右省及南宫诸故人》① 中感叹自己早年在隐与仕中的迷失——"早年迷进退，晚节悟行藏。他日能相访，嵩南旧草堂"，至老才悟得旧日的嵩南草堂才是自己最终的归宿，而自己一旦有机会回去，定将在那里度过时日。岑参的《春半与群公同游元处士别业》② 一诗尽显其归隐思想，"山厨竹里爨，野碓藤间舂。对酒云数片，卷帘花万重"，通过描绘元处士的生活：山厨、野碓、美酒、卷帘这些人事，都与竹、藤、云、花这些自然景物相一致，共同组成一个混一的境界，不可分割。处士的生活同自然风光是和谐的，它本身就是自然中的一个组成部分。这不仅仅是岑参眼中的自然，岑参眼中的处士生活，也正是他想要过的生活。自古以来，农村的田园风光能够带给人们休闲、恬静的体验，

---

① 中华书局编辑部点校：《全唐诗》卷一九八《岑参》，北京：中华书局，1999 年，第 2029 页。
② 同①，第 2044 页。

很多诗人在经历了生活的磨难或是官场的黑暗后就会选择归隐田园，过着日出而作、日落而息的生活。中国作为传统的小农经济为主的农业大国，农业不仅是重要的民生支柱，更是中国人对自然的一种敬畏和回馈。人们制造和使用农具，从自然中获取生产资料，同时也遵循着"应时、取宜、守则、和谐"的原则，在生产过程中顺应和保护自然，与自然和谐相处。由此造就了乡村"天人合一"的环境，简朴的农舍，炊烟轻袅，鸡犬相鸣，富有节奏的踏碓声，是农耕文化的有声传承。

数家春碓硙，几处浴猿猴

水碓是用水力带动谷物加工的工具，在汉代就已经发明，到了唐代，由于小麦的广泛种植，水碓的技术也在不断改进，其制造水平已经相对成熟。在唐诗中也出现了多首描写"碓"的诗，有声势浩大的水连碓，也有深山之中的云碓，还有村舍之中的野碓。从碓的名称变化可以看出这一朝代的兴衰，从声势浩大的水连碓，到久无人春、废弃山野的野碓，由生机到颓废，碓以其无声的变化见证了一个王朝兴衰。贯休的这首诗中所描写的碓正是经历了繁荣之象，如今深藏山中幸免于难得以留存下来，在水的滋养下继续流转，也蕴藏了诗人无心是道的禅宗思想。

东西二林寺流水①

贯休

水尔何如此，区区矻矻流②。

墙墙边沥沥，砌砌下啾啾。

味不卑于乳，声常占得秋。

崩腾成大瀑，落托出深沟。

---

① 中华书局编辑部点校：《全唐诗》卷八三〇《贯休》，北京：中华书局，1999 年，第 9440 页。

② 区区矻矻：形容奔走辛劳。

远历神仙窟①，高淋竹树头。
数家春碓硙②，几处浴猿猴。
共月穿峰蠛，喧僧睡石楼。
派通天宇阔，霤入楚江浮③。
为润知何极，无边始自由。
好归江海里，长负济川舟。

一、诗僧贯休，诗风奇崛

　　贯休（832—912），字德隐，俗称姜氏，金华兰溪登高（今属浙江）人。唐五代的书法家、画家、诗人。贯休七岁时家道中落，父母将他送到本邑兰溪和安寺从圆贞禅师学佛，约16岁到暨县五曳山寺修禅，大中九年（855），贯休受具足戒满，开始游方。贯休一生颠簸，入世颇深，留下了不少佳作。他的诗歌主题多样，包括咏物诗、咏怀诗、怀古诗、边塞诗、行旅诗、隐逸诗等，风格奇崛怪诞。贯休的"奇崛"诗风与其性格有很大的关系。

　　北宋释文莹《续湘山野录》称"（贯）休性褊介"④，"褊介"有傲骨、果敢、耿直之意。贯休曾遍谒诸镇帅，经常以诗句不合而去，拜谒荆南节度使成汭，汭问其笔法，贯休答曰："此事须登坛而授，岂可草草而言？"⑤因此得罪成汭，被放逐黔中。由此可见贯休的率真耿直、不阿谀奉承的性格。

　　另外，贯休如此独特的性格也和他的身份有关。僧人本来就崇尚自然，行为无拘，追求语言与心灵的自由，这些因素让僧人的诗歌更容易产生向真、尚俗的特质。受当时诗坛追求清雅和奇崛的影响，诗人们在创作中刻意打破前人的对称、押韵之美，从险中求怪，给人以耳目一新的感觉。在这样的多重因素影响下，贯休形成了自己独特的风格，他把诗歌浸润在对

唐诗里的农耕文化

---

①　神仙窟：神仙居处。亦用比喻隐居处或逍遥自在的住所。

②　数家：擅长术数的人。

③　霤（liù）：向下流的水。"霤"，原误作"溜"，兹据四库全书本《禅月集》校改。

④　[宋] 文莹撰：《续湘山野录》，北京：中华书局，1984年，第80页。

⑤　陆永峰校注：《禅月集校注·附录》，成都：巴蜀书社，2006年，第538页。

宗教的虔诚之中，率性而发，语出不凡。在诗风萎靡的唐末五代，显得特立独行。

二、避乱庐山，游历胜地

诗中所提到的西林寺始建于东晋太和二年（228），是庐山北山第一寺，北宋苏轼曾在此题下"不识庐山真面目，只缘身在此山中"的千古佳句。东林寺的建造时间稍晚于西林寺，是佛教净土宗的发源地，也有着悠久的历史，因处于西林寺以东，故名东林寺。晚唐时期，贯休前后曾三次进入江西，这首诗是贯休在游览东林寺和西林寺时所作。贯休首次进入江西时没有确切的时间和路线，根据《全唐诗》中贯休《山居诗二十四首·自序》所云"愚咸通四五年中，于钟陵作《山居诗》二十四章"① 可知，贯休在咸通四年至五年间（863—864）活动于洪州开元寺、西山一带。

在洪州期间，贯休到石亭观音院参谒仰山慧寂禅师，后又叩询大安寺的通禅师院，对其佛学思想产生了较大的影响。大约在唐懿宗咸通十一年（870）、十二年（871）间，贯休再次回到江西洪州，拜访旧日诗友，有诗《再到钟陵作》《江西再逢周璥》。唐僖宗广明元年（880），黄巢起义军攻陷睦州、婺州，为躲避战乱，贯休辗转于江浙一带的寺院。中和元年（881），贯休离开天台山，不久之后隐居于庐山。在庐山躲避战乱期间，他游历了东林寺、西林寺、锦绣谷、石镜峰、香炉峰等胜地。尤其是东林寺，在当时不仅是最著名的寺院，还是贯休最敬重的大愿和尚居住的地方，所以贯休经常前往东林寺，并且创作了多首诗歌，如《题东林寺四首》《再游东林寺作五首》《别东林僧》《东西二林寺流水》等。在东林寺期间，贯休除了游方观景，还与当地诗僧一起交游唱和，留下了很多传唱佳作。

三、任水自流，无边是道

这首诗描写了庐山东林寺和西林寺的流水，全诗用了对比、夸张等手法，生动形象地写出了流水从山涧流过，历经寺院石楼，穿过山峰间隙，最后流入楚江，奔赴大海，获得无边自由的经过，传达出自然适意，追求心灵自由无边的禅意。

① 中华书局编辑部点校：《全唐诗》卷八三七《贯休》，北京：中华书局，1999 年，第 9501 页。

诗歌的前半段欲扬先抑，以反问起笔，诗人发出疑问：水何必要这样一直不辞辛苦的流淌呢？从墙边石下渐渐沥沥不断滴落，其味应该不比乳汁差，水声也有其特色，就是这些流水汇聚在一起，瞬间变成奔腾的瀑布，从高耸的山间落下，砸入深深的沟底，从隐士居所流过，其溅起的水花淋湿了高高的竹梢，可见其水势之凶猛，也流转了数不清的水碓，还有几只猿猴在水边嬉戏沐浴，穿过与月比高的山间缝隙，由于较大的落差使其水声磅礴，喧扰了睡在石楼之中的僧人，进一步辗转前方，接近无边的天宇，流入了楚江。这些水浸润到哪儿才是边际呢？没有边际才是自由的开始。原来流水这么不辞辛苦的奔波，都是为了归入这无边际的江海之中，承载过往的行船。

　　这首诗通过流水的经历，悟出了禅宗"无心是道"的思想。"无心是道"是在"即心即佛"的基础上对"心""佛"概念的破除。无心也并不是全无心的存在，而是指远离凡圣、善恶、美丑等一切分别情识的真心，这也是处于不执着、不滞碍的一种自由境界。这种思想在《东西二林寺流水》这首诗中借流水的经历体现得淋漓尽致，而这种自由的概念来自牛头禅。牛头禅是佛教的禅宗派别，牛头禅师与洪州禅师多有来往，与洪州禅的思想非常接近，慧忠说："一切诸法，本自不生，今则无灭。汝但任心自在，不须制止，直见直闻，直来直去，须行即行，须住即住，此即是真道。"[1] 贯休在洪州修禅时受两宗思想的影响，在诗中的这种自在、自由的态度正是诗人想要追求的无心是道。从这个角度说，贯休的诗歌也是一部"禅史"。

四、水流春碓活，浸润无边际

　　"数家春碓硙，几处浴猿猴"写出了山水流过，水力转活了几处碓机，远处猿猴在水边嬉戏的人与自然和谐自由的场景。水碓是中古时期较为先进的生产加工工具，水碓的特点主要是在技术上充分利用水力资源，借助水力带动碾硙进行加工生产，这不仅解放了人力，而且大大提高了生产劳动的效率，见图 36（来源：弘昼，鄂尔泰，张廷玉，等纂修：《钦定授时通考》卷四十，清乾隆三十八年（1773）武英殿刊本）。随着唐代小麦的种植

----

　　① ［宋］延寿：《宗镜录》卷九十八，《大正藏》第 48 册，台北：新文丰出版有限公司，1985年，第 945 页。

越来越广，人们对碾硙的需求越来越强烈，于是碾硙得以兴建。唐代寺院经济兴盛，经济势力不断膨胀，使得寺庙经济局面有所突破，与整个社会有着密切的联系，并对当时的社会生活产生了重要的影响。水碓的生产效率不仅大大提高，而且其生产效益也十分丰厚，寺院的经济壮大，不仅有来自王公贵族和社会各个阶层的捐献，还有通过各种手段为自身谋取经济利益，收益丰厚的水碓自然是寺院经济的谋取对象之一。北魏杨衒之《洛阳伽蓝记》卷三有对当时寺庙利用水碓进行生产加工的描述："（景明）寺有三池，萑蒲菱藕，水物生焉。

图36　水转连磨

或黄甲紫鳞，出没于繁藻；或青凫白雁，沉浮于绿水。辇硙舂簸，皆用水功。"① 但是大规模的水硙经营，随之而来的是许多社会经济问题，其中最主要的就是影响了农业水利灌溉，同时寺院占据了大量的农田，也影响到国家的经济发展。到了晚唐唐武宗时期，武宗崇尚道教，故而决定抑制佛教的发展，会昌五年（845），唐武宗下诏拆寺、裁汰僧尼，"其天下所拆寺四千六百余所，还俗僧尼二十六万五百人，收充两税户，拆招提、兰若四万余所，收膏腴上田数千万顷，收奴婢为两税户十五万人"②，寺院僧人四散，无人打理，逐渐衰败。贯休在《秋末长兴寺作》里写道："荒寺古江滨，莓苔地绝尘。长廊飞乱叶，寒雨更无人。栗不和皱落，僧多到骨贫。行行行未得，孤坐更谁亲。"描述了寺庙的破败、僧人的困窘。藏于山林之中的一些寺庙幸免得存，成了唐末社会动乱的避难之所。由此，在深山之中的水碓也得以幸存，在山水的滋养下依然生机勃勃地自由运转。

① ［北魏］杨衒之著；周振甫释译：《洛阳伽蓝记校释今译》，北京：北京联合出版公司，2019年，第113页。

② ［后晋］刘昫，等：《旧唐书》卷十八上《武宗纪》，北京：中华书局，1975年，第606页。

野碓舂粳滑，山厨焙茗香

　　野碓常存在于村舍田园之间，也时常出现在文人墨客的笔下。在已统计的唐诗中，有二十首诗都提及了碓。为何一个很平常的农具会经常被诗人所提及呢？这与唐代盛行的隐逸之风有很大的关系，存在于村舍间的野碓正是田园闲适生活的真实写照。久居官场的诗人向往归隐的生活，在田间耕作粮食，自给自足，没有案牍之扰，只有村野之趣。通过江南才子许浑的《村舍》诗，我们可以感受晚唐诗人的归隐思想及文人士子对村野生活的喜爱之情。

214

村舍①

许浑

燕雁下秋塘，田家自此忙。
移蔬通远水，收果待繁霜。
野碓舂粳滑，山厨焙茗香。
客来还有酒，随事宿茅堂。

一、江南才子，诗颂田园

　　关于许浑的生卒年，所有相关的史料均没有明确的记载。有学者通过对其诗歌及相关史料的考证，推算出一个大概：闻一多先生在《唐诗大系》中明确说到许浑生于贞元七年（791），卒于大中八年（854），但是闻一多并没有说明其依据，因此，这个说法只能作为一个参考。但可以确定的是，许浑是晚唐之际一位重要的诗人，他的诗作在当时广为流传，受到人们的喜爱。如韦庄在《题许浑诗卷》中高度赞赏许浑诗，称其诗曰："江南才子

---

　　① 中华书局编辑部点校：《全唐诗》卷五二八《许浑》，北京：中华书局，1999 年，第 6093页。原题注："一作送从兄归隐蓝溪第三首"。

许浑诗,字字清新句句奇。"① 许浑的名句"溪云初起日沉阁,山雨欲来风满楼"更是脍炙人口,流传千古。许浑的诗歌题材丰富,在其隐逸诗中描写了很多体验田园生活和躬耕劳作之乐。如《村舍二首》"莱妻早报蒸藜熟,通子遥迎种豆归"②,生动形象地描绘了一幅闲适超脱的田园隐居生活的场景。

二、徘徊于江湖魏阙,归隐于京口山水

许浑穷极一生奔波仕途,甚至卒于刺史任上,但是同时他又有着强烈的归隐思想,他的一生都在仕隐之间纠结。在入仕与归隐的矛盾纠结,庙堂与江湖的无奈徘徊,是中国封建士大夫的一种精神常态。在唐代,儒、释、道三家并举,影响着人们的思想生活。在儒家"学而优则仕"思想的影响下,人们形成了积极入仕的官本位意识,很多文人一生都挣扎在仕途之路上。同时,佛家的万物皆空与道家的自然无为思想又影响着这些文人的生活态度,尤其是科举不中或仕途险阻时,归隐思想便开始萌芽,想要寄情山水,享受宁静淡泊的隐逸生活。许浑一生向往的归宿是回到润州丁卯村过着山林、田园的隐逸生活。当美好的理想在残酷的现实中破灭,许浑便只能以退隐来使孤寂的心得到安慰。

三、留恋于村舍生活,安享于稼穑之乐

这首诗以平淡朴素的语言,描写出农村秋收忙碌的场景,在繁忙的秋收季节,农民移种蔬菜禾苗、收取硕果、舂稻、焙茶,充满了丰收的喜悦和欢乐。忙碌了一天,在客人到来时他们依然热情招待。村舍生活恬淡、纯净,村民热情、淳朴,生活过得随意而充实,这正是许浑所向往的生活方式。乡下人质朴亲近,热情好客,与反复无常的官场形成鲜明对比,山林田园的闲居之乐对比黑暗无情的官场更让人心向神往。从兄归隐山林,对许浑的归隐意识产生了一定的影响。他在《送从兄归蓝溪二首》中曰:

---

① 中华书局编辑部点校:《全唐诗》卷六九六《韦庄》,北京:中华书局,1999 年,第8087 页。

② 中华书局编辑部点校:《全唐诗》卷五三四《许浑》,北京:中华书局,1999 年,第6141 页。

"名高犹素衣，穷巷掩荆扉""无人知此意，甘卧白云中"[①]，表面上说的是从兄的境况，但同时也是许浑的自况之词。杏花春雨，多情婀娜的江南水乡给许浑诗歌创作以不竭的源泉，官场的污浊，仕途的坎坷，热爱自然的本性加剧了许浑对故乡山水的偏爱。许浑初入仕途任职宣州之时就在润州（今镇江）置田十余亩，假日闲居时，在暂时的田园生活中求得解脱，摆脱公务繁杂，在田园村野之间放松身心，消除疲惫，庙堂之志与林泉之趣两者兼得，表现出既心怀天下又超脱功名的人生境界。此后，许浑每当罢官赋闲，或隐居茅山石涵村舍，或隐居丁卯村舍，都在仕途和归隐之中奔走。

四、许浑身世落渔樵，野碓山厨茶酒香

"野碓春粳滑，山厨焙茗香"，清新自然的笔法写出农人秋收后春米，焙茶的生活情景，既有水稻脱去外壳变得光滑的视觉描写，又有从厨房飘出阵阵茶香的嗅觉描写，以五官的联动来感受农村生活的恬静美好，传达出了诗人对村舍生活无尽的向往之情。农村有"三秋"的说法：秋收、秋耕、秋播。秋天也是农民一年之中最为忙碌的时候，田间的庄稼需要收获，还需要晾晒、加工、储存。在农作物收获后，土地需要耕作，清除杂草，提高肥力。对收获的粮食进行加工是很重要的一步，农民通过碓来脱去谷物的外壳，再进一步把谷物磨碎，磨成粉状的粮食可以做成各种食物，更有利于粮食的食用和储存。

"碓"和"臼"对人类生活影响颇深。月明星稀，淳朴的乡间农民三五成群，立于"臼"旁，长杵一起一落，上下捣击，敲击的声音打出了节拍，人们和节歌唱，见图37（来源：王祯编著：《王祯农书》卷十六，北京：中华书局，1956年，第276页）。这时劳作的疲惫一扫而光，丰收的喜悦随着歌声悠扬飘远，落下的是人生的惬意、心灵的轻松。

① 中华书局编辑部点校：《全唐诗》卷五二八《许浑》，北京：中华书局，1999年，第6092-6093页。

唐诗里的农耕文化

臼杵

图 37　杵臼

在中国两千多年的封建经济中，自给自足的小农经济一直占据主导地位，唐代的小农有一定的经营自主权，不受官府的限制，唐初较为宽松的私营政策在一定程度上鼓励了这种行为。小农家庭人口较少，生产规模也不大，生产成本低，经济效益好。丰收时节，家家户户的碓机声交织在一起，传递着这一年丰收的喜悦，远离官场的污浊，许浑被这乡村的丰收之乐和悠远恬淡深深吸引，创作了一首首村舍诗，传达出自己想安于田园的心声。也正是对田园生活的喜爱与向往，使得后人将他归为隐居之士。如陆游在《读许浑诗》中写道："裴相功名冠四朝，许浑身世落渔樵。若论风月江山主，丁卯桥应胜午桥。"① 虽然一生纠结于为官与归隐，但乡村田园的美好与闲适在许浑心中更胜一筹。

碓喧春涧满，梯倚绿桑斜

唐代诗歌的创作方式有浪漫主义和现实主义，郑谷的诗歌宛如这两种创作方式的融合体。他以清婉的文字展现理想而完美的生活，却又反映了现实生活的模样。在其作品中，他乐于将农桑写入诗中，偏好描述农人辛勤、知足的快乐，但在暗暗讽刺着社会对农业劳作者的不公。《张谷田舍》

---

① ［宋］陆游著；钱仲联校注：《剑南诗稿校注》卷八十二《读许浑诗》，上海：上海古籍出版社，1985 年，第 4398 页。

这首诗用清婉的语词刻画农耕之美，通过聆听水与碓的音律来赞美农人保护自然又利用自然的智慧。

张谷田舍①

郑谷

县官清且俭，深谷有人家。
一径入寒竹，小桥穿野花。
碓喧春涧满，梯倚绿桑斜。
自说年来稔②，前村酒可赊。

一、乱世归隐求闲散

郑谷（851—910），字守愚，袁州（今属江西）人，是晚唐著名诗人。其父郑史，其兄郑启，均为著名诗人。郑谷诗多为写景咏物之作，以表达士大夫闲情逸致。郑谷以《鹧鸪》诗得名，因此人称"郑鹧鸪"；又由于唐僖宗时中进士，曾任都官郎中之职，也被后人称为"郑都官"。他和温宪、李栖远、喻坦之、李昌符、张乔等九人酬唱往返，号称"咸通十哲"。

郑谷生活在僖宗（873—888）和昭宗（888—904）时期，这一时期可以称为唐朝的黑暗时期，朝中宦官专权，朋党交争，地方藩镇势力豪横，人民生活于水深火热之中，尖锐的阶级矛盾导致农民起义不断发生。父亲郑史自小便重视对郑谷的教育，他7岁便能写诗，其才能受众人赞赏，被司空图称为"一代风骚主"。尽管如此，他的仕途却十分坎坷，生逢乱世，空有才华，连考十几年科举，直至40岁才中进士，50岁才升迁为都官。在唐末乱世的特定环境下，郑谷难以实现自己"兼济天下"的理想，便通过讽喻诗批评朝政，借伤乱诗悲家国之痛。他痛感现实社会的黑暗与时政的腐败但无扭转时局之力，也不愿与权贵同流合污，便走向了归隐之路。在这种背景下，他也创作了许多清婉的田家诗，《张谷田舍》便是其中一首。

---

① 中华书局编辑部点校:《全唐诗》卷六七四《郑谷》，北京：中华书局，1999 年，第7782 页。

② 稔（rěn）：庄稼成熟。

二、清婉诗作呈现农耕之美

辛文房在《唐才子传》卷九中评价郑谷诗说："谷诗清婉明白，不俚而切。"① "清婉"在《汉语大词典》中有两个义项，一为"清新美好"，二为"清亮婉转"。前人研究郑谷诗歌，取两个义项的部分意思，评价其诗歌格调清新且节奏婉转，如其作品《浯溪》有"湛湛青江叠叠山，白云白鸟在其间"的诗句。郑谷运用叠词和单字重复，赋予诗歌和谐流美的韵律，散发出悠然闲逸的情趣。"明白"是指其诗歌语言浅切易懂，欧阳修《六一诗话》评价郑谷诗："以其易晓，人家多以教小儿。余为儿时犹诵之，今其集不行于世矣。"② 此外，郑谷用词准确，让人立即抓住关键，理解诗人所传达的情致。如《旅寓村舍》中有"春阴妨柳絮，月黑见梨花"的诗句。诗人用两个动词"妨"与"见"，便使寻常景物变得灵动鲜明。

除了诗风清婉明白之外，郑谷诗具有贴近社会现状、展现真实的人民生活的特色，农桑这一话题就贯穿于郑谷每个时期的诗歌。生于乱世却心怀天下时，他写下"翻令力耕者，半作卖花人"（《感兴》）③ 来讽刺统治阶级追求享乐、种花作乐却不重农桑的弊政；而"晓陌携笼去，桑林路隔淮。何如斗百草，赌取凤凰钗"（《采桑》）④ 则将辛勤劳作的养蚕农民与赌博作乐的闲人进行对比，揭露社会风气的糜烂。选择避世后，他寄情山水，创作大多是围绕自然，在与自然和谐相处的农耕上亦有笔墨，传达他对田园隐逸生活的向往，《张谷田舍》便是其中的代表作。

诗歌首句描写了所处之地的官员与居民，"县官清且俭"是指这块地区的县官清廉正直、节俭爱民，"深谷有人家"描述了田舍人家清幽的住处。二三两句是对景物的描写，诗人用清婉的诗句展示一路访问游览的所见所闻，在他笔下，田舍的美丽风光与农民的辛勤劳作浑然天成。他穿过青翠竹林掩映的小径，走过小桥，满眼是两岸盛开的野花。春水涨满了山涧，设在岸上的水碓不停地转动，溪水流淌的哗哗声与农具运作的声响充斥着

---

① ［元］辛文房著；王大安校订：《唐才子传》，哈尔滨：黑龙江人民出版社，1986 年，第185 页。

② ［宋］欧阳修：《六一诗话》，［清］何文焕辑《历代诗话》，北京：中华书局，1981 年，第265 页。

③ 中华书局编辑部点校：《全唐诗》卷六七四《郑谷》，北京：中华书局，1999 年，第 7768 页。

④ 中华书局编辑部点校：《全唐诗》卷六七四《郑谷》，北京：中华书局，1999 年，第 7768 页。

整个山谷，仿佛是人与自然共谱的乐章。再往前走，诗人步入桑树林，一架架木梯子斜靠在桑树旁，桑树丰茂，布满了肥硕的叶子，农民正忙着采摘桑叶，为今年蚕茧的丰收做准备。最后一句诗则是诗人与田舍中人家的对话，农民淳朴好客，亲切又满足地告诉访客："近年来收成很不错，我们在前村那儿买酒都能赊账了呢。"诗人以朴素的语言逼真地表现了农民自足自乐的心情和质朴闲适的农家生活，让人在平淡的语言中感受到农耕丰收的喜悦。

三、乐农之稼穑，悯农之疾苦

农耕是农民的日常生活，是人们为了生存的劳作，并不是用于取悦自己和他人的休闲活动。在郑谷眼中，山谷人家在踏踏实实的劳作中获取丰收的愉悦，而且自然与农耕的和谐相通，这正是他所追求的淳朴原始的极乐，也是他远离台阁后所向往的避风港。

"碓"与"梯"是农村常用的工具，水碓要借助流淌的水才能运作，最早出现在西汉末年，流水冲击让水轮转动，使碓头随着转动一下一下地舂米，反复击打谷物，让谷物脱粒，见图38。诗句中的一"喧"一"倚"，既传神又有趣，让简单的农作生动立体，"春涧"与"绿桑"是自然给予的资源。古时的人们善于利用自然，用水作动力转动碓来加工谷物，用桑叶喂养蚕虫收获丝线，其中蕴藏着的是劳动人民的智慧：人们利用可循环的自然之力来提高农作的效率，但并不破坏自然，也不会滥用自然。在郑谷的描绘下，田舍生活其乐融融，农民深谙知足常乐，一年的劳作只为了满足一家人的温饱，若稍有富余，便打酒来庆祝今年的丰收。

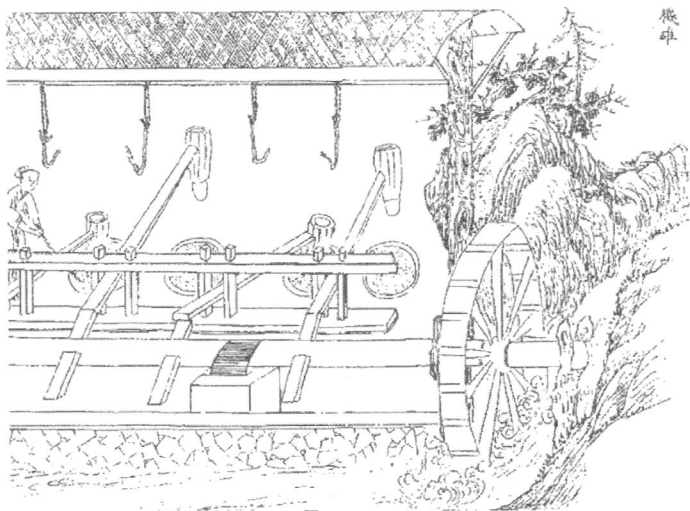

图 38 连机水碓

郑谷此诗所呈现的一派祥和的田家景象却与中晚唐真实的田家生活截然不同。"安史之乱"爆发后,丁壮折损和民户逃亡的情况愈加严重,此时的农田情况可谓"田地潜更主,林园尽荒废"。"均田制"最终走向衰亡,唐朝不得不进行赋役制度的改革,实行"两税法"。尽管"两税法"对国家财政产生了积极的影响,按资产收税的制度在一定程度上调动了劳动者的生产积极性,但在当时藩镇战乱、官民比例失调的大背景下,"两税法"无法解决根本问题。从中唐至晚唐,许多官吏为了升官提位,在正税之外加征,亦有贪婪的官员钻两税定额的漏洞,用其他杂税的名目增加税收,导致农民负担不断加重,田家劳碌一年后反而一无所获。这一时期产生了许多田家诗,主要内容多反映田家税负过重的现象,而郑谷这首田家诗所描绘的场景却不见重税,亦不言农桑之艰难,反而呈现出详和繁荣之貌,反而与盛唐时的田家诗极其相似,展现出"田家乐"的主题。其中一种缘由是晚唐农业技术仍然不断进步,农民希望通过对农具的高效利用增加收成,负担沉重的税收;另一个原因便是文人对现实过于失望,选择漠视和逃避,或许郑谷也是其中一员,或许他并没有去过这处田舍,这是他所憧憬的理想社会。他试图在诗歌中营造"乐农",传达他对悠然自得的田家生活的向往。

参考文献

［1］毛妍君. 白居易闲适诗研究［D］. 西安：陕西师范大学，2006.

［2］杨勇，马群英. 白居易闲适诗中写景诗的概念隐喻研究［J］. 海外英语，2014（12）：275-277.

［3］周秋贵，梁兆昌. 浅谈几种原始的药物粉碎工具［J］. 井冈山医专学报，2005（4）：68.

［4］刘丽冉. 白居易江州杂律诗研究［D］. 沈阳：辽宁师范大学，2020.

［5］王超佳. 白居易诗歌中的饮食文化研究［D］. 咸阳：西北农林科技大学，2020.

［6］殷志华. 古代碓演变考［J］. 农业考古，2020（1）：104-109.

［7］张玉虎. 碓臼［J］. 当代农机，2017（2）：68.

［8］赵乐. 元白唱和诗研究［J］. 北京大学学报（哲学社会科学版），2009，46（6）：90-96.

［9］黄雅幼. 岑参的边塞诗和山水诗［D］. 杭州：浙江大学，2013.

［10］安攀. 岑参山水诗研究［D］. 保定：河北大学，2012.

［11］彭金山. 农耕文化的内涵及对现代农业之意义［J］. 西北民族研究，2011（1）：145-150.

［12］夏学禹. 论中国农耕文化的价值及传承途径［J］. 古今农业，2010（3）：88-98.

［13］黄梦珊. 贯休及其诗歌研究［D］. 南京：南京师范大学，2015.

［14］杨芬霞. 中唐诗僧研究［D］. 西安：陕西师范大学，2006.

［15］张红. 许浑生卒年新考［J］. 内江师范学院学报，2015，30（5）：66-70.

［16］尹文芳. 许浑诗歌用典研究［D］. 长沙：湖南大学，2015.

［17］沈小娣. 论许浑与江南地域文化［D］. 厦门：华侨大学，2012.

［18］孟国栋. 许浑隐逸生活研究［J］. 西安电子科技大学学报（社会科学版），2011，21（1）：100-104.

［19］张晓婷. 郑谷诗风的转变及成因研究［D］. 兰州：西北师范大学，2014.

［20］崔霞. 清婉·浅切·悲凉——郑谷诗歌风格略析［J］. 绍兴文理学院学报（哲学社会科学版），2009，29（3）：76-79，110.

［21］付娟. 汉代明器连机水碓考辨［J］. 古今农业，2015（4）：22-30.

［22］李广进. 击打式谷物加工农具［J］. 军事文摘，2020（20）：52-55.

（执笔：王　蓉　张伟婷）

唐诗里的农耕文化

精益求精

碾与筛

在古代文人生活中，"茶碾"被文人墨客赋予了特殊的生命，拥有了丰富的情感，表现出刚柔之美、灵动之美、风雅闲适、感时伤世等审美意蕴。这些意蕴也映现在唐代农耕文化及文人们复杂的心理状况中。

茶碾留香

据笔者统计，《全唐诗》中出现"茶碾"这个意象的诗词有 20 多首。为什么唐代的诗人会选择"茶碾"这个看似很普通的器具作为诗词意象来寄托情感呢？这不仅与茶文化兴盛于唐代有关，更是与当时文人的审美情结与心理状态密切相关。在中国古诗词中，文人的思想情感常常被嵌入外物或者外在的特定环境中寻求情与境的完美融合，也是诗人创造力的一种表现。李德裕的《故人寄茶》这首诗描写了茶碾碾茶、煮茶喝茶，品茗思友等日常生活中的美学境界，也反映了诗人的人生价值取向、仕途理想追求。

224

故人寄茶①
李德裕

剑外九华英②，缄题下玉京。
开时微月上，碾处乱泉声。
半夜邀僧至，孤吟对竹烹。
碧流霞脚碎③，香泛乳花轻④。
六腑睡神去，数朝诗思清。
其余不敢费，留伴读书行。

一、饱经沧桑之良相

李德裕（787—850），字文饶，唐代文学家、政治家，赵郡赞皇（今河

---

① 中华书局编辑部点校：《全唐诗》卷四七五《李德裕》，北京：中华书局，1999 年，第 5430 页。又见《全唐诗》卷五九二《曹邺》，注："一作李德裕诗。"《又玄》卷中作李德裕诗，《才调》卷三作曹邺诗。傅璇琮《李德裕年谱》系此诗于大和四年（830）入蜀前所作，当为李德裕诗。

② 剑外：剑门关以外的地区。泛指蜀地。茶树原产于巴蜀一带。九华英：唐朝时的茶名。

③ 霞脚：指经过煮后沉至杯底的茶叶。

④ 花：烹茶时泛起的乳白色泡沫。

北赞皇）人。李家家世显赫，祖父李栖筠是代宗朝大历贤臣，封赞皇县子，官至御史大夫。父亲李吉甫是元和名相，曾封赞皇县侯、赵国忠懿公。李德裕一生共经历了德宗、顺宗、宪宗、穆宗、敬宗、文宗、武宗、宣宗等时期。吴程玉在她的硕士论文《〈李德裕年谱〉校注》中把李德裕的整个一生概括为四个阶段，分别是：白衣①时期（出身至 29 岁）；入仕前期（30 岁至 40 岁）；入仕中期（41 岁至 51 岁）；入仕后期（52 岁至 63 岁）。李德裕的白衣时期一直跟随着父亲李吉甫。在入仕前期，他主要辗转于太原、湘南、长安及浙西四地。唐文宗时，也是李德裕的入仕中期，受李宗闵、牛僧儒等势力挤压，由翰林学士出为浙西观察使，先后在浙西生活了八年。太和七年（833），升为宰相，再次遭奸臣郑注、李训等人排斥。

唐武宗即位后，李德裕迎来了他的入仕后期，他再度成为宰相，执政期间外平回鹘、内定昭义、裁掉冗官，功绩显赫。会昌四年（844）八月，进封太尉、赵国公。唐武宗与李德裕之间的君臣相知成为晚唐之绝唱。唐宣宗即位后，李德裕由于位高权重，遭人排斥，五贬为崖州司户。大中三年十二月，李德裕在崖州（今海南海口东南）病逝，终年 63 岁。李德裕两度为相，太和年间（827—835）为相 1 年 8 个月，会昌年间（841—846）为相 5 年 7 个月，两次为相共计 7 年 3 个月。

二、茶香书香家声远

李德裕是个爱茶狂人。李家与茶的渊源深远，李德裕的祖父李栖筠及父亲李吉甫都曾与茶结下了特别的情缘。当李栖筠任常州刺史时，与茶圣陆羽因茶有交往。《唐义兴县重修茶舍记》中记载："御史大夫李栖筠实典是邦，僧有献佳茗者，会客尝之，野人陆羽以为茶香甘辣，冠于他境，可以荐于上，栖筠从之。始进万两，此其滥觞也。"② 在唐代历史上，贡茶就是开始于这场李栖筠与陆羽的对话。李吉甫也曾两次拜相，在宪宗朝任宰相前，曾被贬为明州长史，在那里他撰有《唐茶山诗述碑阴记》③。因为江南盛产茶，李德裕自幼随父亲在这种环境中耳濡目染，也不知不觉喜爱上了茶；而且他有一段时间特别信奉佛教，从"半夜邀僧至"这句诗也能进

---

① 白色衣服，古代平民服。因即指平民，既无功名也无官职。

② 陈宗懋主编：《中国茶经·茶文化篇》，上海：上海文化出版社，1992 年，第 629 页。

③ 杜来俊：《李德裕与茶》，《农业考古》，2008 年第 2 期。

一步推出此诗为李德裕所作。

历史上整体来说对李德裕的评价非常高。唐代李商隐，说他是"万古之良相，一代之高士"。宋代叶梦得，赞他是"唐中世第一等人物"。近代梁启超，更是将他与管仲、商鞅、诸葛亮、王安石、张居正并列，合称为"中国六大政治家"①。但在民间，李德裕因"茶"留下了一件让后人诟病的事情：千里运水为泡茶。为了喝上惠山泉泡的茶，李德裕动用私权快马加鞭把千里之外的惠山泉运到他的府邸，与"一骑红尘妃子笑，无人知是荔枝来"的场景有几分相似，可见他对茶的痴迷。历史上李德裕不仅政治声望很高，而实际上，他还是一位有着重要影响的诗人，在文学上成就斐然，曾经被誉为"中唐第一大手笔"。此诗是李德裕在即将动身前往蜀地任节度使之时，收到好友寄来的"九华英"名茶时所写。友人寄来九华英，也暗合了白居易"不寄他人先寄我，应缘我是别茶人"的说法了。忙碌之余，李德裕茶兴大发，于是写下了这首清新韵雅的《故人寄茶》来表达对友人寄来的茶的喜爱、感动与珍惜。

三、微月相伴碾茶声

李德裕的诗歌讲究文采，强调美学，思想鲜活，关心民苦，关注现实，笔调铿锵，这种突出的诗歌特点在一定程度上引起了当时和后世读者的重视。李德裕具有多面性的社会角色，除了在政坛上表现出高度的热情外，在生活中他也是一位充满正义与灵性的智者；在文学创作上他更是笔耕甚勤，自称"心好艺文，老而不倦"。在长庆年间（821—824），他与元稹、李绅并称"翰林三俊"，北宋文学家欧阳修赞扬其"文辞甚可爱也"，文史学家陈寅恪称之为"文雄"。《故人寄茶》是他描写茶事的代表作之一，该诗的语言清新雅丽，动静结合，画面感鲜明且生动。诗的前两句，讲的是茶的来历。友人把蜀地的名茶"九华英"，缄题封印送往暂住京城的李德裕。一款好茶，在当时的价值自然不低，但绝不是贿赂，要真是行贿，唐朝的官员又岂是一份茶叶就能满足得了的呢？因此，必是故人知己，才能以茶为礼。反过来说，一位唐朝的官员收到一份茶叶，有必要特意写一首诗吗？如果换成他人，可能不会。但偏偏此茶遇上了李德裕，他对茶情有

① 杨多杰：《唐代宰相李德裕的茶事》，《月读》，2019年第8期。

独钟，这种热烈的情感不由自主地随诗而舞，随心而咏。正所谓，"书中自有颜如玉"，诗中自留茶叶香。三、四两句，诗人热情地描写了煮茶前的准备工作。拆开茶叶包装的时候弯弯的月牙儿刚刚登上夜的荧幕，似乱泉般的碾茶声在欢快地跃动。既是"微月上"，说明诗人喝茶时已经入夜。为何不白天喝茶呢？因为诗人当时还公务缠身，因此选择晚上喝茶，缓解白天的疲劳，借着饮茶之事找回诗人片刻的文艺时光。

五句至八句，写的是喝茶的过程。俗话说，酒逢知己千杯少，话不投机半句多。从这层关系上看，茶与酒同为一理。饮茶人数，可多可少，但需投缘。李德裕收到名茶"九华英"后，特意邀请高僧一同来品尝。从《〈李德裕年谱〉校注》中可得知当时他刚结束浙西观察使的职务返京不久，准备前往蜀地任节度使①，可谓当朝重要的政府官员。而他有了好茶，并没有邀请同僚或王官贵族，而是"半夜邀僧至"。也就是说，李德裕希望能够与僧人一起喝茶畅聊禅机、文学及艺术，而不是继续谈工作。九、十两句，写的是诗人饮茶的感受。凝望着碗面泛起的乳花，碧绿的茶叶缓缓地沉入碗底，喝下去的瞬间，轻盈飘逸的情韵流淌在心间，五脏六腑立即被疏通；同时呼吸着弥散在空气中的阵阵茶香，诗人一天的劳累随即烟消云散，顿时精神焕发；被繁冗公事压抑的灵感恍然间也如泉涌，生命中的各种美好与感动浮若灵动，几日都收不住。最后两句，表达了诗人对茶的珍惜。剩下的茶，诗人不敢有丝毫的浪费，小心翼翼地收起来，以备下次再饮。堂堂一个朝廷官员，对一份茶为何如此珍惜呢？其实，当时的李德裕珍惜的不仅是茶，更是友人的那份深情，以及与高僧月下一起饮茶的快乐时光。

自古以来，人不论贫贱富贵，在生活中都难以逃脱烦恼。一味地纠结过去与未来，便无法安心过好当下的生活。过去已逝去，不必纠结；未来还未到，不必忧虑。道理简单易懂，但人总不能免俗，还是会不自觉地思虑。此时，茶碾子与茶便登上了人们生活的舞台，先从准备到烹煮，再从品饮到回味……茶事，让人们更专注于当下一刻，那一刻，人们自由自在，心无他虑；连大唐宰相李德裕，也在那一瞬间找回了赤子之心。这样的状态，他怎能不珍惜呢？

---

① 吴程玉:《〈李德裕年谱〉校注》，哈尔滨：哈尔滨师范大学硕士论文，2015 年，第 55-57 页。

四、情定茶碾

中华文明是世界上最早的农耕文明之一，而农业的发展离不开农具的革新。农具的发明创造凝聚了中华民族的智慧，是华夏各族农业文化的重要载体，从中也折射出了各个时代的农具文化所蕴含的物质文化、制度文化、精神文化等文化内涵。唐代农耕文化繁荣的背后，自然离不开农具的发展和进步。而茶文化就是兴盛于唐代，与之相伴不可分割的重要部分——茶具，其造型也越来越精美，除了实用价值外，还具有颇高的艺术文化价值。《故人寄茶》中出现的茶具——茶碾子充分体现了多种文化内涵。

（一）唐代的"茶碾子"

茶碾子流行于唐宋两个朝代，是当时煮茶必备的茶具之一，用来将茶饼碾成碎末的一种农业加工工具。据文献资料记载，茶碾子首次出现是在陆羽的《茶经》中。陆羽在《茶经·四之器》中对茶碾子的形状进行了详细的描述："碾以橘木为之，次以梨、桑、桐、柘为之，内圆而外方。内圆，备于运行也；外方，制其倾危也。"[①] 而"内圆外方"这种基本形制，所吸纳的正是我国有着悠久深厚的传统——"天圆地方"之象，由此可窥见我国那历久弥新的刚柔并济、和谐共生的传统思想——"内圆外方"。两种不同意识形态的东西有机地结合在一起，构成了一个具体的标志性器物——茶碾子，潜移默化地改变着人们的日常休闲生活。今人多认为唐代的茶碾形制很可能缘于当时用于碾药的药碾子，因为从出土实物来看，药碾的出土年代早于茶碾，至于是不是陆羽首次对药碾做了设计上的改良，就不得而知了。图39（来源：罗西章，罗芳贤：《古文物称谓图典》，天津：百花文艺出版社，2013年，第433页）是首都博物馆珍藏的一件晋代黄釉瓷药碾，图40（来源：罗西章，罗芳贤：《古文物称谓图典》，天津：百花文艺出版社，2013年，第433页）是河北晋州出土的唐代石药碾，图41（来源：陕西省文物局网站）是陕西法门寺出土的银茶碾，它们呈现的外观相似度很高。

---

① ［唐］陆羽：《茶经》，北京：中国画报出版社，2011年，第87页。

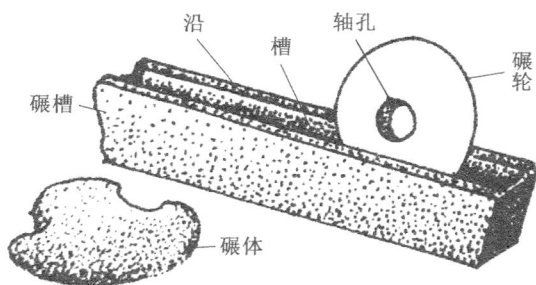

图 39　晋代　黄釉瓷药碾

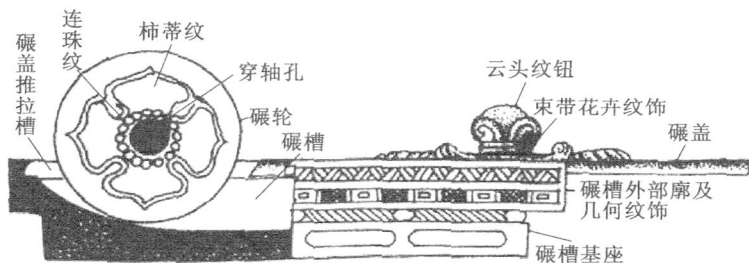

图 40　唐代　石药碾槽

图 41　唐代　鎏金鸿雁流云纹银茶碾子

　　从以上图片可以得知，无论是哪一种外观形式，碾子的基本用途都是用来研磨食物。碾的这种研磨原理被用于药碾和茶碾子，两者分工，各司其职，但根源是同宗。唐代茶碾子的制作材料通常为银、铁或木。唐元稹《莺莺传》："兼乱丝一绚，文竹茶碾子一枚。"[1] 这里提到的"文竹茶碾子一枚"是用文竹制作的茶碾子。而法门寺出土的银制茶碾定名为"鎏金鸿

---

[1]　廖晨星译：《莺莺传》，武汉：崇文书局，2015 年，第 154 页。

雁流云纹银茶碾子"，它是由鎏金壶门座茶碾槽架和纯银碢轴构成。

此碾通体呈长方形，由碾槽、辖板、槽身、槽座四部分组成，槽呈半月弧形，口沿外折，与槽座铆接，为碢轴滚槽，辖板呈长方形。插置槽口，两端呈如意云头状，中间焊一宝珠形小提手，以便抽动开合。提手两边各錾一只鸿雁，衬流云纹。槽身截面呈凹状，碾槽嵌置其中，项面两端亦为如意云头饰三朵流云纹，侧面两壁镂空壶门。壶门间饰两躯相向天马，并间有流云纹。槽座上承槽身，两端作云头状，周边饰20朵扁平团花，有錾文："咸通七年文思院造银金花茶碾子一枚共重十九两。"纯银碢轴为浇铸成形，自铭"碢轴重一十一两"。碾轮轴心围饰莲瓣团花一幅及流云纹一周。两端细而中间粗，两端各錾鎏金草叶纹，一端錾刻"拾柒字号"四字及"五哥"二字，五哥为唐僖宗即位前的小名，这枚碾子是文思院专为僖宗打造的，后由僖宗皇帝将其供奉于地宫，价值极高。

这个小巧的茶碾子做工非常精细，图案异常别致，交织着高贵的气度和蓬勃的活力，令人惊艳的同时，也反映了唐代当时农业发展水平之高。这让我们依稀之间看到了一千多年前的唐人就已经富有创新精神，手艺精湛，生活和谐美好。在当时，"吃茶"既是一种非常流行也是一种非常讲究的生活方式。

（二）"碾"出刚柔灵动之美

"开时微月上，碾处乱泉声。"不是爱恋茶的文人是难以兴发感动出"茶碾子"那般灵动的生命力。友人从剑外（剑阁以南的蜀中地区）寄来的名茶"九华英"，随着书信抵达玉京（古长安城，今西安），来到作者手中。茶拿到手，却不能马上喝。因为《茶经·六之饮》中写道："茶有九难：一曰造，二曰别，三曰器，四曰火，五曰水，六曰炙，七曰末，八曰煮，九曰饮。"[①] 如同唐僧取经，需要经历九九八十一难。一杯好茶，也要历经九难，方成正果。其中，"六曰炙，七曰末"便对应着这首《故人寄茶》的三、四两句中出现的场景。唐代茶文化盛行，当时人们生活中流行煮茶喝，喝茶之前首先要用茶碾子把茶饼碾碎，不少诗人十分享受这种空气中飘溢着茶香的碾磨及烹煮过程。他们把或方或圆的饼茶直接或裁块后置于茶碾子中，然后两手把着轮轴轻轻地推，慢慢地拉，优雅自得地让碾轮在碾槽

---

① ［唐］陆羽：《茶经》，北京：中国画报出版社，2011年，第120页。

中来回碾压，柔美的茶末渐渐散发出芳香。而在这个人与碾、碾与茶的交流过程中，刚硬的碾轮与碾槽会不时地发生碰撞，发出一串串的声响，或高或低，时缓时急，如山间乱泉涌动之声，茶末也随着碾轮的转动不停地在碾槽中翻转起伏，像极了那翻滚的乱泉，悠然流淌。"碾"的刚柔灵动之美恰恰也体现了诗人对时政的刚正不阿，对生活寄予的无限柔情。

李德裕虽忙于政务，但却未有废弃诗书。《全唐诗》卷四七五小传中写道："德裕少力学，善为文，虽在大位，手不去书。"[1] 只不过政坛的角色，隐藏了文人的身份。茶事，让李德裕暂时忘却了公事。这一刻，任节度使的李德裕离开了；这一刻，文人李德裕归来了。放下工作，徜徉茶语，回归自我，一个更新的自我，细细体会着那片刻充满生命力的美感，感受着与友人们一起愉悦的品饮氛围；从黑暗压抑的现实社会中逃脱出来获得暂时的乐观宁静。这也许就是茶的魅力所在。从这首茶诗中，我们分明能感受到古人在闲来之时，一边碾磨茶叶，一边品茶吟诗论道，追求真理的同时也不缺修身养性的生活情趣，这种品茗的空间与意境带来的俯仰自得难道不是人类共同向往的一种境界吗？

"碾"转乡愁

在古汉字中，"碾"和"辗"为同源字，两字同音且意义相通。"碾"做名词是指把东西轧碎或压平的农产品加工工具，如石碾、水碾；做动词有碾压、碾磨之意。在唐代诗词中，"碾"多被用作"动词"来传达诗人的心境。白居易的《浔阳春三首·春来》表达了其被贬谪至江州（今江西九江）之后的心理煎熬，进而使他触景生情，辗转思念昔日京城生活。

---

① 中华书局编辑部点校：《全唐诗》卷四七五《李德裕》，北京：中华书局，1999 年，第5424 页。

浔阳春三首·春来①

白居易

春来触地故乡情②，忽见风光忆两京③。
金谷蹋花香骑入④，曲江碾草钿车行⑤。
谁家绿酒欢连夜，何处红楼睡失明。
独有不眠不醉客，经春冷坐古湓城。

一、独善其身求闲适

元和十年（815），白居易被贬为江州司马，从此"换尽旧心肠"，这成为诗人个人际遇和生活的重要转折点，从所谓的"兼济天下"转为"独善其身"。这次被贬，对白居易的打击非常大，他自认为天涯沦落，顾影自怜，写下了不少优秀诗篇。这首诗是白居易《浔阳春三首》组诗中的第二首，作于元和十二年（817），时任江州司马。被贬江州期间是诗人一生中最失意的阶段。虽说是出来踏春，但诗人高兴不起来，尽管眼前春光无限，但心头那股思乡之情，对昔日奢华生活的回忆，使置身喧嚣中的诗人成为踏春欢乐人群中格格不入的那个"不眠不醉之客"。

二、独坐愁城，辗转难测

白居易诗歌成就非凡，名动朝野，妇孺皆知。除了因为他拥有不同常人的天赋外，还与他青少年时期的颠沛流离及后期数次被贬的生活经历息息相关，使他对社会有更为深刻的理解，得以成为千古不朽的大诗人。白居易的诗歌按照内容可划分为讽谕诗、闲适诗、感伤诗三类，内蕴深厚，各具特色。唐自红在《三重身份、三种态度：白居易三种诗歌比较分析》

---

① 中华书局编辑部点校：《全唐诗》卷四四〇《白居易》，北京：中华书局，1999年，第5424页。

② 触地：《白居易集》卷十七《浔阳春三首·春来》作"触动"，北京：中华书局，1979年，第355页。

③ 两京：东西二京，指长安和洛阳。

④ 金谷：指晋石崇所筑的金谷园。

⑤ 钿车：用金宝嵌饰的车子。

中指出：讽谕诗展示了诗人身为谏官志在"兼济天下"的急切心情，闲适诗展示了诗人身为雅士而"独善其身"的排遣之道，感伤诗则是诗人悲切哀怜之情的真实流露。文中同时还介绍了《白氏长庆集序》当中白居易的好友元稹评其说："夫以讽谕之诗长于激，闲适之诗长于遣，感伤之诗长于切。"[①] 元稹准确地概括了白居易诗歌的特点，讽谕诗、感伤诗和闲适诗不仅是诗人三重身份的写照，更是三种人生态度的展现。而这首《春来》正是感伤七言律诗。"感伤之诗长于切"，所要表达的心境多是悲凉、凄切的，如《春来》中用故乡风光、踏花碾草、不眠不醉、冷坐这些意象点染出诗人愁怀满腹、深夜难眠的情景。

　　盛唐以来，七律或工丽，或雄浑，或沉郁顿挫，佳作如林。但这般轻灵、跳脱的感伤律诗，并不多见。首联写道春回大地，诗人不禁动了思乡之情，回想起昔日长安和洛阳的春色美景。颔联承接首联的"两京"，忆起了当年纵马奔驰，踏着落花进入洛阳的金谷园内游玩，以及在长安的曲江池边乘坐用金子及珠宝嵌饰的车子，碾过芳草，徜徉于祥和的春色中。宝马香车，道不尽的风流。颈联诗人仍然沉浸在深深的回忆中：当年举杯畅饮彻夜纵情寻欢作乐，流连忘返于青楼，睡到颠倒晨昏的荒唐青春岁月。尾联收结，繁华必将休止，而甜蜜回忆之后满满的苦涩感涌上心头。如今只剩下诗人独自一人，不眠不醉，孤冷坐守江城。

　　这首诗运用了鲜明的对比手法：踏花与碾草，绿酒与红楼。把两组不同甚至是相反的意象并列在一起，让读者通过这种突出的对比，身临其境，感受到诗人强烈的失落和凄凉之感。与此同时，诗中还运用了重复的手法："独有不眠不醉客"，通过重复"不"字，语言更富有节奏感、韵律美，强调了诗人的失意与悲切，可谓点睛之笔。整首诗都是在追忆当年的无限春光，似水年华，衬托出诗人在江州期间的苦闷生活和心中久久化解不了的寂寞，读来令人唏嘘不已。

三、北风之恋，碾草前行

　　"金谷踏花香骑入，曲江碾草钿车行"这句诗，文字虽然浅显易懂，但诗意醇厚。在思想倍感压抑、情感倍感孤独的日子里，眼下江南无限的春

[①]　切：贴切、真切、哀切之意。

光让诗人陷入了昔日深深的回忆中：春意盎然的帝都，诗人骑马踏花驰骋在洛阳的金谷园，乘着宝马香车在长安的曲江池边赏春，马车的车轮碾压着嫩绿的青草缓缓前行。上文已经提到踏花与碾草的对比，而诗人在此句诗中还借用"花"和"草"两个意象来寄托主观情志，这也是诗人常用到的一种移情手法，即将主观感情外化到客观事物上。春天的"花"和"草"都是新生力量的代表，表现出蓬勃美好的生命力及积极向上的乐观主义精神，也象征了早期诗人热衷政治，心系朝政，关心百姓疾苦，"兼济天下"的殷切情怀。

诗句中的"碾"是一个动作，有碾压之意。"碾"这个汉字还没出现之前，"碾"这种工具却是早已存在了。"碾"本是一种农具，闫兴潘在《汉字中的农具》对碾具概念做了详细的解读。当时制作碾是在高约二尺的坚硬的大石块上凿出周长数丈的圆槽，制成碾槽；在碾槽的中央垂直固定一根木轴；然后将另一根木棍的一端固定在中央木轴上，与碾槽的面保持水平；再将石碾穿进这根横木棍，放到圆槽中，木棍就成为可以用来推的手柄，整个碾具就制作完成了。有的碾具碾槽上则有两个石碾，在石碾的手柄前面设置有"撞木"，防止石碾转动时前后撞击。而这种碾具和诗人所乘坐的马车下的车轮子原理上有几分相似。如图 42（来源：［明］宋应星原著：《图解天工开物》，海口：南海出版公司，2007 年，第 359 页）所示。

图 42　石碾

诗人借助"碾"这个动作意象把眼前的物象完美地融合到他的处境中，把作者当时的心境抒发得淋漓尽致。诗人对这个世界曾经有如春草般的热爱，却因遭政治斗争的碾压，被贬谪的怨愤难抑。遭受江州之贬也让白居易重新反思了自己走过的人生道路，宦海沉浮让他对仕途的险恶充满畏惧之情，对自己的命运充满感伤。诗人的触景生情，对"帝京"昔日生活的"碾"转思念，这种被碾压心中的惆怅，让读者窥探出诗人对人生理想的念念不忘，作者仍在苦苦等待改变命运的机会，内心充满了期待。此刻的诗人真可谓满眼的春色里望不见故乡，浓浓的孤寂中闪烁着济世的渴望呀！

情深满"筛"

在农耕文明繁荣的唐代，筛子这种农具更是随处可见。"筛"作为一种农业加工工具，自然就代表着一个时代的农业文明。农业和农具是一对孪生兄弟，它们在发展完善的过程中，不断地推动着人类文明的进步。通过文人们独特的视角观察，筛子的存在被赋予了独特的诗意，被营造出或欢快，或优美，或凄清，或冷寂的审美意境。

《说文解字》中没有"筛"字，但有筛的两个异体字——"籭"和"簁"，读音与"筛"同，指的都是筛子这种农具。筛子很早就被我国古人发明使用，到汉代的时候，使用就很普遍了。扬雄《方言》："箪，（方氏反），篓（音缕）、籅（音余），簞（弓弢），籭也。江沔之间谓之籅，赵代之间谓之簞，淇（淇，水名也）卫之间谓之井筐。籭，其通语也。籭小者，南楚谓之篓，自关而西秦晋之间谓之箪（今江南亦名笼为箪）。"① 说明筛子这种农具在西汉时期，大江南北都有使用，只是不同地区对筛子的称呼各有不同。

李洞在他的诗作《喜鸾公自蜀归》中运用"筛"这一独特意象来烘染氛围，使李洞与鸾公之间的深情厚谊通过"筛"的过滤保存了下来，极大地提升了诗歌的表现力。

> ### 喜鸾公自蜀归②
> #### 李洞
>
> 禁院对生台③，寻师到绿槐。
> 寺高猿看讲，钟动鸟知斋。
> 扫石月盈帚，滤泉花满筛。
> 归来逢圣节，吟步上尧阶。

---

① 华学诚：《扬雄方言校释汇证》卷十三，北京：中华书局，2006 年，第 973 页。
② 中华书局编辑部点校：《全唐诗》卷七二一《李洞》，北京：中华书局，1999 年，第 8359 页。
③ 生台：寺院施舍饭食供禽虫啄食的台案。

一、"洞喜"之谊

该诗的创作时间待考，但通过诗中出现的地名初步推断是诗人在长安所作，大概创作于咸通十一年（870）。诗人李洞虽然是唐代诸王之孙，但从小家境贫寒。受潘镇割据的影响，晚唐时期政局动荡，社会黑暗，导致很多文人不仅失去了因科举制度带来的原有生存空间，同时也失去了安身立命的精神支柱。这个时期越来越多的仕途失意的文人开始走向寺院向佛教靠拢，因为简朴的禅宗修行方式正好能够安抚他们疲惫的身心。而诗人李洞也正游走在怀才不遇的文人群体中，他经常来往于山林寺庙且与僧徒交情深厚，而鸾公就是其中之一。鸾公，俗姓鲜于，名凤，蜀人，生卒年不详。他才华出众且豪放不羁，约于咸通六年（865）到嘉州拜见刺史薛能。但薛能认为其行为过于癫狂，不适合当举人去应试，于是鸾公选择出家当了和尚。鸾公不肯以普通的僧人为师，自己披剃于嘉州（乐山）大佛前。后来到了长安，常与好友李洞、张乔同游，于文德元年（888）前后还俗。遭公卿鄙弃，至江西为判官，最后被害于黄州。这首诗表达了诗人与友人重聚的喜悦之情。

二、参禅悟道喜相逢

诗人闻讯好友鸾公从蜀地探望亲人归来，控制不住喜悦的心情前往相见，于是走出宫中庭院，经过寺院的生台，继续至绿槐处寻师。此句中的"绿槐"勾勒出一幅生机盎然的春景图，那是恍惚的一种绿，被一个冬天耽搁了的绿，它是孤独的、缄默的一种绿，绿得自由、自然、自主，映衬出寺院的清幽静雅，没有被外界的纷争打扰。诗人借"槐"之音，来表达他对与鸾公往日情谊的怀念，以及盼望再见友人的急切心情。颔联提到寺庙的高处有猿猴正在认真地听着僧人诵经论禅，反衬出鸾公的道行高深、博学多才。而此时传来浑厚有力、绵长悠远的钟声，树林中的鸟儿也知道这是僧人开斋饭的时刻到了。颈联描写了僧人在月下缓缓地扫着小石子，簸箕里盛满了皎洁的月光；清泉透过筛子哗哗流过，水中的落花通过筛子的过滤留下来，并且布满了筛底。尾联写到僧人从蜀州归来正赶上盛大的圣节（皇帝的生日），对于诗人李洞来说可谓是喜上添喜。远远望去僧人吟诗诵经不知不觉登上了高高的台阶。这句诗借"月盈"来传达诗人因鸾公从蜀而归，故友团圆的喜悦，并借"尧阶"来预祝僧鸾能被帝王赏识而召见于宫廷。这首诗跳脱了李洞一贯的"幽泣"诗风，充满了静雅喜悦的氛围，是李洞诗集中不多见的轻松愉悦的诗篇。

诗人通过用"绿槐""猿""鸟""月""花"这些大自然中的动、植物意象，衬托出作者与鸾公都拥有不同流俗的高雅情调。通过描写寺院清静优美、庄严古朴的景物来烘托诗人及鸾公的平和温润的性情；在讲佛论禅的过程中，诗人与鸾公静穆与开阔的心境。整首诗韵律美感很强，是首句为仄起的五言律诗，读起来有一种"玄远幽微"的感觉，这也是诗人作品突出的特点之一。

三、月下花筛

从"扫石月盈帚，滤泉花满筛"这句诗可以看出诗人在日常生活中对事物观察之仔细，因此行文也很细腻，写出了寺院的幽寂清雅与肃穆。诗人长期来往于山林寺庙，与寺院中的人参禅悟道，心目间，觉洒空灵，面向世俗，亦当免去三分。真正让人羡慕的不仅仅是这幽静的寺院上空回荡的禅意，更有这般形同冷云、抛下尘世之纷扰，得来"月盈帚""花满筛"的静美。尤其是当时李洞等那些穷困潦倒、仕途失意的读书人，这一处无政治纷扰的世外桃源，再加上"直指人心，见性成佛"的禅宗思想，最能够让这些长期在外奔波劳碌的文人得到精神上的超脱。在腐朽没落的唐代末年，儒士"兼济天下"的政治理想无法实现，所以他们在弥漫着几许绝望的无奈中思考：怎样才能在这个乱世中寻求内心的平衡和精神的解脱？正如闻一多先生在《唐诗杂论》中所言："在多年的热情与感伤中，他们的感情疲乏了，现在他们要休息。他们所熟悉的禅宗与老庄思想也这样开导他们……对了，惟有休息可以驱除疲惫，恢复气力，以便应付下一场的紧张……可见每个动乱中灭毁的前夕都需要休息。"① 因此，遁入山林，游学于佛禅之中成了那个时代很多文人的一种选择。

诗句中的"滤泉花满筛"的"筛"这一意象与其他意象的组合情景交融，使整首诗的意境得到了升华。涓涓泉水从竹筛缓缓流过，而流水上的花瓣被竹筛滤下了，铺满了竹筛上的每片竹篾。通过"筛"的这种意象来

---

① 闻一多：《唐诗杂论》，南宁：广西人民出版社，2017 年，第 49—50 页。

实现诗人感官的转换和时空的俯仰。他对花瓣、泉水进行瞬间的、客观的描写，同时景与景的衔接又把表达诗人的主观感受嵌入其中。诗人感叹他和鸾公就是竹筛里的花瓣，不愿意随波逐流，期待他们的友谊如筛中的花瓣依然鲜艳，他们的才识能够被贤能的君主发现并重用。尽管诗人已经经历了数次科举考试的失败，但仍对未来抱有希望。这种意象的组合和情感的交融形成了整首诗特有的意境。

四、"筛"其糟粕，取其精华

"筛"字在这首诗中妙笔生辉，上文已提到它的意象感极强。诗中借用筛子的过滤功能，泉水通过小小的筛眼不断滤过，而随着泉水一同漂流下来的花瓣就留在了筛盘中，这种"筛"出来的动中有静的意境真所谓来源于生活而高于生活。诗人通过"筛"这个"滤镜"的作用，结合自身的精神取向，把自己的思想感情融入这个独特的审美意象中。他和僧人鸾公的情谊经过数年的时间"筛取"，就如鲜艳美丽的花瓣聚拢起来，流芳千古。

"筛子"作为一种古朴的农具，在唐代的农业生产加工过程中，使用频率已经很高了，所以也会常出现在寺院中。王祯《农书》中对筛的形制和作用有做介绍："籭（筛），竹器，内方外圆，用筛谷物。"[1] 如图43（来源：闫兴潘：《汉字中的农具》，北京：人民出版社，2018年，第225页）所示。

图 43 筛

根据《农书》的介绍，中国古代的筛子由竹篾制成，而如今在农村除了这种筛子外，由其他材料制成、形制和大小不一的筛子也经常使用到。制作的原理和古代的筛子基本一样，经过各朝各代的农民在使用过程中的改良，使之更加结实耐用。这么一个看似简单质朴的农业加工工具，在我们的生活中至今发挥着多方面作用，不仅在农作物加工选取中、建筑工地上、考古工作等现代工农业社会的各个领域"筛"其糟粕，取其精华，它还滋养了华夏民族的诗意栖息地——唐诗。

---

① ［元］王祯撰；缪启愉，缪桂龙译注：《农书译注》，济南：齐鲁书社，2009年，第551页。

"筛"风至楚

"筛"除了表示农具外，还表示"筛"的动作。《汉书·贾邹枚路传》："筛土筑阿房之宫。"颜师古注："筛以竹筵为之。筛音师。筵音山尔反。"[1]用筛子过物之意，筛漏的是细土，留下的是石子。"筛"虽是一个简单的动作，但作用不简单：稻谷被碾压过后用筛子过"筛"，漏下去的是稻米，留下来的是谷壳；小麦被碾压过筛后，漏下去的是面粉，留下来的是麦麸；植物种子过筛，漏下去是小而不良的籽，留下来的都是颗粒饱满的种子。这样看来，农民在长期的劳动生产实践中通过筛子过"筛"这个动作，无形中推动了农耕文明的进步，提高了人们的生活品质。

而这么一个纯粹的动作"筛"在文人的笔下传递着一种遥远的记忆，不断地重复，不断地交汇，不断地泛起浪花。不同时代、不同地域、不同民族的个体都有对思想感情表达的一个"筛子"，诗歌作品创作的过程也是不断地去芜存菁、涤除糟粕、留取精华的过程，即"筛"的过程。唐代诗人孟郊因"苦吟"出名，他讲求炼字铸句，诗句需要不断地"过筛"。他一生中写了七首有关"楚地"的诗歌，其中有一首就运用了"筛"这个富有哲理意象的动作，把他的穷愁抒发得入木三分，这从他的诗歌《送从舅端适楚地》中可见一斑。

送从舅端适楚地[2]

孟郊

归情似泛空，飘荡楚波中。

羽扇扫轻汗，布帆筛细风。

江花折菡萏，岸影泊梧桐。

元舅唱离别，贱生愁不穷。

---

[1]　[汉] 班固：《汉书》卷五十一《贾邹枚路传》，北京：中华书局，1962年，第2332-2333页。

[2]　中华书局编辑部点校：《全唐诗》卷三七九《孟郊》，北京：中华书局，1999年，第4263页。从舅：母亲的叔伯兄弟。

一、苦寒一生伤离别

孟郊直到 46 岁时才中进士，曾任溧阳县尉。由于在位时不能施展他的政治抱负，于是经常在山林泉间中徘徊赋诗，耽误了很多公务。后来因河南尹郑余庆的极力推荐，任职河南府（今洛阳），才得以解决了他的家庭经济困难问题。宪宗元和九年（814），郑余庆再度招他往兴元府（今陕西汉中一带）任参军，于是孟郊带着妻子一同前往，行至阌乡县（今河南灵宝），暴疾而卒，由好友韩愈葬于洛阳。

《送从舅端适楚地》这首诗是诗人在洛阳居住期间，其从舅裴端即将启程回江南，送从舅有感而发所作。通过诗中"贱生愁不穷"推测，此诗可能创作于公元 806 年前后，具体年份待考。诗人一生命运多舛，经过多次科举考试才中进士，谋得一官半职后，多年的穷困潦倒才得以缓和。但是诗人的仕途并不顺利，满腹的才华无法施展，后又遭到丧子之痛；面对现实生活的无情打击，诗人心中充满了无尽的愁苦。当诗人伫立江边向楚地方向望去时，与舅舅述说着离别之情的那刻，内心对远方的亲人及自己夭折的孩子的思念与伤痛齐上心头，愁肠百结。

二、江花菡萏寄愁思

在炎热的夏天，轻轻地挥动着扇子，吹干身上的汗水；凉爽的江风，经过船帆的帆布筛动，变得更加细微。行驶的航船打起的浪花折弯了水中的荷花，水中隐隐约约停泊着岸边的梧桐树影。对江南景物的细致描写同时也蕴含着作者对故乡的怀念，在甥舅分别之际，诗人愁绪百转无法穷尽。孟郊的这首送别诗充满了忧伤情调，诗中运用了"菡萏"来向从舅表达自己虽置身淤泥之地却能身不染污，如江中的菡萏妙洁自在。诗人以莲明志，在颠沛流离的人生逆境中，仕途不得志，仍毅然坚守内心一份笃定的馥郁芬芳。喧嚣的尘世间，多少孜孜求学、追随真理的人们，长期忍受着拼搏的孤独，清者自清于酷烈之境，恰似污泥地中莲花朵朵，努力地完成自身的成长、绽放与蜕变。但是屡屡不得重用的人，就如江中的菡萏被航船激起的水花所折，心中倍感苦闷。

"梧桐"这一意象进一步表达了诗人当时凄凉的离别之情。面对无情的现实，诗人虽然心怀不满，但作为一介文人只能被动地顺从，无法抗争；

在与亲人离别之际，无尽的愁苦更是涌上心头。孟郊的这首诗用语精准，古朴凝重，在古朴自然中又营造出一缕清新的气息。用白描的手法描绘出江南夏天的江景，宛然情深，而积压在心中多年的忧郁与不平，使得他在语言表现方面多带有冷涩、孤寂、柔弱的色彩和意味，从而尽可能把内心的哀愁刻画得深入人心。在这首诗中，他精心选用了"飘荡""扫""筛""折""泊"等令人感到透骨穿心的一系列动词与"楚波""轻汗""细风""菡萏"感觉上属于暗、湿、柔、弱的意象相搭配，构成了一组组伤感的意境，传达了他心中难言的送别愁苦。

三、"筛"风入心涧

"羽扇扫轻汗，布帆筛细风"突出了夏日的炎热与诗人内心凄凉的对比。诗人借用老百姓耳熟能详的农具"筛"在农务过程中反复"过筛"的动作作为该句诗的意象，这个动作意象再次显示了孟郊用语的巧妙和传神。就如范新阳在《论孟郊"苦吟"的语言策略》中提到的："运用语言准确地传达声响，是多数诗人感到棘手的问题，当然也就成了检验诗人艺术才华高下的一个重要标准。"[1] 而不同种类的"筛子"筛不同的物品时会发出不同的声响，带来不同的力感。江风经过帆布过筛后变得更细小更有力，那种入心的细，细到如针尖扎入诗人的心，带来一丝丝细微的隐隐伤痛。他除了以韵传情、以声摹状外，还通过对字句的锤炼来准确生动地表现内心的凄苦、无力与悲凉。这也是孟郊诗歌的一大特色。

诗人借用"筛"这个富有哲理意义的动作，而实际生活中"筛"是农户家里使用频率较高的一件农具。尽管它经常被挂在农家的院墙上并不起眼，但它的功用不可忽视。因为人们食用的面粉等粉末状食物都得通过它的"法眼"才能进入最后一道工序。在我国农村，筛子因其作用不同一般分为四种：一种叫糠筛，它的眼特别大，一般是用来为牲畜们筛糠的，但也有用它来筛土或筛沙；一种叫大筛，筛眼比较大，是专门用来去除黄豆、苞谷和稻谷等粮食中的秕糠和砂石的；一种叫二筛，它的眼比大筛的眼密得多，是专门用来筛面粉的；一种叫罗筛，这是一种极细的筛子，筛底一般是用细纱布制成，如图44（来源：张力军，胡泽学：《图说中国传统农

---

[1] 范新阳：《论孟郊"苦吟"的语言策略》，《江苏社会科学》，2015 年第 3 期。

具》，北京：学苑出版社，2009 年，第212 页）所示。

罗筛是专门用来筛特细的粉末状物品。而在这首诗中，诗人借用"罗筛"的特点，把江上行驶的帆船的帆布比作"罗筛"的纱布，寄寓深广。

经过"筛子"，人能食用的细粮和面粉留了下来，秕壳被淘汰出去；牲口能食用的细糠留了下来，根茎被淘汰出去；能用于建筑的细土细沙留了下来，石块

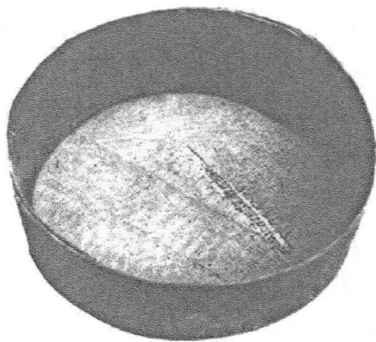

图 44　罗筛

杂质被淘汰出去。筛内筛外的存在，其意义虽有客观的规定——去粗取精、优"剩"劣汰，但更多记忆的留存及价值的呈现都是诗人们赋予的。有用的筛漏下来，无用的留存，珍贵的沉没，庸俗的闪光。这不正是诗人内蕴的情感和心志吗？诗人生活的唐代末期社会混乱，他通过诗歌意象发出真切的感叹，他认为当时的朝政亟需正确的地筛"选人才，同时也为自己没能被当政者"筛"选到合适的岗位、没能如愿地发挥才识而深感遗憾与悲愁。

参考文献

［1］中华书局编辑部. 全唐诗：卷四七五李德裕［M］. 北京：中华书局，1999.

［2］杨多杰. 唐代宰相李德裕的茶事［J］. 月读，2019（8）：80-84.

［3］陆羽. 茶经：彩色珍藏版［M］. 北京：中国画报出版社，2011.

［4］杜来梭. 李德裕与茶［J］. 农业考古，2008（2）：262-264.

［5］吴程玉.《李德裕年谱》校注［D］. 哈尔滨：哈尔滨师范大学，2015.

［6］杨多杰. 李德裕情系惠山泉——关于茶与水的讨论［J］. 月读，2019（9）：75-80.

［7］唐自红. 三重身份、三种态度——白居易三种诗歌比较分析［J］. 安康学院学报，2020，32（6）：29-32，61.

［8］闫兴潘. 汉字中的农具［M］. 北京：人民出版社，2018.

［9］闻一多. 唐诗杂论［M］. 南宁：广西人民出版社，2017.

［10］中华书局编辑部. 全唐诗：卷三七九孟郊［M］. 北京：中华书局，1999.

［11］范新阳. 论孟郊"苦吟"的语言策略［J］. 江苏社会科学，2015（3）：172-177.

（执笔：晏明丽）

唐诗里的农耕文化

踞之仪礼 箕

在中国古代百姓的农业生产工具中，"箕"为一种用纤细竹条编织而成的特殊农具。其外形别具一格，窄部为箕顶，宽部为箕尾，由此呈现"八字形"，中间平整宽阔之处为箕底。这种特殊的"箕形"之物能为百姓装卸米粮、扬米去糠及清除杂质提供便利，成为与百姓息息相关之物，逐渐影响百姓的日常行为与生活。其中，"箕踞"就是古人的一种特殊坐姿，两腿轻张，两膝微曲，与"箕"外形高度相似，由此形成了内涵丰富的"箕"文化。

林间箕踞

中国作为礼仪之邦，"箕踞"之态虽不符合中国传统坐姿的审美标准，但其作为借农具之形喻动作之态的典范，在特定情景场合之下能鲜明表达诗人的生活态度和情感追求，赋予其特殊文化内涵。白居易的《和春深二十首·十一》生动形象展现其在春日复职之际感受江南箕踞闲雅之趣，真实体会山林深处隐士着野衣、尝山饭的自在悠闲生活状态。

> ### 和春深二十首·十一①
>
> *白居易*
>
> 何处春深好，春深隐士家。
> 野衣裁薜叶②，山饭晒松花③。
> 兰索纫幽佩④，蒲轮驻软车⑤。
> 林间箕踞坐⑥，白眼向人斜⑦。

一、春日复职之喜

唐文宗大和二年（828）二月，白居易被调任刑部侍郎，返回长安。此时，白居易 57 岁。正当春意正浓、草木茂盛、百花争奇斗艳之时，遂作《春深二十首》组诗与好友刘禹锡唱和。之后刘禹锡作《同乐天和微之深春二十首同用家花车斜四韵》与之回应。此诗是白居易《和春深二十首》第

---

① 中华书局编辑部点校：《全唐诗》卷四四九《白居易》，北京：中华书局，1999 年，第 5087 页。

② 薜（bì）：指薜荔，木本植物。山麻。

③ 松花：亦作"松华"，指松树的花。

④ 幽佩：用幽兰连缀而成的佩饰。语本《楚辞·离骚》。宋洪兴祖《楚辞补注》载屈原《离骚》："扈江离与辟芷兮，纫秋兰以为佩。"（北京：中华书局，1983 年，第 5 页）

⑤ 蒲轮：指用蒲草裹轮的车子，可以使车在转动时震动较小。古时常用于封禅或迎接贤士，以示礼敬。软车：蒲车。因以蒲草裹轮，故称。

⑥ 箕踞：一种轻慢、不拘礼节的坐的姿态。即随意张开两腿坐着，形似簸箕。

⑦ 白眼：眼睛朝上或向旁边看，现出白眼珠，是看不起人的一种表情。

十一首，刘禹锡与之相对应的诗作是其组诗中的第十首。

二、江南箕踞闲雅之趣

这首诗细致刻画了江南隐士之地的宜人春色，展现出隐士之地朴实自然的生活状态，表达了作者对悠闲自在的隐居生活状态的喜爱和向往之情。

（一）恣意远观隐士之闲居

一、二句中，诗人大胆试问世间春深之地，而后直言隐士之家。何谓春深？唐代储光羲《杂咏五首·钓鱼湾》诗云："垂钓绿湾春，春深杏花乱。"[①] 可见，春深是春意最浓之时，万物不再是初春的含苞待放，而是热烈的姹紫嫣红。依据江南的农作物耕耘时令，此时节正是春季之中温度和湿度最适宜农作物生长之刻，初春播种之谷物此时已冒出绿芽，暗示着未来一年的丰硕收成。

三、四句是作者对隐逸生活的描绘。在诗句中，用蒲草裹住出行车子的车轮，这样做既可以防止车轮长期使用被磨损，也可以防止车轮在行驶过程中沾染污迹，更重要的是用柔软的蒲草包裹过的车轮行驶过程中会使得车子更加平稳，使得车子上乘坐的人更加舒服，避免颠簸，常用于封禅或以此来迎接贤士。诗人随意远望，树木葱茏，百草丰茂，一片生机盎然之景。偶然之间，只见山间走出一闲雅隐士，着"野衣"，食"山饭"，舍弃世俗功名利禄之争，在内心净土中尽享人间柴米之趣，既尽情展现山间隐士恣意舒坦、无拘无束之生活常态，又恰当真实地反映出百姓粗茶淡饭的日常生活场景。平淡数语，僻居山间的隐士之趣于细微动作中自然展现，此景乃是诗人目之所见，更是诗人在饱尝多年贬谪之苦回归长安旧地之后其内心最真实渴望之生活状态的展现。试看那隐士于午后闲暇之时漫步松花密集之地，随意采摘，装在簸箕之中，尽数铺洒松花于空闲之地。阳光炙烤之下，新鲜松花水分尽失，变为香脆松花干，掰开有清脆之声，闻之有香甜花香。傍晚霞光四射，于山间小屋旁堆晒干以后用来作为餐饭，有修炼飞升之感。同时，山麻和松花都是江南地区寻常百姓家最普遍容易种植获取之物，取之不尽，这样可保他们衣食无忧。作者对粗茶淡饭的生活感到满足和欣慰，凸显出其不追求奢靡生活、甘于平淡生活的高尚道德情操。

---

① 中华书局编辑部点校：《全唐诗》卷一三六《储光羲》，北京：中华书局，1999 年，第1376 页。

（二）林间箕踞，傲看他人

五、六句之后，诗人形象地表达了自己对仕隐两种生活的态度。隐士用普通常见的农作物来暖身饱腹，奢靡之人用名贵动植物来装扮自己，用交通用具提高生活质量这是两种天差地别的生活状态。于是诗人则用"箕踞""白眼"两词鲜明地表达了自己对生活奢靡之人的一种态度。面对他们，诗人不需要以正规礼仪见面问候，两条腿随意地张开着坐在地上，一副轻慢不拘礼节的状态。而对于路上缓慢行驶的蒲车，诗人则会微微抬起头以一种轻蔑傲慢的态度斜视着，暗讽他们的奢靡无度，也是一幅充满意趣的画面。

这首诗属于白居易的闲适诗，韵律优美，节奏平缓，语言易懂。能够在简单的

图45 五代 巨然《万壑松风图》

言语诗句中使人精神愉悦，感受到大自然的无穷奥妙，抛却世俗的烦恼，情趣盎然，见图45（来源：邓明，胡海超：《百松图说》，上海：上海画报出版社，2001年，第1页）。

三、箕踞白眼视不公

白居易用通俗易懂的语言细致刻画了江南隐士之家日常的质朴生活状态，歌颂隐士甘于平淡的高尚情操。同时，通过对生活奢靡之人日常出行打扮或装备的描写用了"箕踞"和"白眼"两词，表达出诗人内心对他们的不满和轻视。由于诗人有在江南生活十几年的经验，所以诗句中暗含着江南特有的农作物，并通过发挥其不同的功能借以划分百姓阶级，展现不同类别之人不同的生活需求与精神需求。

（一）盛赞百姓"因地制宜"的种植智慧

诗句中涉及"薜叶""松花""兰索""蒲叶"等多种农作物。白居易在被贬期间游历的区域主要集中在江州及其周边。长江中下游地区气候温暖，雨水充沛，再加上多山丘与林地，植被丰茂，是种植各种农作物的佳

地。其中，最为多样和普遍的是低矮的藤类植物，在江南雨水滋润和暖阳光照的作用下遍地生长。"薜叶"，又称薜荔，是一种常绿藤本植物，百姓日常种植只需要在一开始的时候播种和牵引枝苗就可，然后将其放置在某一栏杆处，便可任其自由生长，是种植起来最为轻松的一种农作物。"松花"，亦作"松华"，是长青植物松树之物，每年都可以定期采摘松花。"兰索"和"蒲叶"则是低矮的花类和蒲类植物。由此看来，因地制宜地种植培养特定的农作物能够减少百姓的日常劳动量，最大限度地为百姓日常生活服务。

在这种情况下，百姓就地取材，根据不同农作物的特性来改善生活质量，一方面体现出百姓恰当合理运用农作物的劳动智慧，另一方面表达出百姓对美好生活的追求与向往。其中最为特别的是以"松花"为食物的饮食文化。首先，松花源自松树，苏敬《新修本草·木部上品》卷第十二："松花，名松黄，拂取似蒲黄。"[1] 松花作为一种长青植物，是唐代道家的喜爱之物，为大多隐士所青睐，隐士常通过食用松花表达自己与尘世隔离的决心。其次，人们认为松树的每一个部位都有使得人永葆青春的物质，而要获取这种精华物质，食补是最好的营养吸收方式，暗含着人们对于长寿及永葆青春的美好愿望。最后，在食补过程中，人们发现将松花入饭，不仅能够满足人们的口腹之欲，抵抗饥饿，在蒸煮之后会有一种独特的食物香气，加上洁白的颜色，在一定程度上能够作为米饭的替代品。

（二）借农作物现阶级需求之差

"薜叶"和"松花"是日常生活中常见的农作物，薜叶常用来制作衣服，"松花"则作为食物烹制，主要满足山中的隐士或者平民百姓家的生存需求。"薜叶"由于其有宽大的叶子，可以把它缝制在衣服的外面用来遮风挡雨，取暖保温。再加上其本身属于青藤类的农作物，可以用叶子榨的汁来漂染衣服，增加衣服的美观性。而松花作为一种米饭的替代品则更适合贫苦人家和隐士，因为百姓的大部分粮食需要按时上缴地主或朝廷。而隐士向往这种平淡的质朴生活，拒绝外在物质生活，继而追求精神世界的淡然与满足。

用"兰索"制作的"幽佩"和用"蒲草"装轮子的软车，这种做法满足了富裕之人或生活奢侈之人的审美需求及生活愿望。在生存需求被极大

---

① ［唐］苏敬，等撰；尚志钧辑校：《新修本草（辑复本）》，合肥：安徽科学技术出版社，1981，第 302 页。

满足的基础上，这些农作物的使用是用来点缀他们的服饰或者装配他们的日常出行工具。根据这些农作物的使用方式及其产生的功能或价值，我们可以更明确地判定他们属于唐朝传统封建社会的哪一个阶级。

总的来说，能够很好地利用特定区域特有的农作物，将其恰当地运用到人们的日常生活中，就已经是一种完美的农业劳作智慧，由此形成唐朝特有的江南地域农业文化。此外，对于下层百姓来说，这些农作物的恰当使用，更多的是体现一种自给自足的农业生活状态，一切都是为了自己的生存需求，乃至审美需求服务，是他们渴望追求更好的生活质量或状态的一种外在表现。

箕踞拥裘

在中国古代，何为"箕踞"之姿？其形与簸箕如出一辙，两腿平伸，轻微岔开，上身与腿之间呈直角，与唐代正式的"屈膝直腰"式坐姿相比极易凸显其随意与不拘小节之感，故此动作一般不出现在正式场合，因此《礼记·曲礼上》有载："立毋跛，坐毋箕。"[①] 但闲暇之时，"箕踞"则展现自在轻松之态，故而在古代一般与百姓享用饭食与床榻休憩紧密相关，见图46（来源：陕西历史博物馆网站）。

图46　秦箕踞姿俑

---

① 陈戌国点校：《周礼·仪礼·礼记》，长沙：岳麓书社，2006年，第242页。

只有当身体呈现舒适摆放之姿时，饭食之味才最为纯真香甜。由此，"箕踞"源于农具"箕"之外形，又为最适合闲暇享用饭食之姿，可谓相得益彰。所以，刘伶在《酒德颂》中大赞"奋髯踑踞（箕踞），枕曲（酒麴）籍糟"[①] 的痛快！白居易的《饱食闲坐》一诗，描绘了唐代诗人乐享鱼米之香及箕踞床榻而忧百姓朝廷的心绪！

饱食闲坐[②]

白居易

红粒陆浑稻[③]，白鳞伊水鲂[④]。庖童呼我食，饭热鱼鲜香。
箸箸适我口，匙匙充我肠。八珍与五鼎，无复心思量。
扪腹起盥漱，下阶振衣裳。绕庭行数匝，却上檐下床。
箕踞拥裘坐[⑤]，半身在日旸。可怜饱暖味，谁肯来同尝。
是岁太和八，兵销时渐康。朝廷重经术，草泽搜贤良。
尧舜求理切，夔龙启沃忙[⑥]。怀才抱智者，无不走遑遑。
唯此不才叟，顽慵恋洛阳。饱食不出门，闲坐不下堂。
子弟多寂寞，僮仆少精光。衣食虽充给，神意不扬扬。
为尔谋则短，为吾谋甚长。

一、隐退闲暇忧时事

唐文宗大和八年（834），白居易 63 岁，被授太子宾客分司东都洛阳（共四人，其余三人为皇甫镛、张仲方、李绅），在此期间赋诗《饱食闲坐》一首。

唐朝的宦官当权开始于唐肃宗时期，大太监李辅国"安史之乱"中拥立唐肃宗即位，自此开启了唐朝中后期宦官掌握专权的时期。唐文宗是唐

---

① 许嘉璐主编：《中国古代礼俗词典》，北京：中国友谊出版公司，1991 年，第 254 页。
② 中华书局编辑部点校：《全唐诗》卷四五三《白居易》，北京：中华书局，1999 年，第5145 页。
③ 陆浑：春秋陆浑戎居，今河南嵩县东北一带。
④ 伊水：伊河，在河南省西部，源出栾川县伏牛山北麓，东北流，在偃师区杨村附近入洛河。
⑤ 箕踞：一种轻慢、不拘礼节的坐的姿态。即随意张开两腿坐着，形似簸箕。
⑥ 夔（kuí）龙：相传舜的二臣名。夔为乐官，龙为谏官。启沃：竭诚开导、辅佐君王。

朝晚期一位励精图治的皇帝，他即位后，试图革除奢靡之风，裁减冗员，复兴大唐往日辉煌，但此时的朝廷已经是强弩之末，日渐衰败，已经成为不可扭转之势。大和九年（835），唐文宗与李训、郑注等密谋诛灭宦官，但最终以"甘露之变"失败为结局。因此，在"甘露之变"的前一年，皇帝的大权几乎是被宦官控制着的。他们排除异己，任人唯亲，大加打压对自己不利的官员，同时也已埋下了祸端。

白居易此时已经为官 30 多载，唐文宗是他经历的第七位皇帝（白居易一生经历唐代宗、唐德宗、唐顺宗、唐宪宗、唐穆宗、唐敬宗、唐文宗、唐武宗八朝），对于朝廷存在的弊端早已了然于心，但生不逢时，再加上此时的自己年老体迈［大和七年（833）以病免河南尹职位］，只能长期休居家中调养生息，但一直关注朝廷动态。

二、鱼米之香，箕踞闲享

白居易的这首《饱食闲坐》用较为通俗的语言细致刻画了自己闲居在家时饱尝美食后悠闲休息的这一生动形象的系列过程，表现出了自己幽居在家百无聊赖的生活状态。结合当时朝廷背景，这首诗深刻揭露了唐中期朝廷的昏暗与没落状态，表达自己对时事的关心，却无能为力、难以根除祸端的无奈。

（一）饭香鱼鲜恣意享

第一句到第四句诗，细致刻画了白居易吃饭时的过程，选取了日常生活中吃饭时典型的食物——米饭和鲜鱼，并运用叠词生动形象地描写自己吃饭时不停歇的动作，由此凸显出饭菜的美味可口，展现其轻松自在的生活状态。首先，诗人介绍了今天餐桌上的食物，有来自陆浑地区粒状红蕊的古稻，还有来自伊水鲂鲜美的鲈鱼。厨房做好饭菜，赶紧跑过来让"我"去吃饭，正好看到桌上散着热气腾腾的米饭，飘着鲜香的鱼肉，引人垂涎。接下来，是诗人详细吃饭的动作刻画，"箸箸"和"匙匙"两叠词的运用巧妙地表现出饭菜的可口，心满意足地直到吃饱为止。此时此刻，品尝着简单的米饭和鲜鱼，谁都不会再有心思去想那些用珍贵食具盛着的大鱼大肉等珍馐美味。

（二）箕踞拥裘消时光

第五句到第八句诗人用了一系列动词："扪腹""振衣""绕庭""箕

踞""拥裘"，细致刻画了自己吃饱以后洗漱上床休息的这一详细过程，见图 47（来源：张婷婷：《中国传世人物画》卷二，北京：中国画报出版社，2013 年，第 128 页）。捧着圆鼓鼓的肚子前去洗掉手上的残留油渍，然后走下台阶，绕着家里的庭院走几圈，最后走到自己的床边。两条腿像簸箕的两个口一样，随意张开着。然后拿起床边的裘衣披着，由于坐在床边，一半的身子露在外面，就可以晒着暖洋洋的太阳。吃完饭以后如此悠然自得的时光，谁不想来试一试呢？由此，诗人把一个闲居在家吃饭的过程用简单通俗的话语一笔一画勾勒得如此细致而完整，仿佛我们每个人都到他的餐桌上品尝了一番美食。

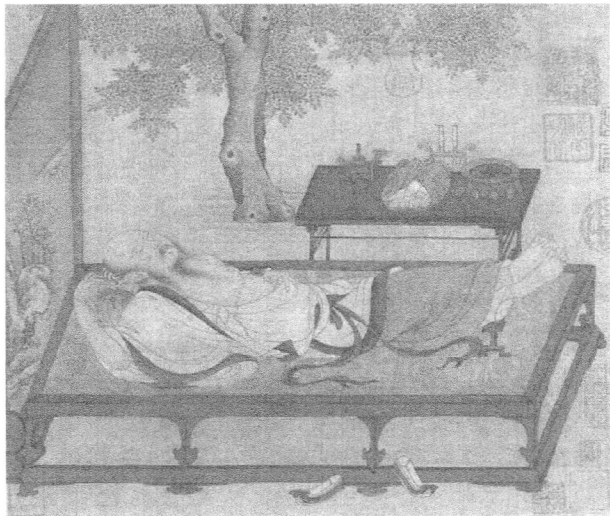

图 47　《槐荫消夏图》局部

（三）忧心时事无神采

　　第九句到第十二句是诗人对当时朝廷及社会现状的全方位的呈现。结合时代背景为大和八年（834），因此后人评："'朝廷重经术，草泽搜贤良'，殆讥不能用留也。又云：'尧舜求理切，夔龙启沃忙'，言上虽锐意于治，而王涯辈为相，非徒无益也。又云：'怀才抱智者，无不走遑遑'，指李训、郑注等也。"① 由此可见，诗人虽闲居在家，让心中仍旧心系朝廷和

---

　　① 中国社会科学院文学研究所：《中国社会科学院文学研究所学术汇刊 12·中国文学资料丛刊》，北京：知识产权出版社，2010 年，第 105 页。

百姓，忧心国事，难以消解。第十三句到第十七句和上述诗人描写当时外面动荡的社会现状形成强烈对比，刻画了一个慵懒无事赋闲在家，虽衣食无忧，却无飞扬神采之气的老叟形象。他每日在家饱食休憩，慵懒无赖，只能在心中默默为朝廷社会而担忧却无能为力。

整首诗生活气息浓厚，细致刻画了普通人家日常的饭食模样及就餐的详细过程，虽无珍馐美味，但有可口的饭食就能够心满意足地安稳度日。但诗人于简单朴实的言语中暗含着对外界社会和唐代中期朝廷的担忧。

三、黄河流域的鱼米之"香"

《饱食闲坐》诗中，白居易用通俗易懂的语言细致刻画了自己闲居长安之时的"平常"一餐，生活气息浓厚，自然而真实。然而，当时的朝廷内忧外患，诗人无力改变现状，闭门幽居，但其诗仍"盖于一饮食间，默寓忠爱不忘君之意"[1]，情感细腻动人。诗中，白居易用恰当准确的笔触详细刻画了自己的饭食过程，并多角度表现出了鱼米之"香"。

（一）黄河流域鱼米充足

《饱食闲坐》诗中，"红粒陆浑稻，白鳞伊水鲂"一句简单明了地介绍了今日诗人的餐饭内容。陆浑稻是古代洛阳曾经名动天下的著名稻米之一，其主要的种植区在洛阳伊河中下游一带，属于黄河中下游地区。陆浑地区支流众多，沟渠完善，最适宜灌溉，再加上土地肥沃，春夏两季雨水丰沃，是种植水稻的绝佳地区。在天时地利的相互作用下，陆浑的水稻在生长阶段由于特殊的地理环境及土壤，它的稻穗会微微带红，但稻穗里包裹的每一颗米粒都洁白而饱满，煮熟之后，香气扑鼻，口感丰富，让人回味无穷。同时，由于水系的复杂，伊河中同样盛产白鳞鱼，鱼肉洁白，肉质细腻，入口即化，为黄河流域的百姓所喜爱。由此可见，种植稻米是黄河中下游地区的重要农业活动之一，并且通过百姓千百年耕种经验，水稻的品质也在不断提高之中，因其特殊口感为人称赞。可以说，水稻不仅是黄河流域重要的农作物之一，其大范围的种植解决的也不仅是唐代百姓的温饱问题，更重要的它是农业之根本，朝廷之经济命脉，在一定程度上甚至能够改变一个王朝的命运。由此，米饭逐渐成为人们日常餐饭中必不可少的一种食

---

① 鄢敬新：《尚古说香》，青岛：青岛出版社，2014年，第2页。

物，而在盛产稻米的黄河流域的百姓的餐桌上，米饭更是重要主食，鲜鱼的食物则因其丰富水产成为搭配主食的荤菜，两者相辅相成，融入了人们的日常饮食文化。

（二）"箕踞"品鱼米

"香"是一个会意字。从字形上来看，它由两部分组成，上面是谷物的形状，下面是一个容器用来盛放食物。首先，汉代许慎在《说文解字》中释"香"曰："香，芳也。从黍，从甘。"《春秋传》曰："黍稷馨香。凡香之属皆从香。"段玉裁注曰："会意。"① 由此，"香"字本身就暗含着谷物成熟以后所散发的清香，是古代每一位百姓解决温饱的重要食物，代表着百姓对食物的珍惜与神圣敬畏之意。其次，把"香"字放到餐桌上来看，它显而易见是指餐桌上美味的食物所散发出来的吸引人的香气。而用陆浑稻和白鳞鱼做的餐食，其香味一定让人胃口大开、垂涎欲滴。当你迫不及待地品尝过后，米饭香甜，鱼汤鲜美，满屋香气弥漫。最后，"香"代表着一种令人满意的生活方式，每日茶饭无忧，通过自己的努力解决温饱问题，不需要为生活所迫而到处劳碌奔波，这就是古代百姓所渴求的最让人满意的一种生活状态和方式，见图48（现藏于故宫博物院）。白居易享受其中，所以才在就餐以后满足地摸着自己的肚子，两条腿随意地摆放着，用一种无拘无束的"箕踞"姿态表达自己自在生活之"香"。

图48　五代顾闳中作（宋摹本）《韩熙载夜宴图》局部

---

① 鄢敬新：《尚古说香》，青岛：青岛出版社，2014年，第2页。

在黄河流域，水稻的大面积种植及丰富的水产产出深深影响着这里的百姓生活，最显而易见的就是该地区百姓餐桌上稳定的膳食及合理的结构搭配。从诗的第一句可以看出，诗人的膳食是一道主食加一道荤食，但同时又是一饭一汤，简单的日常膳食搭配中透露着古人的大智慧。在社会经济不发达的古代，每天日常餐桌上能够吃上米饭和鲜美的鱼，说明该用户的家庭经济情况已经是中等及以上，而诗人享用的是洛阳名米和鲜鱼，也体现他当时的身份和经济能力。可以说，一饭一汤是唐朝大多数家庭经济在中等及以上的百姓所会选择的餐食。这种"香"除了是对美味而营养搭配合理的餐食的一种满足外，更是其家庭经济能力的一种外在体现，其虽未达到大富大贵、奢靡度日的层次，但至少富足美满，衣食无忧。这种"香"更从侧面反映出了唐代大多数中等的朝廷官员的生活水平，此时已经不再有"安史之乱"前的穷奢极欲和铺张浪费，更多的是每日温饱的普通和平淡。唐朝的农业经济在"安史之乱"之时被大力破坏，经过几十年的休整以后，此时的农业经济水平已经有一定的恢复，并逐渐呈现平稳的姿态，至少能够基本满足大部分百姓的生活所需。

竹赋"箕"志

"箕"作为一个形声字，由上半部分的"竹"字头和下半部分的"其"字构成。显而易见，"竹"字头直截了当表明农具"箕"最原始的制作原材料就是竹子。而"其"字一方面暗含农具"箕"的外形与"其"字有相似之处，都可作为某种承载工具进行粮食货物的搬运与卸载等农活；另一方面，"其"的特殊结构表明农具"箕"的制作需要纷繁复杂的编织技术。因此，竹子是农具"箕"的制作之根本，而竹子作为中国古代长时间种植使用的农作物，在漫长的竹子种植过程中积累了丰富的经验，至唐朝已经形成完备的竹子种植、养护及使用经验。白居易的《洗竹》细致描绘了洗竹过程，也使我们了解了科学的养竹原则和使用方法。

洗竹①

白居易

布衾寒拥颈②，毡履温承足。独立冰池前，久看洗霜竹。
先除老且病，次去纤而曲。剪弃犹可怜，琅玕十余束③。
青青复篧篧④，颇异凡草木。依然若有情，回头语僮仆。
小者截鱼竿，大者编茅屋。勿作彗与箕⑤，而令粪土辱。

一、养竹明志

　　唐顺宗贞元十九年（803），白居易 32 岁，春季被授于校书郎一职。贞元二十二年（806），唐宪宗即位。《洗竹》一诗作于白居易三年的校书郎职业生涯之中，并同时有《养竹记》与之相呼应。贞元十九年（803）是白居易三登科第的第二年（白居易 32 岁参加吏部"拔萃郎"选拔并以甲等登科），也是其仕途生涯的正式开启之时。但这个官实为管理图书典籍的，职位卑微，可以说，此时的白居易闲适悠闲。于是，在《常乐里闲居偶题》中，白居易自嘲平时过于空闲而愈发懒散，"独有懒慢者，日高头未梳……三旬两入省，因得养顽疏"⑥。但同时，白居易因为在长安做官并定居于此，所以有幸租到了常乐里已故相国关播的私人住宅。而住宅的东南隅恰巧有一丛竹"枝叶殄瘁，无声无色"⑦，由此便开始了白居易在空闲之余养竹、修竹与洗竹等与竹打交道的闲暇生活。

　　白居易实则托物言志，借刚直不屈的竹子表达自己内心坚持不与外界同流合污的决心，彰显其高尚气节，见图 49（来源：湖北诚信 2014 年四季

---

　　① 中华书局编辑部点校：《全唐诗》卷四五九《白居易》，北京：中华书局，1999 年，第5244 页。

　　② 布衾：布被。

　　③ 琅玕（láng gān）：形容竹之青翠，亦指竹。

　　④ 篧篧：长而尖削貌。形容竹竿细长的样子。

　　⑤ 彗：扫帚。

　　⑥ 中华书局编辑部点校：《全唐诗》卷四二八《白居易》，北京：中华书局，1999 年，第4723 页。

　　⑦ 周绍良主编：《全唐文新编》第 3 部第 3 册，长春：吉林文史出版社，2000 年，第 7634 页。

艺术品拍卖会第 27 期）。造成这一切的根源在于经过"安史之乱"的唐朝已经处于内忧外患的境地，朝外藩镇割据使皇权被逐渐削弱，朝内宦官专权、党派恶斗，一片乌烟瘴气。官场上，大家表面虚以尾蛇，内里明争暗斗。白居易身处其中，既不能完全实现其政治抱负，又不愿与之同流合污，便只能独居僻室，怡情养性。

图 49　钟天鸣《白居易诗意画》

二、洗竹复壮以制"箕"

在《洗竹》这首诗中，白居易用通俗易懂的语言，生动形象而具体地描写了自己在从事洗竹这一农业劳动生产活动的相关详细动作，细腻而准确地刻画了自己洗竹、选竹及用竹子的完整过程。同时，在挑选竹子的过程中，根据竹子的生长样子及自己的评判标准，将不同的竹子制作成不同的工具来改善自己的生活，体现了古代劳动人民在熟练使用竹子时的农业智慧。

一、二两句，诗人通过自己的一个直观感受"寒"点出了竹子的生长环境是严寒而恶劣的，诗人必须要用布被裹着脖子，双脚裹着厚厚的毡毛才能轻微感到一丝温暖。而竹子在一整夜的风霜侵蚀下早已沾满了冰粒，所以诗人冒着高冷在冰池前及时地采用"洗竹复壮"的植物养护办法来唤醒竹子的生命力，缓解风霜侵蚀带给竹子的灾害，以此体现诗人对竹子的关心和爱护。

三、四两句，诗人直观地阐述了自己洗竹的详细过程，并间接表明诗人在洗竹过程中采用的原则为"去除糟粕，取其精华"。只有毫不留情地把一些老的、病的竹枝及纤弱弯曲的竹枝除去，才能帮助竹子恢复往常的生命力。诗中"可怜"两字暗含诗人对修剪遗弃的竹子的怜惜不忍之意，但是为了保存剩下健全的竹子在未来成熟之时能够呈现粗壮和青翠的状态，必须要毫不留情将劣质竹子舍弃。

五、六两句，诗人采用了叠词"青青""簇簇"和比喻的修辞手法，生动形象地表现了通过洗竹修护之后的竹园一派生机盎然的模样，表达了诗人内心的欣慰与满足之感，并对竹子成熟之后郁郁葱葱的样子充满了期待之情。由此，诗人在七、八两句开始仔细地幻想如何使用这些竹子，充满意趣。小而坚硬的竹子可以用来制作鱼竿，成为垂钓的绝佳工具。纤长而粗大的竹子可以用来稳固遮风挡雨的房屋。而那些柔软性较好的竹子可以将其削成纤长的竹丝编织成普通常见的扫帚和簸箕。这样才最大限度地发挥了竹子的价值，物尽其用，否则不就是白白浪费了土壤里的珍贵养分了吗？

整首诗语言朴实而又充满意趣，完美再现了诗人从事洗竹这一劳动生产活动的全过程，表达了作者对竹子的喜爱之情，并对经过修复后的竹子未来呈现青翠模样充满了无限期盼，展现了自己悠闲的居家生活状态。

三、选竹制"箕"显科学

白居易的《洗竹》诗描绘了自己给遭受霜冻竹子的采取"洗竹复壮"的办法保养剩余竹子的过程，蕴含着古人在从事"洗竹"这一农业劳动生产活动的经验与智慧。同时，通过结合日常生活中不同功能的竹制品来鉴别竹子自身质量，最大限度地发挥竹子的使用价值。由此看来，竹子作为一种特殊的农作物在古代百姓生活中发挥着促进农业发展的重要作用，其蕴藏着百姓根据节气或天气变化及时养护竹子的农业生产经验和智慧。

（一）洗竹以复壮

在中国古代农业社会，竹子是制作各种农具的重要原材料之一，如竹篮、竹筒等。它生长速度快，生命力顽强，再加上较强的柔韧性及抵抗力，是和木材一样制作农具的重要原材料之一。因此，在唐代，人们根据种植经验的积累逐渐总结出了一套合理的养护竹子的科学办法。在诗中，"霜竹"不仅是指表面带有白色粉末的竹子，更多地代表着因季节天气变化的原因，部分竹子会遭受霜冻的严重摧残，从而水蒸气凝结而在其表面形成细微冰粒，极大地影响了竹子的正常生长，属于季节性的植物灾害的一类。

及时且科学性地采取人工洗竹的科学养护办法能够有效地恢复竹子的生机，降低竹子的受灾害程度，避免竹子光滑度低、柔韧性差等问题的出现，进而影响到各种农业工具的制作。

所谓"洗竹"，不仅是以美观为目的的清洗过程，也是一种"取其精华，去其糟粕"的农作物培育养护原则，并广泛运用在古代各种农作物的种植上。从"先除老且病，次去纤而曲。剪弃犹可怜，琅玕十余束"可以看出，只有把竹子中一些老的、病的、纤弱的、弯曲的枝条给除去，才能使健全的竹枝更好地吸收到土壤中足够的养分，茁壮成长。这使得因遭受霜冻灾害的弱小竹子而被根除掉，虽然十分可惜，但是避免土壤的养分被劣质竹子吸收而白白浪费，从某种程度上来说，这也是农作物中在"物竞天择"自然法则下的一种必然的生存结果。而这种舍弃劣质农作物、保留健全农作物的方法在其他农作物的种植上也有着十分鲜明的体现，例如百姓定期清除农田中的杂草，这样做可以避免杂草吸食过多土壤养分，使得其他农作物出现生长不良的状况，其核心就是对土壤养分的合理分配。

因此，科学的洗竹养护办法离不开古代百姓对竹子的长时间种植与研究，并经过日积月累的经验积累使其系统化、科学化，它们是古代劳动人民在农业生产活动中由时间和汗水凝结成的智慧结晶，并广泛应用在各种农作物的种植上，使得农业种植规模逐渐变大，农作物种类愈加多样，大大推动了古代农业经济的发展。

（二）科学选竹制"箕"具

古语有云："因其材以取之，审其能以任之，用其所长，掩其所短。"[1]用在此处就是要扬长避短，根据竹子的光泽度、柔韧性等生长状况将其合理应用在不同的农作物上，用于日常生活农具的制作当中，方便百姓的农业生产活动，改善生活质量。《洗竹》提到了四种把竹子作为原材料制作的农业工具。小而略微短的竹子具有较大的硬度，所以可以用来制成鱼竿垂钓河中鱼类，解决百姓的日常温饱问题。老而纤长的竹子可以砍去它的枝叶，然后架在房梁上用来当作屋子的骨架固定茅屋，在改善稳定性的同时又因为竹子作为天然植物的特性使得茅屋具有冬暖夏凉的特点，柔软性较好的枝条，百姓可以将它削成细细的竹条，通过复杂而巧妙的编织手法做

---

① ［唐］吴兢撰；［元］戈直集注：《贞观政要》，上海：上海古籍出版社，2008年，第63页。

成扫帚和簸箕，用来打扫房屋的灰尘或其他杂物，几乎是百姓家中日常的必备工具，见图50（来源：襄垣县文物博物馆，山西省考古研究所：《山西襄垣隋代浩喆墓》，《文物》，2004年第10期）。

图50　山西襄垣出土隋代浩喆墓墓葬品簸箕

古代百姓的智慧之处不仅在于能够通过自己的双手种植竹子等农作物，而且能够在日积月累的种植经历中积累经验并逐渐形成系统和完整的种植养护办法，还能够根据植物特性或优点将其应用在百姓日常农业生活的各个方面，最大限度地发挥其应有的价值。

置堂之艰

"箕踞"指两腿随意张开，形似簸箕地坐着，在古代通常会被认为是一种失礼，给人以傲慢不拘之感，而在中国古代百姓日常生活之中，于堂屋之内采取箕踞之姿并无不妥。例如，在《孟子自责》故事中，孟子之妻在堂屋之内箕踞休息，碰巧被孟子撞见，觉得不妥，萌发出妻之意。其母细问，反责问孟子没有敲门而入，不是妻之错，孟子顿悟自责不已[①]。由此可见，"箕踞"是人们舒适之态，一般可为之于屋内隐私之所。因此，拥有一所既能遮风挡雨又能使其暂放礼仪之束轻松休息之地是每个文人心之所向。故而本文通过解析白居易的《香炉峰下新置草堂即事咏怀题于石上》一诗，从而一窥草堂制造之艰，共享箕踞其中的自在舒坦。

---

①　张志君：《跟古代名人学家风家教》，北京：商务印书馆国际有限公司，2015年，第56页。

香炉峰下新置草堂即事咏怀题于石上①

白居易

香炉峰北面，遗爱寺西偏。白石何凿凿，清流亦潺潺。
有松数十株，有竹千余竿。松张翠伞盖，竹倚青琅玕②。
其下无人居，悠哉多岁年。有时聚猿鸟，终日空风烟。
时有沉冥子③，姓白字乐天。平生无所好，见此心依然。
如获终老地，忽乎不知还。架岩结茅宇，斫壑开茶园④。
何以洗我耳，屋头飞落泉。何以净我眼，砌下生白莲。
左手携一壶，右手挈五弦。傲然意自足，箕踞于其间。
兴酣仰天歌，歌中聊寄言。言我本野夫，误为世网牵。
时来昔捧日⑤，老去今归山。倦鸟得茂树，涸鱼返清源⑥。
舍此欲焉往，人间多险艰。

一、罪贬江州

唐宪宗元和十二年（817），白居易 46 岁，因在江西庐山香炉峰、遗爱寺之间建了一座草堂，又称"庐山草堂"，作《香炉峰下新置草堂即事咏怀题于石上》。

元和十年（815），主张削藩的宰相武元衡被刺身亡，白居易越职率先上书皇帝请求追捕凶手，并认为其做法嚣张，"急请捕贼，以血国耻"⑦，引起了当朝权贵的不满，再加上平时白居易的讽喻诗大多被认为妄评国事，皇帝便上书以僭越之罪将其贬到江州。从长安朝廷之官到江州的有名无权的小官，事业上形成了巨大的落差，冲淡了他参与朝政的热情。随着被贬

---

① 中华书局编辑部点校：《全唐诗》卷四三〇《白居易》，北京：中华书局，1999 年，第 4756 页。香炉峰：山名，又称香炉山，在江西九江境内。

② 琅玕：亦作"瑯玕"。似珠玉的美石。

③ 沉冥子：指隐居的人。沉冥，幽居匿迹。

④ 斫（zhuó）：砍，削。

⑤ 捧日：喻忠心辅佐帝王。

⑥ 涸鱼："涸辙鱼"的略语。

⑦ 肖瑞峰，彭万隆：《刘禹锡白居易诗选评》，上海：上海古籍出版社，2018 年，第 204 页。

时间的推移，白居易逐渐习惯了这种闲职带来的悠闲生活，平时以读书、写作、交友等事打发时间。在远离朝堂期间，白居易游历庐山之时为其幽静之景所吸引，便于庐山脚下的遗爱寺偏西侧建造一间草堂，与好友家人享受山野之乐。可以说，此时的白居易少了许多刚到江州时的愁怨颓败之气，多了一丝平静淡泊之感，见图51（来源：冷冰：《向庐山学习大语文》，《浔阳晚报·文化周刊》，2020年3月7日）。

图51　庐山白居易草堂

二、艰辛置堂盼隐居

白居易的这首诗以朴实而细腻的笔触叙述了自己在庐山香炉峰建造草堂的这一愉快过程，生动形象地表现出草堂附近幽静宜人的自然山水风光，表达出诗人对未来悠闲自在的田园隐居生活的追求和向往。此外，诗中还细致叙述了诗人为满足日常生活需要而采取的一系列的农事活动，表现出田野百姓日常的农业生产活动方式及生活状态。

（一）自置草堂享寂静

第一句到第四句细致概括了诗人建造草屋的大致方位，即香炉寺的北面，遗爱寺偏西的位置，并且通过细腻生动的语言，对草屋周边幽静的环境进行了生动形象的刻画与描写：洁白的石头随意摆放着，清澈的溪水从上面飞流而过。茅屋两旁，十几棵松树和数不清的竹子交织在一起，密密麻麻的，青翠的树叶像大伞遮挡着阳光，根根竹子纤长而高大在风中摇曳，营造出寂静悠闲的生活环境氛围，表达了诗人对山间静谧悠闲生活的期待和向往。

（二）采石垦渠开茶园

第五句到第八句诗人直抒胸臆，表达自己强烈的隐居想法，直接点明隐居之地十分偏僻，充满了对未来隐居生活的想象。所以在第九句到第十二句中，诗人细致叙述了自己为隐居生活而做的准备，主要包括开采岩石铺设草堂，开垦沟渠准备建造茶园。在这里，诗人采用了一系列的动词，如"架""结""斫""开"等精确恰当地表现出诗人所从事的一系列农业生产活动，说明诗人为了隐居生活而做了充分的准备，也表明他对一些农业生产劳作十分娴熟。在此过程中，诗人根据传统农业劳作经验辛勤工作，但是没有任何怨言，反而是享受这种劳苦之乐。飞泉湍流而下，清脆的水声悦耳动听，而不是朝廷上百官之间的阿谀奉承。放眼望去，山下洁白的莲花在恣意盛开着，令人赏心悦目，而不是朝廷上的明争暗斗来玷污诗人的眼睛。由此，作品体现出诗人对自给自足的悠闲自在生活的向往，并能够秉持苦中作乐的豁然心态享受其中，展现其安贫乐道的高贵品格。

（三）傲然箕踞仰天歌

最后七句是诗人对之后隐居草堂之中悠闲生活的想象。与友人喝酒弹琴，唱歌聊天，随意箕踞而坐，不用在乎世俗的眼光，放弃对功名利禄的追求，就能获得自在的生活。辽阔天地，自在飞翔，早出晚归，耕田种茶，只愿回归最原始的自给自足的生活状态，发展属于自己的小农经济，空闲之时在一些荒地上开垦茶园来维持自己日常生活就已经心满意足。整首诗语言平淡朴实，情感真实自然，充满田园劳作之意趣，大有苏舜钦《沧浪亭记》中"箕而浩歌，踞而仰啸，野老不至，鱼鸟共乐"的闲情雅致①，见图52。

---

① 傅璇琮主编；余哲，黄松注译：《中国古典散文基础文库·游记卷》，桂林：广西师范大学出版社，1999年，第57页。

图 52　白居易塑像

三、草堂"箕踞"自享乐

白居易通过这首诗记叙自己在庐山脚下建造草堂、开垦茶园的过程，表达了他对庐山静谧环境的喜爱和赞美，对无拘无束、不为功名利禄所束缚的自在隐居生活表现出满足与享受的态度。因此，在隐居期间，他与家人过的是一种与普通百姓一样自给自足的生活，并通过亲自从事农业活动来满足日常生活的需要，一句"架岩结茅宇，斫壑开茶园"就能够帮助我们简单了解传统百姓生活中所呈现出的小农经济形态。

（一）因地制宜置草堂

白居易对于建设草堂的用料和位置都是十分恰当和讲究的。首先，草堂位于香炉峰的北面，在遗爱寺西偏位置，面北朝南的房屋方位能够朝看晨光暮赏夕阳，更重要的是能够确保堂内阳光充沛，较好地避免阴暗和潮湿。而这种挑选房屋方位的智慧即所谓的"阴阳文化"。在等级森严的封建传统社会，选择坐北朝南的房屋预示着能够带给家人幸福安康的生活，表达古代人民对房屋建成以后男耕女织的安稳生活的憧憬和向往，由此形成古代农耕百姓的一种普遍共识。其次，这里所谓的草堂所用的草一般是指茅草，它不仅能够遮蔽风雨，更重要的是由于茅草的特性会有冬暖夏凉的特殊效果，由此成为铺设草堂屋顶的绝佳用材。最后，对于草堂的地基部分诗人选择了山边的岩石，其坚硬的特质能够很好地加强草堂的稳定性，抵抗住长期的风吹雨打。由此可见，一间普通的草屋建设其中蕴含的是农业生产社会百姓长年累月所积累的生活经验，以此满足其自给自足的生活需求。

（二）挖渠引水显民智

白居易此时身处庐山脚下，植被丰茂，乃是隐居之佳地。但是众所周知，水往低处流，如何把草屋周边的山泉通过巧妙的办法引到草堂附近，确保有长期稳定的水源以供自我生存的需要和农作物的灌溉，这离不开百姓对水源位置及水流走向的细致观察，更离不开用石头、斧子、铲子等较大型的农业工具进行的辛勤劳作。首先，要从草堂附近的高处找寻到天然、干净的活水，或是来自山顶的自然雨水汇成的小溪流，或是山腰处丰富植被每日露水的收集。其次，考察水流的走向，找寻到水流的主流而非支流，这样才能确保水流的稳定与源源不断的供给。最后，运用能够凿开坚硬石头，或挖开顽固泥土的工具改变水流的道路，而这需要人们付出辛勤劳作的汗水才能成功实现引流。因此，只有把智慧和汗水两者结合，才能真正过上自给自足的生活。

（三）茶类种植促经济

中唐时，经过"安史之乱"的虚弱朝廷，外有藩镇割据之苦，内有宦官当权和官员随意更替之忧；民间的农业生产早已遭到严重破坏。白居易建造草堂的位于僻静的庐山脚下，人烟稀少，荒地丛生，正是大规模种植经济作物的绝佳之地。根据百姓掌握的农作物种植经验，茶类植物是最适宜种植在山腰之上的。云雾缭绕，雨水充沛，日晒夜凉，所以有"茶宜高山之阴，而喜日阳之早"[①] 之说。因此，种植茶类作物是庐山这一特定地理环境下最具经济价值的农业生产活动。茶叶成熟之后，经历采茶、晒茶等一系列复杂的流程之后，可以作为平常百姓家居重要的饮品之一，用于修身养性，满足自身的日常生活需求；也可作为一种物品与其他人进行交易，由此换取物品来改善自身生活质量。

由此看来，在劳动力不足、农业生产力较弱的古代社会，自给自足是大多数百姓的生活方式。但仔细探究就会发现，即便是一座普通草堂的建造和一片小茶园的种植，都与百姓的生产智慧与辛勤劳作的汗水紧密相关。

---

① ［清］刘源长著；王方注译；谢晓虹绘：《雅趣小书〈茶史〉》，武汉：崇文书局，2018年，第129页。

"箕山"隐情

在中国古代农业生产劳动中，"箕"是百姓最常使用且最为熟知的农具之一，并因其特殊的外形，"箕"形构造特点固化在百姓的脑海中，如以农具"箕"命名自然山脉——"箕山"。"箕山"位于中国中部，由平坦的盆地和连绵高耸的山脉组合而成，可以说是大自然的鬼斧神工之作。登高放眼望之，与农具"箕"的外形如出一辙，"箕山"之称恰当妥帖。白居易的杂言诗《雪中晏起偶咏所怀兼呈张常侍韦庶子皇甫郎中》真实地再现了唐代中后期百姓生活状态和农业发展前景，由此深挖"箕山"在中国诗歌发展过程中逐渐被赋予的隐逸内涵。

雪中晏起偶咏所怀兼呈张常侍韦庶子皇甫郎中①

白居易

穷阴苍苍雪雾雾，雪深没胫泥埋轮。
东家典钱归碍夜，南家赁米出凌晨②。
我独何者无此弊，复帐重衾暖若春。
怕寒放懒不肯动，日高眠足方频伸。
瓶中有酒炉有炭，瓮中有饭庖有薪。
奴温婢饱身晏起，致兹快活良有因。
上无皋陶伯益廊庙材③，的不能匡君辅国活生民。
下无巢父许由箕颍操④，又不能食薇饮水自苦辛。
君不见南山悠悠多白云，又不见西京浩浩唯红尘。

---

① 中华书局编辑部点校：《全唐诗》卷四五三《白居易》，北京：中华书局，1999年，第5147页。

② 赁（shì）：出赁；出借。

③ 伯益：舜时东夷部落的首领，为嬴姓各族的祖先。相传伯益助禹治水有功，禹欲让位于益，益避居箕山之北。

④ 巢父：传说为尧时的隐士。许由：亦作"许繇"，传说中的隐士。相传尧让以天下，不受，遁居于颍水之阳箕山之下。箕颍：箕山和颍水。相传尧时，贤者许由曾隐居箕山之下，颍水之阳。后以"箕颍"指隐居者或隐居之地。

红尘闹热白云冷，好于冷热中间安置身。

三年徼幸忝洛尹①，两任优稳为商宾。

非贤非愚非智慧，不贵不富不贱贫。

冉冉老去过六十，腾腾闲来经七春。

不知张韦与皇甫，私唤我作何如人。

一、再任新职，内忧外患

唐文宗大和八年甲寅（834），白居易 63 岁，为太子宾客分司东都洛阳。当时张仲方 69 岁，在洛阳与白居易多有交游，除此诗外，还有《除夜言怀兼赠张常侍》《张常侍相访》等作品。而韦缜、皇甫曙与白居易当时同为太子宾客分司，属于同僚关系，白居易经常通过诗作与之保持一定的联系。如在洛阳时，作《和韦庶子远坊赴宴未夜先归之作兼呈裴员外》与韦缜唱和。

白居易是在深冬之时作此诗，回顾这一年，自己初春任新职，但此后朝廷内外仍然处于动乱不断的状态。特别是十月之初，幽州爆发了严重的军乱，节度使杨志诚、监军李怀仵制造违禁物品被将士发现，将其驱逐出境。"安史之乱"后，朝廷竭力试图削弱节度使的权力，其与地方的冲突在所难免，由此极大地影响了百姓生活。同年七月，宰相李德裕因奏请进士考试停试诗赋、专考策论引起文人不满被罢官，由李宗闵代替，影响了白居易及其好友的政治命运。

唐中期的朝廷，外有频繁的军变动乱，内有宰相的罢职更换，百姓的耕种生产被极大地破坏，百姓无法安居乐业，日常温饱得不到保障，苦不堪言。因此，农业经济萧条低迷，典当财物换取粮食的现象时有发生。白居易任新职短短几月，归隐的想法愈加浓烈。再加上白居易此时已经年过花甲，宦海浮沉几十载，看清现状却无力改变，认为远离朝廷自在度日也是晚年一大快事。

---

① 徼幸：做非分企求。一作"侥幸"。

二、民生多艰，求"箕颍"之操

白居易用通俗易懂的话语生动形象地表现了深冬之时底层百姓的艰难求生的生活状态，同时，通过描写自己富足悠闲的生活状态来表现其安贫乐道的豁达心态及对悠闲自在闲居生活的满足。诗人与百姓之间的生活形成鲜明的对比，从侧面反映出社会的动乱不堪，朝廷的昏庸无能造成农耕经济被大肆破坏，民不聊生，百姓只能通过四处典当衣物或者借钱买米等一系列方法尽力存活。

（一）冒雪典钱求米粮

开头两句，诗人就真实刻画了深冬之时百姓冒着严寒在黑夜里来回奔波、典当财物借钱买米的心酸场景。一个"苍苍"暗示着天气的寒冷，一个"没"字表现出积雪之深，在如此恶劣的环境之内却有底层百姓在来回奔波。他们在雪夜里先把家里的财物典当后返回家中，然后又冒着风雪凌晨的时候出去借米。这表现出深冬时节底层百姓的艰难困苦的生活现状，也从侧面体现出当时的农业生产正受到霜冻等自然灾害的严重影响。结合唐中期的时代背景，我们会发现在社会长期严重动乱和朝廷懦弱无能、不作为的双重打击下，传统农业的生产已经遭受了极大的破坏，百姓深夜买米的现象几乎成为常态。

（二）酒饭温饱享快活

三、四句，诗人通过自问自答的方式表现出自己温饱无忧的悠闲生活。厚重的帘帐和被子一层又一层盖在"我"的身上，温暖着"我"，由于"我"特别地害怕寒冷，略显懒惰不肯下床活动，只能等到太阳高升、睡饱了以后才伸起懒腰。其中，诗中的"暖若春"与前面在风雪中忍受着严寒典当买米的底层百姓的艰难困苦生活形成鲜明的对比，由此也显现出那些不用依靠传统农业生活的中上层官员的温饱无忧。

五、六句，诗人用通俗易懂的语言刻画了家中厨房的画面，简单平淡中透露着生活的无忧无虑。瓶子中灌满了美酒，火炉中木炭补给充足，能够确保度过寒冬。瓮中米粒充足，能够满足日常所需，旁边薪材堆得满满当当，随时都可以等到侍奉的奴婢有空的时候点火做饭。由此可见，社会中上层官员的日常生活因为不是依靠传统的农业种植收入，而是依靠朝廷的俸禄，就能够很容易地度过寒冬，过上舒心温饱的生活。

（三）忆往昔，愧当"箕颍"之操

第七句到第十四句，诗人用口语化的自叙口吻详细叙述了自己的生平经历，自己做官多年，做过三年的河南尹及相继两任太子宾客，但是自己既不能拥有像皋陶、伯益的栋梁之材来济民、辅国、佐圣君，也不能像巢父、许由的归隐志士一样在箕山中、颍水滨饮水采薇。只能做到不富不贵不贱贫，表现出诗人安贫乐道的隐居思想。

其中，箕山为鄄城四山之一，《濮州志·山川考》载："箕山在州治东五十里，相传许由所居。"[①] 现位于河南省禹州市、登封市、伊川县、汝阳县、汝州市、郏县之间。箕山山脉最高点在禹州与汝州交界处的大鸿寨，在登封境内与嵩山山脉隔登封城和颍河相望，位于登封市南部。在禹州境内隔颍河和颍川平原与具茨山相望，在禹州形成南北两山夹峙平原的独特地形。由此看来，箕山的山脉走向和特殊地理形势与簸箕的外形高度相似，古人便以"箕山"最先称之，见图53（来源：彭卫国：《河北省非物质文化遗产图典》第3辑，石家庄：河北美术出版社，2014年，第5页）。

图53　清乾隆年间《行唐县志》中所绘箕山颍水图

而后，许由隐居于此，逐渐赋予其隐居文化内涵。《史记·伯夷列传》中记载："而说者曰尧让天下于许由，许由不受，耻之，逃隐……太史公曰：余登箕山，其上盖有许由冢云。"[②] 于是，后人用"箕山之志"来形容品质高尚之人，而箕山也逐渐成为世人眼中著名隐居之地。

---

① 《沧桑濮州》编委会：《沧桑濮州·箕山遗址》，北京：新华出版社，2019年，第16页。
② ［汉］司马迁撰；杨钟贤校订：《史记》，天津：天津古籍出版社，1998年，第483页。

三、贫富悬殊民生艰

这首诗属于白居易的杂言诗，是诗人深冬夜起之时的所思所想。其用细腻的笔触描绘了唐中期社会百姓为生计辛勤奔波却依旧入不敷出、债台高筑的艰辛生活，表现出社会的动荡不安及农业经济的紊乱和遭到严重破坏的状态，表达出诗人对平民百姓深切的悲悯之情。同时，通过对自己目前温饱悠闲生活画面的描述，传达自己的安贫乐道思想。

（一）底层贫民典钱以籴米

自"安史之乱"后，中央朝廷与地方节度使之间冲突不断，藩镇混战、农民起义等小规模的战事时有发生，这都严重冲击了传统农业经济的正常发展，使得百姓难以过上调养生息的稳定生活。一方面，频繁的战事致使部分青壮年劳动力被投入军队来平定各种动乱，由此来带农业开垦规模的大幅度减少。另一方面，社会动乱导致农田遭到一定程度的破坏，再加上军粮的频繁征缴，对已经长时间遭受地主压迫与剥削的平民百姓来说无疑更是雪上加霜。

从"东家典钱归碍夜，南家籴米出凌晨"诗句描写的状况中可见，受动乱影响，平民百姓到处典当自家物品换取金钱买米度日几乎是生活在社会底层人士的日常，更有甚者只能通过租借或赊账换取口粮，虽能解决一时温饱之需，却不是生活长久之计。受封建传统制度影响，大部分百姓靠出卖自身劳动力为朝廷和地主种植田地，缴纳粮食。而如今为解决日常温饱问题与米行建立新的债权关系，一旦利息增长，不久便会呈现债台高筑的情况。届时，朝廷、地主加上债主等多层的压迫便能很轻易地将一个普通的小农之家逼入黑暗深渊。可见，百姓到处典当财物、租借米粮这一社会日常生活行为表现出百姓生活经济来源的极度缺乏，是古代社会中下层阶级民众艰辛贫苦生活的一个侧影；但同时也表现出底层百姓在食不果腹的情况下依旧为生活奔波、努力换取钱财或米粮解决家庭温饱问题的顽强生活的精神。

（二）富足家庭温饱自在安

白居易作为身居闲官的文人，能够满足日常温饱，从侧面反映出中晚唐中上层文人或官员在动乱频繁的社会现状下虽无大富大贵，但清贫有道、温饱有余。"瓶中有酒炉有炭，瓮中有饭庖有薪"诗句呈现出以简单而完备的厨房用具来满足日常生活的需求，同时还提前准备了足够的生活必须燃料来保证冬季屋内的温暖及制作各种食物。一方面，普通而必要的盛放东西的容器能够用来储存食物，如"瓶""瓮"等由于其呈现特殊的口小肚身大的建造结构，一般是将其运用在农作物或粮食的装置或者储存上，若是液体状饮品如家中常备的"酒"可以因其小口避免挥发，而"瓮"则因其大身可以大规模容纳粮食进行长期储存，具有较强的实际应用价值。另一方面，用农田中废弃的农作物或木材不仅可以制作成燃料来煮熟食物，还可以作为冬季百姓重要的取暖燃料来源。由此看来，这种简单而完备的家庭用具是百姓日用品，更是一个家庭经济能力的重要体现，还是古代中上层阶级官员温饱生活的一个缩影。

（三）低迷经济藏危机

在社会长期频繁动乱的影响下，封建传统社会中下层百姓和上层的生活水平的差距会被逐渐拉开，在衣食住行等各方面呈现出愈加鲜明的对比。传统小农经济被破坏，使得农业经济发展处于缓慢低迷的状态。其中，典当财物、租借米粮等看似普通的商业性质的小行为，其背后暗藏着的是国家农业经济逐渐走向紊乱萧条的巨大危机。在社会动乱年代，劳动力的大量缺乏造成土地的荒芜，粮食产量的逐渐减少。大规模的租借粮食，会使百姓陷入追求不劳而获的旋涡，粮价逐渐上涨，贫富差距逐渐增大。这种农业经济体系一旦崩溃，便会造成百姓因食不果腹引发对土地和粮食的争夺，动摇社会稳定的根基，可谓牵一发而动全身。

"箕星"之崇

何为"箕星"？箕星即箕宿，属水，为豹，是中国神话和天文学中的二十八宿之一，为东方最后一宿。出自东汉蔡邕的《独断》："风伯神，箕星也。其象在天，能兴风。"① 由此可见，"箕星"除了其星座外形构成与农具"箕"高度相似之外，更多的是在百姓眼中是与日常风水之事紧密相关的。在中国古代，四季更替，阴晴变化，农业种植收成离不开大自然的风

---

① 文可仁：《中国民间传统文化宝典》，延边：延边人民出版社，2000年，第855页。

调雨顺，故而对神秘星空与天气运作格外关注，由此成为古代农具、神话传说及天文知识的结合产物，体现百姓对远古神秘的星辰的自然崇拜。韩愈的《三星行》不仅描绘了"箕星"的壮观瑰丽之景，而且挖掘出星宿神秘面纱后的原始农具含义。

三星行①

韩愈

我生之辰，月宿南斗②。

牛奋其角，箕张其口。

牛不见服箱③，斗不挹酒浆。

箕独有神灵，无时停簸扬④。

无善名已闻，无恶声已欢。

名声相乘除，得少失有余。

三星各在天，什伍东西陈。

嗟汝牛与斗，汝独不能神。

一、贬谪之怒

韩愈（768—824），字退之，郡望昌黎，世称韩昌黎、昌黎先生，河阳（今河南孟州）人，唐代杰出的文学家、政治家，是唐代古文运动的倡导者，与柳宗元并称"韩柳"，与柳宗元、欧阳修和苏轼合称"千古文章四大家"。唐宪宗元和二年（807），韩愈作《三星行》。唐德宗贞元十七年（801），韩愈任监察御史，而后因关中地区大旱被封锁消息，上《论天旱人饥状》，遭李实等谗言陷害被贬连州阳山县令，直至元和元年（806）六月奉诏回长安，授权知国子博士。不久，宰相郑绸爱好他的诗文，便让他抄

---

① 中华书局编辑部点校：《全唐诗》卷三三九《韩愈》，北京：中华书局，1999年，第3803页。题注：三星，斗、牛、箕也。愈自悯其生多訾毁如此。苏轼云："吾生时与退之相似，吾命在牛斗间，其身宫亦在箕，斗牛宫为磨蝎，吾平生多得谤誉，殆同病也。"

② 南斗：星名，即斗宿，有星六颗。在北斗星以南，形似斗，故称。

③ 服箱：负载车箱。犹驾车。

④ 簸扬：亦作"簸飏"。扬去谷物中的糠秕杂物。

录给他看，此举遭到了他人的嫉妒和非议。再加上韩愈向来直言进谏，不避权贵，触碰当权者的利益，屡次遭受他人言语诽谤，贬谪升迁往复数次，仕途之路相对坎坷。后来，韩愈从贬谪经历中总结经验，借自己的生辰和星斗传说暗喻自己遭受无端横祸的原因是嫉妒好事之人的搬弄是非与挑拨，表达愤怒之情并加以反击。最后，韩愈自请前往东都洛阳。

二、"箕"星暗喻证清白

韩愈的《三星行》用了暗喻的手法，借用中国古老的星宿及传说，巧妙地暗寓了唐代中期朝廷上官员尔虞我诈、搬弄是非的黑暗现状。其中，诗人采用了如"南斗""箕"等一些用农具命名的星宿。在早期的农业社会，对于天上未知的星宿，百姓会选取自己最为熟知的事物来解读它们的含义，而这些星宿则是根据农具的形状来划分并为之命名。这表达出人们对农业生产能够风调雨顺的强烈渴求，同时也体现了早期农业生产社会中人们对于能够帮助百姓提高农业生产劳动效率的农具的重视与尊崇之感。

一、二两句诗人用夸张的修辞手法生动形象地表现出自己出生时辰的特殊性。当自己出生的时候，月亮停留在南斗之中，牵牛星的两个角张开着，微微晃动着犄角，仿佛是要进行争斗。而形状像簸箕的箕星也大张其口，暗示着自己与生俱来的不同，是天之骄子，不应该是凡尘世俗之人一样缺乏美好的道德和情操，带有一定的神秘色彩。在这里，诗人对星宿的形状进行了详细的描写，同时也是对其所对应农具的鲜明外在特点的表述，见图54（来源：顾永杰，史晓雷：《河南博物院藏早期粮食加工器具研究》，《文物鉴定与鉴赏》，2014年第8期，第74-79页）。

图54　信阳出土的战国环錾陶簸箕

三、四两句诗人用比喻手法生动形象地描述了星宿呈现和生产劳作相似动作时的状态，牵牛星的运动好像是在驾着车厢前进，而连接起来的斗宿和酌酒的动作一样。只有形状像簸箕的箕星，呈梯形，上窄下宽，在不停地颠簸。可以说，诗人将农具运用在身边农业劳动中的特定状态来解读星宿的变化。《诗经》中有载："维南有箕，不可以簸扬。"诗人反用其意，认为箕宿是有神灵并且永久地颠簸，并以此暗喻官场污浊现状。第五句到第八句诗人直抒胸臆表明自己为人处世的态度，善恶名声在这世间总是此消彼长，自己也各有得失。万事遵循本心，便不会有遗憾。整首诗充满奇特夸张的想象，运用了星宿的背后古诗，并且恰当地表现出和星宿对应农具运用到农业生产活动时的特点和状态。

三、星宿崇拜祈五谷丰登

《三星行》中，韩愈借用自己的生辰和星斗及其传说故事暗喻朝廷中的搬弄是非的挑拨者，他们只顾追求自己的利益，不关心平民百姓的生活，用言语迷惑君主，对有才之士极力打压。诗人由此表达了对奸诈挑拨之人的愤怒和鄙弃之情，表现出唐中期朝廷官员明争暗斗，不容直言劝谏的忠臣，呈现清明有失、乌烟瘴气的混乱现象。诗中，韩愈提到了中国古代特有的星斗现象并以其特殊的运动现象来比喻朝堂动态，而这些星斗及其背后古老的传说都与中国古代的常用农具、农事活动等息息相关。

（一）以农具命名星宿

在古代农耕社会，百姓主要通过自己的辛勤劳作获取农作物的果实满足生存需要，为了提高各项农业生产活动效率，继而有了具有不同特殊功能的农具的出现。而关于中国古代的二十八星宿的规定与划分，在春秋战国时期就已经完备，见图55（来源：[明] 万民英原著：《图解星学大成（第一部）：星曜神煞》，北京：华龄出版社，2009 年，第 343 页）。而关于部分星宿名称的记

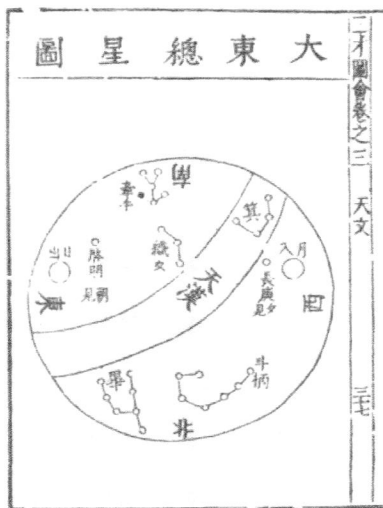

图 55　《三才图会》之《大东总星图》

载，在周朝初期的《周礼》中就有一定的体现。而用百姓的日常农具命名星宿，则体现了百姓对能够提高农业生产力的重视，蕴含着百姓对创造财富农具的尊崇及对未来农业劳作生活的美好期盼与祝愿。一方面，星宿的组成或形状与农具的外形具有高度的相似性。"斗"，由六颗星组成，在北斗七星之南，俗称南斗。《石氏星经》："斗六星赤，状如北斗。在天市垣南，半在河中。"① 由此可见，它的形状和古代社会百姓用来盛酒的工具相似，中间凹陷，边缘处有把柄可用来把持避免撒漏酒水。另一方面，这说明在给星宿命名或划分之时，百姓受到当时社会认知的极度缺乏，通常用与他们日常生活最紧密相关的物品命名星宿，而农具作为他们使用的物品，便理所当然地被用来命名。"箕"由四颗星组成连接起来有梯形状，与百姓农业生产劳动中的簸箕十分相似，俗称簸箕星。《诗经》中更有记载："维南有箕，载翕其舌。维北有斗，西柄之揭。"② 由此，使得天上的星宿与地上百姓的农业生产活动产生了关联，甚至从某种程度上可以说，天上星宿的命名是地下百姓农业生产活动现状的一种特殊体现。

（二）用"箕"扬米去糠

在中国古代社会，每一种农具其独特的构造和形状都是经过长时间演变逐渐形成的，有其特殊使用价值，这些独特的构造和形状为从事农业活动的百姓提供了便捷，极大提高农业生产的效率，由此成为百姓日常生活中不可忽视的物品，见图56（来源：夏亨廉，林正同：《汉代农业画像砖石》，北京：中国农业出版社，1996年，第45页）。同时，这些农具经过长时间的使用与检验，其特定的使用价值和作用会逐渐演化为该农具的一种特殊符号，并将其引申、剥离出农业范畴，运用到日常生活的其他方面。

诗中"箕独有神灵，无时停簸扬"中的"箕"，本义是指一种用竹篾或柳条编成的器具，三面有边沿，一面敞口，有平坦的底部可以用来盛放农作物。由于这种特殊的外形和构造，在农业生产活动中可以采取恰当的劳作技巧随风颠簸以清除箕中农作物的杂质，即扬米去糠。

图 56　汉代　《丰收宴享画像石》局部

"扬米去糠"这一农业活动一般发生在农作物的收获过程中。由于科学技术落后和生产力低下，百姓在用镰刀把谷物收割以后，通常会把谷物捆起来，然后用石头猛烈敲击谷物，使得粮食掉落下来，最后再被收集起来。此时的粮食中混杂着糠秕和灰尘，人们只要用簸箕盛一些米粮，然后快速来回颠动米粮。由于强烈的震动，较轻的糠秕和灰尘就会往上飘起，而较沉的米粮依旧在簸箕中滚动。此时劳动者只需要快速抽离簸箕就能得到干净的米粮。此外，农民除了可以通过颠动粮食去除杂质外，还可以用箕装满谷物抬至高处，一般是抬动至他们的肩部，然后微微倾斜簸箕，让谷物夹着杂质下落，由于谷物和杂质的密度不同，因此饱满的谷物或粮食会垂直下落到地上，而空瘪的粮食或者米糠会在风的作用下微微倾斜落下，从而分离粮食和杂质。可见，农具对于百姓来说是与其劳动生产紧密相关的重要工具，值得每一个农民的尊敬和重视。

农桑之繁

古语有云："南箕北斗。"本意则指南部天空形状像农具"箕"的"箕星"和北部天空形状像酒斗的"斗星"。"箕"作为星宿只可满足百姓对未知神秘星空的心理崇拜，给予祈求风调雨顺的百姓以精神安慰，并不能真正做到百姓日常生活中的"扬米去糠"和"斟酌"酒浆。真正的农业生产劳作和粮食的种植收取还是需要百姓辛勤汗水的付出，而这也从侧面反映古代农桑之活的烦琐与艰辛，由此传达古代百姓脚踏实地的务实精神。将其引申至古代为文治学之中，暗讽"箕斗"之才无真才实学，徒有虚名而已。唐代陆龟蒙的《村夜二首·其二》描绘了古代劳动人民的耕稼过程及精耕细作的劳动生产模式，暗讽辛勤耕种远比拥有"箕斗"之才更有价值。

村夜二篇·其二①

陆龟蒙

世既贱文章，归来事耕稼。伊人著农道②，我亦赋田舍。

所悲劳者苦，敢用词为诧。只效刍牧言③，谁防轻薄骂。

嘻今居宠禄，各自矜雄霸。堂上考华钟，门前仁高驾。

纤洪动丝竹，水陆供鲙炙。小雨静楼台，微风动兰麝。

吹嘘川可倒，眄睐花争姹④。万户膏血穷，一筵歌舞价。

安知勤播植，辛岁无闲暇。种以春扈初⑤，获从秋隼下。

专专望稑稑⑥，擂擂条桑柘⑦。日晏腹未充，霜繁体犹裸。

平生守仁义，所疾唯狙诈。上诵周孔书，沉溟至醑醋籍。

岂无致君术，尧舜不上下。岂无活国方，颇牧齐教化。

蛟龙任干死，云雨终不借。羿臂束如囚，徒劳夸善射。

才能消箕斗⑧，辩可移嵩华。若与氓辈量，饥寒殆相亚。

长吟倚清瑟，孤愤生遥夜。自古有遗贤，吾容偏称谢。

276

一、起义频繁，避隐乡村

陆龟蒙（？—881），字鲁望，别号天随子、江湖散人、甫里先生，吴郡（今江苏苏州）人，唐代农学家、文学家。陆龟蒙与皮日休交友，世称"皮陆"，诗以写景咏物为多。

---

① 中华书局编辑部点校：《全唐诗》卷六一九《陆龟蒙》，北京：中华书局，1999年，第7178页。

② 原注：《亢仓子》有《农道篇》。

③ 刍牧：割草放牧。

④ 眄睐（miǎn lài）：顾盼。

⑤ 春扈（hù）：亦作"春扈"，鸟名，农桑候鸟。

⑥ 稑稑（tóng lù）：指先种后熟的谷类和后种先熟的谷类。

⑦ 擂擂（hú hú）：用力貌。

⑧ 箕斗：原指箕宿与斗宿。后来用"箕斗"比喻虚有其名。

陆龟蒙早年热衷于科举考试，举进士不第后，从湖州刺史张抟门下游，隐居松江甫里，即今江苏省苏州市吴中区甪直镇，人称"甫里先生"。《村夜二篇》作为组诗作于唐僖宗乾符三年（876），此时诗人科考失败，对在外远游做幕僚之事心生疲倦，萌发回归故乡耕种之意，于诗中感慨身世，批评时政。乾符二年（875），唐末农民革命中历史最久、遍及最广、影响最深远的黄巢起义爆发，自此大唐的国力急剧衰弱，唐朝的政权统治迅速瓦解。此时，社会动乱不断，民不聊生，土地被破坏，农业发展停滞，农民衣不蔽体、食不果腹。而与之情况相反的是，朝廷高官在奢侈享受，重要政权却被宦官牢牢把控，皇帝软弱无能，满腹经纶的有才之士得不到重用。由此可见，此时唐朝的颓废之态已经有所显露。诗人心生疲态，向往过隐退清闲生活。

二、辛勤农桑，自讽"箕斗"之才

在《村夜二篇·其二》这首诗中，诗人用通俗易懂的话语叙述了自己回归农田的悠闲生活，准确刻画了百姓春种秋收的艰苦耕种生活，对百姓衣不蔽体、食不果腹的生活困境给予深切同情。同时引用古代贤人名士等各种典故，表达了自己想要归隐田居的深切愿望，对动荡黑暗的社会现实表达出自己的痛心与无奈，便只能寄情悠闲自在的田园之乐，追求安贫乐道的隐士生活。

（一）仕途失意转事耕稼

第一句到第四句，诗人直截了当地表露出人们对于文章的轻视，再加上政治生活的挫败，使得诗人想要回归农田从事农业生产劳动。在这里，诗人对于通过自己的辛勤劳作换取生活所需粮食的百姓是持肯定赞赏态度的，甚至自己还恭敬地向百姓寻求割草、放牧的方法。第五句到第八句，诗人用了对比的手法生动形象地表现了朝廷上有着高官厚禄的官员纵情享乐，丝竹之声连绵不绝，享受着锦衣玉食，在亭堂楼阁之上赋诗吟诵，附庸风雅的奢靡生活状态。

（二）烦琐农桑勤劳作

第九句到第十二句，诗人用夸张的手法生动形象地刻画了底层百姓艰难困苦的生活。高官厚禄的官员的一场风花雪月，其浪费的金钱可以抵得上民间千万户百姓一整年的辛苦收成。百姓与官员的生活由此形成强烈对比，表达出诗人对朝廷统治者不顾民生追求奢靡享受的厌恶和讽刺，同时也从侧面反映出古代农耕社会经济的不发达。第十三句到第十六句，诗人用了叠词"专专"和"捆捆"细致地表现出百姓辛勤耕作的画面。农民密切地关注谷物的生长和成熟的过程，用力地砍伐桑木和柘木来及时从事农桑树活动，以确保来年收成。但是令人感到心酸的是，百姓辛勤付出却依然存在衣不蔽体的现象，表达了诗人对下层平民百姓的深切同情，同时也反映出古代传统农耕经济的脆弱性，饱含着平民百姓的心酸和血泪，加剧了诗人对朝廷的失望，萌发了远离朝廷和尔虞我诈的官场的想法。

（三）无奈自讽"箕斗"之才

最后八句，诗人面对着黑暗动荡的社会现实，直抒胸臆，感慨自身，运用大量典故表明有才之士得不到重用，有挽救颓废朝廷的方法却得不到采用，让想要报效国家的文人志士的才华得不到施展，表达了诗人壮志未酬只能归隐田园的无奈愤慨之情。

由此可见，古代传统的农耕经济本身就具有一定的脆弱性，百姓兢兢业业辛勤劳作的成果并不能够满足朝廷统治者奢靡享受的需求，一旦遇上天灾人祸，这种脆弱的农耕经济便会迅速被破坏和瓦解。

三、烦琐农桑，精耕细作之态

在《村夜二首·其二》中，诗人用尖锐的批判性文字道出了朝堂上高官显贵奢靡的生活，百姓辛苦劳作却依旧生活在饥寒交迫的困境，两者形成鲜明对比，表达了诗人对纵情误国的统治者的愤怒之情，和对贫苦百姓的深切怜悯。同时，用朴实真切的语言直观描写了百姓辛勤劳作的画面，表现出社会动乱不堪情况下百姓饥寒交困的生活状态。

（一）遵循节气春种秋收

在中国古代农业社会，有至关重要的二十四节气，百姓通过观察每一个节气中的季节、物候、气候的变化来指导自己从事不同的农业活动，如播种、收割等，见图14（现藏于故宫博物院）。诗中"种以春扈初，获从秋隼下"直接表明中国的传统农业种植具有稳定的季节规律性，大多春种秋收，周而复始，在天时、地利、人和的作用下，通过自己的辛勤劳作获得粮食，满足自己和家人的生存需要，但这也是中国千百年来农业能够得到稳定发展的原因。一方面，百姓种植的农作物如水稻本身是属于季节性成熟农作物，可以一年一熟或一年两熟。因此，百姓种植谷物最先需要重视的是谷物的生长所需时间和特性。另一方面，在科学技术较为低下的古代社会，百姓主要通过不同的时令节气来判断农作物成熟收获的时间。一般春季主要以春分时节为分界点，此时温度回暖，寒冰融化，水位上涨，再加上连绵不断的充沛春雨，是最适合农作物播种发芽的时节。夏季为谷物关键的成长阶段，在高温湿热的作用下是谷物生长周期中生长速度最快的一个阶段。此后，以秋分为界进入谷物逐渐成熟收获之期，待到米粒饱满，稻穗下垂之时，就预示着丰收之际。春种秋收，经年反复，表现出古代农业种植事业的规律性与稳定性。

（二）养蚕缫丝谷物耕种

中国是世界上最早养蚕植桑、缫丝纺织的国家，一直到汉朝，中国都是世界上唯一出产丝绸的地方。在唐朝时，民间就曾流传有"嫘祖教民育蚕"的说法。北宋刘恕在编撰《通鉴外纪》时根据这个传说写道："西陵氏之女嫘祖，为黄帝正妃，始教民养蚕，治丝茧以供衣服，后世祀为先蚕。"[1] 所以古人会在春种之前向嫘祖祭祀祈求五谷丰登，秋收之后再次祭拜答谢谷神保佑一年风调雨顺，见图 57 （来源：韩丛耀主编；徐小蛮，王福康：《中华图像文化史.插图卷.上》，北京：中国摄影出版社，2016 年，第 124 页）。在古诗中，百姓"专专望穜穉，揖揖条桑柘"。由此看来，只要气候适合能够种植桑树，人们会在种植季节性谷物的同时养殖蚕虫来获取一定的蚕丝编织衣物。养蚕缫丝首先用竹盆圈养蚕虫，用桑叶仔细喂食。其次，待到蚕虫长大，会在桑叶中吐出白色的丝将自己圈裹为茧，为化茧成蝶做准备。最后，百姓将茧用水浸泡，然后用熟练的技术抽丝剥茧就可以得到洁白柔软而韧性强的蚕丝用来制作

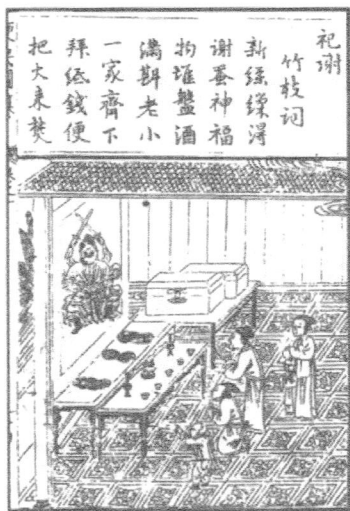

图 57　明代《便民图纂》祀谢图

---

① 文可仁：《中国民间传统文化宝典》，延边：延边人民出版社，2000 年，第 156 页。

丝绸。由此，养蚕也是古代农业社会中重要的组成部分，它使得传统的、单一的农作物种植结构有了新的变化，朝着丰富多样性的方向发展，并且加强了社会底层百姓的生活保障。除此之外，百姓利用种植季节性的农作物合理分配时间和利用节气，在发展种植业之余发展养殖业，整体形成混合发展的农业模式，这是古代劳动人民大智慧的重要体现。

（三）精耕细作，模式脆弱

总体来看，无论是古代百姓早已掌握娴熟技术的谷物种植业，还是在种植业之余所发展的以养蚕虫为主的养殖业，都需要百姓花费大量的时间和精力用来小心呵护，需要大量的劳动力。同时，谷物种植周期和蚕虫的养殖周期相对较长，受自然灾害和社会动荡的影响较大。这样的农业生产模式具有精耕细作的特性，十分考验百姓的细致与耐性。但是，这种出产率较低的混合型农业模式只能用来自给自足，在频繁的自然灾害和剧烈的社会动荡面前非常脆弱，不堪一击。因此，"日晏腹未充，霜繁体犹裸"在特定社会条件下就是底层社会百姓的生活真实面貌和常态，充满了心酸与苦楚。

何堪箕帚

农具"箕"因其特殊构造，两个箕边中间有一平坦开阔之地，能够最大限度地装载物品。同时，因为箕头的存在不易使物品遗漏，所以在中国传统农业社会生产劳动中，人们最大限度地将其用于运载粮食、扬米去糠等一系列农业劳作中。而后，百姓将其带去日常生活中，成为与扫帚组合在一起发挥其扫除和装载垃圾的重要工具。同时，受中国传统男尊女卑思想的影响，执"箕"者大多为妇人，由此反映古代劳动妇女的劳碌艰辛生活状态。晚唐寒山的《诗三百三首》中的第一百七十四首叙述了古代妇女的事箕传统。

诗三百三首·一百七十四①

寒山

养女畏太多，已生须训诱②。

捺头遣小心，鞭背令缄口③。

未解乘机杼④，那堪事箕帚⑤。

张婆语驴驹，汝大不如母。

一、离寺省亲

唐武宗李炎统治时期，十分尊崇道教，对佛教比较冷淡。在会昌二年（842）十一月，朝廷开始大规模的"灭佛"运动，教导百姓向道教学习做神仙，并试图除去非中国本土之教的佛教。此次"灭佛"运动，武宗共废了4.4万余座佛寺，被迫还俗的僧尼达26万余人，这场运动直至宣宗李忱大中五年（851）才逐渐平息。在此期间，寒山遭受会昌法案，不得已离开天台山佛寺，有"十余年忽不复见"，主要是返回故里探亲（843—853）。可见，寒山的"三百余首"诗是其"十余年忽不复见"之前的诗作，亦即宪宗元和八年（813）至武宗会昌三年（843）30年间的诗。诗歌主要反映了唐代中期真实的农村生活和农民思想面貌、地主阶级与农民阶级的矛盾和斗争、统治阶级内部矛盾，以及下层群众的生活状况，并揭露了社会上不合理的婚姻现象等，对社会的炎凉世态和城镇、乡村不同习俗文化都有一定的记录，对社会动乱时期的丑恶现象进行了讽刺。

二、妇女事箕传统

寒山的这首诗短小精悍，却用细腻恰当的语言描绘了古代下层阶级女子真实的生活状态。在古代，一般女子自出生开始就要经过父母严格的指

---

① 中华书局编辑部点校：《全唐诗》卷八〇六《寒山》，北京：中华书局，1999 年，第 9174 页。

② 训诱：教诲诱导。

③ 鞭背：古代薄刑之一。鞭打背部。缄口：闭口不言。

④ 机杼：指织机。杼，织梭。

⑤ 箕帚：畚箕和扫帚。皆扫除之具。

导教诲：女子将来应除了必须具备传统的良好品德之外，还需要学习一定的纺织技术贴补家用，平日里勤劳善良，细心照顾丈夫和家人，只有这样才能符合人们眼中对于女子和妇女的形象要求，这具有一定的专制性和压迫性。这种现实体现出传统农业社会中不公平的男尊女卑现象，但同时其呈现出来的稳定的男耕女织的劳动生产模式也为中国传统农业的发展发挥了巨大的作用，见图58（现藏于河南博物院）。

图 58　北齐　红陶持箕女俑

　　一、二句，诗人通过"畏"和"须"字就直截了当地表明了古代传统农业社会中人们对于生育男孩的渴求，而不需要过多地生育女孩。同时，对于那些已经生育下来的女孩，父母必须在其成长过程中亲自严格地给予教诲指导，才能使其成为一个令人满意的女子，由此鲜明地体现了农业社会百姓脑海里根深蒂固的男尊女卑思想。三、四句，诗人叙述了古代女子在成长过程中可能表现出来的学习状态。其中，"捺头""鞭背"等动作的恰当使用，揭示了古代女子学习道德礼法和女红家务的残酷性、严格性。父母按着她的头或者通过用鞭子鞭打背部告诫她，无论是出门在外或者今后为他人妇，说话做事都要保持小心谨慎的态度，遇到不合适的场合不要随便言语，以免自己不当的行为遭到他人的厌恶和指责。只有这样才能培养出人们眼中既懂得道德操守又温柔体贴的女子。由此，揭示出古代女子艰难而痛苦的成长过程，表达了诗人深切的悲悯之情。

五、六句，诗人用父母的口吻和反问的方式，告诫自己家的女子如果不熟练地掌握好纺纱织布技术，未来在出嫁之后就不能够很好地劳作支撑家庭，哪里还谈得上用簸箕扫帚去仔细打扫房屋和耐心侍奉丈夫及家人？由此鲜明地看出，在古代传统农业劳动中，女子所承担的是男耕女织劳作模式中的通过纺织来维系家庭生存需要，重点强调了用织机织布及侍奉的重要性。七、八句，诗人表明，如果女子的行为不符合传统百姓对于一个合格妇人的认知范畴，其自身及教导他的父母会受到来自周围人的指责，所以为了避免今后子女不当的行为连累到自己，在平时教导子女的时候会采用更加严格和残酷的方式。可见，由于时代局限，虽然古代的父母在指导和教育自己的子女时有一些落后的思想和教育方式，但能够使得传统的道德理法和女红家务得到很好的传承和发展，并呈现出一定的稳定性。由此，在这种稳定而牢固的男耕女织生产模式下，传统农业得到了很好的巩固与发展。

三、男耕女织的传统生活模式

寒山的这首诗用通俗口语化的语言生动细致地表现了古代社会底层中的女子艰难的生存现状，她们需要从小接受封建传统专制主义式的教诲方能成功树立一个完美的女子形象，满足未来家庭和婚姻的需求，获得父母的肯定。可以说，女子在中国古代农业社会中的地位是比较低的，只能通过从事纺织等工作获得存在感，充满艰辛，令人心生悲悯之情。

（一）男尊女卑，思想固化

在上古母系氏族社会，女子因其强大的繁殖能力受到人们的尊敬和崇拜，因此，当时的女子在氏族公社中是具备一定话语权和统治能力的。但是随着社会生产力的发展，大约在旧石器时代晚期至新石器时期，母系氏族社会逐渐向父系转变，其主要原因在于男子逐渐在主要生产部门特别是传统的谷物种植农业中能够付出大量的劳动力来维持家庭人员的重要生计，由此逐渐在男女劳动关系中占据重要地位，而女子因为生理结构不能提供大量长期的劳动力而在生产中退居次要地位。由此看来，在农业发展的早期，人们对于利用劳动力满足生存需要的苛求逐渐超过了对于繁衍后代的需求，便确立了男尊女卑的思想传统。

随着社会生产力的发展，传统的单一谷物种植农业逐渐得到丰富发展，女子通过从事一定的纺织劳动来满足家庭人员的生存需要，加入农业生产力的发展中，对社会的前进与发展起到了一定的作用。但是，传统的纺织劳动只是农业生产中的一部分，用以贴补家用，是农业谷物种植的辅助行为，并不能改变谷物种植业在传统农业中的统治地位。因此，男尊女卑思想可以说是根深蒂固的，并随着社会的前进与发展，以及劳动生产力需求的扩大，女子在提供一定纺织劳作的同时被要求遵循更多的伦理要求和准则。一方面，人们由于需要大量的劳动力而更加希望能够生育男孩。《列子·天瑞》："男女之别，男尊女卑，故以男为贵。"[1] 其核心在于一个强壮的成年男子的劳动力和一个普通女子是不对等的。另一方面，女子需要通过严格的教诲指导来从事精细的纺织劳动。在女子未成年之前，主要由其父母传授纺织技术等女红及道德礼法，以便日后可以成为一个社会认可的"贤妇"。随着社会的发展，对出嫁前的女子采取严格教导逐渐成为一种传统。

（二）男耕女织，各司其职

诗中，女子"未解乘机杼，那堪事箕帚"。可见，在封建传统男尊女卑思想的影响下，百姓农业生产活动被鲜明地划分及分配，呈现出男耕女织的鲜明特点且在底层百姓的生活中形成一定的稳定性，更是传统农业经济发展到一定阶段能够体现家庭婚姻关系的重要产物。一方面，从生产活动的分配上看，主要是由男子在外承担谷物种植的苦力劳作，是家庭经济的主要来源的支撑者，满足家庭成员的生存需求；而女子在家从事纺衣织布等简单体力劳作，并且需要承担照顾丈夫与家人的任务，用以保障家庭生活的稳定与和谐，也是家庭经济中不可分割的一部分。两者相辅相成，共同构成传统家庭式的小农经济面貌。另一方面，作为女子，需要熟练掌握的纺织技术与智慧及"事箕帚"操持家务的本领并实现其在长辈的指导下长期传承，加强了男耕女织生产模式的稳定性。

其中，纺织技术复杂而烦琐，是古代女子智慧的完美成果，它需要通过纺车在手和脚的共同配合下将一根根纤长的丝线通过特殊的编织方法制

---

[1] 严北溟，严捷译注：《国学经典译注丛书·列子译注》，上海：上海古籍出版社，2012年，第1页。

作成布匹，每一种特殊的花纹都有特殊的编织方法，只有手脚灵活且专注细心的女子才能胜任这项劳作，女子在出嫁前都会向其母亲请教，从而传承女子的纺织技术。与此同时，女子还需负责家庭中的日常琐碎零活，如日常洗衣煮饭、打扫卫生等，繁杂而零碎，是对女子忍耐力的考验。而这种稳定的男耕女织的生产劳作模式也是促进中国古代农业发展的重要因素。

参考文献

［1］白居易撰，谢思炜校注. 白居易诗集校注［M］，北京：中华书局，2006.

［2］中华书局编辑部. 全唐诗：卷一三六储光羲［M］. 北京：中华书局，1999.

［3］苏敬. 新修本草：辑复本［M］. 尚志钧，辑校. 合肥：安徽科学技术出版社，1981.

［4］戴伟华. 白居易、刘禹锡"春深"唱和诗中的江南与长安［J］. 暨南学报（哲学社会科学版），2020，42（6）：35-49.

［5］周礼·仪礼·礼记［M］. 陈戍国，点校. 长沙：岳麓书社，2006.

［6］许嘉璐. 中国古代礼俗词典［M］. 北京：中国友谊出版公司，1991.

［7］中国佛教文化研究所. 寒山诗注释［M］. 郭鹏，注释，长春：长春出版社，1995.

［8］中国社会科学院文学研究所. 中国文学资料丛刊［M］. 北京：知识产权出版社，2010.

［9］鄢敬新. 尚古说香［M］. 青岛：青岛出版社，2014.

［10］中华书局编辑部. 全唐诗：卷四五九白居易［M］. 北京：中华书局，1999.

［11］列子. 列子译注［M］. 严北溟，严捷，译注. 上海：上海古籍出版社，2012.

［12］周绍良. 全唐文新编［M］. 长春：吉林文史出版社，2000.

［13］吴兢. 贞观政要［M］. 上海：上海古籍出版社，2008.

［14］张寿祺. 张寿祺集［M］. 罗志欢，戴程志，选编. 东莞市政协，编. 广州：广东人民出版社，2017.

［15］张志君. 跟古代名人学家风家教［M］. 北京：商务印书馆国际有限公司，2015.

［16］刘源长. 茶史［M］. 王方，注译. 谢晓虹，绘. 武汉：崇文书局，2018.

［17］中华书局编辑部. 全唐诗：卷八〇六寒山［M］. 北京：中华书局，1999.

［18］肖瑞峰，彭万隆. 刘禹锡白居易诗选评［M］. 上海：上海古籍出版社，2018.

［19］傅璇琮. 中国古典散文基础文库：游记卷［M］. 桂林：广西师范大学出版社，1999.

［20］文可仁. 中国民间传统文化宝典［M］. 延边：延边人民出版社，2000.

［21］司马迁. 史记［M］. 杨钟贤，校订. 天津：天津古籍出版社，1998.

［22］《沧桑濮州》编委会. 沧桑濮州：箕山遗址［M］. 北京：新华出版社，2019.

[23] 毕殿忠，范县地方史志办公室. 濮州志校注［M］. 郑州：中州古籍出版社，1999.

[24] 中华书局编辑部. 全唐诗：卷三三九韩愈［M］. 北京：中华书局，1999.

[25] 胡淼. 唐诗的博物学解读［M］. 上海：上海书店出版社，2016.

（执笔：刘雨婷）

后　记

　　本书为 2021 年江苏大学高等教育教改研究重点课题"农耕文化的美育功能及高校育人模式研究"（2021JGZD020）阶段性成果。

　　在研究生前沿讲座课程"农业文学与文化研究"的整体目标下，以文学院任晓霏院长为学科带头人的研究生教师团队组织了此项科研活动。主管科研工作的余红艳副院长在日常团队组织方面给予支持。杨贵环、王勇、公维军、王志华、孙凤娟等教师给予具体指导。徐明君和王勇对书稿体例进行了总体设计并对内容进行了编校。

　　全书以唐代农事诗为研究对象，通过挖掘农业文化内涵，提炼农耕文化精神，继承优秀传统文化，为乡村振兴提供精神动力。撰写者为江苏大学文学院 2020 级研究生和 2019 级本科生，具体章节分工如下：冷宇——"绪论"；储意扬——"洪荒之拓：耒与耜"与"仪仗原型：斧"；倪应丹——"农之重器：犁"与"秋之收获：镰"；陈梦田——"躬耕之乐：锸与耨"；顾梓莹——"自力'耕'生：锄"；王蓉、张伟婷——"'食'来运转：磨"与"和合共生：碓与碓"；晏明丽——"精益求精：碾与筛"；刘雨婷——"踞之仪礼：箕"。在指导过程中，指导教师也强化了农业文化的科研意识，杨贵环、王勇、公维军、王志华、孙凤娟等老师主持了文学院农业文化研究专项课题。在写作过程中，顾梓莹、冷宇等学生相继申请了省研究生创新项目"《园冶》中的农耕生态美学思想研究"（KYCX21_3308）和省重点大学生创新项目"农耕传统与文学书写研究——以唐代农耕诗为例"（202110299090）。

　　该科研活动开始于 2020 年 9 月，前期进行了团队组建，王勇进行了一场农业文化与文献宣讲；中期召开了三次课题组会议，任晓霏进行了一次农耕文化的专题讲座并购买了相关资料。感谢颜晓红校长对课题的关心并欣然为本书作序。感谢校宣传部、学工办对课题进展的关心，感谢江苏大学出版社汪再非主任的热情支持。在课题进行过程中，文学院周衡老师审校了书稿，办公室主任陈丹蕾及研究生与学科秘书袁婷等老师一直对该项活动给予协助，一并致谢。

农耕文化充满自然智慧和隐逸情怀。古老的农业文化与青春的江大青年相遇，昭示了工业文明时代的梦幻理想。因部分图片清晰度有限并难以寻根溯源，也请读者谅解。由于编写组能力有限，书稿难免有不足之处，欢迎相关领域专家学者批评指正。

编写组
2021 年 9 月

唐诗里的农耕文化

288